Jan Himp und die kleine Brise

Hans Leip
Jan Himp und die kleine Brise

Roman

Ellert & Richter Verlag

Der Bootssteg, der Flunki und die Sprottenwirtin

ES WAR zu Oevelgönne bei Hamburg an der Elbe und ein sonniger Mainachmittag. Was wollte man mehr? Jan Himp hatte alle Hände voll zu tun.

Die Stegbrücke, die zu Klas Möllers, seines Vaters, Bootsvermietung führte, kam ein sonderbares Paar entlang. Ein windig aussehender Mann in einem seemännischen, frisch gebügelten blauen Jackettanzug und mit blauer Schirmmütze, die von einem Schifffahrtsabzeichen geziert wurde, führte eine dunkle, massige Dame am Arm, die gegen fünfzig sein mochte, aber tat wie zwanzig. Ihr Begleiter, der entschieden viel jünger war, hatte eine merkwürdige Art, die rechte Schulter vorzuschieben, so, als segle er gegen den Wind oder sei dauernd im Begriff, sich irgendwo durchzudrängeln. Sein spitznäsiges Gesicht hatte etwas unglaublich Unverschämtes; er trug einen winzigen Schnurrbart, der einer abgenutzten, in Tomatensuppe gefallenen Kinderzahnbürste zum Verwechseln ähnlich sah. Und mit ziemlicher Anstrengung balancierte er ein Monokel in seinem linken Auge.

Ja, hier ist der richtige unauffällige Liegeplatz!, sagte er mit einer Stimme, die trotz der vornehm zusammengezogenen Nasenlöcher den breiten Küstenklang nicht, wie sie eigentlich wollte, verdecken konnte: Werden die Lage mal peilen, wo's am handlichsten ist. Und will dir auch gleich mal zeigen, was pullen heißt, mein Guschi!

In sonne kleine Boot? Gern ja nich, wenn ich nich so 'n Tzutraun hätte zu deine Pfähigkeiten, mein Hein, und man nu tja doch mal allens mitmachen tsoll, tsolange man tjung is, nöch?, antwortete die in überaus duftige Sachen gekleidete Dame Guschi an seiner Seite, drückte zärtlich seinen hageren Arm und wedelte anmutbeflissen mit dem japanischen Sonnenschirm.

Als sie den schrägen Laufsteg erreicht hatten, der beweglich zu dem im Wechsel von Flut und Ebbe auf- und abschwingenden Bootsponton hinabführte, hielt der also Hein Genannte seine funkelnagelneuen Handschuhe, die er in der Linken trug, senkrecht neben seinen verkniffenen Mund, so, als sei es eine unerhört weltmännische Geste, und näselte lauthals hinunter:

Jan Himp!

Jan Himp drehte sich gemächlich um, dachte: Ah, der Flunki! Was macht denn der sich affig!, und wartete, bis die beiden heran waren, ehe er in dem undurchsichtigen Tone des Geschäftsmannes antwortete: Tag, Herr Kluback!, und indem er die Handflächen an der Hose längs wischte, fragte er höflich: Boot oder Segel?

Bloß 'n Boot! Büschen pullen! Zwo Personen! Aber nicht so 'n mulschen Kahn wie 'n leckes Sieb! Meine Braut verträgt das nicht! Und dalli! Und mit Ruder achtern. Meine Braut steuert so gern.

Wird besorgt, Herr Kluback!

Jan Himp wählte aus der Herde der Boote, die wie fromme Pferdchen ein bei ein an den Ponton geleint lagen, das Geeignete. Jan Himp war ein stämmiger Junge für sein Alter, eben aus der Schule, knapp sechzehn, und lernte Bootsbauer bei seinem Vater. Im Sommer aber hatten sie eine Bootsvermietung, und da war er der Hauptmacker.

Er langte zwei abgeschabte Riemenschäfte von der Budenwand. Die waren gut genug für Hein Kluback. Er mochte Hein Kluback ganz und gar nicht, diesen nicht allzu gut beleumdeten Gast, der als Steward, Frisör und weiß was bei verschiedenen Schifffahrtslinien gefahren hatte, ohne auszuhalten und es weiterzubringen. Augenblicklich war er arbeitslos, litt aber allem Anschein nach nicht gerade Not dabei. Hein Kluback hatte, das wusste die ganze Wasserkante, einen bedeutenden Verbrauch an Bräuten. Seine vorgereckte Achsel und seine freche Nase waren in allen Kneipen und Tanzlokalen bis nach Sankt Pauli-Reeperbahn hinauf bekannt, und er galt im Allgemeinen als ein harmloser und ein bisschen aufschneiderischer Herumtreiber. Nein, in seinen Bräuten war er nicht wählerisch, und wenn sie nur ein bisschen Geld gehabt hätte, wäre er selbst mit einer auf Knorke angezogenen Schildkröte Arm in Arm spazieren gegangen. Seit einiger Zeit jedoch hielt er beachtenswert treu zu dieser rundlichen Madam, die, wie selbst Jan Himp gehört hatte, ohne dass es ihn im Geringsten reizte, dergleichen zu wissen, eine Gastwirtsinhaberin und Witwe mit Vermögen darstellte, die sogenannte „Sprottenwirtin" vom Altonaer Fischmarkt.

Nun gut. Jan Himp kratzte es nicht, Kundschaft war Kundschaft. Er hängte sachlich das Steuerruder ins Heck des kleinen, kurzen, dicken Fahrzeuges, steckte zwei Zepter für die Riemen in die Bordkante und warf mit gewiegtem Schwunge zwei magere Plüschkissen auf die Duchtbänke, machte sodann die Fangleine vom Stegring los, holte das Boot mit dem Pekhaken quer und heran, hielt es steif und ließ die Fahrgäste einsteigen.

Er tat das alles mit dem lässigen Geschick der Gewohnheit, und seine wasserhellen Augen blickten auf den großen englischen Frachtdampfer, der eben mit der letzten Ebbe hinausging und der See und der weiten Welt entgegenqualmte.

Hein Kluback nahm sein Monokel ab: Sieh mal, mein Guschi!, sagte er, so zipp es gehen wollte: Der läuft nun glattwegs nach Singapore, vor welchselbem er noch Lisboa wie auch Smyrna und Aden anläuft.

Wo all die tschönen Pfeigen herkommen tun un Appelsinas un so, war es nöch auch Tsmyrna, nöch, mein Hein?, flötete die stattliche Wirtin zurück: Doch tavon ßpäder!

Das wollte ich meinen!, pflichtete er ihr bei mit einem Seitenblick auf Jan Himp. Und fuhr mit herablassender Überlegenheit und ausschweifender Handbewegung an diesen gerichtet fort: Ja, da staunste, mein Süßer, da war ich überall persönlich. Da gibts keinen Harbur und Pier auf der Welt, den ich nicht schon angelaufen bin.

Als Flunki!, antwortete Jan Himp kühl. Und wenn auch ein gewisser Neid in ihm aufstand, wie immer, wenn einer belegte, dass er die weite fremde Welt genossen, so war doch der Hauch des Verächtlichen, das nur den wahren Seemann gelten ließ, in seinem Tone unverkennbar. Der Steward hörte das Beleidigende heraus. Er war empfindlich wie alle, die mehr sein möchten, als sie sind, und näselte geringschätzig: Du bist mir der Rechte, Carpenter, ehe du mal in See stichst, sauf ich den ganzen Atlantik leer!

Einen Augenblick herrschte Schweigen. Die Wellen, die der Dampfer aufgepflügt hatte, rauschten herbei. Ponton und Boote dümpelten. Jedermann hielt sich ein wenig fest. Nur Jan Himp nicht, der schunkte in den Knien und dachte: Wär es doch bei Kap Hoorn!

Hein Klubacks dicke Braut merkte, dass da auf dem Ponton etwas haarig sei, und hieb in die gleiche gekränkte Kerbe: Igitt!, kreischte sie wie ein Backfisch und zog die Stöckelschuhe hoch: Wie nass inne Boot ploß! Ischa pförchterlich von tiese Tjung, uns tso ßu pehandeln!

Jan Himp murmelte kühl etwas von „Seesongbeginn" und „Planken müssen sich erst zusammenziehen", was als beruhigende Erklärung gelten musste. Lieber hätte er Herrn Kluback eins unters picklige Kinn gebufft.

Jan Himp gab dem Kahn, in den nun auch der Steward sich verstaut hatte, einen kräftigen Schubs mit dem Haken, damit sie nur rasch wegkämen. „Carpenter" hatte dieser affige Flunki zu ihm gesagt. Gewiss, er, Jan Himp, lernte Schiffszimmermann auf seines Vaters kleiner Bootswerft, aber sollte es darum ausgeschlossen sein, nicht doch eines Tages an Bord zu kommen, ganz gleich wo, und die schäumenden Ozeane zu erleben und die erstrebenswerten Küsten dieser Erde? Hallo, man würde sehen!

Jan Himp zeigt, dass er zupacken kann

JAN HIMP schob die blauwollene gestrickte Fischerklott, die er als Kopfbedeckung trug, in den Nacken und ging in die kajütförmige Bude, die mitten auf dem Ponton stand, sah auf den tickenden Wecker und notierte Heini Klubacks Abfahrtsminute ins Kassenbuch. Solche Leute sollten eigentlich Pfand hinterlegen!, brummte er.

Aber er hatte nicht lange Zeit, wütend zu sein. Es war ein flottes Geschäft. Und dazu Mai, die schönste Zeit für die ersten Wasserpartien, günstige Tide, etwa eine Stunde vor Tiefebbe, wo man mit dem Strom kinderleicht noch so hübsch abwärtsrutschen konnte zu einsamen Plätzen den Strand entlang oder gar auf die verschwiegenen Inselsände gen Blankenese, um nachher mit der Flut ohne Mühe und, wenn man wollte, noch rechtzeitig zum Abendbrot wieder heimzugondeln.

Ja, so war es alldort, und um gleich die nötige Erdkunde abzuspulen: Besagtes Oevelgönne ist ein kleiner gemütlicher Ort, der aus einer einzigen Häuserreihe besteht und hinter Strand und schmalen Vorgärten geradeswegs sich am Elbstrom entlangfädelt, sanft und lieblich gelehnt an einen ragenden parkbestandenen Hügelrücken. Einen Katzensprung von Hamburg und vom Hamburger Hafen entfernt und, um im Vergleich zu bleiben, einen Tigersprung von der See, was auf Dampfschiff umgerechnet bis Cuxhaven rund sechs Stunden bedeutet. Der Elbstrom ist hier nicht ganz einen Kilometer breit. Drüben zwischen langdeichigen Inseln führen weite Einfahrten in halb fertige stille Häfen. Und dort liegen die schlafenden Schiffe, hinter deren Masten und Schloten man die fernen blauen Hügelzüge der Lüneburger Heide sieht.

Und mitten vorm Oevelgönner Strand lag die Bootsvermietung von Klas Möller, wie Jan Himps Vater hieß. Es war keine Bootsvermietung wie an den gleichmäßigen Gewässern eines Starnberger oder Ukleisees oder gar der Alster mitten im großmächtigen Hamburg, nein, es war zu Oevelgönne an der Elbe, wo man mit Flut und Ebbe zu rechnen hat und die Unterschiede des Wasserstandes bis drei Meter betragen können und die Bootsstege auf- und niedergezogen werden müssen wie früher die Badekarren oder aber wie der Möller'sche Schwimmsteg sind. Es war ein viereckiger Steg mit einer Holzbude, in der das Kassenpult mit dem Wecker stand und darin nachts und bei schlechtem Wetter die beweglichen Gerätschaften untergebracht waren. Auch befanden sich dort die verschiedensten Ersatzteile von Tauwerk, Segeln und Blöcken sowie die nötigen Werkzeuge, auch ein paar Handtücher und eine Kiste mit trockenen Kleidungsstücken und einer Flasche Rum, falls mal jemand ins Wasser fallen würde. Zu gleichem Vorbedacht hing außen an der Budenwand ein mächtiger Rettungsring.

Nun, heute ging es also hild her, und Jan Himp war froh, als sein Vater herunterkam und mithalf.

Eben hatte Jan Himp den Proviarthändler Proppe nebst Sohn, die sich den Abend elbabwärts zu vergnügen gedachten, an deren Muggepicke abgesetzt. Er wendete gerade zum Steg zurück, am Heck seiner kleinen Jolle stehend, einriemig und einhändig wriggend, da sah er das Boot mit Hein Kluback und Braut umkehren. Die beiden schienen mächtig vergnügt zu sein. Der Steward wollte anscheinend mit Gewalt der juchzenden Sprottenwirtin beweisen, wie leicht es ihm falle, gegen den Strom aufzurudern. Und anscheinend wollte die Dicke ihm zeigen, dass es keinen Strom gebe, gegen den sie nicht noch besser anzurudern verstünde, und hatte sich eben erhoben, um den Platz zu wechseln.

In Wahrheit aber war es so: Die beiden hatten sozusagen an Ort und Stelle einen Plan besprochen, der in den Ohren der Zollbehörde höchst verwerflich geklungen haben würde. (Nun, der kleine Zollkreuzer lag viele Hundert Meter entfernt beim Athabaskahöft, und die Zöllner auf der Dampferbrücke waren schließlich keine Fernempfänger für Privatgespräche auf Welle Schall.) Die Idee dieses – glatt gesagt – Schmuggelplanes stammte von Hein Kluback. Er hatte einen Abnehmer kennengelernt, einen ganz großen Dunkelmann. Das Anheizungskapital fürs Geschäft sollte die Sprottenwirtin liefern. Aber wenn sie auch nichts gegen die Anschaffung einer Barkasse einwandte und nichts gegen den Platz hatte, wo diese liegen sollte, so äußerte sie doch plötzlich ein lang überlegtes Misstrauen gegen jenen „Großabnehmer", jenen gewissen Griechen namens Missim Pampanos. Das ärgerte Hein Kluback, denn er hatte insgeheim hohe Anteile ausgemacht, und kurzerhand drehte er den Kahn zum Steg zurück. Das hinwieder passte seiner dicken Braut nicht, wie sie sah, dass ihr Steuerdruck so wenig ausrichtete. Und da kein noch so scharfes Wort half, geriet sie in Hitze, erhob sich, holte aus und wollte dem Widerspenstigen eine langen. Denn sie war im Grunde eine energische Frau.

Im selben Atemzug aber schnappte die heimtückische Dünung eines aufkommenden Slomandampfers den Kahn von der Seite, und wenn der sich auch vorm Kentern bewahrte, so verlor doch Guschi ihr allzu schwankes Gleichgewicht und schoss mit gewaltigem Pitsch ins Wasser.

Nun hätte man den Steward sehen sollen! Anscheinend vollkommen entgeistert, verhaspelte er sich mit den Riemen, versuchte das Boot vergebens zu wenden und kippte fast selber hinaus, während seine Braut schrill gurgelnd stromab trieb. Von Strand, Steg und Schiffen war mitfühlendes Geschrei zu hören. Motoren wurden angeworfen, Boote bemannt. Aber alles wäre zu spät gewesen, wenn nicht Jan Himp jählings seine kleine Jolle herumgerissen hätte und mit bewundernswertem Geschick und unglaublich schnell der so unfreiwillig Ausgestiegenen zu Hilfe geeilt wäre.

Er wusste selber nicht, wie er sie plötzlich zu packen hatte in ihren Haaren, an dem triefenden Jäckchen, an Arm und Bluse. Sie war noch bei Bewusstsein, vermochte die Hände um den Bordrand zu klammern, aber sie war zu schwer, als dass Jan Himp sie hätte ins Boot ziehen können. Gottlob kam die Proppe'sche Barkasse nun allmählich auch herbei und zwei Segelboote und einige Kanus, aber die Barkasse genügte.

Verpfluchtigen Kattenkrom!, rief Proppe Vater: Das ist ja woll rein die Sprottenwirtin vom Fischmarkt! Mensch, Guschi Bohnbeutel, was machst du bloß für Geschichten! Los! Hiev op! Bade zu Hause! Koche dich selbst! Wie kann man sich bloß so nass machen! Bischa woll doch kein Baby mehr?

Mit drei vereinten Männerkräften winschten sie die feuchte und spuckende Last in die Muggepicke, wo sie zum Leidwesen des Besitzers den schönen neuen Kokosläufer „klitschevoll" troff.

Und dann saß sie auf dem Ponton in der kleinen Bude. Oh, es war ein herzbewegender, wenn auch nicht restlos schöner Anblick, aber sie war nach zwei Gläschen aus der Rumflasche schon wieder ganz munter und sagte mit belegter Zunge: Tsoviel Pfasser nehm ich liebers in Pform von Grog ßu mir, und gepadet hab ich Ostern erst. Aberst das is die Strafe, weil ich pei dem kuden Tjung über das büschen Bilschwasser inne Boot gemeckert hab. Tja, was Ihr Tsohn is, Herr Möller, tas is mein Lebensredder! Und mein klein Pfrühlingshut hat er auch gereddet, hat tsiebenfumzig bei Karstadt inne weiße Woche gekost. Tas wird ihm angeschrieben ßtehn inne Puch tes Lewens und pei mir!

Ihren Bräutigam und Steward, der halb drohend, halb benaut dabeistand, würdigte sie keines Blickes. Sie hatte ihn im Verdacht, sie böswillig ins Wasser geschubst zu haben. So schlecht rudern kann man doch kaum können!, schimpfte sie. Die trockenen Kleidungsstücke, die da für alle Fälle immer in der Budenkiste waren, abgelegte Sachen von Jan Himps Eltern, obwohl der Fülle kaum gewachsen, mussten nun herhalten. Der Flunki wollte ihr behilflich sein. Aber sie wies alle und auch ihn hinaus und gab ihm fünf Mark, er solle flugs ein Auto nehmen und wenigstens ihren Abendmantel holen.

Der Bootsvermieter Herr Möller sah sich um, ob da nicht irgendein weibliches Wesen sei, das man der Wirtin zum Beistand in die Bude schicken könne. Es war aber zu der Zeit nur Kyri Sandvoß auf dem Ponton unter den vielen männlichen Neugierigen. Sie wollte den Abend wie manchmal noch ein bisschen mit ihrer kleinen Jolle segeln. Doch nun weigerte sie sich keinen Augenblick, obgleich sie aus einem der vornehmen Parkhäuser oben an der Chaussee stammte, der durchweichten Sprottenwirtin, Frau Guschi Bohnsack, zu helfen.

Die kleine Brise

FLUNKI KLUBACK kam ausgepumpt keuchend mit Frau Bohnsacks schwerem Abendpelz zurück. Er war am Altonaer Fischmarkt bei der Gastwirtschaft „Zum gemütlichen Sprottenkeller" vorgefahren, wo Frau Bohnsacks uralte Mama, die aussah wie des Teufels Großmutter und noch rüstig genug war, an stilleren Nachmittagen den Betrieb zu leiten, ihm voll Misstrauen das gute Stück aushändigte. Und wirklich kroch Herrn Kluback unterwegs der schwarze Gedanke durch die nicht allzu große Seele, ob es nicht ratsamer sei, das achtbare Objekt schnellstens zu verscheuern oder zu versetzen. Wäre die Fahrt umgekehrt gewesen und hätte sie nicht in der aufrichtigen Helle gerade Oevelgönnes geendet, vielleicht müsste Guschi Bohnsack bis in Ewigkeit fröstelnd auf ihren nerzähnlichen Mummelmantel warten.

So aber ging alles gut, und sie entschritt der gaffenden Menge, das noch nässliche Haar in Mutter Möllers verbrauchtes Wolljäckchen gehüllt, stolz wie eine venezianische Fürstin, als trage sie eine Robe unterwärts und es sei Winter und sie wolle ins Theater. Gerade waren auch die jungen Leute vom Marinejugendverein gekommen, um noch ein bisschen das fachmännische Riemen zu üben, und sie riefen ein dreifaches Hurra.

Hein Kluback, der am Arme seiner Braut mehr hing, als dass er sie stützte, und mit seiner vorgeschobenen Schulter nicht übermäßig kleinlaut aussah, trug das in durchschlagendes Packpapier geschnürte dünne Bündel ihrer vormaligen Kleidung und grüßte abwinkend, als sei er mindestens Flottenchef der Nordseestreitkräfte. Seine spitze Nase schnüffelte frech durch die Menge, auch stach er einen verkniffenen Blick nach Jan Himp, der es aber nicht bemerkte; denn er war bereits wieder beim Geschäft und sprang gerade in sein Boot, um das hilfsbereite Fräulein Sandvoß endlich an ihre Jolle zu bringen.

Kyri Sandvoß machte im Allgemeinen noch keinen dringenden Anspruch auf den Titel Fräulein. Sie war eben konfirmiert, ein schmaler, langbeiniger Backfisch, ein bisschen schlenkernd, aber sonst von guter Haltung. Ihre Nase war fast zu gerade und lang, aber man sah schon jetzt, dass sie ihr eines Tages nicht schlecht zu Gesicht stehen würde. Sie war nicht blond wie die meisten Mädchen an der Küste, ihr Haar war braun mit einem kupfrigen Schimmer, und sie trug es gescheitelt, im Nacken ziemlich kurz, vor den Ohren aber hatte sie je eine Bummellocke, groß wie ihre Faust, also nicht allzu groß. Sie hatte braune Augen von weiter nicht besonderem Schnitt. Ihre Tante Degeband behauptete allerdings, ihre Augen seien olive. Und Tante Degeband musste es wissen, denn sie malte, war sehr bejahrt und weise und hatte jene Länder der Erde gesehen, wo die Oliven wild wachsen.

Das Schönste an Kyri war unstreitig der Mund. Er war so, wie wenn ein guter Meister die ausgebreiteten Flügel einer ruhsam schwebenden Möwe, die angeglüht sind vom Morgenrot, sachte und genau mit dem Pinsel hingezeichnet hätte.

Kyri Sandvoß hockte während der kurzen Überfahrt lässig auf der Bugspitze des Beibootes. Und wie immer sonst war ihr Kopf vornweg gedreht, ihrer Jolle zu, als könne sie nicht abwarten, dort wieder an Bord zu sein.

Zum ersten Mal, seit Jan Himp ihr Fährmann war – und das war er schon den ganzen vorigen Sommer gewesen –, wandte sie plötzlich das Gesicht ihm zu, und ihre dunklen Augen glitten sachlich schätzend von seinen nicht sehr neuen Segelschuhspitzen empor bis zum Buschelknopf seiner runden Wollmütze.

Haben Sie fein gemacht!, sagte sie ruhig.

Jan Himp an seinem Wriggruder murmelte etwas Bescheidenes. Es sei ja seine Pflicht. Er wollte hinzufügen: Als Bootsvermieter. Unterdrückte es aber, da es ihn kein nennenswerter Beruf dünkte einem jungen Mädchen gegenüber.

Bootsvermieter möchte ich auch sein!, wandte Kyri Sandvoß die Augen in die Breite des Stromes: Sie sind tatsächlich schon brauner als ich. Ja, das soll wohl sein. Und immer das Leben und Treiben um sich, die großen Schiffe, und immer das Wasser und immer eine kleine Brise.

Jan Himp lächelte bei dem letzten Wort. Dann antwortete er großspurig, das werde man alles gewohnt. Er würde lieber auf See gehen.

Ach!, entgegnete sie und machte ein wichtiges Gesicht: Auf See? Da ist nichts los. Mein Vater hat Schiffe genug, aber er hält nicht allzu viel von den seemännischen Aussichten.

Um die Heuer ist es mir nicht groß zu tun!

Um was denn? Um die fremden Länder? Das ist wie mit den Indianergeschichten, sagt mein Papa, das ist bloß in Büchern schön oder war einmal.

Bei Jan Himps Seele wurde ein eiserner Vorhang herabgelassen. Was waren das für erkältende Ansichten! Und wenn es zehnmal stimmte und mochten die ganzen hübschen Küsten der Welt von Benzin und Autohupen umkränzt sein, es war was dran an der verdammten Seefahrt, umsonst war sein Bruder nicht schon so lange in allen Meeren unterwegs, und umsonst nicht wetterleuchtete es unter seines Vaters buschigen Augenbrauen, wenn er aus seinen Jungjahren von Batavia und Honolulu erzählte. Was konnte dies kleine naseweise Fräulein davon wissen!

Kyri Sandvoß merkte wohl, dass sie auf den falschen Hebel getreten hatte. Aber daran war nun nichts zu ändern. Sie lachte plötzlich auf: Die dicke Dame hatte einen ganzen Passagierdampfer auf den Rücken tätowiert, und zwar die Auguste Viktoria von Anno dazumal. Zum Totlachen!

Das war allerdings putzig. Jan Himps eiserner Vorhang hob sich ein wenig. Aber dann zuckte er verächtlich die Nase: Es ist die Sprottenwirtin vom Fischmarkt.

Kyri nickte: Wieso? Weiß ich. Frau Bohnsack. Sie hat mich eingeladen, mal 'n Grog bei ihr zu trinken.

Jan Himp lachte wie über einen Witz. Dann, als er ihr unbewegtes Gesicht sah, meinte er zweifelnd: Das werden Sie doch wohl nicht tun.

Kyri gefiel sich, undurchsichtig zu bleiben.

Nö, sagte Jan Himp verlegen: Das kann man doch nicht machen, das ist doch ein Witz.

So?, drehte das jungshafte Fräulein sich schnippisch ab: Warum denn? Und es war ein Ton, der eine weitere Erörterung nicht zuließ. Jan Himp schwieg betreten.

Als sie dann nun neben ihm aufstand – sie waren inzwischen längsseits ihrer Segeljolle gelangt –, sah man, dass sie vielleicht zwei Finger breit größer war als er. Sie schwang sich mit einer ausgezeichneten Flanke an Deck ihres zierlichen Fahrzeuges. Es muss hier nachgeholt werden, dass sie wie meistens beim Segeln eine blaue

Marinehose trug, die jedenfalls echter war als Madam Bohnsacks Pelz; und dazu einen weißen Pullover und weiße flache Segelschuhe. Nur bei Regen setzte sie eine schwarze Baskenmütze auf und hatte dann auch einen schwarzen Ölmantel an.

Während Jan Himp das Belegtau von der Boje losmachte, war Kyri flink dabei, die Persenning vom Großbaum abzutuchen und aufzurollen und das darunter zusammengelegte Segel loszubendseln. Mit einem Focksegel brauchte sie sich nicht zu plagen, sie hatte nur ein Luggersegel, dessen einziges Falltau sie mit ihrer kleinen tüchtigen Kraft leicht bedienen und es allein setzen konnte. Ihre Jolle hieß Klabauter. Man konnte es auf dem Heckspiegel lesen. Darunter stand Oevelgönne. Wenn ich es nach ihm benenne, wird mir der Klabautermann nichts tun, hatte sie bei der Bootstaufe gesagt. Das war vorigen Frühling gewesen. Sie richtete ihr lustiges Gesicht gegen den sanften südlichen Wind. Nun war es wieder Frühling.

Nette kleine Brise heut!, sagte sie, als schmecke sie es auf der Zunge.

Jan Himp, über den Rand seines Beibootes hängend, lachte in sich hinein. Ja, ja, wieder kleine Brise!, knurrte er.

Ratsch, ritsch, ging das Segel hoch, knatterte munter, wölbte sich und drückte den Steven auf gegen die strudelnde Ebbströmung.

Klar bei Boje!, rief sie ihm zu.

Ay, ay!, antwortete er: Allens klar.

Smiet los!, kommandierte sie.

Smiet los!, wiederholte er, als sei es wie an Bord eines richtigen Schiffes. Geschickt warf er den Tampen vorn in ihre Luggerjolle. Mit sirrendem Laut in Luft und Wasser flutschte sie schon vorbei. Kyri Sandvoß saß vorgebeugt achtern, die Schotleine in der Rechten, die Ruderpinne in der Linken. Sie wandte den Kopf, ihre Bummellocken tanzten.

Warum heißen Sie eigentlich Jan Himp?, rief sie lachend.

Ehe er den Mund aufmachen konnte, war sie schon zu weit weg. Außerdem war Jan Himp nicht der Mann, auf überraschende Fragen überraschend zu antworten. Das hatte ihn auch in der Schule manchmal geärgert. Er sah ihr benommen nach. Sie hatte wahrhaftig eine schneidige Art zu segeln.

Jan Himp?, murmelte er langsam: Das will ich Ihnen erklären. Aber warum zum Beispiel sagen Sie so oft: kleine Brise?

Es stieg ihm heiß hinter die Ohren, als er weiter überlegte. Wenn ich denn schon einen Ökelnamen angehängt gekriegt habe, soll sie hinfort auch einen haben für die dumme Frage und kann jetzt meinswegen „kleine Brise" heißen.

Doch während er nun wieder zum Vermietungssteg hinwriggte, zog er den Ausdruck „dumm" aus seiner Betrachtung zurück. Es kribbelte ihm ein merkwürdiges Gefühl im Nacken, dass dieses feine Mädchen so viel Interesse an ihm genommen habe. Das Jahr vordem war sie noch ein mächtiges Gör gewesen, mit Zöpfen. Aber „nette kleine Brise heut" hatte sie auch schon immer gesagt und die Nase dabei in die Luft gestupft wie eine Katze in den süßen Rahm. Und da musste nun erst die dicke Wirtin ins Wasser fallen, um der kleinen Brise ein persönlicheres Wort herauszulocken. Zu dumm, dass er ihr nicht wie aus der Pistole geschossen geantwortet hatte: Und warum immer „kleine Brise"?

Sie wohnte oben in einem Park. Ihr Vater war Reeder. Er hatte sieben vernünftige Frachtdampfer an die Levante, ja bis Ostasien laufen. Und wenn da auch kühle geschäftliche Meinungen zu herrschen schienen, so war es dennoch sicher besser, den Mund gehalten zu haben. Oho, es war eine blasse, aber brennende Vorstellung, die Jan Himp da überkam, viel, viel wichtiger als diese kleine Kyri Sandvoß und ihre schnittige Klabauterluggerjolle. Nämlich: Eines Tages womöglich auf einem von Reeder Sandvossens großen Schiffen anzuheuern. Und Jan Himps Herz flutete auf unter diesen Zukunftsgedanken, während er die Kundschaft weiter bediente.

Warum er so hieß. Die neue Barkasse. Herr Pampanos

AUCH AUF der Elbe flutete es. Die Boote draußen an den Bojen schwoiten und drehten das Heck stromauf. Die Boote, die noch am Steg waren, wurden auf die flutabgekehrte Seite herumgeholt. Und bald kamen auch die ersten Ausgäste zurück, wurden mit dem Pekhaken sanft längsseits geholt, Jan Himp half den steif gewordenen Knien höflich beim Aussteigen und wunderte sich nicht mehr wie früher, dass die Landenden immer ein bisschen die Ohren schüttelten, als hätten sie Wasser hineingekriegt. Er sah mit raschem Blick, ob auch alle Gerätschaften wohlbehalten mit eingekommen seien, verwahrte Riemen und Kissen, sah im Kassenbuch nach der Abfahrtsstunde und auf die Uhr, berechnete die Miete und kassierte.

Um diese Jahreszeit ging die Sonne mitten im Strom unter, mitten in seiner Westbreite, die zuweilen schon wie Seehorizont aussah. Vor der brandigen Helle schwammen die Boote wie schwarze Scherenschnitte auf den Steg zu. Man erkannte die Gesichter erst nach der Landung. Die Flut strähnte glucksend gegen die Bohlen.

Die Laufbrücke hob sich langsam. In goldgeränderten Bögen lief das Wasser höher und höher auf den Strand, und Schatten und Flut füllten mählich die Trichter der Sandburgen. Die Ausflügler dort zogen ihre Beine an, langten nach Mänteln und Decken und rüsteten zum Aufbruch. Einige Nachzügler, deren Feierabend nicht früher begann, warfen sich noch jetzt in die Badehose, obwohl der Wind auffrischte und eine kühle Nacht versprach. Aus den Fährhäusern bei der Dampferbrücke erscholl allabendliches Tanzkonzert.

Jan Himp hielt die Hand wie ein Sonnensegel über die Augen. Hatte nicht jemand: Hol öwer! gerufen? Er sprang in sein Beiboot. Aber er musste sich getäuscht haben, denn der Klabauter kam eben erst herein, schwebte schmal und goldumflossen, als rausche er geradeswegs aus dem untertauchenden Sonnenball hervor. Und wie auf dem Teller wendete das schlanke Fahrzeug um die zugehörige Boje in den Wind. Das Segel labberte und sank nieder. Man sah Kyris Gestalt zum Bug flitzen, um den Schwimmkorken des Bojereeps aufzufischen. Jan Himp hatte das Jahr vorher manchmal erlebt, dass sie dabei gnadenlos abgetrieben war und er beim Festmachen seine Rolle zu spielen hatte. Das passierte manchmal selbst eisgrauen Regattalöwen, dass sie Mühe mit der Boje hatten. Und er wünschte, es möge ihr heute auch so ergehen, der „kleinen Brise".

Als er heran war, lag jedoch der Klabauter schon zahm an der Leine.

Ahoi! Sind Sie schon da?, rief sie fröhlich: Grad wollt ich flöten!

Sie können pfeifen direkt wie 'n Bootsmann, is ja doll!, sagte er: Ich war grad in der Gegend.

Sie setzte den Großbaum auf den Stützbock, bendselte das Segel zusammen und zog die Persenning darüber. Im Handumdrehen war sie damit zurecht. Nahm Kamm und Puderspiegel aus der Hosentasche, ordnete die Haare mit ein paar raschen Strichen und turnte dann rüber in Jan Himps Boot.

Ich habs nämlich heute eilig!, sagte sie: Ich hab meinen Aufsatz noch nicht ganz fertig. Aber beim Segeln kommen mir immer die besten Gedanken.

Jan Himp erwiderte, so rasch es gehen wollte und als spreche er eine Entschuldigung: Jawohl, Sie machen ja noch Schularbeiten.

Noch?, lachte sie: Soll ich sagen leider? Lernen müssen wir alle. Sagt man wenigstens.

Ihr schwante, dass Jan Himp vielleicht nichts zu lernen brauche oder keine Gelegenheit dazu habe. Kränken wollte sie ihn nicht noch einmal. Darum fuhr sie schnell fort: Manche können das, was sie brauchen, ja auch so und sind glücklich.

Oho, Jan Himp merkte, worauf das zielen sollte. Solch Dussel war er nun doch nicht: Ja, entgegnete er: Manche! Aber da kommt dann so was bei heraus wie etwa Steward, wie etwa Hein Kluback und seine dicke Braut. Der ist nämlich der Bräutigam von der dicken Sprottenwirtin.

Kyri machte nur: Hm! Sie wollte im Augenblick das Thema, das den Hauch des Abenteuers hatte, noch verschieben. Sie wollte erst etwas anderes klären. Und auch Jan Himp dachte dauernd daran, dass er ihr vordem eine Antwort schuldig geblieben sei.

Ich heiße übrigens ... begann er, sich räuspernd.

Ihr war, als müsse sie ihm die Angelegenheit erleichtern. Sie sagte behutsam: O, unser Mädchen, die Minna, die wir früher hatten, kriegte auch ein Kind. Und da war es mit dem Namen auch so komisch. Ich glaube, dann heißt man wie die Mutter. Das macht heutzutage gar nichts!

Ein wenig verlegen war ihr doch dabei geworden. Aber Jan Himp war noch verlegener. Ihm war unfasslich, wie man eine solche peinliche Sache so unverblümt über die Zunge kriegen konnte. Er wusste nicht, sollte er lächeln, sollte er finster sein? Stotternd erwiderte er: O, bitte, Sie meinen ... Er wurde rot und ein bisschen zornig und fuhr hastig fort: Nein, das ist natürlich anders. Es ist ja viel dümmer, ich heiße ja einfach Jan Möller, aber Tine Puß, unsere Nachbarin, hat immer gesagt, Jan Möller ist viel zu gewöhnlich als Name, und weil wir bei der Himmelsleiter wohnen und ich da immer so gern hinaufkrabbelte als kleiner Butt, hat mich Tine Puß damals immer Jan Himmelsleiter genannt. Und was ich auch aufstellte, der verrückte Name lässt sich nicht wieder wegknuffen.

Jan Himmelsleiter? Großartig komisch! Aber Sie heißen doch Jan Himp. Das ist wohl daraus geworden, das ist wohl Lautverschiebung oder wie es in der Schule heißt.

Nein, mein Vater nannte mich dann immer Jan Himphamp, und das war auch noch zu lang.

Die kleine Brise lachte. Sie hatte ihre Sicherheit zurückgewonnen. Ja, ganz richtig!, sagte sie: Jan Himp ist gerade lang genug. Das heißt, er könnte ruhig noch ein bisschen wachsen, damit er mich begleiten kann, wenn ich die Sprottenwirtin besuche!

Jan Himp sah sie betroffen an. Sie zeigte ihre Zähne, die eine kleine vorwitzige Lücke aufwiesen, unter einem lächelnd geschwungenen Mund, aber ihre Miene sah trotzdem nicht unbedingt freundlich aus. Ja, sie wandelte sich in eine jähe Gleichgültigkeit. Es war ihm klar, sie wollte ihn aufziehen. Er holte Luft, um etwas zu entgegnen, das seine Würde zu betonen imstande war.

Aber bevor er auch nur ein Wort fand, sagte sie mit lässig hochtippender Handbewegung: Farewell! Und wippte über den Laufsteg davon.

Den andern Tag war der Flunki wieder da. Er kam mit Vater Möller, den er in der Werkstatt aufgesucht hatte; wie ein Gönner kam er auf den Ponton. Vater Möllers Gesicht hatte einen lächelnden Schimmer. Die lange Erklärung, wieso und warum Herr Kluback eine Barkasse gekauft habe, nämlich, weil seine Braut so viel an die frische Luft müsse, habe der Arzt gesagt, und weil sie in ein Ruderboot partout nicht wieder hineinwolle, und Wasserluft müsse es sein, und was dergleichen mehr war, ließ Klas Möller gänzlich kühl. Aber dass die Barkasse in seinem Stegbereich liegen sollte (aus alter Freundschaft und wegen der gestrigen Rettungstat, betonte Hein Kluback), das war wegen der Bojenmiete den Gang zum Ponton wohl wert.

Jan Himp musste eine funkelnagelneue Boje ausbringen, die weithin wie eine Tomate leuchtete, damit der Flunki sie auch im Dunkeln finden konnte. Platz war genugsam vorhanden auf der Möller'schen Reede. In den schweren Zeiten hatte mancher Privatmann dem Wassersport entsagt, und was an großen Booten noch fuhr, das hatte sich mehr und mehr in den neuen Yachthafen auf die andere Seite des Fahrwassers verzogen. Darum war Vater Möller freundlich zu dem windigen Flunki, zumal der auch noch zwei Flaschen Rum mitgebracht hatte, ebenfalls wegen „gestrig erwiesener Beliebung", wie die Sprottenwirtin ihm aufgetragen hatte zu sagen. Und auch das geliehene alte Zeug brachte er gewaschen und geplättet wieder zurück, wobei er nicht unterließ, näselnd zu erwähnen: Eilwäsche kostet doppelt!

Gegen Abend schnuckerte dann das Motorboot von Hamburg her heran. Hein Kluback bediente Steuerrad und Motor. Darauf verstand er sich. Er hatte es mal in Kanada gelernt. Hinter ihm als Passagier gleichsam saß ein breiter, düsterer Mann mit einem dicken schwarzen

Schnurrbart und einer gewaltigen Zigarre und mit einer schwarzen, in den Nacken geschobenen Melone. Das Boot war grau und unscheinbar gestrichen. Aber es hatte Form. Es könnte ein Schnellboot sein!, schätzte Jan Himp mit kritischem Blick. Für Spazierfahrten zu zweien war es reichlich groß. Doch wahrscheinlich hatte der Flunki es für das Geld seiner Braut von dem finstern Herrn, der nach der allgemeinen Misere aussah, billig gekauft, und da kam es auf ein paar Meter mehr oder weniger wohl nicht an, zumal es angenehm leise fuhr. Und ein neuer Name war auch schon am Steven: Guschi. Das sah nach wahrer Liebe aus. Eine putzige Sache!

Nach dieser Betrachtung holte Jan die beiden herüber. Der großdicke Mann hatte nebenbei ein blechernes Lächeln unter dem mächtigen Schnurrbart. Er qualmte schweigend. Hein Kluback schwieg ebenfalls; seine sonstige Frechheit schien unterwürfig gedämpft. Erst am Steg sagte er: Dies, Herr Pampanos, ist Jan Möller, genannt Himp, der wird wie ein Schießhund auf das schöne Boot aufpassen.

Jan Himp wunderte sich, wie man in ein und dieselbe Stimme nach einer Seite Ergebenheit, nach der andern geradezu eine Drohung hineinlegen konnte. Er beschloss, die großschnauzige Flunkibarkasse überhaupt nicht zu beachten.

Ein gutterr Junge!, sagte der Fremde mit dem blechernen Lächeln und ließ zwei schwarze Fischaugen kurz über Jans Gesicht tasten. Dann langte er in die Weste und drückte ihm eine Mark in die Hand. Und obwohl Jan Himp Trinkgelder nicht abzulehnen pflegte – es gehörte nun mal zum Geschäft –, nahm er diesmal nur zögernd. Er sah keinen Grund für solch ungewohnten Tip. Da schien etwas nicht in Ordnung zu sein. Der Flunki machte auch mehr den Eindruck eines Angeheuerten als eines Käufers. Das zu riechen konnte selbst die Mark nicht verstopfen. Aber – was ging das alles den Bootssteg an? Hauptsache, dass die Miete pünktlich einkam.

Jan Himp bediente Kunden, verzehrte zwischendurch sein Abendbrot und machte Schluss etwa um zehn, als die letzten Boote zurück waren. Kettete die Flottille in zwei Geschwadern aneinander, ruderte sie auf die Reede und belegte sie an den gehörigen Bojen, brachte Segel, Riemen, Kissen, Fender und Rudergaffeln in die Bude, schloss das Beiboot an den Stegring, zählte die Kasse, zog den Wecker auf, nahm die Kassette untern Arm, verschloss die Bude und ging nachdenklich heim.

Es poltert auf der Himmelsleiter

DIE HIMMELSLEITER ist eine unmäßig lange gerade und steile Treppe, die von Oevelgönne den Hügelhang empor nach oben an die Flottbeker Chaussee führt, die berühmte Straße am hohen Ufer zwischen Hamburg-Altona und Blankenese. Die Himmelsleiter zu Oevelgönne ist aus Granit, die Oevelgönner betrachten das als ein persönliches Vorrecht gegenüber anderen Himmelsleitern, und längsseits begleitet ein Spalier Glühbirnen sie nach oben, die jeden, der nachts auf dem Strome vorbeifährt, darauf aufmerksam machen: Hier ist die Himmelsleiter!

Eines Morgens in aller Frühe – Jan war eben auf dem Wege zum Bootssteg – kam jemand die lange Treppe herunter, dass es trotz des harten Gesteins weit in die stille Gegend donnerte. Und das war sein Bruder, der weiß Gott woher aus der fremden Welt kam und mit schweren Seestiefeln in den Morgenfrieden polterte.

Willy!, schrie Jan.

Sein Bruder Willy hielt inne im Dreistufengalopp und antwortete mit heiserem Bass: Aho, hallo! Bleß mei Eis! Jan Himpsteert! Wahrhaftig, nee! Moigen, moigen!

Und er war mächtig fidel. Er war lange weg gewesen, anderthalb Jahre so zwischen Asien und der Westküste auf Trampfahrt und endlich mit einem gelegenen Dampfer zurück. Er hatte den salzwassergebleichten Seesack geschultert und trug unter dem andern Arm etwas braunes Zottiges. Das war ein kleiner Waschbär, den er im vorletzten Hafen gegen seine Sonntagsstiefel eingetauscht hatte. Und den schenkte er gleich seinem Bruder Jan, und er habe ihn auf Celebes eigenhändig im Wipfel eines Tamaringobaumes aus der Gewalt einer Riesenklapperschlange befreit.

So war sein Bruder Willy, dunnerslag! Hatte sich breite Schultern und einen Großmännerbass zugelegt und war ein wenig duhn vom ersten Willkommensschluck bei Fähre 7; war Vollmatrose geworden und hatte für sein letztes Geld eine Taxidroschke geheuert und war stracks bis an die Himmelsleiter gefahren.

O, hoho, wie stolz war Jan Himp, ihm zuerst begegnet zu sein und ihn gleich erkannt zu haben! Er nahm das kleine, mollige und ganz schläfrige Bärenbaby in die Arme. Und dann berichtete er: Sie sind schon alle auf, und Kaffee ist auch noch in der Kanne, und Elsbe kann dir rasch einen bisschen besseren aufgießen als den alten Plör. O, was ist das für ein schönes Tier! Kratzt er auch? Frisst er Fleisch?

Er heißt Maantje!, antwortete sein Bruder und warf einen unruhigen Blick auf das nicht allzu weit entfernte elterliche Haus.

Maantje! Jan Himp legte alle Zärtlichkeit, die er eigentlich seinem großen Bruder hätte angedeihen lassen mögen, in den kleinen Bärennamen: Wie werden sie sich bloß alle freuen! Ich kehr noch mal wieder mit um.

Nee, Momang mal!, sagte Willy und legte ihm eine zentnerschwere Pranke auf die Schulter: Wo ich dich schon allein treffe, ist es besser anders. Du gehst jetzt an die Vermietung? Gut! Geh ich mit! Wiedersehn kann man immer noch früh genug feiern. Ja, der heißt Maantje, der Strömer. Hat mir sogar meine Matratze kaputt geknabbert. Und meine Stiefel – hier überkam Willy eine Erleuchtung. Meine sonntägschen Stiefel hat der Bursche ratzekahl bis auf die Schnürsenkel aufgefressen, und die hab ich ihm dann obendrein in Speck und Zwiebeln gebraten und zum Nachtisch serviert, diesem Verbrecher.

Frisst er bloß Stiefel?, fragte Jan Himp besorgt.

Ach was, er hat sich sogar den Magen daran verkorkst. Hab ihm schon einen Schnaps gegeben. Davon ist er noch ganz benusselt, wie du siehst. Man gut, sonst wäre er mir unterwegs bestimmt ausgebüxt. Und nun man weg hier, sonst sehn mich die Alten noch erst!

Jan wollte zwischen den Ufergärten den lieben Fliesenweg an den Lotsenhäusern entlang. So neben seinem großen Bruder, dem noch der Geruch von Taifunen und Monsunen im Zeuge hing, das hätte er gern jedermann zu sehen gegönnt, zumal mit der Beute seiner ausländischen Abenteuer, dem richtigen kleinen Bären. Aber Willy steuerte schwankend gleich den kurzen Durchgang zum Strand hinab. Sie stapften eine Weile schweigend in dem losen graugelben Sande, darin die Fußspuren und Familienhöhlen des versunkenen Gestern scharf von der noch schrägen Sonne herausgepinselt wurden. Tausenderlei hätte Jan gern gefragt, aber er wusste nicht, wo anfangen.

Junge ja, sagte schließlich Vollmatrose Willy Möller: Der Alte denkt, ich komm mit einem Sack voll Geld nach

Haus. Aber es ist nicht wie früher, wo er so mit seinen kleinen Schonerbarks Glasperlen an die Neger verhumpste und Gold und Eiwory dafür wiederkriegte. Heut sind es die Nigger, die uns beschummeln. Da hab ich doch in Porto Duras bei einem Spielchen Cock and Crow so ziemlich alles auf den Zapfen gehauen wegen so einem sottigen Gentleman. Ein Elend mit der ganzen Seefahrt, sag ich dir! Sei froh, dass du nicht so verrückt bist! Du hast es gut, du hast ja wohl nun ganz den niedlichen Posten bei der Bootsvermietung übergeschluckt.

Jan Himp machte hohe Ohren. Was war das für eine saftige Sprache! Da säuselte der Wind der Zonen drin. Erst in zweiter Linie fasste er auf, dass es nicht sehr rosig um seines Bruders Gemüt stand.

Mit welchem bist du eigentlich gekommen?, fragte er endlich eine der tausend Fragen, die er auf dem Herzen hatte.

Mit der „Nipangu". Von Bombay über die Levante. Um fünf lagen wir an der Pier.

Den hab ich brummen gehört, davon bin ich aufgewacht, erklärte Jan freudig. Nipangu! Die ist doch von der Sandvoßlinie? – Und da Willy nur knurrte, fuhr er eifrig fort: Da stehn noch ein paar Schuhe von dir unterm Schrank oben.

Seines Bruders Stimme wurde freundlicher: Richtig! Na also!

Und was brauchst du Geld?, sprach Jan weiter und kraulte den kleinen Bären: Wir haben gut verdient. Der Alte – er sagte es etwas unsicher, bisher hatte er die üblichen kindlicheren Ausdrücke benutzt – hatte den Winter verschiedene kleine Boote zu bauen. Sind alle schon abgeliefert. Und bezahlt auch, die meisten.

Und die Bootsmieten und die Laufkundschaft am Steg. Bin im Bilde!, antwortete Willy: Aber ich lieg keinem auf der Tasche. Bin zu selbstständig geworden, mein Milchbrot!

Sie waren inzwischen auf den Steg und auf den Ponton gelangt. Mit einem Fluch der Erleichterung setzte Willy seinen Zeugsack nieder, wischte sich den Schweiß von der Stirn und ließ sich schwer auf die kleine Bank fallen. Die Fußreise war ihm ungewohnt. An Bord gab es nur kleine Strecken. Und indem er eine kurze Shagpfeife aus einem schwärzlichen Lederbeutel mit hochblondem Tabak versorgte, sagte er: So, mein Kleiner, jetzt gehst du hin und holst mir, ohne dass jemand was merkt, meine damaligen alten Schuhe. Es macht einen besseren Eindruck als die Seequanten. Den Maantjebären lass man so lange hier. Halt, und noch eine Frage. Wie geht es sonst? Alles gesund?

Ja, Gott sei Dank alles!, antwortete Jan beglückt und sauste ab und log zu Hause atemlos, er habe den Budenschlüssel vergessen, eilte hinauf in die Giebelkammer, wo unter dem alten Schrank neben Willys so schrecklich lange verlassenem Bett sich die verstaubten Schuhe fanden. Er stopfte sie unter den dehnbaren Wolltroier und flitzte wieder hinunter. Seine Schwester Elsbe rief hinter ihm her: Jan, ich hab noch ein Stück Krintenklöben für dich!

Zu jeder anderen Zeit hätte ihn ein Stück Korinthenklöben in jedem Marathonlauf gestoppt. Heute aber hielt ihn nichts. Das heißt, nach zehn Sprüngen kehrte er doch um, langte aber nur seinen Arm in die Tür, damit niemand die unnatürliche Schwellung seines Brustkastens bemerkte, und schrie: Her damit!

Elsbe, seine um zwei Jahre ältere Schwester, streckte nicht nur den Klöben, sondern auch ihren blonden Wuschelkopf heraus, neugierig über den ungewohnt eiligen und barschen Ton ihres kleinen Janbruders, der doch den flegelhaften Dreizehn im Allgemeinen längst entwachsen war. Aber Jan entriss ihr die saftige Schnitte, als sei es eine gespickte Geldkatze und er ein Straßenräuber, und stürmte von dannen.

Ein kleines Paket

ALS JAN Himp auf dem Bootssteg anlangte, da hörte er Musik, und sein Bruder Willy hatte schon Gesellschaft. Ja, Vollmatrose Willy Möller hatte aus seinem Seesack ein kleines Bandonion hervorgeholt, das auseinandergezogen nicht größer war als etwa ein mittlerer Baumkuchen und auf dem er mit seinen harten Matrosenfingern eine vorzügliche Musik zu zaubern verstand. Und vor ihm der kleine Waschbär hatte sich auf die Hinterbeine gesetzt, hatte die dicken Pummelpfoten an die Ohren gepresst und wiegte den pussligen Kopf urkomisch hin und her, als wolle er jemand nachmachen, der Zahnweh hat. Und vor den beiden, wahrhaftig, da stand Kyri Sandvoß, die kleine Brise, und lachte in kurzen silbernen Trillern, als gehöre es zu Willy Möllers fremdartiger Bandonionmelodie.

Jan Himp blieb auf dem Laufsteg stehen und kramte mit der freien Hand die Schuhe unter dem Troier hervor. Er genierte sich doch ein bisschen und verbarg beides, auch das Stück Klöben, hinter seinem Rücken. Die kleine Brise lachte zu ihm auf und tippte ihre altgewohnte lässige Grußbewegung in die Luft, und sein Bruder zuckte mit dem von der englischen Pfannkuchenmütze verwegen schief bedeckten Schädel, als gelte es, den Messboy zum Kartoffelschälen heranzuflöten.

Nun ja denn, Jan stapfte langsam näher. Ihn fesselte im Augenblick am meisten eigentlich der kleine putzige Bär, der Maantje hieß.

Mit einem vielstimmigen Schluchzen brach das kubanische Tanzlied ab, das Willy da so unvergleichlich fingeriert hatte. Der Bär ließ die Pfoten sinken und kroch zwischen die mächtigen Seestiefel.

Die Brise sagte munter: Guten Morgen, Jan Himp! Ich hab Ferien und will mal ganz früh segeln.

Sie hatte ein Badebündel unterm Arm. O, sie streckte ihm sogar eine Hand entgegen. Jan Himp war in der Klemme. Er hatte seine Hände ja achterwärts, und in der rechten waren die alten Schuhe und in der linken das unverschämt dicke Stück Krintenklöben.

Sein Bruder peilte die Lage von der Seite und lachte in rauem Bass: Haha, frag die sööte Deern doch links oder rechts!

Links oder rechts?, fragte Jan zögernd.

Rechts natürlich!, erwiderte sie flink und blitzte ihn mit den olivfarbenen Augen an.

Verwirrt zog er die Schuhe hinterm Rücken hervor.

Sein großer Bruder wollte sich ausschütten vor Lachen.

Sagen Sie links, Fräulein! Sagen Sie links!, grölte er: Die Schuhe sind 'ne Nummer zu heftig!

Links! Links!, rief sie nun. Sie stampfte ordentlich mit dem Fuß auf vor Eifer. Sie war plötzlich ein kleines verzogenes Mädchen. Jan Himps Arme spielten wie in einem Wetterhäuschen Mann und Frau. Die Schuhe verschwanden langsam wieder rückwärts, und auf der anderen Seite kam die mächtige Schnitte Krintenklöben zum Vorschein.

Sie ist eigentlich für meinen Bruder!, sagte Jan Himp betreten. In ihm lagen zwei Neigungen einander an der Kehle: Aber Sie dürfen sie auch haben, fügte er trotzig hinzu.

Ist das von unserem Selbstgebackenen?, vernahm man da Willy Möllers Stimme ganz sanft, und man hörte förmlich, wie ihm das Wasser im Munde zusammenlief.

Jan nickte und wandte keinen Blick von der Brise, die ihn sonderbar lauernd ansah. Plötzlich aber kehrte sie sich ab und neigte sich zu dem kleinen Bären: Dieser kann es fressen!, entschied sie leichthin.

Das wäre noch schöner! Hoho!, dröhnte da Willys hungriger Bass, und er langte mit raschem Griffe zu und verschlang das begnadete Stück wie nichts und im Nu, kaum dass der schnuppernde Maantje ein paar Bröckel auflecken durfte.

So, sagte er und wischte sich den Mund: Nun noch einen zum Abschied. Ich warte auf dich, bis du die Kundschaft bedient hast!

Seine Pranken ergriffen das aufseufzende Bandonion, und er fuhr in seiner Musik fort, sodass es heiter über das blanke Morgenwasser scholl und in die kleinen Fliedergärten hüpfte strandauf und -ab.

Jan Himp setzte währenddes die kleine Brise über.

Sie haben einen lustigen Bruder!, sagte sie, als sie ihre Jolle geentert und sich über den Wind geäußert hatte: Aber vielleicht ist Jan Himp doch noch netter.

Warten Sie nur ab, bis ich auch Seemann bin!, entgegnete er kühn.

Er beeilte sich, nahm aber doch rasch, seiner Pflichten bewusst, auf dem Rückweg eine Reihe der Mietsboote mit, die nachts draußen zwischen die Bojen gelegt werden, und verteilte sie an den Stegringen.

Die Musik war aus. Sein Bruder saß da und starrte nachdenklich auf die schlafenden Schiffe am jenseitigen Ufer. Er hatte flüchtig nachgezählt. Seit er weg war, hatte sich die Zahl verdoppelt.

Man hat mir drüben einen Posten als Wachmann angeboten. Unser Dampfer wird nämlich vorläufig auch aufgelegt. Soll ich es tun?, fragte er, und es war ein brüderlicher Klang darin, wie in früheren Jahren.

Ja!, antwortete Jan freudig. Denn die Aussicht, seinen großen Bruder mit der langen seemännischen Erfahrung in der Nähe zu wissen und gelegentlich all die Abenteuer zu vernehmen, die er erlebt haben musste, das war ja einfach herrlich.

Gut!, meinte Willy kräftig: Dann kann ich dem Alten wenigstens etwas Greifbares mit nach Hause bringen. Denn dies ist für Mama. – Damit wühlte er tief in seinen Seesack und holte unter einem Gewurstel schmutziger, nach Teer, Seewasser und Tabak dunstender Wäsche drei blaue Pfundstüten hervor, darin war Kaffee, Zucker und Weizenmehl. Was alles in Holland man ein Drittel kostet von dem wie hier!, erklärte Willy stolz und nannte den Preis, und Jan bestätigte es bewundernd, denn manchmal schickte ihn seine Mutter noch zum Einholen. Bei dem Kramen war auch ein weiteres halbwegs säuberlich verpacktes Paket mit an die Oberfläche gelangt. Es hatte die Form etwa eines Riegels Blockschokolade. Willy wollte es schon wieder in die Tiefe des Seesacks zurückstoßen, indem er murmelte: Und dies ist auch nichts für den Alten, obwohl es vielleicht mehr Kapital wert ist, als ich je in einem Spiek-Isy versoffen hab.

Schokolade?, schnüffelte Jan Himp.

Sein Bruder lachte gnickernd, sah ihn prüfend an, zog das Päckchen nun doch heraus, hielt es ihm näher an die Nase.

Nein, wie Schokolade roch es nicht, das Aroma war fremd, bitter aromatisch, sehr sonderbar.

Kautabak?

Sein Bruder hieb mit der Handkante abwehrend durch die Luft: Nichts für Gelbschnäbel! Aber es kommt der Sache schon näher! Ich hab alles glatt durch den Zoll gebracht. Die dreckige Wäsche war ihnen denn doch zu unbequem, um bis auf den Grund zu gelangen.

Er wickelte den Kram sorgfältig wieder ein. Überlegte einen Augenblick und packte es zu den Tüten auf die Bank. Dann zog er die Seestiefel aus, glättete die verknüllten weiten Hosenbeine, sah mit krauser Nase auf das Loch im Strumpf, durch das vorwitzig der große Zeh schielte, wischte mit dem Ärmel über die altersgrauen Schuhe, hielt sie in die Sonne, spuckte zart darauf, wischte noch einmal, freute sich des erzeugten schämigen Glanzes und zwängte seine Füße hinein.

Sodann klopfte er seine Pfeife aus, nahm ein Stück Kaugummi, erhob sich und verfügte das kleine geheimnisvolle Paket unter den Hosenlatz in die Tasche, die solche halb zigarrenkistengroßen Ausmaße eben noch zu fassen vermochte, rückte seine Jacke zurecht und seine graue englische Mütze und sagte: Den Hackmack lass man hier! Auch die Harmonika. Die Tüten nimm mit nach Haus! Und pass auf Maantje! Der ist nicht so leicht zu retten wie die Sprottenwirtin. Fett schwimmt oben, aber der ist man mager.

Weißt du denn?, fragte Jan erstaunt, und ein Gefühl schoss ihm in die Schläfen, das ihn fast neben seinen Bruder hob.

Hat mir die Kleine erzählt!, kaute Willy und wandte sich zum Gehen.

Jan, trotz seiner Schwebe, wurde misstrauisch: Wohin willst du denn? Nicht nach Hause?

Willy sah ihm die Enttäuschung an. Er reckte sich, gähnte. Er war ein Riese geworden. Er sah über Jan weg. Ah, das war also das, was in den rührenden Liedern Heimat und Home sweet home heißt. Jedenfalls war es schönes Wetter, und es roch nach blühendem Flieder aus den Ufergärten. Und der Klöben war auch gut gewesen.

Ihm fiel ein, sich nach den Oevelgönner Mädchen zu erkundigen, nach Lissy und Go und Hanna und Marina und Trudel und Elisabethua. Und ob Tine Puß noch immer den kleinen Tick habe?

Jan beeilte sich, ihm eingehende Aufschlüsse zu geben. Aber sein Bruder streckte die Arme gen Himmel und gähnte nochmals lauthals, drehte den Blick über die Schnur der kleinen Lotsenhäuser den Strand hinab über den Strom gen Finkenwärder, über die Deutsche Werft, über die Öltanks, über die schlafenden Schiffe, über die großen und kleinen Boote und zurück auf seinen Bruder.

Wem gehört denn die neue schnafte Barkasse da?, erkundigte er sich, eigentlich nur, um Jan noch ein freundliches Wort zu gönnen.

Die gehört vielleicht einem dicken Mann mit Melone, angeblich aber Hein Kluback, oder vielmehr vielleicht seiner Braut, das ist nämlich die Sprottenwirtin vom Fischmarkt, Guschi Bohnsack!, meldete Jan mit der Befürchtung, es sei nicht mehr wichtig.

Was? Der? Die?

Sein Bruder knallte sich mit der eben noch gähnend gereckten Hand, klatsch, auf den Schenkel: Knaster und Kabeljau! Der Flunki? Ah, der Süße! Mit der Sprottenwirtin? Und 'ne seetüchtige Barkasse? Da schlägts Donnerstag! Hahaha! Vor einem halben Jahr sah ich ihn in der Papiti-Bar in Rio. Vollkommen verludert. Aber markieren tat er natürlich wie immer. Dem hab ich drei Dollar gepumpt. Großartig! Und – ah, Schokolade! – Na, denn tschirio, Jan Himphamp! Nun wissen wir, wohin damit! Leih mir zwanzig Pfennig für die Straßenbahn. Ist es noch immer Linie 7?

Jan Himps großer Bruder war aufgewacht. Er dankte hoheitsvoll, als sei er eben grad zum Steuermann aufgerückt, für die beiden Groschen, die Jan aus dem

Gemengsel von Bindgarn, Taschenmesser, Taschentuch, Drahtnägeln, Bleistiftstummeln und so weiter hervorsiebte.

Und sag Mutter, gegen Klüten mit Backobst heut Mittag und 'n richtiges Beefsteak mit Bratkartoffeln hätte ich nichts einzuwenden!, rief Willy über die Schulter zurück, spie das Kaugummi über die Stegreling und entschwand pfeifend mit langem, wiegendem Schritt und viel leiser, als er gekommen war.

Elsbe, Jan Himps Schwester

PAPA MÖLLERS rotbraunes Gesicht, vierschrötige Gestalt und weiße Mütze erschienen bald darauf und weit früher als sonst zum Nachsehen, ob alles beim Rechten sei. Jans Betragen den Morgen, das er von seinem Werkschuppen still beobachtet hatte, war ihm doch sonderbar vorgekommen. Es war Vater Möllers Art nicht, viel Worte zu machen. Jan, der nicht wusste, ob er reden sollte oder nicht, brauchte nichts zu erzählen. Der Alte sah den kleinen Waschbären. Und wusste Bescheid. Man merkte es ihm allerdings kaum an; er blickte schweigend in die Bude und entdeckte auch gleich die Seestiefel, den Seesack, das Bandonion und die drei blauen Tüten. Er kratzte sich hörbar in seinem harten Spitzbart. Das war das einzige Zeichen gewisser Anteilnahme, wenn nicht Erregung. Jan kannte das schon.

Aber das Ganze, was der Vater dann sagte, war: Sonst alles in Ordnung?

Jan Himp nickte bloß. Die Gurgel saß ihm zu voll des Erlebnisses.

Der Vater sah ihn mit verkniffen peilenden Augen, aber nicht unfreundlich an, wandte sich schwerfällig um und ging wieder nach Hause.

Jan Himp rief hinter ihm drein, und seine Stimme war fast von aufgeregten Tränen erstickt: Klüten mit Backobst hat er gesagt und ...

Aber es war völlig ungewiss, ob der Alte es noch gehört habe.

Jan arbeitete diesen Morgen wie ein Wilder. Er ließ einen angeleinten Eimer unermüdlich ins Wasser klatschen mit jenem Schwung, der ihn im rechten Augenblick so auf die Seite legt, dass er schwupp eintaucht und im Nu bis zum Rande gefüllt heraufgezogen werden kann. Und Jan schülpte die vollen Pützen wie Sturzseen über Ponton, Budenwand und Laufsteg und schrubbte, Ärmel und Hosenbeine hoch aufgekrempt, mit zischendem Leuwagen, als ginge es um Ehre und Leben.

Der kleine Bär Maantje zeigte unbändiges Vergnügen an der Überschwemmung. Er war sie vom Deckwaschen auf Willy Möllers Dampfer gewohnt. Aber dem Eifer seines neuen Herrn war auch er auf die Dauer im Wege, und Jan Himp unterbrach sein Großreinemachen umso lieber einen Wimpernschlag lang, als er gerade Elsbe, seine Schwester, entdeckte, die hinter den Gärten auf dem Fliesenweg daherkam. Rasch versah er ein dünnes Ende Manilareep mit einer Schlinge aus neuem dicken und weichen Baumwollschot, sodass mittels Augspliss und Paalstek ein brauchbares Halsband hinter den dicken Kopf des Bärenbabys geschoren werden konnte. Dann befestigte er die Leine drinnen in der Bude so hoch und kurz, dass der kleine Meister Petz gezwungen war, ohne sich Schaden zu tun, oben auf dem breiten Deckel der Gerätekiste zu verharren.

Aber das Tier musste ja auch zu fressen und zu trinken haben! Und Willy hatte keinen Ton verlauten lassen, was er außer Stiefeln und gebratenen Schuhbändern möge.

Denn fang man schon bei den fetten Seestiefeln an! Lütt Maantje!, sagte Jan ingrimmig und mitleidvoll: Die können wieder geflickt werden.

Und er legte dem zottigen Wesen den schweren Transchaft seines Bruders vor die Schnauze. Aber Maantje schien entweder keinen Appetit zu haben oder nur das zartere Leder von Sonntagsfußbekleidungen zu mögen.

Indessen kam Elsbe ziemlich atemlos hereingeweht.

Meine Güte!, rief sie: Willy ist wieder da?

Ja!, sagte Jan trocken: Ist aber gleich wieder zur Stadt.

Das sieht ihm ähnlich!, runzelte Elsbe die weiße Stirn: Und Mutter backt schon Klüten, und ich hab schon Backobst besorgt, das isst er ja so gern, und nun lauf ich zum Schlachter und hol Beefsteak. Wir hatten heute ja eigentlich noch die Bohnensuppe von gestern. Nein, was fürn Umstand! Und wo ist das Untier? Wo ist der Bär? Vater sagte so was. Ah! Das ist ja noch ein Junges! O, wie süß! Hier ist was zu essen für ihn. Vater sagt, das ist das Richtige.

Sie kramte geschrapte gelbe Wurzeln und eine Flasche Milch aus dem Einholekorb. Jan nahm es in Empfang, als sei er Herr Hagenbeck und für einen ganzen Tierpark verantwortlich. Dabei äußerte er ein wenig bitter: Hier hat Vater keinen Ton gesagt, bloß geguckt hat er.

Ja, so ist er eben. Aber „Mariechen" gegenüber taute er mit einmal auf. (Elsbe war seit einiger Zeit unverfroren genug, ihre stille, schüchterne Mutter mit dem Vornamen zu nennen.) Die merkt ihm immer ja gleich alles an. Wenn man so lange verheiratet ist, soll man das denn schließlich ja wohl auch. Und da merkt man, dass er doch ein Herz hat.

Willy war ja auch lange genug weg!, versetzte Jan.

Der Buttje! Und geschrieben hat er auch bloß vorige Weihnachten. Mariechen ist ganz aus der Tüte. Und Klas Möller auch. Ist ja immerhin sein Stammhalter. So, nun friss, klein Bärenküken!

Er heißt Maantje!, erklärte Jan: Und ist beinah von einer Riesenschlange verschluckt worden, aber Willy hat ihr noch rechtzeitig den Bauch aufgeschlitzt und ihn befreit. Er gehört mir!

Das ist noch nicht raus. Erst muss ich sehen, was er mir mitgebracht hat. Ist das sein Gepäck?

Sie machte die Tüten auf, roch daran und nickte sachlich: Geschmuggelt! Wühlte dann im Seesack, unterließ es aber bald, indem sie feststellte, dass sie da ja allerlei zu waschen haben würden.

Jan sagte plötzlich: Bin neugierig, ob ihr mir auch mein Lieblingsessen kocht, wenn ich mal ...

Elsbe hob den blonden Schopf. Sie war groß und deftig. Sie lachte: Du? Du bleibst hier! Du hast die Bootsvermietung und später die Bootsbauerei, das kann Willy ja nicht, dazu ist er zu flusig. Das war er schon immer. Ich habs immer auszubaden gehabt, seine dummen Streiche. Nun wird er ja wohl endlich vernünftig sein in der harten Schule des Lebens.

Jan sah verwundert auf seine krötige große Schwester: Mach ihn man nicht gleich so schlecht, wo er eben kaum wieder da ist!, meinte er vorwurfsvoll: Und mit mir brauchst du auch so dicke Töne von wegen Schule des Lebens und was sonst in deiner Leihbibliothek steht, gar nicht erst anzufangen.

Ach!, sagte sie krall: Ich hab wohl gemerkt, wie du gleich mit ihm unter einer Decke gesteckt hast und was du unter deinem Troier hattest für ihn.

Ja, das waren seine Schuhe. Seine Sonntagsstiefel hat nämlich Maantje gefressen und die Stiefelbänder auch.

Und das glaubst du! Die wird er wohl verscheuert haben! – Mein klein süßen Maantje! Kuck, wie er die Wötteln vertilgt! Und mit der Milch – hast du denn nicht mal einen Gummisauger da oder so was? Der kann doch nicht aus der Buddel trinken wie ein Kerl!

Was ich auch alles soll!, lachte Jan. Und er nahm den Deckel von einer alten Bohnerwachsdose, in der Nägel aufbewahrt wurden, und goss die Milch hinein. Und der kleine Bär schlapperte sie ganz vergnügt heraus.

Fein!, lobte ihn Elsbe. Sie packte die Schmuggeltüten in den Korb. Und dann musste sie eilen, um noch alles zu Mittag fertig zu kriegen: Kommt er denn überhaupt zu Mittag?, fragte sie, schon im Davongehen, misstrauisch.

Und ob!, sagte Jan: Er hat es doch extra bestellt, und gegen ein Spiegelei über das Beefsteak hätte er auch nichts einzuwenden.

Der Leckerzahn! Ne, das grenzt an Völlerei. Das müssen wir uns noch schwer überlegen. Schon wegen der Sonntagsstiefel, die hat er ganz neu mitgekriegt.

Jan verstellte ihr den Weg. Seine hellen Augen funkelten: Elsbe!, brachte er mit Mühe hervor: Sag das nicht noch einmal mit den Stiefeln! Schwamm über die Stiefel! Verstehst du?

Elsbe war ganz erschrocken. Nanu! Wer hat dich denn gebissen?, lenkte sie ein.

Richtig!, beruhigte sich Jan und wandte sich wieder seinem Schrubber zu: Nichts geht es dich an! Das ist Männersache! Wiedersehn!

Kyri segelt nach Meiers Sand

DIE KLEINE Brise war inzwischen mit ablaufendem Wasser und leichtem Südost raumschots gen Blankenese gesegelt. Es war ein großartiger Morgen. Sie musste noch immerlos über Jan Himps großen Bruder und den kleinen Bären Maantje lachen und auch über das dicke Stück Korinthenklöben. Jetzt tat es ihr leid, dass sie nicht davon abgebissen hatte, aber in dem Augenblick, da es ihr angeboten wurde, war ihr ein gelinder Zweifel im Wege, ob Jan Himps muntere Pfoten die ihr nun einmal zum Essen unentbehrliche einwandfreie Sauberkeit aufwiesen. Sobald sie im Boot saß, war das alles nicht mehr so schlimm, da konnte man eher fünf gerade sein lassen und über den Daumen frühstücken, ohne erst lange die Waschbalje aufgesucht zu haben.

Bei Dockenhuden hielt sie so nahe an den Strand, als es die Buhnen eben zuließen, und lugte nach ihrer Klassenfreundin Helge Witt aus, mit der sie sich gestern am Telefon verabredet hatte. Aber Helge hatte sicher die Zeit verschlafen. Man sah das Witt'sche Haus hoch oben zwischen alten Baumgipfeln. Das Fenster, dahinter Helge zu schlafen pflegte, war zwar offen. Aber obschon es eine Viertelstunde über die Zeit war, fand sich Helge weder am Strand noch auf dem Dockenhudener Dampferbullen.

Kyri Sandvoß pfiff schrill auf zwei Fingern. Sie hatte es auf ihren Solofahrten so lange geübt, bis sie es konnte wie ein Apache. Aber das Fenster oben blieb hohl. Amseln antworteten ihrem Pfiff. Am Strand badeten schon ein paar Frühaufsteher. Die Sonne war schon gut in Schwung. Silberblitzend surrte das Bremer Postflugzeug gen Südwesten.

Kyri gondelte eine Weile hin und her, indem sie gegen Wind und Ebbe aufzukreuzen versuchte. Es gelang ihr nur so weit, als dass sie auf der Stelle stehn blieb mit ihrem Kahn, der mit seinem schaumigen Schnauzbart am Steven wer weiß wie viel Tempo durchs Wasser vortäuschte, aber, wie man am Ufer messen konnte, keinen Zoll Fahrt über den Grund machte.

Bald konnte sie den Bug schlecht mehr gegen den Strom halten, zumal die kleine Jolle ziemlich luvgierig war.

Schwupp, drückte es sie herum, verdorri, fast wär ihr das Segel davongeflogen. Sie holte die Schot dicht, rauschte vor Wind und Strom dahin, mitten im Fahrwasser, und war bald unterhalb des Süllberges.

Jawohl, Blankenese war schon ein hübsches Nest, wie es da in der Ostsonne aus mächtiger Schlucht den spangenförmigen Hügelkamm hinaufkletterte, Haus über Haus, puppenhaft Garten über Garten, und oben drüber auf dem Gipfel der dicke Turm einer Gastwirtsburg. Die blau-weiß-rote Fahne dort oben wurde gedippt.

Doch nicht für mich?, lachte die kleine Brise.

Tuuuuuuut! Ungeheuerlich dröhnte der Bass eines Überseers, der katzenleise heraufgekommen war. Es war die Cap Arcona, dreischlotig, heimkehrend von Argentinien. Die war es, der so hoch herab der Gruß galt. Kyri drückte das Ruder hart steuerbord. Ohne Hast. Nur ein wenig schneller schlug ihr Herz. Wie winzig klein ihre Jolle unter der steilen Bordwand dahintrieb, nicht größer als eine kleine Flaumfeder neben einem Walfisch! Hätte sie im letzten Zuck nicht aufgepasst, ach, wie ein Sandkorn unter dem Fuße eines Elefanten wäre sie verschwunden unter dem kirchturmhohen Bug des Riesendampfers. Und das wäre Helge Witt eigentlich recht geschehen. Sie so zu versetzen!

Marschmusik, Rumbumms und Tschingdara! In schwindelnder Höhe winkten Tücher, erschollen heitere

Rufe. Auf der Kommandobrücke, deren blendend weißer, von der Morgensonne golden überstrichener Rand im Blauen verschwand, stand nun wohl so ein behäbiger Oevelgönner Lotse, stur und deftig, so wie Jan Himps Vater, der zwar nicht Lotse war, aber ganz so aussah wie seine Nachbarn. Sie winkte zurück, nachdem sie ihr Taschentuch gefunden hatte. Rief da nicht jemand Kyri? Das mochten wohl die Möwen sein, die dem Heck des Ozeanriesen wie weggewehte Schnupftücher folgten.

Sie gab Obacht, dass sie hinterm Kielwasser gut rechtwinklig die breit heranrollenden Wellen schnitt. Das unfreiwillige Halsen vorhin und der eben plötzlich allzu nahe Riesenbug hatten ihr den Appetit an weiteren Waghalsigkeiten vermindert. Es war doch schön zu leben.

Nun behielt sie Kurs auf die flache Insel Meiers Sand, jenseits des Fahrwassers.

Sie seilte fast bis zur Westspitze hinunter, unschlüssig, wo der günstigste Badeplatz sei. Einige Kanus lagen am Strand, zwei, drei Zelte zipfelten dort wie vergessene Wasserfrauennachtmützen. Aber an der Westspitze lag ein größeres Boot, eine richtige Yacht, ein hübscher weißer Kreuzer. Der zog ihre Sportneigung an. Als sie fast heran war, schnaufte etwas wie ein Seehund neben ihr im Wasser. Und nun rief es richtig: Kyri! Als riefe eine Nixe. Und da war es Helge Witt, die schon längst da war. Und der Segen, den sie der zugedacht hatte, sprühte nun im wahrsten Sinne auf Kyri nieder.

Eine viertel Stunde zu spät!, gurgelte Helge: Gewartet wird nicht! Ich hatte ein anderes Boot. Das da! Und mein Vetter ist auch mit. Gehört seinem Vater.

Nun, damit war Kyri Sandvoß denn ja aufgeklärt. Sie wischte die Spritzer von den Wangen, lobte das Boot und segelte näher heran, Helge ließ sich, auf Backbord hängend, mitschleppen. Sie war, man sah es trotz der blauen Gummikappe, ganz hellblond. Noch heller als Jan Himp oder dessen Schwester. Sie machte ihrem Namen Ehre.

Die feine Yacht hieß „Brigantine" und war dreimal so groß wie Kyris Jolle, hatte eine geräumige Kajüte mit Skylight, ein Hochsegel, dagegen ein Luggertuch wie ein kleiner Flicken wirkte, und eine bombige Fock. Die Segel lagen jetzt säuberlich zusammen auf Deck, und zwar das Großsegel so, dass es über der geräumigen Plicht wie ein Sonnensegel und Windschutz hing.

Der Vetter befand sich an Bord. Helge stellte ihn vor: Axel Gondefro. Sie fügte hinzu, er sei wasserscheu. Aber er, in einem dicken Bademantel, lang und schlank, mit schwarzer, künstlerischer Tolle, entgegnete, als beginne er ein Gedicht: Nein, wertliebe Base, ich habe Schnupfen!

Und bekräftigte es durch dreifaches Niesen.

Dann kann man wegen der Bazillen nicht mal an Bord und mal besichtigen!, bedauerte Kyri mehr sich als den jungen Mann.

Er hat vorgestern sein Abitur bestanden, verspätet natürlich wegen Grippe angeblich, und dann gebummelt und den Hausschlüssel vergessen und, denk dir, ich kreisch mich tot, er hat auf der Gartentreppe geschlafen! Fest! Man musste ihn mit der Gießkanne wecken!, meckerte Helge.

Ich gratuliere!, sagte Kyri und musste auch lachen.

Zu meinem Schnupfen?, meinte Herr Gondefro verschnupft.

Nein, zu Ihrem gesunden Schlaf!, lachte Kyri.

Und da musste er auch lachen.

Kyri nahm das Segel herunter und warf ihren kleinen eisernen Drachen zu Grund. Sie zog sich flink aus. Den Badeanzug, ganz weiß mit pfirsichfarbenen Kanten, hatte sie schon unter. Husch, stülpte sie die pfirsichrote Badekappe auf, knöpfte sie unterm Kinn zusammen und stopfte das Haar darunter. So ohne Locken sah sie aus wie eine indische Madonna. Wenigstens äußerte sich der Abiturient so, ohne dass man aus seinem verschnupften Organ entnehmen konnte, ob das ein Vorzug sei oder nicht.

Kyri prüfte die Wasserwärme zart mit den Zehen. Sie wäre lieber mit den Beinen zuerst hineingeglitten. Aber der Vetter Helges gaffte so geringschätzig und sah aus wie ein Filmheld. Sie zog die Beine wieder herauf, pflanzte sich auf das kipplige Heck, gab sich einen Schwung, breitete die Arme, flog auf wie ein entschnellender Fisch, schloss die Fingerspitzen in schönem Bogen und tauchte fast lautlos und vorbildlich gestreckt in die grüngraue Kühle.

Bravo!, schrie der Vetter und klatschte in die Hände: Da capo! Da capo!

Sie hörte es auftauchend. Schüttelte den Kopf und bohrte sich mit ruhigen Kraulzügen ins Weite. Ich bin doch kein Musikstück!, antwortete sie, aber ihre Stimme ging unter im Gerispel der kleinen Strudel, die sie aufwühlte.

Wie gefällt sie dir?, rief Helge Witt zu ihrem Vetter hinauf, der eine Erkältungstablette in den Mund steckte.

Darüber spricht man nicht!, erwiderte er streng und bückte sich und reichte die Bonbonschachtel den nassen Fingern seiner Kusine dar.

Wollt ich dir auch gezwinkert haben!, zirpte diese: Ich dulde keine Götter neben mir! Aber süß ist sie doch!

Sie kann mit auf Tour!, entschied Axel Gondefro: Sie versteht wenigstens was vom Segeln, und du nicht!

Das werd ich schon nachholen! Du hättest mich schon längst mal mitnehmen sollen.

Tu doch nicht so kiebig! Meine Jolle war zu klein, dafür bist du nicht dünn genug. Und das große Boot traut mir der alte Herr erst seit dem Abi zu. Jedenfalls will ich diesen Sommer, der mir noch vergönnt ist bis zum Semesteranfang, restlos genießen. Und wenn wir noch einen Mann vorm Mast mehr mitkriegen, dann kannst du bis zu den Sommerferien so viel gelernt haben, dass wir dann mal einen Törn nach Cuxhaven rauf wagen können und womöglich sogar ein bissel in See stechen. Hapschi!

Hoffentlich ist dein Schnupfen bis dahin vorbei, sonst darfst du ja nicht mal ins Wasser fallen! Aber trotzdem ist das ein Gedanke von Schiller! – Huhu! Kyri! Sie ließ das Backstag los, daran sie sich geklammert hatte, und schwamm hinter der Freundin her. Sie konnte nicht so gut kraulen, sie musste sich mit ein bisschen spanisch Hand über Hand begnügen.

Aber Kyri mochte schon etwas wittern. Dem guten Eindruck von des Vetters Augen war nun wohl auch genug getan, sie war ganz nett weit bis an die Fahrrinne geschwommen.

Wir haben eine Idee!, prustete Helge. Und berichtete, während sie Seite an Seite zum Ufer strebten. Bald hatten sie Grund unter den Füßen.

Uns fehlt nur noch ein Mann vorm Mast, so einer, der richtig segeln und zupacken kann nämlich.

Und nicht solch weicher Abiturient mit Niesaugen?, sagte Kyri spöttisch. Aber die „Brigantine" ist gut!, fügte sie ausgleichend hinzu.

Lass man, so schlecht segelt er schließlich nicht mal!, schürzte Helge die Lippen: Und vor allem, er hat nun mal das süße Boot.

Ich wüsste einen! Eine tiefsinnige Falte grub sich über Kyris Nase.

Hast du etwa einen Freund?, kicherte Helge: Mir kannst du es flüstern. Ich hab nämlich auch einen. Ist aber bloß meinen Kusäng.

Freund? Nein!, entgegnete Kyri überlegen.

Sie betraten den feuchten Sandstrand. Kyri drehte sich um, betrachtete aufmerksam ihre schmalen Fußspuren und schüttelte sich.

Es ist mir noch zu kühl zum Sonnen. Ich muss auch erst meinen Mantel holen!, sagte sie dann und lief wieder zurück ins Wasser, das in flachen Bögen heraufschnuckerte. Sie hob die Knie wie ein edles Füllen, eine Gischtrosette begleitete sie, und silberne Strudel tanzten hinter ihr drein, bis sie sich wie ein Hecht flach hinauswarf und ein Beet gläserner Binsen links und rechts von ihr aufspross und zerquirlte.

Sie kletterte wieder in ihre Jolle. Die Jacht drüben legte sich auf die Seite, das Wasser ebbte davon. Helges Vetter lehnte am Mast, hatte die Augen zu und ließ sein examenblasses Gesicht röten. Und nahm keine Notiz von ihr.

Er raucht nicht mal!, dachte Kyri. Nein, sie hatte keinen Freund, das überließ sie gern Helge. Was sollte sie mit einem Freund? Segeln konnte sie allein. Und ihre Schularbeiten musste sie auch allein machen. Und ein Buch konnte sie auch nicht zu zweien lesen. Oder um etwa auf dem Flügel vierhändig zu spielen? Oder Filmbilder zu sammeln? Und so weiter? Aber im Grunde war es nicht ganz angenehm, hinter irgendwem zurückzustehen.

Immerhin könnte ich sagen, ich sei mit Jan befreundet!, dachte sie. Obgleich er vielleicht nicht furchtbar vornehm ist. Dafür weiß er aber wenigstens erstklassig mit Booten umzugehen.

Sie nahm ihr Bademantelbündel, rieb sich ein wenig trocken. Nette kleine Brise!, sagte sie. Auf einmal musste sie hell auflachen: Ich sag immer nette kleine Brise, glaube ich.

Sie legte den blauen Mantel hoch über ihren Kopf. Und watete so wiederum zum Strand. Das Wasser reichte ihr nun kaum bis an die Hüften.

Helge übte die „Kerze". Kyri legte sich gleich daneben. Das ließ ihr Ehrgeiz nicht anders zu, und sie wetteiferten, bis sie matt wie Korbflundern auf den Sand zurückklatschten.

Na, hast du nun einen?, jappte Helge.

Ja!, stieß Kyri hervor.

Einen Freund? Ätsch, also doch!

Nein, einen, der mit dem Boot umgehen kann und zuzupacken versteht.

Ah, willst du einen mieten? Ich sah so was im Film. Nachher heirateten sie.

Nein! Kyri wurde rot. Was bildete das Mädchen sich ein! Hatte sie nötig, einen zu mieten?

Also doch einen Freund! Sag es nur ruhig! Das ist doch keine Schande. Das gehört doch zum guten Ton. Später verheiratest du dich ja doch. Dann musst du dich ja doch an Männer gewöhnen.

Wieso gewöhnen? Was ist da zu gewöhnen?

So? Helge richtete sich auf und sah ihr mit schwimmigen Veilchenaugen ins Gesicht: Hast du dich etwa schon gewöhnt?

Kyri schwieg. Sie blickte geradeauf in eine kleine gelbliche Wolke, die aussah wie eine Puderquaste mit Hörnern. Sie erwog, ob es reizvoll sein würde oder nicht, jetzt Ja zu sagen. Aber sie wollte lieber noch eine Zwischenfrage tun.

Was meinst du eigentlich mit gewöhnen?

Hast du dich etwa an Herrn Möbius gewöhnt? Herr Möbius war ihr Lehrer in Mathematik.

Nee! Niemals!

Na also.

Aber du hast dich zett Be an deinen Vetter Axel gewöhnt?

Ziemlich.

Sagst du gewöhnen für – Kyri schnupfte ein wenig auf (es muss hier gesagt sein, um ihre unerwünscht sich einstellende Verlegenheit darzutun) – für Liebe oder so was?

Das weiß man erst nachher. Ich hab mal gehört, wie meine Mutter sagte, das weiß man erst nachher. Da redete sie von Onkel Max, das ist der Vater von Axel und der Vetter von meinem Vater. Und den hatte sie von Rechts wegen heiraten wollen. Sie sagte zu Frau Gondefro: Ich hab ihn sehr gern gehabt, den Max, aber das weiß man erst nachher.

Und was hat Frau Gondefro darauf gesagt?

Die hat geseufzt und gesagt: Und das Gegenteil, das weiß man auch erst nachher.

Scheußlich!

Ja! Ich hätte sonst vielleicht so schicke schwarze Haare wie Axel. Von Onkel Max.

Glaubst du an Vererbung?

Theorie! Hast du ja in der Biologie gehabt.

Ich hab mittelamerikanisches Blut in den Adern.

Ach nein!

Doch. Wie Tante Degeband. Ich erzähl es mal später. Ich hörte heute morgen ein Lied spielen, so mit Kastagnetten. Ich fragte, woher stammt es. Er sagte: Aus Kuba. Da war meine Großmutter her. Ich hätte glatt danach tanzen können.

Er sagte? Ist es ein Pianist?

Pah, es war der Bruder von Jan Himp, der kam heut morgen grad von See.

Was du alles kennst! Ist das der Mann, welcher?

Jan Himp?

Nein, der mit dem Rumba?

Nein, Jan Himp ist es.

Das ist ja ein schnuckiger Name. Komm, wir wollen es sofort Axel erzählen, sonst trifft der noch andere Dispositionen! Und er kann segeln?

Und ob!

Gut! Abgemacht! Aber das sag ich dir, gedacht hab ich nicht von dir, dass du schon einen Freund hast, so harmlos wie du tust!

Kyri hatte kein gutes Gewissen. Aber sie verschloss es. Wen ging es etwas an? Wenn es sie auch nicht drängte, erwachsener zu sein als sie war, so schien es ihr doch besser, nicht für unerwachsener gehalten zu werden als andere in dem gleichen Alter.

Axel wusste nicht, wer Jan Himp sei, wollte es auch gar nicht wissen. Er machte eine große Kavaliergeste und äußerte zurückhaltend hinterm Nasentuch, er traue Kyri nur waschechte Prinzen zu.

Kyri wurde es nicht traulicher dabei. Vielleicht hatte Jan Himp einen Sonntagssweater. Wir wollen ihn schon rausputzen, dachte sie. Und sie aß ein wenig mit von dem, was Helge verabredungsgemäß mitgebracht hatte. (Kyri hasste Proviant im Boot. Sie hungerte lieber, wenn sie allein segelte, und holte es zu Hause nach.)

Sie sonnten sich, liefen auf den grausilbrigen, kleinwellengerippten Sänden fast bis an die Fahrrinne, winkten zu den ungeschlachten, schraubenstampfenden Schiffsrümpfen hinauf, blickten in die dunstige Westweite, wo die Qualmwipfel der Dampfer aufwuchsen und welkten, hüpften dem Sog nach, rannten kreischend vor der Brandung aufs Trockene. Aber in die Schilfwildnis, die das Innere der Sandbank bedeckte, wagten sie sich nur wenige Meter hinein. Dort war es unheimlich wie im Dschungel.

Sie sprachen nicht mehr von der verabredeten Fahrt. Sie klatschten über belanglose Schulereignisse. Und als der Strom kenterte, liefen sie der aufrieselnden Flut bis an den Hals entgegen, schwammen eine Weile, lagen regungslos auf dem Rücken, in der Dünung eines grauen Afrikadampfers gewiegt.

Die „Brigantine" richtete sich wieder auf. Die Sonne marschierte über Süd. Wolken zogen sich zusammen. Der Wind schralte. Sie gingen an Bord, setzten Segel, hievten den Anker und klüsten heimwärts.

Die Regenbude

EBEN LAG der „Klabauter" an der Boje, da fing es an zu regnen. Jan Himp holte die kleine Brise rasch herüber. Der Ponton war leer wie ein Tanzsaal am Morgen. Jan hatte schon vorsorglich alle Geräte in die Bude gestaut. Die Tropfen spritzten von den Bohlen auf wie Knallerbsen, das Wasser war wie gehacktes Blei. Nun goss es wie aus Eimern. Kyri hatte nicht an Regen gedacht. Mantel und Mütze waren zu Hause geblieben. Sie musste in die Bude flüchten. Da saßen sie nun auf der Kiste. Und Kyri nahm Maantje, den kleinen Bären, auf den Schoß. Draußen prasselte der Regen. Wie Rauch lag es vor dem runden Fenster, von rinnenden Tropfen durchglitzt. Der Ponton schaukelte. Es war wie in einer Schiffskajüte.

Mich friert etwas, machen Sie die Tür zu!, sagte die kleine Brise.

Jan gehorchte flink. Er klinkte die Tür zu. Jetzt würde doch kein Kunde kommen. Und sein Bruder war nach dem Mittagessen gleich wieder in die Stadt gezottelt.

Jetzt sind wir auf der „Bunten Kuh", sagte Kyri unvermittelt. Jan Himp sah sie fragend an. Sie lächelte spöttisch, aber es galt ihr selber. Sie war in ihre Kleinkinderfantasie ausgeglitten. Sie fügte kühl hinzu, man könne sich fast vorstellen, auf einem alten Rahsegler in der Back zu sitzen.

Jan Himps Augen begannen im Halbdunkel aufzufunkeln: Meinen Sie?, flüsterte er.

Er war den abenteuerlichen Kinderträumen noch nicht ganz so weit entrückt, wie Kyri es für sich selber in Anspruch nahm.

Wenn man Lust hätte, könnte man sich Manches vorstellen!, erwiderte sie. Jan Himps aufflackernde Stimmung wirkte ansteckend. Sie atmete tief. Ihm fiel ein, ob sie wohl eine Wolldecke aus der Kiste haben möchte.

Bin ich ein Waschlappen?, lehnte sie ab: Mich wärmt Maantje genug. Mein Vater hat mich derzeit mal mitgenommen. Es war die Strecke Kap Hoorn. Es ging drunter und drüber. Aber Sie glauben wohl, ich sei seekrank geworden? Puh!

Jan Himp wagte nicht zu zweifeln. Er war voll Neides, der das Misstrauen überbrodelte: Ich werde mich auch hüten, seekrank zu werden, knurrte er.

Haushoch!, sag ich Ihnen. Ich fiel von oben, brach einen Arm.

Von der Marsrah? Vom Besan? Hinnerk Puß, der Bruder von Tine Puß, fiel auf der Passat vom Fockmast vierzig Meter hoch, brach das Genick und ein Bein und war ziemlich bald tot. Davon ist sie seitdem ein büschen komisch im Kopf.

Kyri nickte mitleidig. Man müsse auf allen vieren wie eine Katze fallen.

Jan Himp wurde auf einmal ungläubig. Sie erkannte es, wies ihm mit vorwurfsvollen Augen den linken Arm: Nichts mehr zu sehen. Ist erstklassig geheilt. Ich war noch klein.

Jan bereute seine Zweifel, sagte bewundernd: Donnerwetter!, und wollte ihren Arm anfühlen. Aber sie entzog ihn. Sie sah ihn lauernd an: Hu, wie es schaukelt!

Es ist ja nur die alte Bootsbude!, antwortete er langsam, als wolle er fantastische Vorstellungen auf den Boden der Wirklichkeit zurückführen.

Ganz wie Sie wollen!, entgegnete sie im Tone einer Erzieherin: Wir könnten auch Piraten sein, anstatt Störtebeker zu fangen und ihn hinzurichten mit dem Schwerte. Wenn dies Schiff Brigantine hieße, so wären wir Brigantine des Meeres. Großartig! begeisterte sich Jan Himp: Sagten Sie „Brigantine"? So heißt Gondefros Boot in Blankenese, Jollenkreuzer, vierzig Quadratmeter. Wir haben ihm das Beiboot geliefert.

Ach!, murrte sie mit erzwungener Bosheit: Wie dürfen Sie so roh unsere Romantik stören! Glauben Sie vielleicht, ich weiß das nicht?

Wir können unsere Brigg vielleicht deswegen „Anna Bonny" nennen!, schlug er zögernd vor, und da sie ihn stirnrunzelnd anblickte, eiferte er sich verlegen: Anna Bonny war nämlich eine Seeräuberbraut, Käptn Rackams rechte Hand. Ich habs gelesen. Sie trug Matrosenkleidung und kämpfte tapfer wie ein Mann. Sein Schiff hieß Blackhell, das heißt schwarze Hölle.

Weiß ich, wir haben auch Englisch. Und warum wollen wir diese Kiste Blackhell nennen? Fühlen Sie sich etwa als Käptn Rackam?

Sie fühlte ihre Überlegenheit. Dies war der junge Mann, der mit auf Tour sollte? Ihr war unklar, wie man solchen Fall behandeln müsse. Vielleicht musste man zusehn, wie weit er zu mucksen wage, oder aber ... jedenfalls war es schwer zu sagen, warum es Spaß machte, nun zu fragen: Jan Himp, sagen Sie mal, aber auf Ehre, nennen Sie mich etwa insgeheim Anna Bonny? Und aus welchem Film ist das? Wer spielt die Rolle?

Nein, nein, wirklich nicht!, stotterte er.

Ein sehr schöner Name ist das nämlich nicht, wenn ich auch gegen Seeräuberbräute nichts einzuwenden hätte, das heißt, ich weiß ja nicht, was für einer Ihr Käptn Rackam war.

Er war auf die Dauer ein Dööskopp. Anna Bonny sagte zu ihm, als sie nämlich alle gefangen waren von den Engländern, da sagte sie im Gefängnis: Hättest du besser gefochten, Rackam, so brauchtest du nicht am Galgen zu baumeln wie ein Hund!, das sagte sie.

Ahumm! Soso! ein Dööskopp. Ein Pantoffelheld vielleicht sogar. Nein, das ist nichts für mich auf die Dauer.

Jan Himp lächelte. Eine überströmende Güte strahlte in ihm auf. Sie merkte es. Es war ihr peinlich. Sie steckte dem Bären die Hand in die Schnauze.

Hat er wieder Hunger?, näherte sich Jan: Er bleibt ab Mittwoch im Haus. Meistens wenigstens. Halb Oevelgönne war den Morgen schon hier, um ihn zu sehen. Das stört bloß das Geschäft.

Trocknen Sie mir lieber die Hand ab! Der kleine Sabbelpeter!, murrte sie. Als er nach einem Handtuch suchte, schüttelte sie den Kopf und wischte sich in Maantjes Fell trocken.

Dabei sagte sie mit übermäßig hoher kindlicher Stimme den alten Küstenmärchenvers her:

Maantje, Maantje Timpetee,
Buttje, Buttje inne See,
Mine Fru, de Ilsebill,
Will nich so as ick woll will.

Wat will se denn?, sä de Butt ... sprang Jan Himp lächelnd ein.

Wat se will?, sagte Kyri, lehnte sich zurück, ließ ihre grünbraunen Augen durch das runde Budenfenster in den perlmuttergrauen Himmel wandern: Reisen will se. Wiid, wiid weg inne wiide Welt!

Scheun!, sä de Butt: Dat sall se denn ook!, antwortete Jan Himp, glücklich, dass er es so flüssig über die Zunge kriegte. Und in jäher Bekräftigung sich auf sich selber besinnend, fügte er hinzu: Un hee ook!

Hee? Keen is hee?, krauste Kyri den Mund, obwohl sie gut wusste, wer mit „hee" gemeint sei.

Jan Himp stand auf und setzte sich wieder: Das werdet ihr alle schon noch zu sehn kriegen!, knurrte er mit zusammengebissenen Zähnen.

Eine Weile saßen sie schweigend da. Der Regen raschelte gegen die Außenwand und klöterte vom Dach. Der Wind musizierte in den Fensterritzen. Schwapp, schwapp klappten die Wellen gegen den Ponton und schoben ihn auf und ab. Ein Schlepper schrie sein Kompagniesignal. Ein Dampfer rief dumpf nach dem Hafenlotsen. In der Bude roch es nach Teer, Lack, nassem Holz, nasser Wolle und nach Zoo aus dem kleinen lebendigen Bärenpelz und einen Hauch süß aus Kyris Haar, von Kyris Haut. Der Wecker tickte.

Jan begann aus den kargen Brocken, die sein Bruder Willy bei Tisch von seinen Erlebnissen serviert hatte, runde dunkle Geschichten zu formen, das heißt, sie formten sich unterhalb seiner Zunge, rissen aber zwischen den Zähnen abgehackt auseinander. Kyri Sandvoß dachte darüber nach, ob es richtig sein würde, Jan Himp und den filmschönen Vetter Axel tagelang beieinander auf dem gleichen Boot zusammenzubringen.

Haben Sie wenigstens eine Zigarette?, fragte sie auf einmal. Sie wollte ihn auf alle Fälle vorbereiten.

Leider nein!, antwortete Jan Himp betreten: Aber ich werde welche besorgen.

Nicht nötig!, hielt sie ihn am Arm zurück. Und da er in halb abgewandter, halb geneigter Stellung bei ihr stand, sagte sie: Jan Himp, Sie haben wohl niemals einen Tag frei hier?

Er zuckte die Achseln. Was mochte sie meinen? Sollte er zu Geburtstag eingeladen werden oder Wege besorgen? Ah, da fiel ihm die Sprottenwirtin ein. Er hatte keine Lust, die zu besuchen. Er schüttelte wortlos den Kopf.

Schade!, sagte sie. Sie war ärgerlich. Ihre ganzen Überlegungen hätte sie sich sparen können.

Was sollen wir schon bei Guschi Bohnsack in der Spelunke!, versuchte er einen schwachen Trost.

Guschi Bohnsack? Ist das auch eine Seeräuberbraut? Ach, sie hatte die Sprottenwirtin schon fast wieder vergessen. Jetzt schrieb sie es sich innerlich auf. Richtig, die hatte sie eingeladen. Nein!, sagte sie: Daran dachte ich eben nicht.

Sie zog ihre Puderdose und fuhr sich mit dem flachen Wischer über die Nase.

Es war an Jan, sich zu fuchsen. Er setzte an, um die Möglichkeiten zu erwägen, um, es sei, für was es wolle, mal einen Tag oder einen halben loszukommen von der Bootsvermietung: Im Winter!, nickte er, und da sie abwinkte, hatte er schon einen anderen Plan. Sie aber deutete plötzlich angstvoll nach der Tür. Still!, flüsterte sie.

Vom Brückensteg waren durch die Regengeräusche hindurch Schritte und Stimmen vernehmbar.

Jan wollte nachsehen. Sie hielt noch seinen Ärmel. Er gehorchte ihrem Zuck und blieb stehen: Rasch, schließen Sie ab!, wisperte sie erregt: Ich möchte nicht mit Ihnen gesehen werden!

Sie ließ ihn los. Er schlich beeilt an die Tür. Den Schlüssel hatte er in der Tasche, aber es wäre nicht rasch gegangen. Es war auch ein Riegel da. Er schob ihn ziemlich geräuschlos zu. Lauschte. Schlich wieder zurück.

Wer ist es? Ihr Hauch streifte dicht sein Ohr.

Er beugte sich zu ihr, beide Hände um den Mund: Willy!, flüsterte er.

Draußen wurde an die Tür gefasst. Keiner da! Knorke!, krächzte eine windige Stimme. Willy Möllers heiserer Bass antwortete: Boot ist da, Riemen dito. Denn ran! Ist Zeit!

Man hörte, wie das Beiboot flottgemacht wurde und zwei hineinjumpten. Der Riemen polterte seinen Abstoß gegen die Pontonkante. Dann hörte man das wriggende Janken in der Heckkimme. Das Boot entfernte sich.

Der andere war der Flunki!, sagte Jan vor sich hin. Der will meinem Bruder wahrscheinlich die neue Barkasse zeigen. Hätten sich auch besseres Wetter aussuchen können!

Er hob sich vorsichtig ans Fenster. Die kleine Brise sah über seine Schulter. Ihre Hand stützte sich auf ihn. Er achtete nicht darauf. Er sah die beiden Männer in Ölzeug. Der Regen war wie ein grauer Schleier dazwischen. Sie legten bei dem großen Motorboot „Guschi" an.

Kletterten beide an Bord, machten von der Boje los und belegten das Stegboot an der Boje. Der Flunki schloss den Motorstand auf. Es dauerte nicht lange, so zuckelten sie davon.

Wie leise das fährt! Kyri richtete sich auf. Die beiden Bullaugen in der Bude, stromauf das eine, stromab das andere gerichtet, befanden sich etwa in Schulterhöhe: Das war ordentlich spannend!, sagte sie aufatmend: So, nun muss ich aber weg!

Es regnet noch furchtbar!, erwiderte Jan gleichgültig, stieß den Riegel zurück und öffnete die Tür. Gar zu gern wäre er mit den beiden Männern gefahren. Und obwohl er eine klare Abneigung gegen Hein Kluback, den Flunki, hegte und obwohl er es nicht gerade als sehr herzlich von seinem Bruder empfand, sich nur so eben zu einer verschwenderisch bereiteten Lieblingsmahlzeit im Hause sehen zu lassen, es überwog doch die grenzenlose Hochachtung vor dem abenteuerumwitterten Heimgekehrten, ja, er hatte ihn eigentlich immer schon bewundert, den großen Bruder, der viel robuster, flegelhafter und unbekümmerter veranlagt war und in allen Jungsschlachten und Ausfressereien die Anführerrolle in Oevelgönne gespielt hatte und bis Ottensen und Nienstedten hinauf und hinab im Ruf eines unerschrockenen, aber auch unzuverlässigen Briten gestanden hatte. Diese Bewunderung hatte nicht nachgelassen und hatte die Kraft, sogar den Flunki etwas erträglicher überzustreichen.

Mechanisch zog Jan seinen Ölrock an. Die Brise beobachtete ihn und sog nachdenklich an ihrer Unterlippe. Der Ölrock und der Wachstuchsturmhelm des Südwesters standen ihm nicht schlecht. Er sah breiter und älter darin aus.

Er trat vor die Tür, schimpfte, dass die beiden sein Beiboot an die Boje gebunden hatten. Nein, mit einem anderen Kahn hinterherpullen wollte er nicht. Mochten die auch allein wieder rüberkommen. Er legte die Hand über die Augen. Es tropfte auf seine Nase. Das Motorboot war nicht mehr zu sehen.

Ein leerer Frachtdampfer, hoch auf den mennigroten, muschelbewachsenen Unterwasserplanken schwimmend, wurde von zwei vorgespannten Schleppern stromab gezockelt. Die „Nipangu"!, sagte Jan Himp traurig. Mein Bruder kam damit. Nun wird sie aufgelegt.

Auf einmal erkannte er hinter ihrem Heck herschleichend, ja, fast unter der Spiegelwölbung das graue Schnellboot Hein Klubacks. Warf dort nicht jemand etwas herunter? Einen Seesack, zwei Seesäcke? Der Regen wischte über den sonderbaren Vorgang. Vielleicht hatten zwei Kameraden Willys noch ihre Sachen an Bord gehabt und bedienten sich nun der billigen Beförderung durch die zufällige Barkasse. Womöglich würden dann auch die, sobald der Dampfer drüben auf dem Schiffsfriedhof vertäut war, persönlich herüberkommen, um sie sich abzuholen. Jan freute sich darauf.

Das Schnellboot „Guschi" war inzwischen schon wieder in Fahrt. Es hielt nicht auf Klas Möllers Bootssteg zu. Es glitt schnurrend stromab und verschwand hinter den Stacks am Halbmondstrand.

Lot jem susen!, knurrte Jan.

Er wandte sich um. Die kleine Brise war nicht mehr da. Er sah höchst verwundert den leeren Brückensteg entlang. Die wird schön nass!, sagte er, ging hin und her und wartete, dass die Barkasse zurückkommen solle. In der Bude auf der Kistenbank lag die kleine Puderdose, und der Bär schnupperte dran herum.

Die Schmuggler

WILLY MÖLLER, Jans großer Bruder, war den Vormittag gleich nach Altona zum Fischmarkt gefahren und ging von der Haltestelle stracks dahin, wo in einer Seitenstraße das Gastwirtschafts- und Frühstückslokal „Zum lustigen Sprottenkeller" lag. Da roch es schon auf der Treppe mehr nach Bier, Bratenfett und heißem Rum als nach Sprotten, die eben nur einen geringeren der Genüsse ausmachten, die hier geboten wurden. Eine Bumsorgel war schon den frühen Tag im Betrieb und zingelte eine nagelneue Walze heraus, von einigen übermäßig geölten Kehlen begleitet, die sangen, so laut sie konnten:

Im Hotel zum lustigen Matrosen,
Das in Hamburg an der Elbe liegt,
Bleibt das Geld nicht in den blauen Hosen,
Weil es darin bloß die Motten kriegt.

Guschi Bohnsack, die dicke Wirtin, begrüßte Willy Möller wie alle ihre Gäste mit kräftigem: Step in! How are you, fellow? Na, denn sett di, Betty!

Willy Möller schüttelte ihr die Hand. Sie erkannte ihn nicht gleich. Es war fast zwei Jahre her, als er, eben Leichtmatrose, es mal mit einem Altonaer Fischdampfer versucht hatte. Damals gab es noch so eine Art Vermittlung, so eine Art Heuerbüro bei Frau Bohnsack, und sie selber war der Heuerbaas. Aber es handelte sich bei dem, was sie an der Hand hatte, gewöhnlich um schlechte Schiffe, um gefährliche oder dunkle Unternehmungen, nur geeignet für Burschen mit doppeltem Gewissensboden und einer Hornhaut ums Gemüt oder für solche, die etwas Besseres nicht finden konnten. Manchem hatte eine vom Sprottenkeller aus getätigte Anmusterung eine gespickte Tasche eingebracht, manchem aber auch einen unerwünschten Zusammenstoß mit der Polizei und manchem ein frühes Ende. Fast wäre auch Willy damals abgebuddelt auf dem Seelenverkäufer, der nur wegen der Versicherungssumme noch einmal ausgelaufen war und sich bei Island allzu gründlich auf die Klippen setzte. Da hatte Willy als einer der Geretteten es nachdem vorgezogen, dank der Verbindungen seines Vaters auf einem großen Frachter anzumustern und lieber etwas weniger Heuer zu beziehen, dafür jedoch etwas sicherer zu fahren. Fast aber wäre er durch Guschi Bohnsack auf den Dampfer Falke gekommen, der jenes merkwürdige südamerikanische Abenteuer unternahm und Venezuela erobern wollte.

Kurz und gut. Nun war Willy wieder da. Und dies war ein nettes Lokal. Unter der niedrigen Decke hingen, doch so, dass niemand mit dem Kopfe daran stieß, grobe und zierliche Schiffsmodelle, wie sie aus den harten und doch so geschickten Händen des Seemanns auf langen Segelreisen hervorgingen und selbst heute noch manchmal auf langen Trampfahrten und, wenn auch seltener, im arbeitslosen Zuhause entstehen. Vor dem Fenster waren jene erstaunlichen Flaschen waagerecht aufgebaumelt, darin ein winziges Segelschiff oder ein putziger Dampfer mit gehöriger Takelage, auf Wellen aus Glaserkitt und manchmal mit einem Hintergrunde von Felsengestade, Häusern und Leuchttürmen, hineingehext ist. Einige verräucherte Gemälde mit peinlich genau gemalten Briggs, Barks und Vollschiffen hingen an den Wänden, Zeugen der Altehrwürdigkeit dieser Gaststätte, zeugend teils von Freundschaft, teils von abgeglichenem Verzehr. Ja, schon Frau Bohnsacks Großvater war Sprottenwirt. Und ihr selber, seit sie eben kriechen konnte, war die Luft dieser Kellerkneipe ein tägliches Vergnügen gewesen. Ihrem Vater, der das Erbe antrat, hatte sie seit früher Jugend geholfen. Zwar hatte sie nach auswärts geheiratet, war einem amerikanischen Kapitän nach Frisko gefolgt, aber nach dessen Tode spornstreichs heimgekehrt und hatte, da auch ihr Vater inzwischen verblichen war, mit einem kleinen Kapital den schwankenden Keller wieder in Lot gebracht und allerlei Geschäfte nebenbei getrieben, wie es der große Hafen und die hereinwehende Allerzonenluft so mit sich bringt. Wir haben schon gemerkt, auch vor ein bisschen Schmuggel scheute sie nicht zurück.

Schmuggel trifft keinen Armen!, sagte sie: Der Staat kann es immer noch missen. Und je schmaler die Scheckeinnahmen bei der mageren Lage der Welt wurden, desto weiter wurde Guschi Bohnsacks Gewissen.

Der Sprottenkeller war trotz der frühen Zeit gut gefüllt. Die Gäste saßen in Gruppen, einige in zusammengerücktem Gespräch vertieft, andere, die schärfer geladen hatten, waren laut. Aber die meisten übten die Kunst, ein Glas Bier oder einen Kümmel auf viele Stunden zu strecken. Die Bumsorgel hörte nicht auf zu spielen. Die alte Mutter Frau Bohnsacks, ein zahnloses, runzliges, aber wieselflinkes Ungetüm, verwaltete nicht nur die Theke, sondern hatte auch eine mächtige Gewandtheit, stets eine neue Walze in den Bauch des Orchestrions zu schieben. Für die allgemeinen Gäste war ein Kellner da, ein Halbblutchinese, ein dürrer, stiller Mann, der sich aber, wenn es not tat, auf ein vorzügliches Jiujitsu verstand. Die Tochter der Alten, Guschi, pflegte sich der Bedienung besserer Gäste persönlich zu widmen. Sie verstand sich prächtig auf den halb mäuschenhaften, halb mütterlichen Ton, wie ihn die Seefahrer lieben, denn was eine rechte Hafenwirtin ist, muss den Männern, die aus aller Welt weit weg von der Heimat bei ihr ein gemütliches Plätzchen suchen, einen kleinen Abglanz zu geben verstehen von dem, was dem Herzen nahe ist, und ein kleiner Ersatz sein können für die

Mutter und für die Braut. Frau Bohnsack war gerade in dem mittleren Alter, um beides mit Geschick und Freundlichkeit fertigzubringen, und schon darum wurde ihre Kundschaft nie alle.

Wir haben sie allerdings als nicht so sehr reizvoll in Erinnerung. Wie es bei solchen Typen denn oft der Fall ist, man muss sie in ihrer eigentlichen Umgebung erleben, um sie richtig einzuschätzen. Außerhalb wirken sie gelegentlich komisch oder unangenehm.

Engelsüß und unschuldshell wie ihre ungeheure weiße Schürze erglänzte ihr rundes Gesicht, als sie das dampfende dicke Glas vor Willy auf den ziemlich sauber gescheuerten Tisch pflanzte zwischen die angetrockneten Fußringe jener Gläser, die vordem hier gestanden hatten und getrunken waren. Sie seufzte fett auf: Tja, Herregottenee, Jan Himps Pruder! Jan Himp hat mir das Leben gerettet! Hat er! Dafür is tieser Grog gratis.

Willy dankte durch ein flüchtiges Nicken: Is Hein Kluback da?, fragte er leise.

Du sitz tja mal 'n büschen steif auf die Bank, mein Tschung!, zwinkerte sie ihm zu: Hast woll was Bisonderes inne Tasch?

Ja, ihr war nichts verborgen. Hein Kluback?, fuhr sie stolz fort: Mein Bräutigam! Der ist im Kontor. Komm man mal mit!

Gratuliere!, sagte Willy. Er trank gemütlich den heißen Grog hinunter. Er hatte gelernt, nichts zu übereilen.

Die Wirtin füllte die Zeit mit der Schilderung ihrer Rettung aus. Willy hörte gelassen zu, folgte ihr dann durch die Blicke und mehr oder minder munteren Zurufe einiger ihm halbwegs bekannter Gäste in ein Hinterzimmer, wo Hein Kluback, der Flunki, in einer Art Morgenrock saß und in einem speckigen Buche rechnete.

Hier ist es ja wie bei uns in der Bootsvermietung. Hier wird ja auch angeschrieben!, lachte Willy.

Der Flunki musterte ihn verkniffenen Blickes: Setz dich hin! Bring 'n Schnaps, Guschi!, krähte er. Willys dargebotene Hand ließ er unbeachtet. Er griff unter seinen türkisch gemusterten Schlafmantel, oder was es sein sollte, hinter die Weste und zog eine dicke Brieftasche hervor, darin er mit angesogenen Nasenlöchern und vorgestreckter Schulter zu blättern begann. Sein Monokel fiel ihm ein. Er setzte es auf. Willy sah es sich schweigend an.

Willst du es in Dollars zurück?, fragte der feine Flunki.

Was du für ein Gedächtnis hast!, lachte Willy mit einer wegwerfenden Gebärde, die geeignet war, des anderen Großschnauzigkeit zu übertreffen.

Ich bleib nichts schuldig!, schob ihm der Flunki die drei schwarz-grün-weißen Scheine hin.

Eilt nicht!, schob Willy sie zurück, obwohl er keinen Pfennig auf der Naht hatte: Rechnen es später im Ganzen in Silber Heimat ab.

Im Ganzen?, schnupperte misstrauisch Flunki Kluback.

Er hat was inne Tasch!, flüsterte schmunzelnd die Wirtin und stellte einen Angostura vor beide hin.

Willy zog das Paket aus dem Latz hervor.

Wenn das was für euch ist!, sagte er dabei langsam und mit gewichtiger Dämpfung der Stimme.

Der Flunki untersuchte flink den Inhalt. Frau Bohnsacks dicke Hand patschte wohlgefällig auf Willys breiten Rücken. Der Flunki warf ein schieliges Auge auf den Vollmatrosen.

Miese Rohware!, krächzte er gedämpft: Überangebot! Haste mehr davon?

Wenn du Zaster hast, ist das vielleicht nicht unmöglich. Aber ich will nichts damit zu tun haben wegen Zoll und so. Das mach alleene!

Er war in Beirut zufällig Augenzeuge gewesen, wie die Schwarzware überkam, und ein klein niedlicher Block war ihm gleichsam als Schweigegeld in die Finger gezaubert worden.

Emm we! Kenn ich! An Bord, weiß schon!, räkelte sich der Steward gelangweilt.

Willy lenkte nun erst mal auf den Preis. Der Flunki konnte ein Grinsen zu der Wirtin kaum verbergen. So billig war selten: Wenn es glattgeht, kriegst du was extra!, krähte er geduckt: Aber Bedingung: Selber mitmachen. Und Schnauze halten!

Okee! Haben wir draußen gelernt.

Die beiden machten ihren Plan und fuhren gleich an Bord der Nipangu, wo Willy Möller sich bei dem noch anwesenden Kapitän und dem Reedereivertreter als Wachmann meldete. Ihm wurde bedeutet, sich den anderen Tag am neuen Liegeplatz einzufinden. Die Nipangu sollte noch den Nachmittag verholt werden. Das bisschen Ladung war mit der Flottheit, die den Hamburger Hafenbetrieb vor anderen auszeichnet, schon fast gelöscht. Ein Teil der Besatzung war zum Verholen noch an Deck und in der Maschine. Und in der Maschine war auch der Mann, den Willy Möller und der Flunki suchten.

Nicht viele Dampfer, die den Hamburger Hafen anliefen, gab es, die dem Flunki Hein Kluback nicht in irgendeiner Beziehung bekannt waren. Und auch auf der Nipangu hatte er gleich die richtige Verbindung heraus und ärgerte sich, dass er den Rummel nicht allein gewittert hatte und ausgerechnet ein solches Grünhorn wie Willy Möller ihn auf die Winde stoßen musste. Jedoch, da es nun so war, bezog er den biederen Vollmatrosen Möller mit in seine Absichten ein und redete ihm auch seinerseits, jedoch aus anderen Gründen als Jan Himp, dringend zu, den Posten als Wachmann anzunehmen. Eine Aussicht auf andere Posten sei in der Seefahrt sowieso so rar wie Kuhfladen auf dem Jungfernstieg.

Die Schwierigkeit war, wie immer bei solch delikaten Waren, der sichere Transport durch die spitzen Augen der Zollschranken, die den Hamburger Freihafen wie ein lebendiger Zaun von Stacheldraht umgeben. Die kleinen, teuren, für die Einfuhr verbotenen Opiumblöcke waren schon in zwei Seesäcken weich und hübsch verpackt. Sie über den Kai und über die Fähre durch den Zoll zu bringen, war nicht ratsam. Der Flunki war den Zöllnern zu wohlbekannt, als dass er mit solchem Gepäck auf dem Ast nicht verdächtig gewesen wäre. Und Willy konnte nicht zwei Seesäcke tragen, ohne aufzufallen. Von den anderen Leuten der Besatzung aber war keiner abkömmlich, bevor nicht das Schiff stromab im Parkhafen zum Aufliegen vertäut war. Der betreffende Heizer war Mittelsmann einer türkischen Firma und ein einfacher, aber gewitzter Kerl. Er wollte bis zum neuen Liegeplatz warten. Der Flunki machte ihm klar, dass es dort nicht anders sei als mitten im Betriebshafen. Die Grünen seien auch dort überall, und sogar ein kleiner Zollkreuzer liege da vor der Einfahrt. Also kam man überein, die Ausladung der kostbaren Säcke während des Weges vom Löschplatz bis zur Aufliegestelle vorzunehmen. Sie hörten sich wegen der Schlepper um. Da noch Feuer unterm Kessel war, würden es nur zwei sein und beide bis zum Parkhafen vorn. Das war günstig.

Der Heizer war mit auf Deck gekommen. Er bog seine geschwärzte Visage in den Himmel, der durch die Qualmschwaden der Schlepper, Kräne, Schlote und Werften unruhig herabblaute.

Es gibt zudem einen feuchten Nachmittag!, sagte er, indem er seine Pfeife hinhielt: Ollreit! Scheun!

Der Mann kriegte nun, unter dem Tabaksbeutel verborgen, den ihm der Flunki reichte, die Hälfte der ihm zustehenden Provision in bar. Er stopfte seinen Brösel und steckte die Scheine in die Hose. Hier war Vertrauen und Risiko am Platze. Der Rest war nach vollendeter Abnahme im Sprottenkeller fällig.

Wir haben mit Jan Himp gesehen, wie die Übernahme der Seesäcke erfolgte. Weitere Zeugen waren bei dem Guss zufällig nicht am Strande. Und auf dem Wasser ein paar Fischewer und ein Ausflugdampfer lagen ohne Einblickmöglichkeit. Der Zöllner, der in der Polizeibude auf der Neumühlener Brücke klönte, war schließlich nicht dazu angestellt, wie ein Schaukelpferd stier und starr dauernd auf den Strom zu gucken. Und nur ein Oevelgönner Lotse, der mit gewichtigem Schritt sich auf Törn begab, um den umständlichen Landweg mit Omnibus und Bahn zur Brunsbüttler Schleuse zurückzulegen, von woher er bald ein Schiff stromauf zu lotsen erhoffte, wie es sein Broterwerb war, dieser befahrene und muntere Mann allerdings sah von der Promenade das seltsame Überbordmanöver, das da so überrasch am Heck der Nipangu vor sich ging, und wollte sich schon sein Teil denken. Aber da nicht er dort Lotse und damit Zollvereidigter war und es zudem so furchtbar regnete, steckte er das Denken auf und knurrte: Wasch ab, wasch ab! Mi kleit dat nich!

Die beiden in der grauen Barkasse „Guschi" fingen die schweren, doch vorsorglich mit Werg gepolsterten Seesäcke glücklich auf und entwetzten, eben bevor beim Athabaskahöft, wo es um die Ecke geht, der eine der vorgespannten Schlepper wegen des besseren Bugsierens die Trosse vorn losschmiss und sich nach achtern begab.

Der Flunki hatte ein bewährtes Taxi an den einzigen für solche Zwecke möglichen Landeplatz bestellt. Es ist dort in unauffälliger Gegend, an der flachen Senkung des

Ufers, wo die Elbchaussee fast in gleicher Höhe mit dem Strand liegt und ein Wagen glatt bis ans Wasser fahren kann. Man konnte behaupten, alles klappte auf die Minute. Das flache Schnellboot setzte platt auf den Sand, Willy Möller brauchte nicht weit zu waten. Der Fahrer packte auch mit zu, und im Augenblick waren die kostbaren Bündel im Auto verstaut. Und während Willy Möller den Transport begleitete, drückte der Flunki auf den Hebel und rutschte mit dem ungewöhnlich kräftigen Motor leicht und ohne viel Geräusch rückwärts wieder vom Strand herunter.

Er gondelte stromab bis nach Blankenese, wo er hinter der Dampferbrücke festmachte. Eine Weile gaffte er wie die umherstehenden Fischer und Lotsen in die Stromweite. Nein, die Luft war rein. Er trat in die Brückenwirtschaft, bestellte ein Glas Bier und rief nach kurzer Zeit im Sprottenkeller an. Ollreit!, sagte die Sprottenwirtin: Erstklassig! Tschon bezahlt! –

Er trank befriedigt sein Bier aus, zahlte auch, antwortete auf die Frage des Wirtes, ob er jemand erwarte, mit einem Lächeln, das alles bedeuten konnte, und fuhr wieder nach Oevelgönne zurück. Er landete nach einer Stunde etwa mit triefendem Ölmantel, aber heiteren Gemüts bei Klas Möllers Bootssteg, versorgte und verschloss seine brave Muckepigge und begab sich mit dem Beiboot an Land.

Jan Himp stand mit großen Augen da. Seine Finger krampften sich um Kyris kleine Puderdose, die er zu sich gesteckt hatte.

Ist er denn gleich als Wachmann an Bord geblieben?, fragte er kleinlaut, indem er das Beiboot an die Kette legte: Und wo sind denn die beiden Seesäcke?

Der Flunki sah ihn starr nachdenkend an. Sein Blick wurde böse: Willy? Nee, der wollte bloß seine gepumpten drei Dollar zurückhaben. Im Übrigen hat er mich beauftragt, dir zu sagen, die Schnauze zu halten!

Wegen Ihnen, Herr Kluback –! Jan begehrte verächtlich auf. Der Flunki aber legte ihm eine feuchte, dürre Flosse auf den blanknassen Ärmel und sagte mit einer drohend betonten und vor ärgerlicher Ehrlichkeit kaum noch krächzenden Stimme: Lieber Jan Himp! Nicht meinetwegen! Aber wegen deines Bruders würde ich es tun! ... Er wird wohl gleich zu Hause sein.

Jan Himp sah mit offenem Mund zu ihm auf. Ihm schwante Dunkles. Er entwand sich mit einer fröstelnden Bewegung dem Druck der Flunkihand, holte den Bären und die Kasse aus der Bude, steckte beides unter den Mantel und schloss die Tür ab. Und ging neben der nebelspaltend vorgereckten Achsel des Stewards den Brückensteg entlang, trennte sich am Fliesenweg ohne Wort und ging nach Hause.

Und der liebe Weg zwischen den kleinen Gärten deuchte ihm zum ersten Male in seinem Leben sauer und lang, als drücke auf seinem Rücken eine üble, unsichtbare Last, die den kleinen Bären und die Kasse bei Weitem überwog.

Wie Willys Heimkehr gehörig gefeiert wird

KYRI SANDVOSS war zum Auswringen durchnässt, ehe sie die Haustür oben im Park erreichte. Sie hatte mit Absicht nicht daran gedacht, den Bademantel umzuhängen. Das Mädchen ließ sie ein, wollte Laute des entsetzten Mitleids und Vorwurfs ausstoßen. Kyri aber hielt ihr die Hand vor die Zähne und rannte die Treppe hinauf in ihre kleine weiße Dachstube. Dieses lustige Zimmer hatte sie Schwanenturm getauft, aber sie selber sah jetzt eher wie eine feuchte Krähe aus; nicht lange jedoch, dann warf sie ihre nassen Fahnen ab und rieb sich trocken. Durch die noch dünnlaubigen Wipfel der Parkulmen sah sie dabei den Hügelhang hinunter über die Dächer Oevelgönnes und die Promenade und die zieren Vorgärten und die Bögen des Strandes bis auf Möllers Bootssteg. Da stand Jan Himp klein wie ein Bleisoldat und hatte sicher noch nicht gemerkt, dass sie weg war. Plötzlich fing sie an zu weinen. Sie blickte an ihrem mageren Körper hinunter, faltete erschauernd die Hände, bildete sich plötzlich ein, keine Eltern mehr zu haben, schluchzte heftiger, ja, sie war ganz arm und verstoßen, in einem fremden Hause geduldet. Vater blieb auf See!, sagte sie halblaut, wie sie es einmal in der Küche von einem Mädchen gehört hatte. Meine Mutter – hier hielt sie inne, von einer grausigen Vorstellung gepackt – hat sich die Kehle mit einer Stricknadel ... Sie konnte nicht weiterdenken, kroch, wie sie war, unter die Bettdecke und drückte schluchzend das Gesicht ins Kissen.

Unten aber bei Möllers ging es bald danach heiterer zu. Und es war ein gewaltiger Kaffeeklatsch. In der guten Stube mit den braunroten Plüschmöbeln drängten sich zum Willkomm die Gestalten der Oevelgönner Nachbarn und Freunde, die vierschrötigen, sturnackigen der Männer, die herben, teils überaus eckigen, teils sehr rundlichen der Frauen. Willy Möller war wieder da. Ah, zu Mittag hatte er nicht viel verlauten lassen, nicht mal ein Stück Schokolade hatte er mitgebracht. Er müsse seine Heuer erst vom Büro holen!, hatte er gesagt und hatte dem üppigen Lieblingsmahle nicht die Beachtung geschenkt, die seine Mutter und seine Schwester wohl hätten erwarten dürfen. Der Vater hatte ihn schweigend beobachtet. Immerhin, der Willy war ein strammer

Bengel geworden. Und als er nach dem Essen gleich wieder abhaute, da sagte der Alte, ehe er wieder in seine Werkstatt ging, mit einem gewissen Stolze zu der enttäuschten Mama: Genau wie ich früher. Da mach dir man nichts aus. Dat kömmt allens!

Und wahrhaftig! Eben klar zur Kaffeezeit kam Willy wiederum die Himmelsleiter heruntergepoltert, und trug er auch keinen Seesack wie am Morgen, so schleppte er doch einen Haufen großer und kleiner, in so richtiges vornehmes Warenhauspapier verpackter Pakete. Und brachte seiner Mutter einen prachtvollen Bohnerbesen, einen lilaseidenen Pyjama sowie eine Pfundsdose Nürnberger Lebkuchen mit; seinem Vater zwei Kisten Zigarren, eine Mettwurst, einen Kanarienvogel, einen schweren Prachtband: Kunstgeschichte der Römer, zwei Flaschen Steinhäger und einen hellblauen Selbstbinder mit bonbonförmigen Punkten; seiner Schwester eine Literflasche Kölnisch Wasser, ein Paar rote Samtpantoffeln mit gelbem Futter, ein straußeneigroßes Osterei – es war drei Tage vor Pfingsten –, eine Bluse aus Krepp, die zu weit war, eine Ananas und drei mondscheinfarbene Nippesfiguren, die alle drei die gleiche neckisch, aber verbaut tanzende Elfe darstellten – ein viertel Dutzend war verhältnismäßig viel billiger als eine einzelne gewesen. Jan aber kriegte nichts. Der hatte ja schon den Bären. Für die Allgemeinheit aber wickelten sich dann noch obendrein zwei prachtvolle Obsttorten, ein gewaltiger Strauß Maiglöckchen und ein Doppelkasten runder, rosiger Badeseife heraus. Ja, das war Willy! Und mit großer aufgeräumter Geste legte er auch noch einiges Geld auf die Kommode, teils in Scheinen, teils in harten klingenden Münzen.

Genau wie ich früher! brummte der Alte und schenkte ein. Sein Sohn teilte alles aus und kargte nicht mit erläuternden Worten und hatte noch ein wenig mehr Schlagseite als am Morgen. Aber als die beiden Flaschen Steinhäger und etlicher Grog in die lieben Freunde und Nachbarn geflossen waren, merkte es keiner mehr, und Klas Möllers solides Haus hallte wider von scherzhaften Äußerungen, Lobsprüchen, Gelächter und dem Gesange treuherziger Heimatlieder, vermischt mit dem wechselvollen Programm des Radios und jenen Weisen, die Willy seinem Bandonion zu entlocken noch imstande war.

Finster saß Tine Puß dabei. Tine Puß, die Nachbarstochter, ein lediges Mädchen gegen dreißig, leicht wirren Geistes, das sich seit einiger Zeit eingeredet hatte, Willy Möller sei ihr Bräutigam und auf See verschollen. So etwa, wie einst ihr Bruder auf See umgekommen war. Nun, da Willy munter wieder da saß, schien dieser Traum aus zu sein. Sie hatte bestimmt damit gerechnet, er komme nicht wieder. Nun war sie etwas ratlos.

Der Bär Maantje wanderte von Arm zu Arm und aß von allem mit; aber betreffs des Trinkens achtete Elsbe streng darauf, dass er nur Milch bekam. Und wie er, kreisten auch die anderen Geschenke Willys von einer Bewunderung zur anderen. Am meisten Aufsehen erregte der lila Pyjama, den der deftigen Möllerkinder kleine, dünne, ehrbare Mutter immer wieder verlegen ablehnte und ihn Elsbe für die Aussteuer zudachte, obschon Hanna Meyer meinte, dass es andere Mädchen gebe, denen es eher zukommen dürfe, solch Leckerbissen zu tragen, wo Elsbe ausdrücklich erst neulich erklärt habe, Nachthemden seien gesünder.

Die Torte und auch das, was bei Bäcker Seweko an Kuchen aufzutreiben war, und der Kaffee gingen den Weg des Steinhägers, und es wurde Abend, und man rückte der meterlangen Mettwurst zu Leibe und was die

Speisekammer von sich aus dazu zu bieten hatte, nebst den Resten vom Mittag. Und frische Flaschen echten Flensburger Jamaikarums, auch Arrak und für die Damen Bordeaux mischten sich mit heißem, gesüßtem Wasser, und es wurde Nacht, und die Lichter und Lampen der Ufer und der ziehenden Schiffe glühten durch den aufklarenden Wind.

Der kleine Jan Himp, der Jüngste in der lauten Gesellschaft, hockte im Hintergrunde. Er wunderte sich, was man alles für drei Dollar kaufen könne. Sein Glas enthielt wenig mehr als heißes Zuckerwasser, angehaucht wie ein blasser Morgenhimmel von ein paar dürftigen Tropfen Rotspons. Und er beobachtete besorgt die Hätscheleien, die dem Bärenbaby Maantje so reichlich zuteil wurden und die sich zu Ovationen verstärkten, wenn der „drollige Sofapummel" – so taufte ihn Tine Puß – zu Willys schluchzendem Bandonion tanzte. Tine Puß taute allmählich auf. Vorwurfsvoll, doch schon halb versöhnt betrachtete sie Willy Möller. Jan Himp sah es. Er sah nur Bewunderung in ihrem Blick und fühlte sich ihr darin verbunden.

Und der Duft des süßen Alkohols, des Zigarrenqualms, der Seife, der Maiglöckchen und des Kölnischen Wassers benebelte ihn. Auf einmal war ihm, als ginge er tramp, tramp in Willys großen Wasserstiefeln auf dem Grunde der See spazieren. Wo die Ertrunkenen als Gespenster hausen in den Häusern der Wracks. Er hatte den Bären an der Leine und einen elend schweren Seesack auf der Schulter, und die Haifische schwammen zu beiden Seiten wie Flottillen von Unterseebooten. Aber sie taten ihm nichts. Tramp, tramp, seine Seestiefel jagten sie weg.

Er war ein wenig eingenickt. Die Tafelrunde sang das Lied Gloria Batavia, darin es rührend heißt:

Eingenäht in Segellinnen,
Auf der Planke aufgebahrt,
Muss der Heimat fern von hinnen
Auf die letzte große Fahrt.

Vater Möller selbst schlug den Takt dazu zwischen den Neigen der Genüsse, dass die Gläser auf dem Tische tanzten.

Tine Puß weinte. Welch Trost war es doch gewesen, an den toten Willy Möller zu denken! Und die Mädchen kicherten. Willy schien auf einmal eine begehrte Partie zu sein. Und Jan Himp begriff, dass Willy eine Braut haben müsse, und hob seine Augen zu Hanna Meyer, die ihm die Schönste von allen deuchte und die wohl wert sein mochte, Willy beglücken zu dürfen. Er sagte es auch Tine Puß. Aber da wurde Tine Puß zornig.

Jan Himp schlich hinaus. Es regnete nicht mehr. Hinter der Hausecke glusterte der Mond. Von einem vorbeiraschelnden Seedampfer schlug es dünn acht Glasen. Es war Mitternacht.

Draußen traf er auf Joachim Dölling, der auch gerade wegwollte. Bekannte hatte Jan Himp ja dutzendweise in Oevelgönne und Hamburg-Altona. Es kommen viele in einen Bootsvermietungssteg. Jedoch als Freund hatte er eigentlich nur Joachim. Von klein auf hatte er mit ihm gesegelt und im Winter auf den Eisschollen geschippert.

Bleib man noch!, sagte er darum: Willy spielt sicher noch einen Kleinen auf.

Aber Joachim musste morgen rechtzeitig im Kontor antreten. Er wurde Kaufmann. Ferien hatte er erst mitten im Sommer.

Ist übrigens 'ne nette Deern!, sagte er lächelnd in den Mond.

Wer?, fragte Jan misstrauisch: Hanna, Elisabethua?

Tu man nicht so!, lächelte Joachim: Ich meine die vom Klabauter. Brauchst mich gar nicht anzufauchen! Ich gönn sie dir.

Joachim Döllings Stimme war milde, ja, ein wenig bebend vor Freundschaft. Wie auf Zehen ging er davon.

Der Mondgarten, die Puderdose, der Schein am Himmel

ALS JOACHIM, sein Freund, weg war, stieg Jan Himp die Himmelsleiter hinauf und kam an die Chaussee. Der Asphalt glänzte matt unter den Laternen. Von der weiten Ebene der Geest, hinter Gärten, Parks und Vororten her scholl das Rollen und der Pfiff der Eisenbahn. Es war eine andere Welt hier oben. Der Strom unten in der Schlucht der Südseite war hier nicht zu spüren. Es roch nach Gasolin, nach den Autos, deren Spuren den Fahrweg entlangliefen, dauerhafter als die Kielspur der Schiffe.

Hier lag der Park von Reeder Sandvoß. Der Mond spazierte hinter hohen Gitterspeeren. Eine Katze miaute, fauchte und huschte über den Weg. Dann tirilierte jählings eine Nachtigall. Fern antwortete eine andere. Die Kugellampen an der Gartenpforte brannten fahl. Das Gittertor stand weit offen. Das Haus lag dunkel. Es hatte einen breiten kurzen Turm an der Westseite. Da wohnte die kleine Brise, dachte Jan Himp. Er nahm ihre flache Puderdose in die Hand. Sie war glatt. Es ist rotes Email, dachte er. Er hatte die Absicht, es in den Briefkasten zu stecken.

Aber ehe er den Weg um das Rasenrund zurückgelegt hatte, sah er die Hauswand weiß aufleuchten und einen riesengroßen, geduckten Schatten darauf. Er erkannte nach kurzem Schreck, dass es sein eigner Schatten sei, von wilden Schlangen umrankt. Zugleich knirschte es auf dem Kies. Er drehte sich eilends um und blickte in zwei grelle Autoscheinwerfer, die gerade durch die Pforte schwenkten, dann die Kurve nahmen und wiederum ihn in ihre Kegel fassten. Sollte er weglaufen? Wie ein Spitzbube? Nein!, sagte er sich. Der Fahrer schlug auf die Hupe. Jan Himp ermaß, dass da Platz genug sei, und blieb stehen.

Was suchen Sie hier?, ranzte der dicke Lenker.

Herr Sandvoß ist es nicht!, sagte sich Jan Himp, der trägt keine Dienstmütze. Und er antwortete: Guten Abend! Ich hab mich geirrt!

Es schien ihm auf einmal höchst unsinnig, zu nachtschlafender Zeit in fremde Gärten zu steigen. Er drehte sich auf den Hacken um und ging wieder hinaus.

Was war denn da?, fragte der Reeder, indem er sich aus der Decke wickelte.

Wollte wohl einer was ausbaldowern.

Nee, glaub ich nicht!, erwiderte Herr Sandvoß: Wenn ich recht gesehen hab, war es ein Oevelgönner. Man muss nicht gleich das Schlechte denken, selbst nicht in dieser Zeit. Grad nicht in dieser Zeit, Prange! Ich glaub sogar, es war der Sohn von Möller, der von der Bootsvermietung. Vielleicht wollte er Kyri was bestellen. Bevor ich ins Theater fuhr, Prange, da fragte sie mich, ob er in den großen Ferien eine Bootstour mitmachen dürfe. Hat er denn Lust mit euch Kroppzeug?, sagte ich. Das weiß ich eben noch nicht, antwortete sie mir. Na, vielleicht hat er sichs inzwischen überlegt. Das dauert bei den Oevelgönnern nun mal ein bisschen länger als bei anderen. Und wenns Mitternacht ist. Dafür ist es dann auch umso sicherer. Nacht, Prange!

Jan Himp wanderte eine graue dumpfe Zeit lang auf der Elbchaussee dahin. Vom hohen Ufer sah er tief unten die Lichter und Feuer der Häfen und Ufer und die Lampen der Dampfer, die grüne an Steuerbord, die man sah, wenn sie hinausgingen, die rote an Backbord, mit der sie wiederkamen. Mit Hoffnung fahren sie aus, mit Liebe kehren sie wieder!, hatte sein Vater einmal an einem schönen Abend gesagt, als sie in der Heckenlaube im Vorgarten gesessen hatten. Und dann hatte Klas Möller hinzugefügt: Für Jan soll das nicht in Betracht kommen. Der soll gleich mit Hoffnung hierbleiben und den Steg und die Bootsbauerei eines Tages mit Liebe übernehmen.

Und wie Jan nun dahinschwalkte, die Hände tief in die Hosentaschen vergraben, in die Pfützen patschend, schnaufend und schwitzend in der satten Regenluft, da brannte ihm die kleine Puderdose in der Hand wie ein fremdes heißes Siegel. Sie war, ohne dass es ihm in Begriffen klar wurde, ein bislang unbekanntes Stück Fremdheit, Symbol fremden Gebietes, ferne rote Sonne über fremder Küste. Seine Schwester Elsbe besaß dergleichen nicht. Zu Oevelgönne begnügten sich die Lotsentöchter und was in ihre Reihe gehörte im Allgemeinen mit der fröhlichen Hausmacherfarbe, die ihnen der gute Wind und die Arbeit in Küche, Stube und Garten verlieh.

Unter einer Laterne zog Jan die zierliche Sache hervor. Er rieb sie an seinem Troier. Sie glänzte schöner als japanischer Lack und war groß wie eine Taschenuhr, flach, linsenförmig, leuchtend, glutrot von Farbe und in goldenen Rand gefasst, der eine kaum merkliche kleine goldene Zunge vorstreckte. Ein zufälliger Druck darauf, und der Deckel machte knips und klaffte mit zündholzschmalem Spalt, den man leicht weiter öffnen konnte. Innen war alles ockerfarben, und ein süßer fremdartiger Duft strömte hervor, der geeignet war, an unbekannte blühende Tropenwunderbäume zu denken. Jan Himp wagte nicht, mit dem Finger an das kleine Puderkissen zu rühren, das so vollkommen eingepasst darin ruhte und das er Kyri hatte benutzen sehen. Rund herum um ihre vorwitzige Nase hatte sie damit gewischt und damit verdeckt, was durch Regen und Wind ein wenig gerötet war. So war es nun eben in der feinen Welt, zu der sie gehörte und zu der er nicht gehörte. Nein, er wollte hier weg. Anderswo war es ja gleich, da gab es keine kleinen Brisen, die einem solche Gedanken des Unterschiedes nahebrachten.

Der kleine Spiegel war überstäubt von Puder. Er drehte ihn, bis er sein Gesicht darin fand. Ich seh dich doch, Dussel!, knurrte er: Dummes dickes Lümmelgesicht! Armes Bisschen!

Es waren Worte, aufbewahrt im Innern von verwehten Schulrügen her und von Jungsraufereien, über die er eben hinaus war. Jetzt war er so weit, jenen einst erfahrenen Anpfiff ernst zu nehmen und sich selber damit zu strafen. Nee, lieber Joachim, so 'n Dame ist zu zipp für unsereins! Auch haben wir andere Sorgen.

Knupps! Er drückte den Deckel zu. Es klang, als bisse man in einen Lebkuchen. Und der Gedanke an die von Willy mitgebrachten Lebkuchen brachte ihn dem Zuhause wieder näher. Es war einsam und schwül auf der großen Elbchaussee. Ein Schutzmann tappte fern. Ein Auto fegte vorüber. Lang gezogen tutete ein Dampfer. Das mochte einer dösenden Fischerkuff gelten. In den Parks glucksten noch immer die Nachtigallen.

Jan Himp stakte zögernd zurück zur Himmelsleiter. Wollte er nicht lieber gleich weglaufen, immer die Elbchaussee hinauf bis Altona und Hamburg? Es war nach Mitternacht. Aber gen Ost stand ein wabernder Schein am Himmel, der hatte etwas von dem Rot der Puderdose in sich. Das mussten Sankt Pauli sein und die Reeperbahn. Jan Himp presste den Nacken zusammen. Warte man!, knirschte er: Ich komme noch!

Nein, ganz so klein war er nicht mehr. Er war ein vernünftiger Junge und ging nun Schritt für Schritt besinnlich die Himmelsleiter wieder hinunter.

Was ein Vater alles durchschaut

ER HÖRTE vom Hause Gäste wegtorkeln. Gutenachtgrüße, ersterbender Gesang hallten im Fliesenweg. Jan drückte sich in die offene Hoftür, stolperte über etwas Zottiges, das gerade hinauswollte. Es war Maantje. Er bückte sich zu ihm, presste ihn an sich, drückte seine Stirn in das warm dunstige Mummelfell.

Dich hätte ich beinah vergessen!, flüsterte er, froh, einen so handlichen Haken gefunden zu haben, an den er seinen schwachen Mut bezüglich des Auskneifens hängen konnte: Genug, wenn einer abhauen will!, schalt er leise und schloss die Klinke.

In der Stube war es still. Die Lampe glusterte müde durch den Tabaksqualm. Da saß sein Vater allein im Sofa, stützte den Arm auf den Tisch und den rotgrauen Spitzbart in die Hand. Aus seinem rotbraunen knitterigen Gesicht unter den buschigen Brauen hervor sahen seine Augen spitz und hell auf Jan.

Setz dich ran, mein Junge!, sagte er. Seine Stimme war von ungewohnter Weichheit.

Jan setzte sich gehorsam und betreten auf den Rand eines Stuhles.

Näher ran!

Jan schob sich sachte näher an den Tisch.

So!, nun trink noch 'n Schluck! Bist ja schon groß inzwischen.

Der Alte schenkte ihm und auch sich ein Glas Rotspon ein.

Prost!

Jan prostete schüchtern zurück. Und trank. Puh, er hätte gern etwas Zucker darangetan.

Sein Vater sah ihm zu. Ohne Lächeln sagte er: So ist das Leben. Das trinkt man ebenfalls ohne Zucker.

Jan nickte. Er hätte fast gern ein bisschen geheult.

Der Alte fuhr in gleichmäßigem Tone fort: Da kömmt nun unser Willy nach Haus. Sein Seefahrtsbuch ist in Ordnung. Und hat was verdient. Und hat vorerst einen Posten. Und da sagen sie immer, dass bei der Seefahrt nichts zu verdienen ist. Und ein Kerl ist er auch geworden. Hätt ich nie gedacht. Er war immer ein Fluskopf. Aber nun kann er im Winter meinetwegen auf Steuermann lernen. Nun schnarcht er. Und die andern auch. Und wir beide sitzen noch da, mein Jung.

So viel hatte Jan seinen Vater noch niemals im Zusammenhang reden hören. Ihm wurde heiß vor Dankbarkeit und Unbehagen. Seines Vaters Blick war still auf ihn gerichtet und dennoch so, als blicke er durch ihn hindurch in eine sichtige Meereskimm, wobei er fortfuhr in seinem küstenbreiten, singigen, unlauten Tonfall: Du bist der Jüngere, du sollst ja nicht auf See, das haben wir besprochen, deine Mutter und ich und du auch. Aber das kömmt, wie es kömmt. Das hab ich schon gemerkt. Und ehe du uns durchbrennst, will ich dir man sagen, dass ich gegen Winter nichts dazwischenhusten werde, wenn du dir ein Schiff suchst. Seefahrt ist not, und wenn auch alle Schiffe drüben, da auf dem Schiffsfriedhof das Gegenteil in die Welt stöhnen. Das kömmt wieder.

Jan Himp sah seinen Vater noch sprachloser an als den Flunki am Nachmittag am Steg. Mancherlei Unruhe und Spannung lösten sich in ihm, er verzog sein Gesicht, als grinse er, aber an seinen hellen Wimpern hingen plötzlich zwei dicke Tränen und machten Spuren auf seinen Wangen wie die Autos auf der Chaussee.

Na, denn prost!, sagte sein Vater und hatte nunmehr die Augen gesenkt und sprach, als spreche er mit sich selber: Die verfluchte See, das zehrt an uns hier an der Küste, da muss man raus, ob man will oder nicht, und ob die andern Ja sagen oder Nein. Als ich ein Jung war wie du, da bin ich einfach ausgebüxt, stracks oben die Chaussee längs bis nach Sankt Pauli auf die Reeperbahn. Da trieb ich mich hundsmüde und hungrig wie 'n Hund rum, bis ich mich dann schließlich ganz krötig in ein Lokal wagte und 'ne Tasse Kaffee bestellte. Setzten sich so 'n Deerns bei mir hin, uzten mich, ob ich mein Mutter weggelaufen sei und ob sie mich zu Bett bringen sollten und so. Schließlich kommt so ein dicker Kerl mit einem Klütenkopp und Augen wie 'n Frittbohrer, der sagt, er wär bei der Polizei und ich sollte man mal mitkommen. Na, ich zahle – so viel hatt ich ja bei mir – und geh ganz getütje mit. Aber als wir an einer dusteren Ecke vorbeikommen, wutsch, hau ich ab in' Nebel und komm an den Hafen bei den Landungsbrücken, die waren noch nicht so fein wie jetzt, und man konnte besser ans Wasser rankommen und mehr sehen. Da roch es denn besser als in der Bumskneipe, und da griffen mich zwei duhne Jantjes auf, die nahmen mich mit in den Sprottenkeller, bei dem Vater von Guschi Bohnsack, die du mit gerettet hast, und verheuerten mich an einen fürchterlichen Kasten von Bark und Seelenverkäufer. War die alte Reimers-Linie nach Australien. Und da hab ich all die Prügel, die ich fürs Weglaufen und für den Kummer, den ich dein Großmutter gemacht habe, verdient hatte, doppelt und dreifach mit dem Teertau und dem Bootsmann seinen klobigen Quanten nachgeholt gekriegt, das kann ich dir flüstern. Aber schließlich ging auch das vorbei, und da ich mit Säge, Hobel und Winkelmaß umzugehen gelernt hatte, hier, wo auch dein Großvater Bootsbauer war, so wurde ich Carpenter, Schiffszimmermann, bis ich eines Tages genug hatte von der heiligen Seefahrt und wieder an Land jumpte und Großvater die Arbeit abnahm und die Bootsvermietung dazugründete und 'ne Familie auch, und so ist es denn. Und nu trink dein Glas Rest und dann sperr das Bärenvieh in den Keller, damit er uns hier nicht alles vollklötert, und gib ihm den alten Kartoffelsack als Matratze und dann mach, dass du auch zur Koje kömmst.

Jan gehorchte schluckend, erhob sich schwankend, stand da, als wolle er etwas sagen. Klas Möller aber zuckte kurz mit den Augenbrauen. Und da verschwand sein Sprössling mit einem schauderhaften Respekt vor dem, der ihn bis auf den Grund der Seele durchschaut hatte. Maantje, Maantje, hast du gehört?, schluchzte er in der Dusternis des Kellers. Dann turnte er rasch hinauf in die Giebelkammer, wo sein Bruder das Licht auszudrehen vergessen hatte und lauthals sägend und nur halb ausgezogen auf dem so lange verlassen gewesenen Bett lag.

Er rüttelte ihn: Willy! Ich darf auch auf See!

Aber Willy drehte sich um, grunzte unwillig und schnarchte weiter.

Jan, in der Überfülle seines Herzens, tanzte in komischen Verrenkungen auf Strumpfsocken umher. Und als er zur Abwechslung auf den Händen ging, fiel die kleine Puderdose aus seiner Hosentasche. Da wurde er nachdenklich, legte sie unter sein Kopfkissen, zog sich aus, löschte das Licht, sah durchs offene Fenster beklommen auf den nächtigen Strom, den hinab der schlechte Motor eines Fischkutters klopfte wie sein Schläfenpuls. Der Wind fächelte ihm den heißen Kopf. Ein Passagierdampfer kam von Bullaugen durchlöchert herein.

Alles hat er doch nicht gewusst!, sagte Jan trotzig. Und ging zu Bett und schlief ein, ehe noch die Dünung des Überseers gegen den Strand schwabbte.

Bei den schlafenden Schiffen

ANDERNTAGS BEZOG Willy seinen Posten als Wachmann bei den schlafenden Schiffen. Jan setzte ihn über. Sie fuhren quer über den Strom um das Athabaskahöft herum. Dort lag der Zollkreuzer mit der Messingkrempe um den Schornsteinrand. Willy sah frech zu den Wächtern hinauf. Die bekümmerten sich nicht um das Boot. Hineinfahren in den Freihafen konnte im Allgemeinen, wer wollte. Trotzdem hatte Jan für seinen Bruder ein böses Gewissen wegen der sonderbaren Seesäcke gestern.

Als sie den Liegeplatz der schlafenden Schiffe erreichten, leinten sie das Boot an einen hölzernen Steg, der dort zur Bequemlichkeit errichtet ist und weit über das Schilfgelände auf die großen Kais führt, an den halb fertigen Hafenanlagen entlang, die in großer gut gehender Wirtschaftslage von den königlichen Kaufherren der Hansestadt als nötige Erweiterung erdacht worden waren. Die schlechte Zeit war der Ausführung in den Arm gefallen. Vor den riesigen Granitmauern der Kairampen wuchs das Schilf der früheren Inselsände, und auf den Kilometerflächen, wo Schuppen an Schuppen ragen und die silbrigen Geleise der Eisenbahnen zwischen mächtigen Kränen glitzern sollten, stäubte kahl der Sand, der aus den Schluchten stammte, die von den

Baggern in die weichen Elbinseln gefressen worden waren, und den sie ausgespien hatten zur vorgezeichneten Grundlage für die Gütermassen der Welt. In den langen Hafenschläuchen lagen nun weiß Gott Schiffe genug, aber sie waren hohl und still und schliefen und rosteten, wie in allen großen Häfen rund um die Erde überzählige Schiffe rosteten, Arbeitslose des Meeres.

Hier nun lag, eben hinter einem dreischlotigen Südamerikaner, auch die Nipangu in einer Reihe mit zwei Dampfern, die ihr an Rauminhalt ähnlich waren. Der Ingenieur, der für alle drei die Maschinen zu überwachen hatte, damit sie nicht gänzlich verdarben, war schon an Bord. Das Gehalt, das man dem technischen Manne zahlen musste, wurde ausgeglichen dadurch, dass man für die Betreuung des übrigen Schiffes keinen Offizier, wie im Anfang wohl üblich, gewählt hatte, sondern einen einfachen Mann. Und die Wahl war auf Willy Möller gefallen, erstens, weil er kräftig und kühn genug war, unliebsamen Besuch von Bord zu befördern, und zweitens, weil er sich geschickt erwiesen hatte in kleinen Ausbesserungsarbeiten. Etwas nämlich hatte er seinem Vater doch abgeluchst bei den Handreichungen der Jugend. Wie man dergleichen oft erst schätzen lernt, wenn man merkt, dass man die Härte des Lebens dadurch erträglicher gestalten kann.

Jan sah sich alles genau an auf Deck und in den Räumen und bis hinab in die Maschine und die Bunker. Dunnerslag, war das ein Gebäude, obwohl die Nipangu nur ein mittelgroßes Schiff war, vier Decks übereinander und die Kommandobrücke noch zwei Stockwerke höher! Dort bei Ruderrad und Kompass, da fühlte er sich wohl.

Fern lag der grüne Hügelwall Oevelgönnes, puppenklein sein Vaterhaus, kaum erkennbar der Bootssteg. Aber gut zu sehen war Kyris Parkturm. Ein Wimpel flatterte dort. Ja, dort war Kyris Zimmer. Aber was ging ihn das noch an? Er wollte im Herbst auf See.

Hau man bald wieder ab. Wegen der Bootsvermietung!, sagte sein Bruder: Und wenn ich mal was brauche, dann kannst du es mir wohl bringen?

Immer!, freute sich Jan und beeilte sich, seinen Vater abzulösen. Während der ganzen Zeit, die er über den Strom zurückwriggte, sagte er vor sich hin: Wenn sie bloß noch nicht da ist! Ihm war eingefallen, dass er ja die Puderdose noch abzuliefern hatte. Und was musste sein Vater denken, wenn sie da fragte: Ist hier etwa eine Puderdose abgegeben? Als er nahe genug war, sah er, die Jolle Klabauter lag noch unberührt.

Jans Vater war heute brummig. Er hatte einen sichtbaren Kater: Du isst heute hier!, sagte er und ging.

Jan aß aus dem Topf, den Elsbe brachte. Es war ihm recht. Hatte er nicht gestern Rotspon getrunken wie ein Alter? Er hatte auch einen Kater wie ein Großer. Aber die kleine Brise kam nicht. Kam auch den anderen Tag nicht. Und dann war Pfingsten mit Massenbetrieb. Alle Vereinsfahnen waren auf den Stangen der Bootsvermietung gehisst. Es war ein hervorragender Anblick, und die Abfertigung von Booten und Segeln, das Übersetzen und Flottmachen, das Hin und Her nahm kein Ende bis in die späte Nacht drei Tage lang.

Fast alles, was an Steg und Bojen lag und unter Möllers Obhut stand, wurde an diesen Tagen bewegt. Auch das Schnellboot Guschi machte einen Ausflug, und die Wirtin war dabei und der finstere große Herr Pampanos mit dem blechernen Lächeln. Aber die Jolle Klabauter blieb unberührt.

Und wenn Jan tagsüber auch kaum dazu kam, irgendetwas zu denken, abends fand er immer noch die kleine Puderdose in seiner Tasche.

Frau Sandvoß. Kyri als Dame

DIE FEIERTAGE waren vorbei. Das Wetter hatte sich gehalten. Es war eine Lust, draußen zu sein. Es gab auch nun noch eine Menge zu tun, vieles musste wieder in Lot und Ordnung gebracht werden, was im Übermut und dem Gedränge des Festes gelitten hatte. Und auch das mit der Puderdose musste nun endlich in Ordnung kommen, dachte Jan. Elsbe löste ihn zu Mittag ab, er rannte nach Haus, schlang die Mahlzeit Nudeln, Stint und Stachelbeergrütze in eins hinunter, flutschte hinauf in die Giebelkammer, zog seine besten Schuhe an, sein bestes blau gestreiftes Schifferhemd, die blaue Büx, dann bürstete er sein widerspenstiges Haar, nahm die Fischermütze und war bald wieder draußen, enterte die Himmelsleiter im vollen Galopp, ohne abzusetzen, und verschnaufte erst an der Parkpforte.

Bei Tageslicht sah der Sandvoß'sche Garten weniger groß und unheimlich aus. Das Haus war weiß und einfach, der Turm unauffälliger als vom Wasser her. Jan hatte es sich schlossartiger vorgestellt. Nicht, dass es ihn etwa beunruhigte, er war glattweg enttäuscht, da die Waagschalen, darin Kyri und er vom Himmel gewogen wurden, einander näher zu sein schienen, als er bislang vermutet hatte. Es gab ihm einen kleinen hochfahrenden Ruck. Mit mehr Sicherheit als in der Nacht schritt er die Kurve um das Rasenrund über den grauen Kies. Mitten auf dem Rasen blühte überreich ein mächtiger Tulpenbaum. Jan freute sich nicht an der Fülle der strotzenden Blüten, die sich wie ein Schwarm lilaweißer Tauben auf dem tiefschwarzen, blätterlosen Geäste niedergelassen hatten. War diese exotische Magnolie nicht ein Stück der ersehnten Fremde? Jan sah darüber hin und überlegte nur, dass dieser Baum es gewesen sei, der jene gespenstischen Schlangenschatten auf die Mauer geworfen hatte, als das Auto in den Park fuhr. Er dachte nicht daran, diese fremdländische Schattenverstrickung als einen hübschen Vergleich auszudeuten.

Er dachte nun auch nicht daran, die Puderdose nur feige in den Briefkasten zu stecken. Es war ein glatter Fund an öffentlicher, von ihm verwalteter Stelle. Er war dafür verantwortlich. Da war nichts zu verheimlichen.

Als die Klingel dünn durch das Innere schrillte, wäre er aber fast lieber wieder umgekehrt. Doch zufällig ging Frau Sandvoß über den Flur. Sie hatte in der Küche etwas zu besprechen gehabt und öffnete, da sie ohne angemaßte Würde war, selber die Tür.

Ich wollte dies abgeben!, sagte Jan und reichte die Puderdose hin. Er hatte sie sorgsam in das Seidenpapier aus Willys mitgebrachtem Seifenkarton gewickelt.

Danke! Und woher kommt das?

Von Möllers Bootsvermietung.

So! Ach, Sie sind nicht etwa der junge Herr Möller?

Jawohl, Jan Möller.

Sagen Sie mal – kommen Sie ruhig ein bisschen herein.

Jan folgte zögernd der großen, sehr hoheitsvoll aussehenden Dame. Sie blieb auf dem roten Läufer des Flurs stehen. Licht von einem bunten Treppenhausfenster fiel auf weiße Stufen.

Ja, sagen Sie doch mal, fuhr die Dame fort: Was war denn eigentlich das letzte Mal los, als Kyri segelte? Kyri Sandvoß, meine Tochter, wissen Sie? Das Boot heißt Klabauter. Sie wünschte sich eins seit ihrem vierten Lebensjahre. Zu ihrem vierzehnten Geburtstag hat sie es bekommen.

Jan nickte. Es regnete!, sagte er.

Ja, und wie! Dabei muss Kyri sich erkältet haben. Sie liegt seitdem. Der Arzt war hier. Denken Sie an, auf Pfingsten lag sie beide Tage und wollte nicht aufstehen.

Jan zuckte benommen die Achseln.

Ist sie denn wirklich ins Wasser gefallen?

Nicht, dass ich wüsste!, antwortete Jan erstaunt.

Nun, ja, sie sagt es nicht direkt. Aber als wir fragten, konnte man fast annehmen, sie sei vom Steg ins Wasser gefallen und Sie hätten sie gerettet.

Ach so, überlegte Jan: Das ist, glaube ich, eine Verwechslung, sagte er dann zögernd: Das war die Sprottenwirtin. Neulich! Die kleine Brise hat ihr beim Anziehen geholfen.

Die kleine Brise? Wer ist das? Und wer ist die Sprottenwirtin, und was hat das mit meiner Tochter zu tun?, wunderte sich die vornehme Dame.

Da hätte ich bald zu viel gesagt!, kratzte Jan sich innerlich hinter den Ohren: Ach … Er suchte verlegen nach Worten: Ach, das weiß ich auch nicht. Im Fieber verwechselt man das manchmal.

Fieber? Mag sein, dass sie Fieber hatte. Jetzt ist sie wieder ganz munter. Sie wollte eigentlich noch segeln diesen Nachmittag. Was meinen Sie zu dem Wetter? Und wollen wir nicht hineingehen und uns ein wenig setzen?

Wetter? Ungünstig!, erwiderte Jan. Was sollte er heute mit der kleinen Brise? Es war so viel auszubessern, an Riemen, Fendern und Segeln. Und die Puderdose war abgegeben. Er hätte sich ja sonst den Weg gespart haben können. Er machte eine Bewegung, als müsse er sofort gehen. Ist Menge zu tun am Steg!, sagte er.

Schön! Will ich bestellen!, sagte Kyris Mutter und blickte den stämmig gewachsenen Jungen aufmerksam an. Etwas gefiel ihr, und etwas gefiel ihr nicht in seinem Ton: Darf ich Sie bitten, immer gut auf meine Tochter zu passen, soweit es in Ihrem Bereich steht? Sie war immer recht selbstständig und nicht gerade ein Wildfang. Und wir vertrauen ihr, sie ist ja klug genug, und das Segeln hat sie früh von meinem Manne gelernt. Aber da die Wirtschaftslage alle Kräfte erfordert, hat mein Mann zu wenig Zeit, um sich noch sportlich zu betätigen. Ja, so wächst es heran und zweigt auseinander. Ich selber versteh mich nicht darauf. Mir ist Wasser immer etwas unbequem vorgekommen. Nun ja, Kyri ließ schon neulich verlauten, dass Ihr Bruder von See gekommen sei. Dann wird sie ja in guter Obhut sein, wenigstens am Bootssteg und was die Instandhaltung des Bootes anbetrifft, nicht wahr?

Mein Bruder hat gar nichts mit den Booten zu tun! Der ist auf der Nipangu drüben, entgegnete Jan gekränkt. Das mach ich ganz allein!

Nichts? Nun, dann müssen Sie ja schon sehr tüchtig sein. Und von einer größeren Tour sagte mir mein Mann auch, dass Sie da mitgehen und aufpassen würden? Das sollte mich freuen!

Sie gab ihm eine lange, schmale, kühle, weiße Hand: Auf Wiedersehen, Herr Möller.

In diesem Augenblick tappten auf der Treppe von oben herab leichte Schritte. Kyri Sandvoß stand da in einem langen Kleid. Sie sah sehr erwachsen aus, fast so groß wie ihre Mutter.

Was ist denn los, Mummi?, rief sie hell und betont neugierig. Selbst ein Taubstummer hätte ihrer Stimme anmerken können, dass sie längst gehorcht hatte und wusste, wer da im Flur mit ihrer Mutter sprach.

Nun, geht es dir wieder gut? Dann komm schon und nimm selber in Empfang, was Herr Möller dir bringt!, antwortete ihre Mutter, die ihr Erstaunen verbarg, Kyri so unvermittelt in einem ihrer Ausgehkleider zu sehen.

Kyri kam anscheinend unbefangen näher. Ach, Jan Himp!, sagte sie wegwerfend.

Jan hielt ihr die Puderdose, die ihm Frau Sandvoß zurückgereicht hatte, auf Armeslänge hin. Diese Kyri war auf einmal nicht mehr die kleine Brise vom Boot in der blauen Matrosenhose, darin sie aussah wie ein halbwüchsiger Junge. Sie war plötzlich eine Dame geworden. Jan Himp blieb die Spucke weg. Sie merkte mit ganz ungewohntem Genuss, dass sie wirke, nahm mit übertrieben leichter Gebärde das in gelbes Seidenpapier gewickelte Etwas, knitterte daran, warf die Lippen auf, flötete geringschätzig: Was, die alte Puderdose?

Ist das dein ganzer Dank?, fragte ihre Mama: Und was überhaupt will so ein Küken schon im langen Kleid und mit Puder? Als ich in deinem Alter war, hätte ich Hiebe gekriegt.

Jan Himp stand verlegen da, drehte seine Mütze zwischen den Händen. Kyri lief rot an. Aber ihre schauspielerische Kraft, in vier Tagen liegend gesammelt, hielt noch an. Mit Würde wandte sie sich halb ihrer Mutter zu und flüsterte vorwurfsvoll: Mama! Wie kannst du dich unterstehn, in Gegenwart anderer mich zu rügen! Was kann ich für eure Unkenntnis dessen, was schick ist? Habt ihr gesegelt? Habt ihr ...

Sie wollte sagen: rote Nasen gekriegt? Aber ihr schien rote Nasen plötzlich keine stilgerechte Vorstellung zu ihrem schicken Aufzuge. Sie brach ab, verwirrte sich, drehte sich um und lief davon die Treppe hinauf, allerdings weit eckiger, als sie gekommen war.

Frau Sandvoß hatte halb belustigt, halb ärgerlich die Luft angehalten, beherrschte sich und gab Jan Himp liebenswürdig noch einmal die Hand, und kein weiterer Zwischenfall hinderte ihn, nunmehr das Freie zu gewinnen.

Den andern Tag war Kyri wieder am Steg. Mit keinem Wort, mit keiner Miene knüpfte sie an das, was gewesen war. Die kleine Brise tat fremd und kühl. Jan Himp war nicht der Mann, Gespräche aus sich zu beginnen. Erledigt!, dachte er und pfiff in den Wind. Aber abends konnte er schlecht einschlafen. Das war neu. Es wurmte ihn.

Kyri hatte ein großes Gespräch mit ihrer Mutter erdulden müssen. Ihre „Mummi", sonst vollauf beschäftigt mit Bridge, Wohltätigkeitsvereinen, etwas Musik, etwas Politik, etwas Literatur, und das vornehmlich in einem Klub, darin gesellschaftsfähige Kunstfreundinnen zu Tee, Vorträgen und Gedankenaustausch zusammenkamen, diese Mama, oftmals auch dem Haushalte hold, soweit es der empfindliche Magen und das Ruhebedürfnis des überarbeiteten Gatten erforderten, ihre stattliche, hanseatische Mama, die sich gut anzog und auch darauf einige Zeit verwandte, die auch Konzerte, Theater und winterliche Bälle nicht verschmähte und seit dem Frühling sich wieder dem Reiten und neuerdings dem Golfplatz zugewandt hatte, ach, sie hatte plötzlich entdeckt, dass sie eine Tochter habe.

Das war für beide Teile ein halb unbequemes, halb aufregendes Ereignis. Frau Sandvoß hatte eine Tochter. Nun, bislang war ihr das eine Angelegenheit des Schicksals gewesen, da es eben kein Sohn war. Die Erziehung hatte sie zur Hauptsache den Kinderfräulein und Mädchen überlassen. Und der Schule. Dazu waren Schulen ja da. Nun aber schien das tochterliche Wesen erwachsen werden zu wollen. Man hatte womöglich nunmehr für vernünftige lange Kleider zu sorgen. Das naseweis dem mütterlichen Schranke entwendete hatte ihr nicht einmal schlecht gestanden. Man konnte sie womöglich mal mit in die Stadt nehmen. Eine Konditorei aufsuchen. Vielleicht konnte man schon Figur mit ihr machen, sie als Freundin behandeln. Neid erregen. Wenn es auch noch Zeit haben würde, sich wegen eines Schwiegersohnes zu bemühen. So alt war man denn ja wohl doch noch nicht ganz.

Leider spürte man keinen Jubel über die veränderte Haltung der Mama. Kyri war womöglich zurückhaltender, verschlossener und sogar vorlauter als je. Zu lange war sie auf ihre kleine Selbstständigkeit angewiesen gewesen. Es bedurfte eines Überganges. Da war die Zeit der allzu flüchtigen, aus flimmrigen, schwellend duftenden Abendaufmachungen in das Kinderkissen hineingehauchten Gutenachtküsse. Und nun sollte die Ebene der Gleichberechtigung ausgebreitet sein, die so oft verlockend und unerreichbar hinter der Turmzimmertür, hinter Fenster und Garten weit weg geglitzert hatte. Kyris Herz war beunruhigt. Sie heulte viel. Sie suchte ihre vergessenen Puppen hervor. Sie hatte auf einmal nicht rechte Lust, groß zu sein.

Die Kiste mit dem Sodawasser

DIE TAGE kamen und gingen. Und auch Hein Kluback, der smarte Flunki, kam und ging auf Möllers Bootssteg, bestieg sein Motorboot und rutschte katzenleise im Strom umher. Manchmal hatte ihn das Zollboot angehalten. Aber der Steward hatte Glück, und die Zöllner zogen mit gerunzelter Nase ab. In vier, sechs Wochen hatte er auf allen levantinischen Dampfern dunkle Bundesgenossen, und da das eine unverschämte Mal mit den Seesäcken von der Nipangu so prächtig im Regen gelungen war, es aber leider nicht immer zur rechten Zeit gießen wollte, so versuchte er es auch bei Sonne und

Mond, obschon er keine Vorsicht außer acht ließ und ein wenig stromabwärts den Dampfern entgegenfuhr, um seine Beute zu schnappen, wenn der Hafenlotse den Stromlotsen ablöst, da dann der Dampfer eine Weile langsamer fährt und die Aufmerksamkeit auf die Lotsenbarkasse gerichtet ist. Motorbootfahren hatte er besser heraus als das Rudern. Er war einmal vorübergehend zu Quebeck Führer einer Fährbarkasse gewesen und hatte in dem ekligen Fahrwasser des St.-Lorenz-Stromes damit umgehen gelernt, war dort beim Schmuggeln ertappt worden und hatte trotz aller Ausflüchte mehrere Wochen hinter schwedischen Gardinen gesessen, was ihm die kanadischen Gewässer für immer verleidete.

Jetzt, auf seinen kleinen ungesetzlichen Elbfahrten bedauerte er oft, sich nicht schon längst dem weit harmloseren Geschäft in der Heimat zugewandt zu haben. Der Stern der Dunkelmänner schien ihm wahrhaftig günstig zu sein. Selbst bis jener ganz große Klu sich anzeigte mit dem Dampfer Ketra, dessen Vertrauensmann ein gröbliches Schlüsseltelegramm von Antwerpen schickte, woraus zu entnehmen war, dass ein wirklich ungewöhnliches Quantum Onions, was das englische Wort für Zwiebeln ist, aber hier schlankweg für Opium stand, in sechs Backobstkisten verpackt zu übernehmen sei.

Es ließ sich schieben, dass für den Tag – es würde günstigerweise schon dunkler Abend sein, wenn nichts dazwischenkam – Willy Möller Urlaub nehmen konnte von seinem schlafenden Schiff Nipangu. Aber nicht nur ihn brauchte der Flunki. Auch beispielsweise Jan Himp sollte diesmal mit eingespannt werden. Und das wurde so gemacht:

Am Nachmittag des fraglichen Datums ließ der Flunki von einem Brauereikutscher eine große Kiste auf

Möllers Bootssteg schaffen mit beigegebenem Bestellzettel, der sie an Herrn Willy Möller richtete, zurzeit auf der Nipangu.

Das ist da drüben!, zeigte Jan über den Strom. Der Mann schüttelte das dicke Gesicht, sagte, er solle es auftraggemäß auf dem Steg zu Oevelgönne abliefern, habe schon Last genug gehabt, den Batzen den Berg runterzutrudeln, und ein Bierwagen sei kein Wasserwagen zum Schwimmen.

Scheun!, antwortete Jan: Okee! Und was ist da drin? Da steht Scotch Whisky drauf.

Steht! Aber drin ist nur Sodawasser!, erwiderte schwitzend der Kutscher. Herr Möller wird das Übrige wohl schon an Bord haben. Ansonsten würde es wohl ein riskantes Geschäft sein, die durch den Zoll nach drüben zu kriegen; denn diese Kiste, das sieht ein Säugling, ist nie verzollt worden.

Na, meinte Jan gnatterig: Die kann sehr gut von einem Engländer leer über Bord gegangen sein, solche Dinger treiben immer mal an den Strand. Da braucht noch gar kein Schmu hinterzustecken.

Und damit wandte er sich wieder den Angelegenheiten der Bootsvermietung zu. Ab und an warf er einen schiefen Blick auf die Kiste. Ließ es auch nicht an einem gelegentlichen Fußtritt fehlen. Bis er sich an den Gedanken gewöhnt hatte, dass er nach Feierabend das Ding wohl eigenhändig zu seinem Bruder rüberpullen müsste.

Es wurde dunkel. Kunden waren nicht mehr draußen. Am Strand lagen ein paar Liebespaare, die sicher nicht mehr zur Mietung eines Bootes schreiten würden. Der Segelverein hatte den Abend Sitzung im Fährhaus, die Kajaks und Gummikreuzer mochten sich selber helfen, und die kleine Brise war längst wieder daheim. Somit wollte er gerade die Bude zumachen, als noch ein eilender Schritt sich über den Steg schob und der Flunki hereinwehte, als sei dies das einzige Loch, durch das er sich mit vorgestemmter Achsel hindurchdrücken könne, um in die Nacht zu gelangen.

Servus, Jan Himp. Muss noch ein büschen Luft schnappen. Beiboot klar!

Jan Himp muckte nicht lange. Die Bojen- und Aufpassungsmiete, die der windige Steward mit seinem Benzinrutscher einbrachte, lohnte schon, den Schnabel zu halten. Trifft sich gut, sagte er darum: Muss noch 'ne Kiste rüberstoßen zu Willy.

Und damit staute er das alte Whiskygehäuse ins Boot, und der Flunki ließ sich liebenswürdigerweise herbei, sogar mit anzufassen. Eigentlich, wenn Sie doch spazieren fahren, könnten Sie das Ding man eben mal rüberflitzen! Sodawasser!, sagte Jan kühn, als er bei dem Motorboot Guschi längsseits kam.

Möchten Sie wohl!, näselte Hein Kluback zurück: Mein Kahn ist kein Frachtewer! Und dabei senkte er den Blick hämisch auf die Kiste, sah Jan an wie ein Kater, der Mäuse wittert, und pfiff dünn durch die Zähne. Nö!, quetschte er durch die Nase: Und überhaupt! Ich soll dir wohl 'n Kringel durch die Luke schieben, Whisky humpsen, nö, dazu ist mir mein reines Hemd zu schade. Das knack dir allein!

Und dann, als habe er Mitleid, fügte er hinzu: Bist ja doch ein verflixter Bengel! Mag ja sein, ist ja vielleicht wirklich Sodawasser drin. Aber ich rate dir, mein Süßen, drück dich vor den Brüdern, wenn du kannst, führ sie an der Schnupper rum, drück dich immer so ran an die Mole zwischen die Duckdalben, da können sie nicht hin mit ihrem Pott. Wenn dein Bruder es haben soll, dann muss er es auch kriegen. Ehrensache! Da ist doch Freihafen. Da kann man doch reinbringen, was man will. Und wenn sie dich doch kneifen, und ist dann wirklich bloß Lausewasser drin, dann ist es immerhin ein Jux gewesen. Nimm doch eins von den Segeln hier, da kannst du besser mit lavieren.

Jan Himp war zu sehr ein allgemeiner Küstencharakter, aufrecht und ehrbar, abstammend von den alten trefflichen selbstherrlichen Seefahrern der Wasserkante, deren Gesetze die Gesetze der Natur waren und die nur ungern eine andere Steuer anerkannten als die Steuer im Schiff.

Und da schon in der Bibel die Zöllner mit den Sündern zusammen genannt werden, so war es an der Küste, die sich in dienlichen Fällen der Bibel noch nicht ganz entfremdet zu zeigen pflegte, keineswegs verwunderlich, wenn die Zollbeamten nicht gerade zu den himmlischen Heerscharen rechneten und es allgemein insgeheim als kein Verbrechen galt, ihnen ein Schnippchen zu schlagen. Das schlummerte auch hinter Jan Himps ehrlicher Haut, und zudem schien ihm ein kleines Abenteuer seit Langem einmal fällig.

Gewiss, zu pullen hatte er keine große Lust. Aber die Mietsegel waren schon alle in der Bude verstaut bis auf die einiger Privatboote, deren Besitzer Vertrauen genug zu der Menschheit und der Versicherung hatten und den Takelkram an Bord ließen. Jan Himp überdachte rasch die Reihe der Bojensegelkunden. Es deuchte ihm bei den meisten unersprießlich, in einen Krach zu geraten, wenn es herauskäme. Das einzige Boot, das eine mildere Erwägung zuließ, war der Klabauter. Die kleine Brise würde sicherlich den Spaß verstehen, obschon sie heute wiederum kaum drei Worte mit ihm gewechselt hatte. Sie schien ihm zu grollen. Er wusste nicht, ob wegen der Puderdose, die er ihr vielleicht nicht in Gegenwart ihrer

Mama hätte geben dürfen. Oder war es wegen der Tourenfahrt, für die er nicht gleich jauchzend zugesagt hatte?

Schiet!, dachte Jan Himp und legte an der Klabauterjolle an. Er war nicht der Mann, sich tiefsinnig den Kopf zu zergrübeln. Er hievte äußerst vorsichtig und keuchend vor Anstrengung die Sodakiste in Kyris Boot. Er wollte schon zeigen, dass seine Transporte ohne Schramme abliefen. Bedächtig setzte er das Segel. Und als er losgeworfen hatte und saß, wo sie sonst saß, und Pinne und Schot, beides von zierlicher Sorte, in seinen Pranken hielt, was sonst in ihren zarten Händen lag, da war es doch ein sonderliches Gefühl.

Der Flunki war mächtig vergnügt. Es klappte ja großartig mit Jan Himp. Als Jan Himp nun in die Fahrrinne schnitt, hörte er auch die Guschi lostuckern und sichtete sie bald über Steuerbord. Sie hatte Positionslampen an, wie es sich gehört, überholte ihn, glitt rasch und, da sie nun in Fahrt war, ohne Geräusch quer über den Strom.

Teufel!, murrte Jan. Ich fress'n Feudel, wenn der nicht auch in den Mutthafen zwitschert. Der ungefällige Knecht!

Er hatte richtig vermutet. Hein Kluback knisterte ums Athabaskahöft herum. Der Zollkreuzer lag wie schlummernd nicht weit ab und würdigte ihn keines Blickes. Die Guschi schnuckerte die ragenden Bäuche der schlafenden Schiffe entlang. Der rostige Menniganstrich unterhalb der hoch über dem Wasser schwebenden Ladelinie hatte im Dunkeln eine ekelhafte Farbe. Es erinnerte den Steward, ob er wollte oder nicht, an eine Messerstecherei in Queenstown, bei der er noch eben mit einem blauen Auge davongekommen war. Er hatte auch heute so etwas Ähnliches inszeniert, um das Polizeiboot und die Polizisten an Land von einem anderen Punkte abzulenken. Er glaubte an üble Vorbedeutungen, sah aber keinen Grund, dass schon ein bloßer Gedanke eine sein solle. Und wenn? Immerhin, schlimmer als mit einem blauen Auge würde es für ihn persönlich nicht werden. Das wollte er schon kriegen.

Willy wartete an der Jakobsleiter. Er hatte die Postkarte mit der Einladung zu einem kleinen Mondscheinbummel bekommen.

Sie fuhren ohne Aufenthalt wieder aus dem Parkhafen hinaus. Aber diesmal funkte jählings der Scheinwerfer des Zollkreuzers auf. Und das trompetenscharfe Stoppsignal, ein lang, ein kurz, galt unverkennbar der sachten, schnaften Barkasse Guschi. Der Flunki drehte grinsend bei. Der Zollkreuzer bullerte heran, ein Zollbeamter sprang zu ihnen herüber.

Na, Kerls? Was habt ihr Gutes?, rief er überfreundlich.

Was man vom Schiffsfriedhof schon Gutes bringen kann!, antwortete Hein Kluback grinsend: 'ne aufgelegte Pleite, meine Herren!

Der Zöllner suchte mit der Taschenlampe in der Kajüte, unter den Bänken, hob die Motorhaube ab. Möchte wetten, dass ihr einen Doppelboden habt!, raunzte er.

Jawohl!, sagte da Willy: Inne Büx!

Auf dem Zollkreuzer unterdrückte jemand ein Lachen.

Der eifrige Zöllner war ein frisch vom Binnenlande übernommener und scharf wie ein neues Messer. Lassen Sie man!, sagte es oben am Führerstand: Das ist Hein Klubacks Kahn! Der ist bloß dafür da, dass seine Braut an die frische Luft kommt, alle Sonntag mal, und inzwischen muss er ihn bewegen, damit er nicht einrostet. Kennen wir. Den kriegen wir schon noch. Fertig!

Drüben am Strand begannen zwei Betrunkene zu randalieren. Sie waren vom Flunki bestellt.

Der Zöllner hüpfte unzufrieden wieder zurück auf sein Amtsdeck, und Hein Kluback schaltete ein und säuselte von dannen. Der Scheinwerfer folgte ihm misstrauisch noch eine Weile. Und als der Pritschenstrahl sich dann sozusagen mit einem verächtlichen Ruck abwandte, traf er grad auf Jan Himps winziges Luggerboot, das da mühsam, aber tüchtig durch die kabbelige Fahrwasserdünung herbeikreuzte.

Der blendende Kegel verhielt. Die große Kiste war vom Segel nicht ganz zu verdecken. Der Kreuzer schnupperte sich langsam näher. Jan Himp drückte zur Mole hinüber.

Na, Kleiner, was hast du denn da für 'n Möbel in deiner Waschbalje?, rief ihm der Inspektor zu.

Sodawasser!, rief Jan patzig.

Der Mann hatte ein Fernglas auf die Fracht gerichtet. Der Flutstrom drückte Jans Boot ganz von selber hinter die Duckdalben, und der Zollkreuzer folgte automatisch.

Komisch, was der mit Sodawasser in der Nacht ausgerechnet hier im Schlafsack will!, schnaubte der Übereifrige von vorhin: Die Kiste sieht haarscharf nach dem aus, was zu Soda dazu gehört, nämlich Whisky. – He! Stopp mal, Bengel!

Jan schlüpfte gerade am Bug vorbei, und der Zollkreuzer musste etwas abdrehen, um nicht auf die zackigen Randsteine der Mole zu schrammen.

Kann nicht stoppen! Stromversetzung!, rief Jan zurück und tat bemüht, in den Wind zu drehen, manövrierte aber so geschickt, dass er immer eben an der Molenkante blieb und glatt in die Kurve schwoite. Der dicke Beamtenkahn rummelte ärgerlich hinter und neben ihm her und bequalmte sein kleines Segel, aber die Strömung schob die Jolle weiter. Schon war Jan um die Ecke und hielt seelenruhig auf eine Strecke zu, wo das Schilf in neuen langen Bänken wuchs. Da war eine schmale Rinne, zu eng und zu flach für den Zollkiel.

Nun wurde der Zollkäptn ungnädig, klingelte seinem Heizer Volldampf voraus und legte das Ruder hart Backbord und bald darauf Steuerbord, um einen Haken zu schlagen und der albernen Bootsmücke den Kurs abzuknebeln.

Aber gerade an dieser Stelle spielt der Strom unberechenbar. Jan wäre um Fingerbreite dieser Schlinge entschlüpft, denn der Haken geriet durch die Strömung zu kurz. Der Führer wirbelte nun höchst gnatzig nochmals ins Rad und knuffte rumms dem kleinen Klabauter eins aufs Heck, sodass die schlanke Jolle einen Satz machte wie ein fliegender Fisch und ins Schilf schoss und zack zwischen den Halmen saß, die dem armen Jan Himp wie Peitschen um die Ohren sausten.

Nun saß er da und konnte nicht vor- und rückwärts. Aber der Zollpüster stak mit der Nase ebenfalls im Dreck und hatte eine Weile zu tun, bis seine gurgelnde Schraube ihn wieder herausgezogen hatte.

Benaut holte Jan das Segel herunter und sah sich den Schaden an. Der schöne Lack des Achterstevens war arg mitgenommen. Jan setzte sich still hin auf die dumme Kiste und dachte: Nun werden sie mich wohl in Ruh lassen. Jedoch, war auch der eine Haken missglückt, so ein Zollkreuzer ist zäh und hat einen langen Pekhaken an Bord, der weniger Berechnung bedarf. Damit erangelten sie richtig Jans Bootsrand und zogen ihn mit Gerassel und Gefauche aus den Binsen hervor. Legten ihn sanft längsseits, genau, wie er es am Steg mit den Kundenbooten zu machen pflegte, und erkundigten sich freundlich nach seinem Befinden, indem sie durch starke Zweifel an seiner geistigen Gesundheit den ungewollten Knuff von ihrem Konto abzubuchen trachteten.

Ich werd es bei der Versicherung anmelden! Das gute Boot so zu ramponieren!, erwiderte Jan hochnäsig.

Die Zöllner maßen ihn mitleidig und drohend und sagten, er solle die Kiste aufmachen. Er aber musste ablehnen, da er weder dazu berechtigt sei noch Handwerkszeug habe.

Es ist ein Oevelgönner!, brummte der Bootsführer: Das ist eine krötige Blase. Wollen wir die Sache auf Station bringen?

Jan erhob Einspruch. Auf der Nipangu brauche man das Sodawasser. Da sei kein Trinkwasser mehr an Bord. Und von der Pumpe kriege man ja die Cholera.

Frechheit!, antwortete der Käptn: Hievt das Ding hoch, Jungs, der Kanehl riecht verdächtig. Klemmt es mal auf. Wir wollen uns doch nicht von solchen Näsdruppeln auf der Huke kitzeln lassen!

Nanu!, schrie Jan: Ich kann doch in 'n Freihafen reinbringen, was ich will?

Du nicht, Kleiner!, entgegnete man ihm.

Es war beleidigend. Man nahm die Kiste hoch. Man hatte sich nun mal darauf verbissen. Und das eifrige Zollboot verwandte viel Zeit damit, diesen kleinen Fall Flasche um Flasche bis auf den Grund zu klären, während draußen im Strom das Motorboot Guschi mit gelöschten Lampen sachte unters Heck der Ketra glitt. Und nachdem von beiden Seiten die verabredeten Signale mit einer Taschenlampe gemorst waren, wurden dort fünf handliche Kisten lautlos von oben über die Reling gehüst und ohne Störung von Hein Kluback in Gemeinschaft mit Willy Möller übernommen. Erst bei der sechsten ertönte oben der internationale Pfiff für dicke Luft, und da zog die Guschi vor, abzuhauen und ihre Beute eilends an gewohnter Stelle und in gewohnter Weise zu löschen.

Denn nagel das Unglück man wieder zu!, sagte nicht weit hinter der Athabaskamole der enttäuschte Zollinspektor. Aber es ist und bleibt eine Schweinerei! Und spie nochmals über Bord, um den Geschmack des ungeeisten Sodawassers wieder loszuwerden: So 'n mieses Gesöff in unverzollte Whiskykisten zu packen. Und nun hau ab, Herr Möller, und sagen Sie den Herren Wachleuten auf der Nipangu (Jan hatte nur allgemein, aber nicht etwa von seinem Bruder betreffs des Bestimmungsortes seines Transportes gesprochen), um das zu genießen, müssten sie eine unwahrscheinliche Menge Whisky an Bord haben, und das können sie ja auch. Ist ja Freihafen. Aber wenn sie damit aus dem Muttloch rauswollen, sollen sie uns doch lieber vorher Bescheid sagen. Nachher könnte es schmerzlich sein.

Jan zog das Segel wieder hoch und verfolgte seinen Kurs weiter, legte bei der schlafenden Nipangu an und brachte mit Hilfe des Maschinisten die Kiste in die Luke.

Der Zollkreuzer dampfte wieder auf Ausguck mitten vor die Einfahrt zum Schlafhafen. Er ließ den Scheinwerfer rasch links und rechts über Strom und Ufer pritschen, um alles nachzuholen, leuchtete das nach Hamburg abrauschende friedliche Heck der Ketra an, ärgerte die Liebespaare am Strand, verweilte auf dem Fleck, wo der Radau der Betrunkenen in eine große Prügelei ausgeartet war, und versuchte ohne Erfolg das Geräusch eines Kraftwagens zu erhellen, das drüben laut und mühevoll hinter den Büschen der Ufersenke, in der Steigung beim Jenischpark durch die stille Nacht die Flüche der Raufbolde überknatterte und bald auf der Chaussee entschwand. Dort drüben, meinte der Inspektor auf einmal gedankenvoll: Wäre eigentlich eine verteufelte Stelle, um mal etwas an Land zu bringen. Mich wundert, dass noch keiner auf die Idee gekommen ist. Ist übrigens Sache des Polizeibootes, Patrullje zu machen.

Kann uns doch nicht passieren!, warf sich der Übereifrige in die Brust: Die Schutzleute sind alle dabei, um die Besoffenen zu beruhigen. Wir passen auf. Unserm Stechpalmenblick entgeht nichts!

Er hielt scharf den Fernstecher in die Runde. Eine Stunde lang war nichts Verdächtiges zu bemerken. Dann aber sahen sie das Motorboot Guschi wieder heranschleichen, es war in Blankenese an der Brücke gewesen. Die Zöllner hielten sich nicht lange damit auf, es war leider auch diesmal nichts Greifbares darin, obwohl die Anzüge der beiden Insassen aussahen, und das konnte man trotz der Dunkelheit erkennen, als hätte sich hier und da raues Holz daran gescheuert. Und weiß Gott, dem Flunki war in der Eile eine Kistenecke ins Auge gerutscht, das glücklicherweise gerade ohne Monokel war. Doch mit diesem blauen Auge kam er davon, ganz so wie er es ausgerechnet hatte.

Verdächtige Burschen!, knurrte jedermann auf dem Deck der Grünen.

Als die Guschi aber nach kurzer Zeit wieder hinausfuhr und der Begleiter des Flunki sich in Jan Himp verwandelt hatte und die kleine Luggerjolle im Schlepp hinterdrein hüpfte, da warfen sie wohl den nötigen amtlichen Blick auch diesmal darauf, wandten sich jedoch rasch, ohne ein Wort zu verschwenden, von dieser unerfreulichen Sache ab und wieder der mächtigen Weite des Stromes zu, und wenn es ihnen auch nicht peinlich war – diesen Begriff gibt es nicht am Zoll –, so hofften sie doch, durch gelegentliche Nichtachtung den Bumann endlich einmal bei einer Unvorsichtigkeit zu ertappen.

Es sollte, wenn auch nicht von ihnen, bald geschehen.

Herr Sandvoß hilft schmuggeln, ohne es zu wissen

JAN HIMP hatte ganz entgegen jeder Erwartung fünf Mark von seinem Bruder für die Gefälligkeit gekriegt, und Willy und der Flunki trösteten ihn wegen der Beschädigung an der Jolle. Sie hatten sich scheckig gelacht über Jans Trallala mit den Zöllnern. Das würde Guschi Bohnsack sachts bezahlen.

Es ist nicht zu leugnen, Jan Himp kam die Sache nicht geheuer vor. Da war etwas im Busche. Aber weil sein verehrter Bruder Willy anscheinend mit von der Partie gewesen war, so musste es gehen und gut sein. Und im Grunde war er stolz, dass er in einer dunklen Sache eine Rolle mitspielte. Die fünf Mark verschwanden im Spartopf. Für die Seeausrüstung. Das Abenteuer verflitzte in den Wind der Erinnerung. Nur die Heckschramme an der Klabauterjolle, die blieb. Da gehörte ein neues Stück in den Waschbord achtern und neue Farbe, und frische Lackierung. Auch das Ruderblatt war verbogen.

Wenn sein Vater davon Wind kriegte, dann setzte es grobe Graupen mit Kopfsalat. Und wie sollte er es der kleinen Brise beibringen?

Den ganzen Vormittag grummelte Jan mit bösem Gewissen auf der Bootsvermietung herum. Dann kam Tine Puß, ihn während des Essens abzulösen. Das tat Tine Puß manchmal. Man konnte es ihr ruhig anvertrauen, denn in allen Dingen praktischer Verrichtung war ihr Geist unverstört. Zudem war die halbe Stunde um Mittag nicht viel los am Steg. Und mochte auch Kundschaft kommen, Tine konnte rudern, wriggen und segeln wie ein Mann und war in der Abwicklung einer Bootsvermietung bewandert, war sie doch als Nachbarstochter damit aufgewachsen. Sie bezog dafür Holzabfälle aus der Möller'schen Werkstatt und brauchte sich kein Feuerholz zu kaufen oder am Strand zu suchen.

Das Mittagessen schmeckte Jan Himp heute schlecht. Maantje, der kleine Pusselbär, machte wohl ein Dutzend Mal hübsch, die Vorderpfoten an die Ohren gelegt, verzweifelt den dicken Kopf wiegend. Jan war so voll abwegiger Gedanken, dass ihn Elsbe erst darauf aufmerksam machen musste, seine große, spöttische Schwester.

Erste Liebe?, fragte sie mit scharfem Lächeln. O, sie hatte ihren Janbruder gern, aber es war ärgerlich, dass er nach Jungsart ihr so wenig höflich und vertrauensvoll entgegenkam.

Jan sah ihr verloren in das breite, blonde Gesicht, auf den von unbewusster Eifersucht ungütig zuckenden Mund. Er lief rot an. Er beugte sich heftig zu dem freudig schnuffenden Maantje hinunter.

Pfeui Deibel!, antwortete er. Das Wort, das er da gehört hatte, schmeckte ihm nach Kintopp, nach Romanen, die ihn langweilten, nach Zärtlichkeiten, die er oft genug am Strand hatte beobachten müssen und die er albern und gemein fand.

Na, na!, lächelte seine Schwester: Wär ich so ein junger Stift, ich würde mich glatt in die kleine Kyri von der Chaussee verlieben. Ich weiß wohl, dass ihr neulich, als es so goss, zusammen in der Bude gesessen habt! Ich kam und sah euch reinflutschen.

Jan warf ihr einen jähen Blick zu, so unbändig starr und wild, dass sie erschrocken schwieg. Er sagte nichts. Aber seine Mutter schalt: Ärger den Jung nicht immer, Deern! Er ist ein guden Jung! Bringst ihn ja rein auf Ideen!

Und der Vater sah vom Teller an allen entlang, schüttelte den Kopf über den Hackmack und aß weiter. Und erst nach einer Weile, währenddes jeder schweigsam sich der vielfältig eingelegten Spargelsuppe gewidmet hatte – am Essen und Trinken ließen sich Möllers nichts abgehen –, hielt er für angebracht, wenigstens dem Hauptunfug ein mäkelndes Wort zu widmen.

Stift is he nich!, brummte er: In Herbst darf er nach See! Basta!

Der Mutter blieb der Löffel im Munde hängen. Elsbe hielt den ihren schwebend in der Luft.

Nach See?

Aber Jan entzog sich der weiteren Auseinandersetzung. Sein Teller war grad ledig. So stolperte er hinaus. Maantje machte drei wackelnde Schritte hinter seinen Hacken her, gab es aber auf, ihn zu halten, und kehrte an den nahrhaften Tisch neben Elsbes pralle Beine zurück.

Die kleine Brise kam etwa um vier Uhr den Nachmittag auf den Ponton. Jan tat, als habe er vor Arbeit keine Sekunde Zeit. Sie betrachtete seine Segelflickerei aber nicht lange, sondern sagte: Ich will gar nicht segeln, ich wollte Ihnen bloß etwas erzählen.

Jan atmete auf. Strahlend blickte er die kleine Brise an. Sie war ja auch gar nicht in ihrer Marinehose. Sie trug einen kurzen blauen Sportrock zu ihrem Pullover, und ihre langen Backfischbeine staken in dunkelbraunen Strümpfen. Und ihre braunen Schuhe hatten hohe Absätze.

Es ist wegen der Ferientour, ist es?, nickte Jan: Ich darf sicher mit. Denn im Herbst kann ich sowieso nach See.

Er musste etwas im Ton an sich halten, um seinem Glück nicht allzu kindlich Ausdruck zu geben vor diesem zippen Geschöpf. Und dachte, Wunder was für einen Eindruck er schinden würde mit seiner Erklärung. Aber er irrte sich. Kyris Gesicht veränderte sich kaum. Es war von einer anderen Wichtigkeit angefüllt. Nach einem raschen: Ja? Gut!, platzte sie los: Mit dem Bräutigam von Frau Bohnsack? Haben Sie schon gehört?

Jan hatte plötzlich einen schlechten Geschmack im Mund. Gern hätte er über Bord gespien, verschluckte es aber wegen der kleinen Dame. Er tat gelangweilt: Der Flunki?, fragte er verächtlich.

Ja, der Flunki. Den hätten sie beinah geschnappt.

Großartig! Jan wandte sich wieder dem Pfingsten von allzu rabiaten Kunden beschädigten Mietsgroßsegel zu, zog den Faden an, glättete den Flicken über seinem Knie, rückte den „Hansch", den breiten Lederriemen, der seine rechte Hand umspannte, zurecht und drückte mit der in der Handfläche daran befestigten Messingscheibe die dicke Nadel und den Garnfaden durch das steife Baumwolltuch.

Gar nicht großartig!, fuhr die Brise fort: Wär mein Vater nicht darüber zugekommen, so hätten sie ihn bestimmt eingesperrt.

Sie unterbrach sich, indem sie die Segelnäherei beobachtete: Wie kann man das können!, lächelte sie: Nähen Sie Ihr Zeug auch selber?

Jan dachte: Quatsch! und grunzte beleidigt: Ich bin doch kein Meckmeck!

Die kleine Brise achtete noch immer auf seine Fertigkeit: Ich soll es lernen, hat Mummi gesagt! Sie seufzte: Mummi behauptet, es wäre gut, nicht ganz die schönen Tugenden der Frau von einst mit Sport und Firlefanz zu vertauschen. – Sie senkte den Ton zu einem jammernden Flüstern: Denn wer weiß, vielleicht sind wir eines Tages ganz arm, blutarm! Wenn erst alle unsere Schiffe dort drüben auf der Schlummerseite liegen, hat Vati angedeutet.

Jan schwieg geduldig. Er hätte lieber gehört, was dem Flunki passiert sei. Und nachdem sie eine Weile seufzend auf den belebten Strom gestarrt hatte, dahinter die stillen Schlote und Masten des Parkhafens ragten, knüpfte sie auf einmal lebhaft wieder beim ersten Thema an: Der Flunki nämlich lief Vati geradewegs in die Arme, als Vati an Bord wollte.

An Bord?

Jawohl, auf sein eigenes Schiff. Oder darf er da etwa nicht an Bord? Na, also! Vati geht über die Gangway auf die Ketra, die letzte Nacht eingelaufen ist. Von Odessa mit Backobst und Ringäpfeln. Sie sind schon beim Löschen. Und er will sich den Laderaum ansehen. Wer kommt ihm da entgegen? Ein Mann mit einer Kiste auf der Schulter. Hallo!, sagte Vati: Haben wir einen kleinen En-detail-Verkauf an Bord?

Selbstverständlich!, sagt der Mann: Gehn Sie man mal rauf, vielleicht kriegen Sie auch 'ne Kiste, wenn Sie Geld haben. Sagt er zu meinem Vater, ausgerechnet zu dem Reeder, zu dem Generaldirektor selbst. Na, Vati sagt: Bring die Kiste man wieder rauf, mein Sohn! Und Herr Kluback, das war nämlich Herr Kluback –

Der Flunki!

Der Flunki! Wird frech. Da sagt Vati, wer er ist, und der Kapitän kommt auch, und da will er sich verdrücken. So übereck, sagte Vati, wie ein Hund auf drei Beinen. Und dann bequemt sich der Flunki schließlich und setzt die Kiste hin. Vati fragt Herrn Pohl: Ist das einer von Ihren Leuten? Und Herr Pohl, das ist nämlich unser Kapitän von der Ketra, sagt: Nö, Herr Sandvoß. – Kennen Sie ihn denn, Pohl? Ja, Herr Sandvoß, das ist Hein Kluback, der hat hier mal als Messmann gefahren und ist 'n Windhund. – Na, sagt Vater: Die Kiste haben wir ja gerettet. Wolln wir ihn laufen lassen? – Er ist auch schon weg, Herr Sandvoß.

Kyri hatte ordentlich die Stimme der drei Männer nachzumachen versucht, den Flunki ganz piepsig hoch, wobei sie zwei Finger über die Nase kniff, und den Kapitän grabestief, wobei sie das Kinn an die Kehle drückte. Jan war voll Bewunderung. Und so sehr er dem Flunki eine Abreibung gegönnt hätte, so war doch in ihm ein dunkles Gefühl, das über sein Entschlüpfen beruhigt war.

Der wollte billig Backobst haben!, gab Jan Himp dem Fall die Zusammenfassung.

Haha! Sehr überlegen lachte die kleine Brise: Wenn es das nur gewesen wäre! Aber die Sache geht weiter! Stellen Sie sich also bitte vor, die Kiste steht an Deck. Kapitän Pohl flötet einen Mann heran, er soll die Kiste mit an die Winsch bringen, wo ausgeladen wird. Vati sagt: Ach, lassen Sie man, die kann auch gleich mit mir nach Haus, da wird meine Tochter sich freuen, die kaut so gern die Ringäpfel. Und nachdem Vati nun alles an Bord erledigt hat, fragt er noch mal ärgerlich den Offizier, der da oben an der Gangway aufpasst, wie war es bloß möglich, dass da einfach so eine Kiste von Bord gehen konnte? – Die Kaufleute sind nämlich alle ein bisschen kleinlich, das ist eben das Geschäft, das ist Prinzip selbst bei meinem Vater. Das müssen Sie verstehn, nicht wahr?

Mir sollte einer eine Kiste klaun, den würde ich in Mus haun!, belegte Jan sein Verständnis.

Klaun? Haun?, lächelte Kyri: Das reimt sich. Sie kriegen noch einen Brief heute. Also, der dritte Offizier, Herr Schlott, ein netter Junge übrigens, war sehr verlegen und aufgebracht. Der Flunki hätte ihm gesagt, er solle was auf der Brücke, solle er ihm bestellen. Und da der Flunki doch früher mal auf dem Schiff eine Reise mitgemacht hat und ihn kannte, dachte er, das würde stimmen, und bat ausgerechnet den Flunki, dann solange an der Pforte aufzupassen, dass kein Unberufener an Bord steige oder sonst was. Und in der Zeit hat der liebe Herr Kluback dann mit der Kiste verduften wollen. Und Herr Schlott sollte gar nichts auf der Brücke.

Der Schuft!

Ja, andere so in Verlegenheit zu bringen! Und nun weiter, da werden Sie gleich meinen Vater kennenlernen, wie gutmütig der ist. Er gibt Herrn Schlott und Herrn Pohl eine Zigarre und lacht über die ganze Sache, lässt sich die Kiste in den Wagen schaffen, bezahlt an der Zollgrenze den Zoll dafür. Und sie wollen Vati ohne Weiteres damit durchlassen, aber der sagt: Gucken Sie lieber man mal rein, meine Herren, sonst heißt es nachher, Reeder Sandvoß hat Konterbande. Na, sie machen pro forma so 'n Brett los. Backäpfel. Und Vater sieht, dass er nicht grad eine sehr gute Kiste erwischt hat, ziemlich unansehnlich und alt, und ärgert sich im Stillen. Und sie hämmern den Nagel wieder ein, und Vati fährt weiter.

Jan hört zu wie bei einer Räubergeschichte. Kyris Stimme ist so, dass er fühlt, es ist noch nicht zu Ende. Er denkt an die Whiskykiste, die sie auch aufgemacht haben und wo nur Sodawasser drin war. Er reibt sich gespannt den Segelnähhandschuh.

Und nun kommt der Witz!, fährt Kyri fort: Beim Johannisbollwerk, wo morgens viel Verkehr ist und man nur langsam fahren kann, da steht nun auf einmal Herr Kluback, der Flunki, am Kantstein. Vati sieht ihn und droht ihm mit der Faust, aber er läuft nicht weg, er kommt ganz kleinlaut dicht an den Wagen heran. Auf ein Wort!, winselt er so richtig: Auf ein Wort, Herr Generaldirektor! Mein Vater ist ein Mensch und hält. Der Flunki entschuldigt sich nun. Er wolle die Kiste voll bezahlen, das sowieso natürlich, er kenne doch die Adresse. Und seine Braut wäre krank, und der Arzt habe getrocknete Äpfel verordnet, aber levantinische, und da habe er sich gedacht, ganz frische gibt es nur an Bord, und da habe er, weil man nicht im Kleinen an Bord was kaufen könne, zu dem Trick gegriffen mit Herrn Schlott, und ob er die Kiste nicht doch haben könne, er wolle sie auch gern doppelt bezahlen, er könne ihn auch ruhig bei der Polizei anzeigen wegen Diebstahls, aber wegen seiner kranken Braut, und weil doch der Arzt, und ob er sie denn wirklich nicht haben könne, die Kiste?

Die Sprottenwirtin oder schon wieder eine andere? Weiter!, sagte Jan.

Weiß nicht, Vati sagte, glaube ich, Guschi Bohnsack. Die kennt er nämlich auch. Früher hat er manchmal, als es noch keine Arbeitslosen gab und es noch nicht alles nach der Reihe ging, Leute durch sie bezogen. Und weil er nun so ein gutes Herz hatte und er dachte, na, diese Kiste, da hat er ja nicht grad die beste gegriffen, da sagte er: Na, Kluback, machen Sie solchen Unsinn nicht wieder! Rufen Sie mich an, ich bin doch kein Unmensch, wenn Sie mal ausgerechnet 'ne echte Kiste von Bord und von mir beziehen wollen. So, und machen Sie den Schlag mal auf und nehmen das Ding in Gottes Namen wieder an sich. Und sagen Ihrer Braut: Wohl bekomms. Und ich wünsche ihr gute Besserung! – Und damit haute er denn ab.

Donnerwetter, wie anständig! Geschenkt? Hätt ich nicht getan!

Glauben Sie! Wissen Sie, wenn einer so winselt, kann ich auch nicht Nein sagen. Und bedenken Sie, gerade Sie haben die Sprottenwirtin gerettet. Soll sie denn nun ausgerechnet an Verdauungsmangel sterben? Denn das ist es ja wohl. Wo sie doch die ganze Auguste Viktoria auf den Rücken tätowiert hat?

Jan musste lachen. Er stellte sich die tätowierte Dame vor. Er schüttelte sich vor Lachen.

Wolln wir sie mal besuchen?, fragte die kleine Brise: Das wäre nun ja wirklich ein Grund.

Meinswegen!, antwortete Jan zögernd. Dann gab er sich einen Ruck. Winseln? War das die Tonart, um Reeder und kleine Brisen weich zu stimmen? Prost Backobst, mochte das solcher Sorte Flunkis überlassen bleiben! Jan Himps tragen von Natur keine Veranlagung dafür in sich, und müssten sie ewig auf Backobst verzichten. Oho, sagte er darum und reckte sich: Und auf Ferientour fahr ich auch mit. Ich werde es so einrichten.

Weiß ich!, erwiderte sie ungeduldig: Wann gehn wir in den Sprottenkeller?

Ja, wann?, sagte er kühn. Ihm war, als sei es Zeit, einmal den Bau des Flunki-Fuchses zu überholen.

Morgen ist Freitag. Dann passt es mir mit den Schularbeiten. Bloß ein bisschen Geo. Kann ich so. Weltkarte hing schon an meinem Bett als Baby. Abgemacht.

Jan hatte die beklemmende Empfindung, nicht Nein sagen zu können. Obwohl ihn ein redliches Gefühl warnte, sich die Finger an der Apfelkistensache zu bekleckern.

Gemacht!, sagte er kratzig. Aber er schüttelte die Ohren dabei. Es ist ein unbequemes Geschäft, das Erwachen des Kavaliers in sich zu erleben.

Nicht? Denn nicht!, entgegnete Kyri erstaunt.

Teuw, nich so happig!, wandte Jan ein: Kann ja nich lospesen wie 'n Schleppdampfer, hab ja doch 'n Standposten. Denn: Tine Puß einen ganzen Nachmittag? Nee, die macht Mist. Muss sehen, dass ich Elsbe ranschleife, meine Schwester, aber die ist man öfters widerhaarig.

Liegt wohl in der Familie, erwiderte Kyri schnippisch.

Klar. Ich bin auch kein Umgang für verwöhnte Kinder!, lächelte Jan. Die alte Boshaftigkeit jener Jahre, wo man nicht gern mehr und noch nicht wieder gern mit Mädchen spielt, war noch in seiner einfachen Jungsseele.

Verwöhnt! Ich?, krauste Kyri die runde Stirn. Ausgerechnet! Oh! – Ihre Augen flackerten grünlich und schwangen ins Weite: Schlimmer wie 'n Schippsjung, wie 'n Waisenkind ohne Vater und Mutter. Und überhaupt! – Jetzt blitzten ihn ihre Augen an wie der Scheinwerfer des Zollkreuzers: Würde ich sonst etwa Guschi Bohnsack besuchen? He?

Sie trat dicht an ihn heran. Ihr Gesicht war von jähem Hass erfüllt. Was fiel diesem Bootsjungen ein! Sie ballte ihm ihre Faust unter die Nase. Auch ihr lag die Zeit der kindlichen Balgerei noch nicht gänzlich fern. Sie hatte manchen Bubi vertrimmt, der ihr an den Puppenwagen gehakt war.

Jan Himp wäre selber fast in Boxstellung gegangen. Er besann sich aber rechtzeitig. Mehr beklommen als überlegen schielte er auf die kleine Mädchenfaust. Er schnupperte in der Luft. Er tat, als würde ihm ein Bund Maiglöckchen zum Hapischa-Machen vorgehalten. Jedoch bis zum Niesen trieb er es nicht. Er trat einen Schritt zurück. Er blickte das Mädchen großmütig an. Nochmals schüttelte er den Kopf und sagte dann ziemlich ernst: Nee, kleine Brise, mit Schmeling ist hier kein Blumenpott zu gewinnen!

Schmeling, der Hamburger Steuermannssohn, war der vorübergehende Abgott der Wasserkantenjugend.

Kyri empfand sich als Siegerin. Na also!, lächelte sie triumphierend und steckte beide Hände in die Taschen ihres Pullovers.

Ich werde es so drehn!, erklärte nun Jan, als sei kein Zwischenfall gewesen: Wenn ich den Nachmittag kann, so hisse ich den Signalwimpel und darunter die Flagge C. Kennen Sie die? Weiß mit rotem Punkt.

Wie die japanische?

Nur dreieckig. Hier ist sie!

Jan ging an die Flaggenkiste und holte sie heraus.

Ja, und?

Sie bedeutet Ja.

Gut! Ich linse um drei Uhr aus meinem Fenster. Ist das richtig?

Scheun! Ab drei Uhr setz ich Signal. Und wenn es nix is, dann kommt dieser Lappen dran, blau mit weißem Punkt, auch dreieckig, international D.

Und das bedeutet Nein?

Richtig!

Bin im Bilde. Noch eins! – Sie musterte ihn flüchtig von der Mütze bis zu den Schuhen: Auf Schick oder auf Bums?, fragte sie sachlich. Doch bevor er richtig verstand, was sie meine, entschied sie: Teils, teils. Jan Himp geht als Matrose, ich als Lady. Also keinen Kragenknopf, bitte! Gut abgebürstet genügt. Flagge C und dann Punkt sechs Freitag bei Linie 7 an der Ecke Chaussee. Sonst Flagge D.

Verstanden! Tjüs!

Die kleine Brise tippte in ihrer alten hochfahrenden Art an die Schläfe, machte kehrt und ließ ihn wieder allein. Draußen lag die kleine Klabauterjolle mit der Schramme im Heck. Man sah es nicht von Weitem. Und er hatte ihr nichts gesagt.

Dann kam Joachim Dölling, der Lotsensohn und sein Freund: Ob Jan mitwolle im Juli, große Fahrt mit dem „Windspiel" nach Schweden?

Wie lange wird das dauern?, fragte Jan Himp.

Eine Woche.

Ausgeschlossen! Wer soll mich vertreten? Denn du kannst mich ja dann nicht vertreten.

Schade!, lachte Joachim Dölling. Er war ein lustiger und nachdenklicher Junge und von allen der einzige, der, ohne Unwillen und Handgreiflichkeiten zu riskieren, das sagen durfte, was er nun sagte, nämlich: Vielleicht würdest du lieber mit einem Mädchen segeln, mit der Reederstochter von der Chaussee, mit der Sandvoß und ihrem heiligen Vornamen.

Jan Himp wandte sich ab. Er wurde rot: Quatsch!, brummte er.

Aber wenn du da mal auf längere Fahrt gehen willst, dann vertret ich dich hier am Ponton, und wenn es 'ne ganze Woche ist. Dann fehl ich einfach im Geschäft. Dafür hat sogar mein Alter Verständnis und meine Mutter auch, die ist nämlich schon als Kind mit meinem Vater bis in den Orinoko gesegelt.

Da staunte Jan Himp. Wie rührend war das von Joachim Dölling! Und die beiden jungen Leute sahen mit hellen Augen aneinander vorbei in die silbrige Westbreite des Stromes, wo die großen Dampfer Qualmknäuel in die Wolken spulten.

Der Flunki haut ab

DER FLUNKI hatte also namenlosen Dusel gehabt, als er mit Herrn Sandvossens ahnungsloser Unterstützung auch noch die sechste Kiste ergatterte. Unschlüssig hatte er an der Zollbrücke herumgelungert, die den zollfreien Freihafen von dem zollpflichtigen Binnenlande trennt. Er wollte warten, bis der Reeder wieder durch war, und dann sein Heil noch einmal versuchen. Über das Brückengeländer flezend wie ein gewöhnlicher feiernder Hafenlöwe, war er anscheinend gänzlich gefesselt vom Leben und Treiben der Schuten, Barkassen und Schlepper im Zollkanal, horchte jedoch auf jeden Wagenlaut, schielte in den Augenwinkeln und trat sachte von einem Bein auf das andere wie ein Köter vorm Schlachterladen.

Schließlich kam dann das dunkelgrüne sandvossische Auto. Und hielt sogar beim Zollposten. Und er dachte mit Befriedigung: Auch die feinen Leute verschont man nicht! Das ist die Gerechtigkeit der neuen Zeit. Wie aber erstaunte er, als die Zöllner den Schlag öffneten und halbwegs eine Apfelkiste herauszogen und mit dem Stemmeisen lässig ein Stück Deckelbrett hoben!

Sollte der Bursche etwa selber?, grinste da seine schwarze Seele: Oder bringt der teure Gatte und Vater seiner lieben family bloß bisschen was auf den Obstteller mit?

Mit jäher Gewissheit glaubte er das harmlose, dem Uneingeweihten ohne Belang, zufällig scheinende Zeichen zu erkennen. Dicke Luft!, sagte er sich und vernebelte sich auf die Straße, denn wer konnte wissen, ob den Zöllnern oder dem Reeder nicht etwas brenzlig aufgestiegen war!

Von der anderen Straßenseite äugte er, dass dem nicht so sein konnte. Die Kiste wurde wieder in den Wagen geschoben. Und nun versuchte er die letzte Chance, sie für sich zu retten und damit auch sich zu retten. Denn man male sich aus, zu welchen Schlüssen und Entschlüssen Herr Sandvoß hätte kommen sollen, falls er den wahren Inhalt, der wohlverpackt unter der allseitigen dürftigen Schicht mäßigen Backobstes lag, entdeckt hätte!

Natürlich gelangte die Ware nicht erst in den Sprottenkeller, sondern auf eines der verschwiegenen Läger, die Herr Pampanos eingerichtet hatte.

Und Herr Pampanos zahlte bar.

Der Flunki war nicht mehr so unklug, alles sofort auf den Kopf zu hauen, aber diesen Abend und die Nacht ging er nicht in den Sprottenkeller, sondern trieb sich in anderen Gelegenheiten Sankt Paulis umher. Erst am Vormittag, halbwegs wieder nüchtern, kam er bei Guschi Bohnsack, seiner Braut, an und berichtete ihr von dem ungewöhnlichen Erlebnis.

Tja, mein Tjung, büst 'ne bannige Held!, antwortete sie ganz erschüttert: Denn bei dir hätten sie die Kiste nicht bloß so obenhin befummelt. Nu aberst is Sluß mit die Smuggelei, verstanden? Tsolang du für deine Part allein da in mang büst, tschön! Aberst wo ich nu mit herhalten muss als dein sterbenkranke Praut, da passe ich!

Was?, warf sich der Flunki schief in die Brust: Der ich die Schmach von uns allen wandte?

'ne Nacht rumgetrieben hast du dich!, erwiderte sie scharf.

Er schlug sich auf die Brusttasche, wo der Hauptscheck noch unangetastet lag: Und das Geld? Wo wir grad den neuen Wagen kaufen wollen? Und an die Riviera verreisen? Und so lang hast du genommen, und jetzt willst du meckern? Wenn ich hochgeh, gehst du mit hoch! Und was wird Pampanos sagen?

Ihre schwarzen Augen flackerten angstvoll. Ihr weißes großes Gesicht blubberte wie ein Pfannkuchen in heißem Schmalz. O jemine, ihr Bräutigam wurde unbequem. Sie war noch mit anderen Männern fertiggeworden als mit diesem windigen Laffen, an den sich, das fühlte sie elend, ihr alterndes Herz gehängt hatte. Sie musste diplomatisch verfahren. Ihr Ausdruck wandelte sich, ihr Atem wurde fester. Der Flunki ließ triumphierend kein Auge von ihr.

Na, zur Einsicht gekommen?, näselte er.

Sie faltete wie ergeben die Hände über dem Gebirge der schneeweißen Schürze: Tja, denn tsoll das woll tso sein, du bist ja 'n gräsigen Hecht! Der olle Grieche Pampanos wird schon stille sein. Aberst eins sag ich dir! Dütt Geschäft mit düsse Ware, nee, is mir tzu powerig! Das muss anners pflutschen! Verstanden? Für so 'n büschen Klimbim vor Tür riskier ich mich nich mehr! Und damit basta!

Der Flunki grinste übel: Pett di man nich op 'n Slips, min Seuten! Danke für den Tipp! Hab ich längst selber! Was du dir einbildest, Madam! Jetzt sind wir eingefahren. Wer riskiert denn? Herr Missim Pampanos etwa? Oder du? Nee, ich, nur ich! Das bissel Kapital für die Barkasse, deine paar lumpigen Verbindungen? Jetzt willste mich wohl auf die Nudel schieben? Haha! Mi nich, Deern! Es gibt noch andre Bahntjes! Puh! Kann ick alleen! Klaremang alone and for myself, mein dickes Mädchen!

Und nach diesem Kauderwelsch aus Hochdeutsch, Platt und Englisch verließ Hein Kluback das Lokal „Zum gemütlichen Sprottenkeller". Er begab sich den Hafen entlang bis hinter die St.-Pauli-Landungsbrücken und stieg über die Treppen und Schwebepontons hinunter zum breiten Steg der Rundfahre. Da er ein paar Minuten zu warten hatte und zufällig kein Beamter auf dem Ponton stand, überkam den windigen Herrn Kluback plötzlich so etwas wie ein anständiges Gefühl. Er hatte durch die grobe, aber geglückte Stromschmuggelei bei Missim Pampanos und anderen insgesamt etwa dreizehntausend Mark verdient. Das deuchte ihm eine vernünftige Summe. Aber mehr würde es kaum werden. Der Kanehl wurde zu heiß. Man hatte zu rau gearbeitet. Vielleicht konnte man ein Zigarrengeschäft anfangen und nebenbei bürgerlich spekulieren, ruhig und ohne Aufregungen, ehrbar geachtet von jedermann irgendwo in einer kleinen Stadt dahinleben. Vielleicht auch konnte man Guschi Bohnsack heiraten, die würde ihren Keller nicht aufgeben. Nein, selbst wenn alles gut ging, wusste er schon, da kamen zu viel Leute, die er kannte und die mehr oder weniger lachen würden über seine dicke und ältliche Braut und seine ehelichen Pantoffeln. Und dann? Würde die sentimentale Neigung der Sprottenwirtin zum nunmehr Nur-Grog-, Bier- und Schnaps-Ausschank lange vorhalten? Er zweifelte daran. Guschi Bohnsack hatte in ihrem Leben und Umgang erfahren, dass man zwischen den spanischen Reitern und Wolfsgruben der Zollgesetze mit List und Tücke rascher verdienen konnte als hinter der einfachen Gastwirtschaftstonbank. Und schwamm ihr nicht in dieser dunklen Hafenschleuse ganz ohne Zutun manch geheimnisvoller Goldbutt ins Garn, und brauchte sie nicht bloß die Augen zuzudrücken, um ihn gefangen zu haben? Der Flunki wies es von sich, obwohl ein finsterer Neid in ihm aufknurrte. Er hatte eine anständige Regung hier angesichts des diesigen Hafens, des braungrauen, schmutzig schäumenden Wassers. Es ekelte ihn vor der Vergangenheit. Konnte man nicht vielleicht aufs Land ziehen? Siedeln, das war doch das dicke Wort heutzutage. Aber, nee, mit Hacke und Spaten, Mistforke und Schubkarren von früh bis spät, Schweine melken, Hühner frisieren, ach, das lag ihm doch nicht. Dann lieber an die Küste, woher sein Großvater stammte. Der stammte aus Ostfriesland. Der war wegen Deichstreitigkeiten ausgewandert nach Amerika. Hatte aber kein Glück gehabt, war zurückgekommen und in Hamburg hängen geblieben. Als Maurer. Der Sohn, also sein Vater, war auch Maurer geworden, aber ohne Lust dazu. Dem stak das Ostfriesische im Blut. Der hatte Neigung zur See. Aber er kam nicht so weit. Er trank. Vielleicht vor Kummer!, dachte der Sohn, der Flunki. Und dachte zum ersten Male anders als mit Groll an seinen Alten. Der Flunki hatte eine schlechte Kindheit erlebt.

Dass sie mich geprügelt haben, das soll vergessen sein, dass sie sich aber geprügelt haben, das geht mir nach!, sagte er böse und spie ins Wasser. Er meinte seine Eltern. Als er konfirmiert war, wurde er Laufjunge bei einer Zuckerfirma. Er lachte hämisch: Diese Firma war jetzt wegen ungeheurer Zollschiebungen angeklagt. Er war zu dumm gewesen damals, um dergleichen zu merken.

Aber die Luft hat mich verdorben!, rechtfertigte er sich. Es wurde ihm ordentlich leicht ums Herz. Wi du treckst, so löppt dat!, grinste er bitter. Er war neunzehn, als der große Krieg begann. Da hatte er sich auf einen norwegischen Dampfer verdrückt, hatte sich rumgetrieben in aller Welt. Es war ihm zumeist schlecht gegangen.

Nach dem Kriege war er auch auf deutschen Reedereien gefahren, wir haben es schon gehört.

Norwegen!, dachte er. Er sah nicht die Fjorde, die Bergwände, die Wälder, die Menschen. Er sah Spritfässer vor sich. Jawohl, das war es. Da lag das große Geschäft! Er gab sich nochmals einen Ruck, so, als betrachte er den Wegweiser, darauf steht: Straße der Guten. Er lächelte dabei. Er sah diese Straße hinauf. Lag nicht sein Zigarrenladen an dieser freundlichen Straße? Es war ein Objekt. Man müsste ein Inserat aufgeben. Innere Stadt, Hafengegend natürlich. Und ein kleines Wettbüro dabei, eine Stube im Hintergrund mit Privatapotheke, wo man ein bisschen Koks und Opium an jene, die nun doch einmal dem Teufel verfallen waren, verscheuern würde – halt! Da war man wieder bei der verflixten Schwelle, wo die Gesetze beginnen und die Ehrbarkeit aufhört.

Nein, ein Zigarrenladen allein würde es nicht tun, so Groschen an Groschen nur und die ewigen Steuern und die Nase der Polizisten stets vor der Tür, nein, das war nichts für einen Mann, der geschmeckt hat, wie man auf krummeren Wegen, wenn auch aufregender, so doch rascher zu Summen kommen konnte.

Plötzlich dachte er an Jan Himp. Willy Möllers Bruder. Jan Himp, der war ihm nicht ganz bequem. Der war zu gradeaus. Der hatte ja so seinen Posten. Der würde nicht den krummen Weg zu gehen brauchen, obschon er aufgeweckt genug dazu schien.

Ihm wurde weinerlich. Er wünschte, er wäre Jan Himp. Aber nicht lange. Dann kam die Fähre. Er nahm eine neue Zigarette. War ja alles Unfug. Sprit! Sein Plan war gefasst.

Das Fährboot fährt an den Wasserpalisaden des Freihafens hin, am hohen Uhrturm des Kaiserhöfts vorbei, und nachdem es das Amerikahöft und das Afrikahöft angelaufen hat (welches die Molenköpfe sind für die riesigen Kais gleichen Namens), erreicht es das Hansahöft, woselbst der Flunki ausstieg. Dort auf der westlichen Molenseite liegt der Australienkai, und dort war ein kleiner dänischer Dampfer beim Löschen irgendwelchen Stückgutes, das er in aller Welt für die Hamburgroute gesammelt zu haben schien. Der Flunki ging die schräge Gangway hinauf an Bord. Er begab sich auf das Achterdeck, wo er schon von unten den Kapitän bemerkt hatte. Dieser, ein ins Dänische übergesiedelter Flensburger, war vor mehreren Jahren sein vertrauter Freund in Quebeck gewesen. Hein Kluback wusste, dass auch für diesen die kitzlige Stunde geschlagen hatte, wieder einmal den Beruf zu wechseln; denn das Schiff sollte nach dieser letzten, unlohnenden Reise verkauft oder – was wahrscheinlicher war, da niemand Lust hatte, Schiffe zu kaufen – in seinem dänischen Heimathafen aufgelegt oder verschrottet werden. Das alles wusste der Flunki. Denn er hatte den Abend vorher den Käptn in der Philadelphia-Bar getroffen und seine Klagen vernommen. Aber auch von neuen Plänen hatte er gehört. Und diese waren es, die ihm gegenüber seiner Braut – seiner wieder einmal gewesenen Braut, sagte er sich – den Brustton der Überlegenheit gestattet hatten.

Er seilte hoch am Wind auf den Flensburger zu, der trübsinnig die letzten Kisten musterte, die an der Krankette eilfertig dem alten Rostkasten entschwebten. Als er den Flunki sah, erhellte sich sein Gesicht um nicht viel mehr als die Höflichkeit. Wenn auch dieser windige und gerissene Altonaer Steward ihm derzeit manches Pfund eingebracht hatte, so war die Luft doch manchmal allzu dick gewesen.

Aber was sollte man machen? Herr Kluback hatte jedenfalls Kapital im Momang. Und seine Verbindungen schienen solider als von Reeders Gnaden zu sein.

Fahren wir den Kahn also auf eigene Rechnung. Sprit nach Norway, is immer noch 'n blumiges Geschäft. Halbpart! Und 'n sicheren Mann vorm Mast bring ich noch mit!, schloss der Flunki den kurzen Kriegsrat, der oben auf der Brücke in einer Ecke gehalten wurde, wo es im Lärm des Hafenbetriebes vor ungelüfteten Ohren sicherer war als in jeder Kabine.

Is kuud, un kommen bei und nähen abbe Knöpfe bei ßue Gardinen und außes Licht an!, schüttelte ihm der Kapitän die Flosse. Und an dieser Redensart erkannte der Steward von früher her, dass der Flensburger vollkommen einverstanden war.

Die Barkasse Guschi, die eigentlich nicht dem Flunki, sondern Herrn Pampanos gehörte, sollte mit an Bord genommen werden. Sie war für das dunkle Landegeschäft gut. Die Spritfässer, die von weiß woher auf einem dem Flunki wohlbekannten Freihafenlager auf die nächste Gelegenheit warteten, wurden noch den Nachmittag und Abend ganz regelrecht und behördlich einwandfrei an Bord geladen. Sie waren allerdings nicht nach Norwegen, wohin die Einfuhr verboten war, sondern nach Antwerpen deklariert. Aber so etwas ändert sich manchmal auf See.

Dann fuhr Hein Kluback mit einer Taxibarkasse zum Hafen der schlafenden Schiffe. Er wollte Willy als Quartermeister anheuern. Er selber musterte aufgrund seines Seefahrtsbuches als einfacher Steward auf dem Dänen an. Jawohl, Willy Möller sollte mit! Er weihte ihn halbwegs in den Plan ein. Willy Möller hatte das eintönige Wachmannsgeschäft dick satt. Wieder auf See? Wieder 'ne rollende Planke unter der Sohle und genügend Luft um den Hals? Richtig! Okee! Topp! Mok wi, dot wi!

Und während Willy Möller seinen Seesack packte, brachte der Flunki beider Papiere in Ordnung.

Flagge D und C

WILLY MÖLLER schrieb eine Postkarte an die Reederei. Er teilte seinen Entschluss mit abzumustern. Wegen plötzlicher Zufälle. Er setzte den Maschinisten in Kenntnis. Sie hoben noch ein gemeinsames Glas. Zum Abschied. Kann ich Ihnen nicht verdenken!, sagte der Ingenieur. Die Ingenieure, wie sich die Maschinisten nennen, sprechen nicht gern Platt und per Du. Aber innerlich sind sie dennoch wie alle, die mit der Seefahrt verheiratet sind. Auf die Dauer untätig im Hafen liegen und sozusagen nur als Kettenhund, das mögen sie auch nicht.

Noch ein bisschen bei Eltern und Braut vor?, fragte dann der Wachkollege.

Nö, warum? Braut is nich, de Deerns in Oevelgönne sünd mi all to grotsnutig, un Tine Puß is mi to old und tüterig!, entgegnete Willy Möller. Aber seinen Bruder hätte er gern nochmals gesehen.

Der Flunki hatte versprochen, ihn mit der Barkasse rechtzeitig vom Athabaskahöft abzuholen. Dort ist ein Fährponton am Stromufer, der außerhalb der Freihafengrenze liegt. Denn durch die Stechpalmenblicke des Zollkreuzers wollte der Flunki zu guter Letzt nicht noch lange aufgehalten werden.

Willy Möller hatte seine Siebensachen in den alten Seesack verstaut. Der Maschinist meinte, da sei wohl mal ein neuer fällig.

Wüso?, knurrte Willy Möller unwirsch: Is jo villicht min letzte Reis!

Wer wird denn gleich das Schlimmste befürchten?, meinte der andere.

Dat Beste, Herr Engineer! So veel Kies, dat ick endlich to Huus bliewen kann.

Es ist die Sehnsucht aller Seeleute, mit genügend Kapital an Land bleiben zu können, wenigstens reden sie alle davon. Wenn es aber so weit ist, sind sie meistens nicht eher glücklich, als bis alles übern Zapfen gehaun ist und sie wieder in See stechen können.

Willy Möller kletterte auf die tote Kommandobrücke und richtete das Fernglas auf Oevelgönne. Was war das? Auf der Bootsvermietung war gehisst. Signalbuchwimpel. Den kannte Willy Möller. Aber was darunter die Flagge D bedeuten sollte, das wusste er nicht genau. Als Signalgast war er nicht ausgebildet. Und einen persönlichen Lerneifer wie sein Bruder Jan hatte er nicht. Er musste den Maschinisten heraufholen.

Der sah lange durchs Glas. Zuckte bedauernd die Achseln, grinste ein wenig schadenfroh: Das bedeutet Nein.

Sind Sie sicher?, fragte Willy Möller misstrauisch und zur Sicherheit hochdeutsch.

Erlauben Sie mal, Kollege!, antwortete der Ingenieur: Ich war bei der Marine.

Das entschuldigt alles!, knurrte Willy Möller zurück. Zum Satan! Was hatte das mit dem lächerlichen Nein auf sich? War es nichts? Wollte man ihn versetzen?

Auch die Marine kann irren!, knurrte er nach einiger Überlegung, nahm seinen Seesack, warf ihn schnell auf die rechte Schulter, sagte Beibei, kletterte über zwei andere Schiffe weg, die ebenso still schliefen wie die Nipangu, lief die Gangway hinab auf die Mole und schaukelte an der langen Reihe der aufliegenden Dampfer hin, bog hinüber in den Pfad zwischen den Schrebergärten und kam schwitzend den Damm entlang auf den Fährponton.

Hier also sollte er auf die Barkasse Guschi warten. Aber erst um Mitternacht. Jetzt war es vier Uhr Nachmittag. Ihm lag das Warten nicht mehr. Er opferte die zwanzig Pfennig Fährgeld und stieg auf den Finkenwerder Dampfer, der hier am Athabaskahöft und auch drüben in Oevelgönne anlegt.

Atemlos jankte er auf den Möller'schen Bootssteg.

Jan Himp traute seinen Augen nicht.

Wat hett de dummerhaftige Flagg to bedüden?, grölte Willy Möller schon von Weitem. Ungeachtet einiger Kunden.

Gornix!, antwortete Jan und wurde rot: Privatsache! Wullt du wedder op See?

Klor! Klei di! De Flagg! Büst du mall?

Ich kann ehr jo dolrieten!, sagte Jan, wickelte die Flaggenleine vom Belegkrampen los und holte das Signal nieder.

Willy Möller wunderte sich. Er lenkte ein, fragte fast kleinlaut nach dem Flunki.

War hier!, nickte Jan. Jan Himp war Nachkriegsgeneration. Er sprach lieber Hochdeutsch: Soll ihn Klock zwölf auf Guschi bringen, nachts. Extratrinkgeld. Oder das Beiboot nicht vor Schloss legen. Er war zwei Stunden weg mit der Barkasse. Ich glaub, er hat den Bunker voll Benzin getankt.

Denn is good! Willy warf den Seesack in die Bude. Jan Himp widmete sich der Kundenbedienung. Willy besorgte seine Shagpfeife, stand einen Augenblick, Hände in den Taschen, und sah zu, wie sein kleiner Bruder flink und sauber die Vermietung erledigte. Und einen Augenblick weiter geschah das Unerwartete, dass Willy Möller mit anfasste, mit etwas verächtlicher Miene zwar, aber immerhin tat er es doch und langte zwei Riemen von der Budenwand, warf auch einen Tampen los und setzte ein Kanu zu Wasser.

Jan staunte. Das war doch keine Beschäftigung für Willy. Plötzlich schoss ihm ein heißer Gedanke durch den dickblonden Kopf. Mensch, Willy!, sagte er so im Vorbeigehen: Das mit der Flagge will ich dir verklaren. Ich hatte 'ne Verabredung, aber Elsbe hatte mal wieder keinen Guten, die wollte mich hier nicht so lange vertreten.

Hau man ab!, knurrte Willy kurz.

Jan lief nochmals an. Diesmal vor Freude. Er holte hastig den Signalbuchwimpel wieder aus der Kiste und ebenso die weiße Flagge C mit dem roten Sonnenpunkt; ach, wie oft hatte er den Morgen mit ihr geliebäugelt, bis Elsbe ihm die Sache verpatzte und ausgerechnet heute zum „Kränzchen" musste! Flutsch, schor er die beiden Tücher untereinander an die Flaggleine und hisste sie mit raschen Zügen in den milchblauen Himmel. Sein Herz tickte. Wie der Wecker in der Bude, auf dem er eben noch, als er im Kundenbuch anschrieb, gleich halb fünf festgestellt hatte.

Als die Flaggen oben waren und gut sichtig rot und weiß im westlichen Hauch auswehten, schien es ihm eine höchst dumme Vermutung, dass Kyri etwa dauernd an ihrem Fenster stehe, um auf den Flaggenmast des Möller'schen Stegs zu starren. Das Laub auf den Böschungsbäumen war schon dicht. Wenn man auf den äußersten Rand des Pontons ging und es gute Flut war, so konnte man Kyris Turmfenster sehen. Es war aber ebbiges Wasser, man lag schon zu tief. Und vor Willys Augen jetzt aufs Budendach oder gar auf die Stange zu klettern, das brachte er nun doch nicht übers Gemüt. Mit einem Mal fiel ihm ein, der rote Fleck in Flagge C sieht aus wie Kyris Puderdose.

Eine Weile stand er da wie Maantje am Morgen, als Willy ihn mitgebracht und ihn benusselt gemacht hatte, um ihn am Auskneifen zu hindern. Willy beachtete ihn nicht. Auch wegen der Flaggen sagte er keinen Ton.

Jan überlegte, dass er nun nichts weiter tun könne, als Punkt sechs oben an der Ecke zu sein, nahm seine Mütze und überzählte die Kasse: Zwölfmarkfünfundsechzig!, sagte er: Geschäft war flau, kommt erst gegen Abend. Stunde kost sechzig, is billiger geworden!

Willy, sein großer Bruder, nahm grad den Pekhaken, um ein zurückkommendes Boot längsseits zu holen. Er zuckte nur die blaue Schirmmütze, die er sich ob seiner Wachmannswürde zugelegt hatte: Okee!, knurrte er: Veel Vergneugen!

Jan hätte nun noch manches fragen mögen, als er den Steg entlang zum Fliesenweg schwenkte. Wieso denn Willy überhaupt? Und ob er wirklich wieder nach See? Und warum es aus sei mit dem Posten als Wachmann? Und wieso der Flunki? Und wie lange er bleibe? Und dass er zu Hause nichts von der Signalflaggerei tratschen solle ...

Nanu?, sagte sein Vater, als Jan Himp an der Schuppentür entlangstrich.

Willy passt so lange auf!, antwortete Jan munter.

Willy? Der Alte tat einen sachten, prüfenden Blick auf seinen Jüngsten, kratzte sich den harten Spitzbart und ging wieder an seine Arbeit. Er schnitt Spantenholz für einen Beibootsauftrag.

Nach einer kleinen halben Stunde drückte sich, wie er es schon erwartet hatte, Jan in Sonntagshose und reinem blauen Hemd und blauer Sonntagsjacke an der Werkstatt vorbei. Vater Möller ließ ihn laufen. Er hatte die Stimme seiner Frau fernher schallen hören. Vielleicht war es noch Muttersache. Vielleicht auch nicht mehr. Zu ändern war da nichts. Der Junge war kein Kind mehr. Musste selbst sehn.

Die Kreissäge biss kreischend in das harte Teakholz. Jan hörte den Ton hinter sich her greifen. Er verspürte plötzlich Lust, da neben seinem Vater in dem holzduftenden Schuppen zu stehn und Bootstischler zu spielen, wie er es schon zwei Winter getan hatte. War es nicht Unrecht, sich so an dem Alten – er nannte ihn in Gedanken jetzt immer so, seit er Willy gegenüber zuerst den erwachsenen Ausdruck gebraucht hatte – vorbeizuquetschen? Mag er Mariechen fragen. (Mariechen nannte er seit einiger Zeit seine Mutter, er hatte es sich von Elsbe angenommen, die respektlos genug war, wenn auch in herzlicherem Tone, die Mama mit Vornamen zu nennen.) Mariechen hatte er nämlich erklärt, er müsse Guschi Bohnsack besuchen. Es sei wichtig, weil er im Herbst auf See wolle. Bums.

Es war erst halb sechs, als er die Ecke an der Chaussee bei der Endstation der Straßenbahnlinie 7 erreichte.

Die Fahrt mit der Straßenbahn

JAN HIMP ging auf und ab, so, wie die jungen Steuerleute auf und ab gehn nachts auf der Brücke zur Hundewache. Gesehn hatte er es bislang nur im Film. So nahe die Dampfer ihm tagtäglich vor der Nase vorbeifuhren – und die großen der Welt, die „Europa" und die „Bremen" und die „Manhattan" und die „Empress of Scotland" waren dabei gewesen –, nie war er an Bord und auf die Kommandobrücke gekommen, wenn sie fuhren. Aber ansonst kannte er sich aus.

Slechte Sicht hüt, Käptn!

Ay, ay, bannig diesig!

Rudergänger, roar büschen mehr backbord, zwei Strich, Kurs halten auf Südsüdwest!

Ay, ay, Südsüdwest.

Schiff voraus!

Ay, ay, Schiff voraus.

Hat Notsignal auf!

Dunnerslag! Maschinentelegraf! Halbe Kraft! – Klingkling! – Maschinentelegraf auf Stopp! – Klingkling! – Klar bei Boot vier! – Ay, ay, klar bei Boot vier!

Möller, übernehmen Sie das Kommando über das Boot! Erster Offizier Möller übernimmt das Kommando!

Ay, ay, Käptn. – Los, Jungens! Raus mit de Davits! Swing ut! – Ay, ay, swing ut! Dal mit de Boot! – Smiet los! – So, nu pullt, Jungs, pullt, gilt Menschenleben! Riet – riet! – Eine Dame steht an Bord. Die letzte Überlebende. Aho, hallo! Gnädige Frau! Jumpen Sie getrost ins Wasser! – Jungs, Leifbelts klor! – Ran, ran, fünf Mark dem, der sie erreicht! Verdammt ja, die ist leichter als die Sprottenwirtin! – O, mein Retter! – Was seh ich? Herr Möller? – Fräulein Sandvoß? – Ja, denken Sie, auf der Reise von Südamerika passierte mir dies Missgeschick.

Alle über Bord gespült. Ich allein – Ihnen danke ich mein Leben! ...

Jan Himp lächelte, aber seine Brust hob sich. So würde es im Leben ja vielleicht nicht ganz hergehn. Das war mehr Kino. Aber immerhin. Er konnte es sich gut vorstellen, was ihm Spaß machen könnte.

Ihm wurde allmählich klar, dass er sich auch allein in den Sprottenkeller wagen würde. Vielleicht wäre es sogar besser ohne die kleine Brise. Damen und Seefahrt ist zweierlei. Es war zehn Minuten vor sechs. Er fragte den Schaffner des haltenden Straßenbahnwagens nach der Uhr. Vier vor, dann sei Abfahrt.

Jan Himp dachte, die kleine Brise kommt nicht mehr. Da hatte klar über eine Stunde lang das Signal Nein unterm Flaggenknopf gestanden. Was nützte es, dass jetzt noch dauernd das puderdosenrote Ja da wehte? Das Wasser fiel immer tiefer, es war bald Hohlebbe. Man würde selbst den Wimpel kaum noch von Kyris Fenster sehen. Wahrscheinlich war sie längst über alle Berge. Was hatte sie gesagt? Ihr Bruder ist sehr nett! Nun, da war nichts mehr zu ändern. Jetzt war Guschi Bohnsack wichtiger. Jan Himp sah noch einmal auf die Chaussee in Richtung des Sandvoß'schen Hauses. Nichts. Voll Unbehagen betrachtete er den Straßenbahnwagen. Er fuhr nicht gern Bahn. Boot war ihm lieber. Schließlich stieg er ein.

Gott sei Dank. Es waren keine Oevelgönner in der Bahn.

Er saß noch nicht lange, da stieg jedoch auch die kleine Brise ein. Sie stutzte, als sie Jan Himp sah. Sie war nicht allein. Helge Witt war dabei. Jan Himp erhob sich verlegen. Ihm war, als sollte er rasch wieder aussteigen. Aber gerade klingelte der Führer. Der Wagen ruckte an und schnurrte los.

Haben Sie es doch gesehn?, stotterte er. Er hielt sich krampfhaft an einer der Lederschlaufen, die wie allzu dünne Mettwürste von der Decke baumelten.

Natürlich!, antwortete sie: Aber mein Gedächtnis! Nun hab ich, denk mal an, Helge, Ja mit Nein verwechselt, und ich dachte, die mit dem roten Klecks wär Ja, und war mächtig wütend über den blauen Fetzen.

Jan begriff nicht gleich. Die Mädchen setzten sich ihm gegenüber. Jan wagte nicht recht aufzublicken. Er wollte seine Erklärung abgeben. Aber Kyri hatte noch nicht ausgeredet: Ja, mächtig vergrätzt war ich. Ich hatte mir nun mal vorgenommen, die dicke Wirtsch zu besuchen, nicht, Hell? Also, allein wollt ich auch nicht, da musste Helge mit – Übrigens: Ich stelle vor: Das ist Jan Himp –

Der ist es?, fragte mit schiefem Kopf die überblonde Helge und machte einen spitzen Mund und mokkatassenrunde Augen (mit Zwiebelmuster, blau, nannte Kyri das).

Ja, der ist das!, fuhr Kyri sie an.

Danach schwiegen alle drei eine Weile und beobachteten den Schaffner, wie er kassierte.

Plötzlich sagte Kyri: Nun ist es ja in Ordnung. Helge steigt nächste aus, geht zum Bahnhof und fährt wieder nach Blankenese.

Was?, fauchte Helge Witt. Auf einmal kicherte sie. Glaubst du, ich bin beleidigt?, fragte sie dann: Gegenteil! Ich verstehe. Ich rufe Axel an und komme nach.

Mach das oder lass das!, sagte Kyri und gab ihr die Hand: Geh nur! – Schaffner nächste! Die Dame ist verkehrt eingestiegen. – Wär ja lachhaft, für die kurze Strecke zu blechen.

Der Schaffner ließ halten.

Jan Himp war ganz verstört. Was für ein gewandter Ton! Da musste er schweigen. Helge Witt verschwand.

Der Schaffner sah das zurückbleibende Paar strenge an: Das werden wir kriegen!, schnaufte er kurz, riss an der Klingelleine, und der Wagen rummelte weiter.

Kyri hielt die Hand auf Helge Witts leeren Platz. Sie gab Jan einen Wink mit den Wimpern. Er gehorchte, setzte sich hölzern neben sie. Mein Gott, war sie doch schon erwachsen! Ja, so hatte sie sich aufgemacht, von Kopf bis Fuß auf ganz große Dame, mit einem Abendkleid, das bis auf die schmalen Absätze der seidenen Schuhe reichte, und einem leichten Theaterumhang darüber, der wie auch der possierliche Hut von ihrer Mama ohne deren Wissen entliehen war. Ebenso stammte das reichliche Parfüm daher. Und sie hatte sich auf Rosaweiß gepudert und die Augenbrauen malerisch dünn auslaufend verlängert und auch die Lippen nachgezogen, sodass sie nicht mehr wie Morgenrot, sondern wie von einer roten Polizeilaterne angeglüht erschienen. Die Bummellocken hatte sie beiderseits hinter die Ohren gesteckt.

Jan Himp wagte kaum, sie anzuschauen. Sie war so verändert, sie hielt sich so merkwürdig kerzig, sie lispelte so unmöglich hoch und süß. Ihr Gesicht war wie eine Puppenmaske. Er genierte sich, weil die Leute guckten und er nur in so einfachem Aufzuge war. Wenn er auch auf Sonntag war und seine Schuhe wie Autolack gewienert und die seemännischen Seitenfalten seiner Feiertagshose unter der Matratze gebügelt und scharf wie zum Rasieren waren, zu plötzlich klaffte eine Welt zwischen ihr und ihm.

Und wir müssen du sagen, sonst denken die Leute, ich hätte dich grad eben auf der Straße kennengelernt. Und inne Nase bohrn darfste ooch nich!, zirpte sie gänzlich unvermutet.

Tu ich ja auch gar nicht!, wehrte sich Jan erschrocken. Wollte nur vorbeugen! Sie verneigte sich leicht: Mein

Name ist übrigens Luise. Luise von Puttkow, Baronin, bitte!

Jan öffnete den Mund wie ein gestrandeter Schellfisch. Das fing ja gut an.

Lachen Sie nicht!, grunzte sie tief wie Maantje. Sie dachte aber nicht an den Bären. Sie fragte Jan Himp, ob sie nicht ebenso tief könne wie die göttliche Marlene.

Jetzt lachte Jan Himp. Wenn denn schon Ulk gemacht werden sollte, er war dabei. Er hatte keine Ahnung, was sie mit der göttlichen Marlene meine, aber er sagte überzeugt: Viel tiefer! Und dachte darüber nach, was nun Witziges zu bemerken Eindruck machen würde. Es wollte ihm nichts einfallen. Vielleicht könnte man den Flunki nachmachen: Wolln die Lage mal peideln, mein Guschi, wo's an handlichsten ist mit die tschöne Barkasse! Er näselte es lauthals heraus. Und wurde sodann rot vor seiner eigenen Kühnheit. Die Leute in der Bahn sahen sich gestört um. Es waren Gott sei Dank keine Bekannten darunter.

Kyri, alias Baronin von Puttkow, stach die Nase hoch in die Luft. Sie lächelte nicht. Sie verzog keine Miene.

Superbe!, erwiderte sie: Legen wir sie in Sauer.

Okee!, nickte Jan ernsthaft. Ein alter Herr ihm gegenüber blickte empört auf den Schaffner. Der Schaffner kassierte ungerührt. Jan wechselte sein Fünfmarkstück.

Beide?, fragte der Schaffner.

Klar, ist doch mein Bräutigam, kommt grade von See. Polynesien!, antwortete statt seiner die kleine Brise.

Donnerwetter! Und so jung noch!, sagte der arme Schaffner kopfschüttelnd: Bis wie weit?

Bis zur Hochzeit natürlich!, sagte die kleine Brise.

Jan stotterte: Fischmarkt!

Des Schaffners Grienen war halb hilflos, halb drohend, als er ihm die Zettel gab. Der ganze Wagen voll würdiger Indiestadtgeher (wie Kyri wegwerfend sie nannte) griente, der Wagen selbst schien vor Grienen zu schunkeln.

Und die Dame von vorhin?, spielte nun der Schaffner seinen Trumpf aus. Es half nichts, sie mussten auch für Helge Witt bezahlen. Der Wagen lachte. Nun wird sie wohl schweigen!, dachte Jan ergrimmt. Eine kurze Weile tat sie das auch. Dann wurde es ihm unheimlich, sie so steif dasitzen zu sehn. War das Fräulein Witt?, fragte er.

Na ja!, entgegnete sie in die Luft. Dann neigte sie sich zu seinem Ohr: Ein Pussel ist das. Gehorcht aufs Wort. Ich wär nicht ausgestiegen. Der Schofför hat sie gebracht. Ich rief sie an. Sie wollte auch mal was erleben. Essig! Nu muss sie zu Fuß zurück. Hundert Kilometer.

Hundert? Dann ist man ja am Kaiser-Wilhelm-Kanal. Und sie kann doch mit Vorortsbahn –

Kann! Kann wohnt nebenan!

Jan Himp wurde unruhig. Veräppelte ihn das Fräulein? Er räusperte sich finster. Aber lächeln musste er doch.

Schade, nun sagte sie nichts mehr. Nun war sie wohl beleidigt.

Aber Kyri dachte nicht daran, es genug sein zu lassen. Sie wandte ihr Gesicht zu ihm: Hast du es eingesteckt?

Ja! Was meinen –

Sag ruhig Baronin, es fällt hier nicht auf. Den Revolver, meine ich.

Jan nickte betreten. Er wollte kein Spaßverderber sein.

Und die Juwelen vom letzten Raubzug?

Des alten Herrn Augen gegenüber wurden zu Glasfluss.

Jan nahm all seinen Murks zusammen. Er versetzte sich in den Flunki. Meinste nich?, näselte er und fuhr sich über die Wimpern, als klemme er ein Monokel fest: Und die kanse Kaßette auch!

Gut so! Und die Leiche?

Vergraben.

Wo?

In' Keller.

Wie tief?

Pviereinpviertel Emm.

Genügt. Es ist nur wegen der Gerüche, das stört sonst unsre Küche.

Reimt sich!

Merkst auch alles. Ist von der Heilsarmee, Musik vom Fremdenblatt. Geh ich mit auf Tournee.

Brief hab ich gar nicht gekriegt.

Aber ich. Vom Kronprinzen. Dem hab ich wiedergeschrieben. Mit Niespulver in. Der wird mich nun nicht mehr ehelichen.

Glatt wie im Tonfilm!, dachte Jan beklommen. Vielleicht würde der Schaffner oder das Publikum bei der nächsten Haltestelle die Polizei rufen. Jan Himp hatte erst einen Tonfilm gesehn: „Walzerblumen" oder so ähnlich. Da war auch so viel Blech geredet worden. Und die Damen waren auch so angemalt und komisch gewesen wie Kyri heute. O, Kyri würde wohl noch einmal ein Kinostar werden. Was tat sie jetzt? Warum verzog sie ihr Gesicht? Ah, sie nieste. Das kam wohl von wegen Niespulver.

Wohlsein!, sagte Jan höflich.

Gib mir unser Taschentuch, dumme Brit! Wo ich so wenig anhab!, zischte sie zurück.

Er zog sein Schnupftuch. Es war plättfrisch, bunt und baumwollen. Sie schüttelte es auseinander und schneuzte sich wie ein Wachtmeister. Dann sah sie, dass eine Weltkarte darauf gedruckt war. Sie bewunderte es, suchte und nannte levantinische Orte. Dahin fahren unsere Schiffe, flüsterte sie, als sei es ein Geheimnis.

Stammt von Willy!, sagte Jan stolz: Der war da überall.

Sie legte es sorgfältig wieder in die Falten. Reichte es ihm mit spitzen Fingern zurück: Hättst auch dein Seidenes heut nehmen sollen, wo wir zu Tante Perta gehn, nöch? Ach nein, geht ja nich, hat ja unser Kleines unter als Windel, will ja petu bloß auf pure Seide liegen.

Er schielte zur Seite. Kyri sah ernst aus. War sie verrückt geworden? Jan wurde es schwül. Draußen glusterte eine freundliche Nachmittagssonne.

Kyri fasste ihn jählings an der Schulter, drehte ihn und sich zum Hinaussehen. Mit pastoraler Feierlichkeit erklärte sie: Dort wohnte der teutsche Tichter Tetlev von Liliencron, mit den Puttkows entfernt verwandt, ich bin eines seiner vielen Enkelkinder, meine Großmutter war Dienstmädchen bei ihm. Arm ließ er uns und seine weiteren hundertundfünfundachtzig Bräute in Stich. Haben wir allens in Literatur gehabt. Ihr auch?

Jan verneinte blas. Er wusste nicht, was noch zu sagen sei. Gott sei Dank! Die Bahn ratterte. War das Rattern in seinem Kopf? Alte Kaffeemühle!, sagte er böse.

Kyri zuckte erstaunt zurück. Dann lachte sie: Endlich ein Pfluch! Du musst viel mehr pfluchen, Jantje! Du musst: verdammigte Grisette zu mir sagen, musst ja!

Nächste Haltestelle war der Altonaer Fischmarkt. Eine empörte Fischfrau machte Kyri darauf aufmerksam, dass sie sich dauernd auf den Saum ihres Kleides trete. Da wurde sie auf einmal wieder wie ein Kind, sagte: Igitt!, raffte das dünne Gewebe bis zum Knie hoch und klopfte den Staub ab. Freundlich sagte sie Danke und: Ischa man gut, dass nich regnen tut!, und machte einen Knix, als sie aufstand. Und dann stiegen sie aus.

Hoch aufatmend standen die beiden da am Kantstein. Kyri legte den Arm um Jans Schulter, hell und stoßweise lachte sie in die räucherige Gegend. Er stimmte etwas erzwungen ein. Sie unterbrach sich, betrachtete ihn abschätzend und fragte in einem zarten und natürlichen Ton: War es auch zu doll, Jan Himp? Die waren ja alle aus der Mottenkiste da drin. Und nun bist du der Matrose Jan, und ich bin das Mädchen, die dich angeredet hat, als du von Bord kamst. Helge Witt hat mir so was erzählt, die hat es gesehn. Oder gelesen, wie so was gemacht wird am Hafen. Und nu gehn wir und trinken ein Glas Bier.

Bier darf ich nicht!, sagte Jan: Ich soll Kaffee trinken, hat meine Mutter –

Ach, Baby; dann trinken wir Schokolade!, entschied die kleine Brise: So, und nun ös mich wieder unter. Hast wohl frische Absätze. Bist ja fast so groß wie ich.

Jan reckte sich. Er sei gewachsen. Er wachse jeden Tag einen halben Zentimeter!

Während sie nun, ohne einen Blick auf das hier so imposante qualmende Hafenstück zu werfen, in eine düstere Gasse einbogen, rechnete Kyri aus, dass er im Laufe des Jahres dann etwa drei Meter groß sein würde. Sie blieben vor düsteren Tabak- und Papierläden stehen, bewunderten und bekrittelten kühl die Aushänge freimütiger Seemannspostkarten und hintertreppiger Lektüre.

Nachdem sie längere Zeit vor einem Kino gegafft hatten, unschlüssig, ob sie da hinein oder erst zur Sprottenwirtin sollten, entschieden sie sich für die Sprottenwirtin.

Auf der Reeperbahn wird es erst gemütlich, wenn Licht an ist! Hab ich mal gehört, wie mein Vater sagte!, schloss Kyri die Überlegung. Und Jan fügte in Gedanken an, wie er eines Nachts von Weitem den roten Schein am Himmel als unbändig lockend empfunden. Und dachte auch an die Puderdose, die Kyri heute so reichlich angewandt hatte.

Blumen!, sagte Kyri heftig. Sie hielt vor einem winzigen Laden, und dort erstanden sie einen riesigen Strauß Klatschmohn. Der Verkäufer redete Kyri mit Gnädige Frau an.

So was fällt bald ab!, wagte Jan einen Einwand. Es war schon auf der Straße.

Gerade deswegen!, erklärte die kleine Brise: Meinst du, Herr Seemann, wir wollen ausgerechnet in einer Kellerwirtschaft ein bleibendes Andenken hinterlassen? Und dann ist es eine Braut, und bei Richard Dehmel heißt es: Die flatternde Blume des Leichtsinns. Haben wir auch in Literatur gehabt. Ihr nicht? Na, und wenn das nicht auf eine Braut passt, dann weiß ich auch nicht. Und außerdem waren es die größten in dem ganzen Puppenladen. Und der Mann wollte sie doch auch unbedingt los sein, und wir haben drei zugekriegt für zwei Mark. Und für verehelicht hat er mich auch gehalten. Also! Also! Hab ich recht oder hab ich nicht recht?

Okee!, antwortete Jan bewundernd. Wie sie reden konnte! Wie eine Lehrerin.

Jedoch glaubte sie ihm nicht ganz und sich selber auch nicht, und zur Beschwichtigung, und da gerade eine Krämerauslage in ihr Blickfeld geriet, kauften sie noch eine Tafel Milchschokolade, die sie geschwisterlich teilten und im Weitergehen vertilgten.

Schließlich fragten sie einen Schutzmann, wo der Sprottenkeller sei. Er wies ihnen den Weg. Es war noch um drei Ecken. Der Mann des Gesetzes sah ihnen lange nach. Er war Familienvater und dachte mit Besorgnis: Das fängt heutzutage ja früh an. Er konnte nicht ahnen, dass wohl kaum jemals solch harmloses Paar diese dunkle Gegend gestreift hatte.

Sprottenkeller

FRAGWÜRDIGE GESTALTEN lungerten vor Hauseingängen, hinter Fenstern. Den beiden war mächtig heiß, als sie endlich das Schild „Zum gemütlichen Sprottenkeller, Gastwirtschaft und Frühstückslokal" in Sicht hatten. Kyri war auf die Idee gekommen, seit sie den Polizisten gefragt hatten, alle zehn Schritte sich angstvoll umzublicken und zu flüstern: Wir werden verfolgt!

Sie krallte sich in Jans Arm, dass es schmerzte. Er verzog keine Wimper. Er schloss seine Faust um das Klappmesser in seiner Hosentasche. Er war willens, Kyri bis zum letzten Blutstropfen zu verteidigen.

Sie raffte ihr langes Kleid. Seite an Seite kletterten sie die steilen ausgewetzten Stufen hinunter. Musik war da unten. Rumsbums und Klimbim. Jan zog mit zusammengebissenen Zähnen die Tür auf. Ein warmer Schwalch von Tabaksqualm und Schnapsdunst wölkte ihnen entgegen. Mutig schritten sie in den Raum. Es war dämmerig, sie erkannten undeutlich Tische, Hockende, Kartenspieler, Trinkende, darüber die Kellerfenster wie hinterleuchtete Bogen Butterbrotspapier, darauf ein Segelschiffsmodell wie gemalt.

'n Abend!, sagte Jan und nahm die Mütze ab. Aber Kyri konnte keinen Ton hervorbringen. Bis hierher hatte ihr Übermut gereicht. Nun wurde es ernst. Sie wäre am liebsten davongerannt, wenn nicht ihr witzig gedachtes Gerede: Wir werden verfolgt! plötzlich Wurzeln in ihr geschlagen und die Straßen draußen unpassierbar gemacht hätte.

Niemand stand auf. Niemand fragte etwas. Der gelbliche Kellner bediente im Hintergrund und grinste gleichgültig an ihnen vorbei. Der Gegengruß war ein dünnes Gebrumme hier und da gewesen. Das Orchestrion hämmerte. Jemand sang knurrend mit. Hinter einer Tonbank, darauf Kolonnen von Flaschen exerzierten, schwebte ein grünes wackelndes uraltes Gesicht wie das der Hexe bei Hänsel und Gretel. Nach einer lauernden Weile, als die neuen Gäste keine Miene machten, Platz zu nehmen, öffnete die Hexe ihren mächtigen, zahnlos klaffenden Mund und rief schrill und heiser: Hier wird nicht hausiert!

Kyri drückte Jan die Blumen in die Hand und knuffte ihn in die Rippen in Richtung auf die keifige Stimme zu. Jan schob sich vor, ihm war, als sei der Boden aus glitschigem Gummi. Er streckte den Strauß, der in seiner Umhüllung einer weißen Keule glich, dem Drachen hinter der Theke entgegen und stotterte: Wir wollten ihr, weil sie krank ist, wollten die Sprottenwirtin, wollten ihr das geben.

Es ging halbwegs unter im Walzer der Bumsorgel. Kyri war empört über sein Getrottel. Mit daran sich neu entflammender Keckheit schwebte sie vor ihren Kavalier und zirpte: Einen Krankenbesuch nämlich für Frau Bohnsack!

Krankenbesuch?, wiederholte des Teufels Großmutter mit einer Stimme, als seien ihr soeben Goethes sämtliche Werke in hottentottischer Übersetzung zur Begutachtung vorgelegt worden. Und fast furchtsam setzte sie hinzu: Ich?

Die beiden schüttelten gemeinsam den Kopf. Und nun schlug die Alte mit pergamentartiger Hand auf eine Kassenglocke und schrillte giftig: Meine Tochter etwa? Guschi! Kundschaft! Peng, hol ihr!

Peng war der Kellner. Er wandte sich einer Hintertür zu, klopfte dreimal an.

Guschi Bohnsacks riesige weiße Schürze tauchte schlurfend auf. Ach, die Sprottenwirtin hatte sich zurückgezogen gehabt und ein paar heiße Tränen geweint ihrem davongegangenen Bräutigame nach. Sie erkannte Jan Himp sogleich. Das war eine herzliche Begrüßung.

Ist ja mein Lebensretter, Klas Möllers Sohn, Willy Möller sein Bruder, is er ja!, schluchzte sie mehr, als dass sie lachte. Es lag so gut in ihrer Stimmung, hier Rührung obwalten zu lassen. Es war wie ein Ersatz des Entflohenen, den kleinen Jan an das umfängliche Herz zu drücken. Und die Gesichter der Gäste hatten sich schweigend dem Schauspiel zugewandt und umringten die Szene wie blasse, bleiche Lampenkuppeln.

Dann wandte sie sich Kyri zu. Fragte: Ist das dein Swester? Mein Tjung? O nö doch, is tja woll rein was Besseres. Brautens darfst du tja aber doch woll noch nich haben! Nöch? Watt, watt, oder büst du mir all ein ganz Durchtriebener?

Ich hab Sie doch abgetrocknet!, kicherte Kyri. Sie haben mich doch eingeladen.

Es ist Fräulein Sandvoß!, erklärte Jan.

Ach, es ist die kleine Sandvoß? Reeder Sandvossens Einzige? Kinners un Lüüd! Düsse Ehre noch mal tzu! Die hat mich warraftigen Gotts eigenhändig mit ihren verwöhnten Poten abgedrögt.

Ein baumlanger Trimmer erhob sich und sagte angeheitert: Denn, boys, lasst uns Trieschers machen auf die beiden! Und die Gäste brachten „three cheers" aus und riefen dreimal Hurra, teils auf Englisch, teils auf Deutsch.

Und der Anreger der Ehrung, der mit seinem Kopf fast an die Decke stieß, neigte sich zu Kyris süßem Hut und lallte eine trauliche Einladung, sich an seinem Tisch zu einem guten Glase niederzulassen.

Die Wirtin wies ihn mit dämpfender, aber deutlicher Gebärde zurück. Büscha woll mall, Otto! Das ist doch kein Groschenplörose für dein Ogu!

Und dann ergriff sie die Blumen, roch an dem Papier, hob sie wie eine Fackel und sprach tröstlich zu den beiden Benommenen: Och, mein Tzuckerkringel, nu kommt man büschen mit nach achtern. Is tja kein Aufenthalt nich für sonne Poppen so 'n einpfaches Lokal, nöch!

Sie erfasste Kyris Handgelenk behutsam, als sei es eine Nippfigur, wendete, schnaufend wie ein Nilpferd, lotste die beiden durch die Hintertür eine Treppe hinauf in ein ganz bürgerliches Wohnzimmer und nötigte sie aufs Plüschsofa.

Da saßen sie nun, und der Mohn wurde in ein Literseidel gesetzt, und danach war Guschi Bohnsack eigentlich ziemlich ratlos, was sie mit den Gören anfangen sollte. Grog? Wollten sie nicht trinken. Bier? Unmöglich! Brause? I gitt! Kaffee? Hatte Kyri schon. Schokolade? Hätten sie grad gegessen. Tee? Nein danke!

Eierkonjack!, entschied da die Sprottenwirtin: Das ist ganz harmlos, das trinken die Babys in Samoanien statt Milch.

Eigentlich wollten wir sofort wieder gehn!, erhob sich Kyri. Das Sofa war so muffig.

Mutter wartet woll tschon mit 'n Sztock hinter de Tür?

Nein!, erwiderte Jan, für zwei gekränkt: Wir wollen noch auf die Reeperbahn bummeln.

Na, pfenn tas man chuud geht!, wedelte sie mit dem runden Kopf, dass die fetten Backen beberten. Dann rief sie durch die Tür: Peng, bring zwo Kuss mit Liebe!

Die Kinder sahen sich und sie verdutzt an.

Wart man ab!, schmunzelte die Wirtin: Bring man gleich die Puddels, Peng.

Wir dachten überhaupt, Sie wären krank!, machte Kyri einer angestauten Enttäuschung Luft. Diese dicke Madam im Bett, das hätte sie zu gern erlebt.

Woso?, fragte Frau Bohnsack erstaunt. Dann fiel ihr ein. Sie griff sich an den Kopf: Richtig! Richtig! Aberst bei meine Natur ist das tschnell weggepust!

Und eigentlich hätte Jan Himp gern mal die Auguste Viktoria gesehn!, erkühnte sich die kleine Brise mit einem zwinkernden Seitenblick.

Gar nicht wahr!, wehrte der Verdächtigte ab. Nie hatte er dergleichen vorgehabt. Aber in diesem Augenblick schien ihm fast, als hätte er es längst gewünscht. Als könne Kyri Gedanken erraten, die er selber noch nicht bei sich kannte.

Die Sprottenwirtin lächelte geschmeichelt und dennoch ein wenig misstrauisch: Is nix pfür kleine Tjungs! Hat mich mein Mann selig tselbst eingeprickelt. Echt tätowiert. Tso, un da is der Eierkonjack und auch der Rosenlikör.

Sie schenkte drei kleine Gläser halb voll gelb, halb voll rot: Für mich auch eins! Nöch?, seufzte sie: Tscha, für mich auch eins!

Ich möchte lieber Backäpfel!, erklärte Kyri: Oder haben Sie die ganze Kiste voll schon auf, wo sie so gut geholfen haben?

Frau Bohnsacks Augen ruhten spitz auf dem ungeschickt süß gemalten und so ungehemmt plappernden Mund des kleinen Mädchens aus guter Familie. Sie drehte sich langsam, schloss die angelehnte Tür. Oho! War das eine Andeutung von Wissen? Hatte der Papa Wind? Und es schon bei Tisch erzählt? Sie setzte sich plumps in einen Sessel und sagte gedehnt: Sag mal! Kind! Was wollt ihr eigentlich hier? Wollt ihr spionieren? Wieso hab ich gut geholfen und wobei etwa?

Man merkte mit einem Male, dass sie auch weniger breit und missingsch sprechen konnte. Kyri und auch Jan zogen sich zusammen bei dem drohenden Blick dieser gewaltigen Masse.

War denn das Backobst wirklich so schlecht, wie Vati meinte?, fragte Kyri kleinlaut. Bei uns hilft es immer gut. Vor lauter Verlegenheit nippte sie an dem kleinen Glas voll dicklichen roten und gelben Likörs. Jan tat es ihr aus gleichem Grunde nach.

Die Sprottenwirtin seufzte erleichtert. Es klang, als drücke Willy sein Bandonion tonlos mit offener Luftklappe zusammen: Nö!, fiel sie wieder in die gewöhnliche Art: Wundertschön waren die kuden Dörrappels. Und tsagen Tsie Ihrem Pappi pvielen tschönen Dank! Un düsse Buddel echten Eins-eins Jamaika-Rum, den nehmen Tsie ihm bitte mit daför!

Sie griff in die Anrichte und zog eine dritte Flasche heraus. Kyri lehnte nicht ab. Und Frau Bohnsack legte eine Pranke wie einen jungen weichen Mehlsack auf Kyris dünne Schulter: Und das sagen Sie ihm, was auch sei, Guschi Bohnsack hat 'ne reine Schürze vor! Guschi Bohnsack war es nicht. Un wer es war, der ist futsch!

Und sie zerdrückte mit dem andern Mehlbeutel eine Träne, die im Gedenken an den Flunki entrann.

Der Flunki?, fragte Jan Himp da auf einmal wie eine Erleuchtung.

Halt 'n Mund, Tjung! Kenn ich tja gar nicht! Un nu bring dein' Vater Klas Möller man auch 'ne Buddel mit. Der schätzt es auch, wie ich noch weiß von meinem Vater selig un so gelegentlich. Un sag dein' Bruder, es ist erst mal Schluss mit der –

Sie hielt wie träumend inne.

Womit?, fragte Jan mit jener Neugierde, die andeutet, dass sie schon wisse. Und da die Wirtin ihn durchdringend ansah, wurde er rot und stotterte: Mit der Barkasse?

Mit der Krankheit natürlich!, verbesserte ihn Kyri hilfreich, da sie das bekümmerte und böse Aufflackern in Frau Bohnsacks Antlitz bemerkte.

Frau Bohnsack hob die Hand noch einmal und strich durch die Gegend von Kyris Wange, wagte aber nicht recht, daran zu rühren: Bist ein Prachtdeern, sagte sie heiser: Und Jan ist ein Naseweis. Aber das sag ich euch beiden. Um Jans Bruder willen und um Fräulein Sandvoß ihrem Vater wegen müsst ihr, wenn ihr überhaupt Kerls seid, den Mund halten über alles, was euch vielleicht aufgestoßen sein könnte in letzter Zeit mit Guschi Bohnsack und meinem Herrn Kluback. Was gewesen, ist gewesen! Denkt nichts Schlechtes von Guschi Bohnsack! Und wenn ihr sie braucht, ganz gleich wie, wo und was, sie wird da sein! Verlasst euch drauf! Und was genau hat dein Vater von der Kiste gesagt?

Die plötzliche Frage war zu durchdringend an Kyri gerichtet, um als Ulk beantwortet zu werden. Kyri fragte überrascht zurück: Die Ringäpfel?

Die Wirtin lachte rau: Denn is gut! Und nun gebt mir eure Patschhand und atüs! Vergesst die Buddels nicht! Und nich mal den Kuss mit Liebe habt ihr ausgetrunken?

Sie öffnete die Tür und zuckte ein wenig zurück. Ein großer breiter düsterer Mann stand dahinter und klopfte ins Halbgeöffnete, so, als wolle er rasch verdecken, dass er schon ein paar Sekunden gestanden und gelauscht habe. Ein großer Schnauzbart lag wie eine junge schwarze Katze unter seiner Nase und schien vor Vergnügen zu schnurren. Sein blechernes Lächeln glitt über die Kinder hin, während er ein paar Sätze auf Englisch ins Dauerwellenhaar der Sprottenwirtin sickern ließ.

Die Wirtin zog ihr Gesicht gleichsam wie eine Irisblende zusammen. Bleich, aber energisch murmelte sie: He's off! Futschikato! Try your luck, sir, but not me! Finished for ever, gentleman, you see! Is sich aus!

Der Grieche schob die schwarzen daumsdicken Brauen bis unter den Rand der zurückgeschobenen

Melone. Seine Augen waren bläulich weiß: Yes, he's off? And the motorboat too?, sagte er heftig.

Allright!, nickte Jan Himp: Futsch!

Herr Missim Pampanos schnappte in sein starres Lächeln zurück. Flüchtig sah er Jan Himp an. Gutt, Herr Möller, ich brauche Ihrre Aussage fürr die Verrsicherrung. Seine Stimme war unangenehm freundlich. Er fügte hinzu: Kommen Sie gleich mit mirr!

Nix mit!, antwortete statt Jan die Wirtin und schob mit ihrem mächtigen Arm die Kinder hinter sich: Lassen Sie die Lämmer in Ruh!

Aberr bietä!, verbeugte sich düster lächelnd der Grieche. Gleichmütig nahm er eine große Zigarre aus der Brusttasche, biss die Spitze ab und spie sie leichthin zur Seite. Dann drehte er sich langsam um und ging. Sein breiter Rücken mit der schwarzen Melone darüber tauchte hinunter in die Kellerdämmerung wie eine Flasche voll dunkeln gefährlichen Inhalts. Die Treppe krachte. Aber seine Schritte hörte man nicht. Er trug Gummisohlen und bemühte sich, trotz seiner Schwere die Anmut des Orients in seinen Gang zu legen.

Die Wirtin sah ihm trübe nach. Hinter ihr Jan Himp sagte: Den kenn ich, der hat mir neulich 'ne Mark Trinkgeld gegeben.

Guschi Bohnsack neigte sich schwermütig zu dem Jungen: Sündengeld! Haben tun tut ers tja! Aberst nu is Sluß! Hast du dein Geschäft mit ihm gemacht, Jan Möller? Okee! Ich hab eben abgelehnt für immer. For ever! Aus Ehrlichkeit! So ist Guschi Bohnsack.

War das ein Ausländer?, fragte Kyri schnippisch.

Ischa egal, Kind! Den werdt ihr kaum pwiedertsehn. Is tschon pesser, den Sweigßtill zu halten!, antwortete die Wirtin. Auf einmal überkam sie angesichts der beiden jungen Menschen eine ungewohnte Aufwallung.

Oh!, schluchzte sie fast: Ihr könntet mein Sohn, mein Töchting sein. Nie hab ich ein Babily gehabt.

Sie faltete ihre dicken Hände vor den beiden. Sie genierte sich, die jungen Nacken zu umschlingen. Tränen perlten über ihre Pfannkuchenwangen. Den beiden war es sichtlich peinlich. Als sie es erkannte, ermannte sie sich, schämte sich ihrer Rührung und sagte plötzlich hart: Deern, dummes Ding, wie kommst du bei all den Puder und Sminke? Igitt nein! Dein Apfelsnut braucht das doch noch nicht wie eine von der Reeperbahn? Und nu, hurry up!, sonst behalt ich euch hier! Macht, dass ihr zu Muttern kommt! Ihr Sottjes!

Und da die Kinder nun aufatmend und ohne Gruß verschwinden wollten und vor Hast sogar die geschenkten Rumflaschen vergaßen, da schlug ihre Rührung gänzlich ins Gegenteil um. Sie ergriff Kyri an der Schulter, ihr Gesicht versteinerte sich jäh, ihre Lippen wurden dünn, ihre Stimme spitz und zischend. Sie beugte sich dicht an die herausgerutschte Bummellocke: Hast du gehört, kleine Dame? Nix is! Allens gute Leute! Sag das auch deinem Kavalier und deinem Generaldirektor von Vater! Und nun tschirio, Babies! Atschüs!

Die beiden stolperten die Treppe hinunter, fanden durch das Lokal, sie wussten kaum wie.

Das Orchestrion zingelte klirrend. Kyri hatte die Kraft zu sagen: Ein Fox! Starr wie ein riesiges Stehaufmännchen schwankte der lange Trimmer hoch. Tanzende waren ihm im Weg. Jan Himp wurde es schwindlig. Sie gewannen die Kellertreppe, hielten sich oben am Geländer fest. Es dämmerte. Die Straße sah blau aus wie blauer Rauch, blau die Häuser, blau das schmierige Pflaster. Nur hoch oben die Schornsteine waren apfelgelb von einer schrägen, unsichtbaren Sonne. Dampfer brummten vom Hafen; erschreckend dröhnte es zwischen den Mauern.

Der Lichterstrudel

ES WAR ihnen trocken in der Kehle. Jan versuchte, über den Besuch bei der Sprottenwirtin zu lachen. Es blieb ein klägliches Geröchel. Denn Kyri runzelte die Stirn. Sie sah sehr blass und bedrückt aus. Vor einem Modegeschäft, in dessen Schaufenster ein Spiegel war, erbat sie sich Jans Taschentuch wie vordem in der Bahn. Aber sie putzte nicht ihre Nase drin. Sie wischte energisch den ganzen Puder vom Gesicht und rieb die schwungvolle Verlängerung der Brauen und auch das Rot der Lippen herunter. Und dann ging sie in den Laden, ohne vorherige Ankündigung, und kaufte sich ein kleines billiges Schnupftuch. Jan stand verdutzt so lange draußen. Die Flaschen haben wir auch vergessen!, dachte er betrübt.

Schweigend wanderten sie danach weiter und kamen schließlich auf die Reeperbahn, entdeckten eine Selterbude und tranken.

Dann, als sei sie von einem schweren Traum erwacht, seufzte die kleine Kyri, lächelte, blickte über Jan hinweg in den dämmernden Himmel und dann die Straßen der Kneipen, Kinos, Tanzhäuser und Kuriositätenläden auf und ab. Eiserne Gestänge ragten mit blinden Buchstaben über schmutzigen Fronten. Autobusse und Wagen lärmten. War dies das berühmte Sankt Pauli? Kyri sagte schwermütig: Nach Hause! vor sich hin in dem Tone der Wirtin, als die sagte: „For ever!".

In diesem Augenblick entzündeten sich viele Lampen, hingen wie Monde und Sterne über der Straße, waren als Girlanden vor den Häusern, bunte Perlenschnüre schaukelten unter Giebeln. Manches war beweglich, zuckende Herzen, blaue, lila und rote Fontänen aus aufzuckenden und verlöschenden Glühbirnen, gläserne Säulen aus Licht. Ein riesiger Kelch, in gelben Lampen hinpunktiert, füllte sich aus unsichtbarer Flasche, schäumte über und leerte sich von unsichtbarem Munde, lief wieder voll, trank sich wieder leer. Namen standen feurig ins Firmament geschrieben, fremde Länder, fremde Genüsse.

Nach Hause?, echote nun Jan mit offen staunendem Munde.

Da erfunkelten die olivfarbenen Augen der kleinen Brise: Sie hauchte ihn an, als habe er eine Ungehörigkeit gesagt: Noch nicht, Jan Himp!

Sie gingen hin und her, blickten in die prangenden Auslagen, lasen die Lockschilder der Varietés, der Tiroler Schenken, der Flimmertheater, der Kneipen, Konditoreien, Schießhallen, Tanzbars und Würstelbuden. Hinter der Scheibe des Panoptikums war eine bewegliche Anzüglichkeit. Auf einem Vorhang war ein Schatten wie von einer splitternackten Dame und einem Herrn. Unten sah man dessen scharf gebügelte Hose und der Dame dünne seidenbestrumpfte Beine ein Stück herausragen. Der Vorhang rollte langsam hoch. Dahinter stand ein geschniegelter, leicht schnurrbärtiger junger Mann, dem man den Modewarenverkäufer ansah, und hielt im Arm eine – Ankleidepuppe, wie sie fürs Schaufenster gebraucht wird.

Vor dieser albernen Angelegenheit standen die beiden lange. Er sieht aus wie ein Flunki auf Schick!, meinte Jan verächtlich. Sie erwarteten, dass sich die Szene verändern sollte. Aber unermüdlich rollte der Vorhang auf und nieder, immer war es die gleiche frivole Schattentäuschung, und der junge Verkäufer war auch nichts als eine lebensgroße Puppe aus Wachs.

Plötzlich sagte Kyri: Pfui! Und ging weg. Jan hatte Mühe, sie einzuholen.

Nun war es dunkel auf der Reeperbahn. Aber Tausende von Lampen strahlten und wirbelten. Kyri Sandvoß war schon oft im Kino gewesen und ein paar Mal im Theater, Wilhelm Tell und so, und seit ihrem vierten Lebensjahr jedes Mal im Weihnachtsmärchen, nur das letzte Jahr nicht mehr. Dafür hatte ihr Papa sie mit nach London genommen, nur für zwei Tage, aber das war nicht schlecht, erstens die erstklassige Dampferfahrt und dann das Britische Museum und der Blutige Tower. Und die Wachtparade mit Pferden vor White Hall. Und dann Piccadilly Circus. Nun ja, Piccadilly, das war mit der Reeperbahn vergleichbar und wahrscheinlich noch größer. Eine ganze Lokomotive aus Glühbirnen hatte sich dort hoch oben in der Luft bewegt.

Jan Himp ahnte nichts von ihren Erfahrungen. Er tat, als schenke er ihr ein Himmelreich mit der Reeperbahn. Er hatte manchen großen erleuchteten Überseedampfer zu Oevelgönne vorbeirauschen sehen, war auch zweimal auf dem Hamburger Dom, dem großen Weihnachtsjahrmarkt, gewesen. Aber nein, es reichte nicht heran an diese freie breite Straße, darin das alltägliche Leben der Fahrzeuge brandete, unterbrochen von weiten Parkplätzen für Autos, von Benzinstationen, Ausschankbuden, Bedürfnisanstalten, Zeitungskiosken. Wo zu beiden Seiten sich die glühende Zeile des Vergnügens hinzog, anscheinend fester gegründet, fordernder, gewichtiger, lockender und verruchter als je eine Budenstadt, ein Ozeanriese oder ein Film.

Wenn nun Kyri sich dem allen auch überlegen fühlte und ein wenig enttäuscht tat, so war doch zu London ihr Papa als Beschützer an ihrer Seite gewesen. Hier fühlte sie sich allein. Und es war nicht mehr früh am Tag. Und die Menschen hier sahen ihr alle verdächtig aus. Nein, hier war nicht Zeit und Stimmung mehr für den schnickigen Straßenbahnton. Hier waren die Passanten aus einer anderen, unbekannteren Welt als aus der Mottenkiste. Kyri zog den seidenen Umhang wie fröstelnd um ihre Schultern. Aber innerlich glühte sie. Sie dachte kaum mehr an Jan Himp, der dumpf und staunend neben ihr trottete. Männer sahen sie an, sahen ihr nach, sie fühlte es, ohne aufzublicken, ohne sich umzuwenden. Ihr war schrecklich unheimlich und angstvoll. Es war ein unbeschreibliches Gefühl. Sie sah sich selber eng in sich gewickelt dahinschweben in dem wilden, aufrührerischen Lichtertaumel. Glühende Augen begleiteten sie, sie wandelte in einer Spirale glühender Blicke, es war etwas, das sich enger zog, das brannte und dennoch kitzelte, es war ekelhaft und genussreich, es war das Gefühl, bedeutend, begehrt, verfolgt zu sein um einer unbekannten, geheimnisvollen, welterschütternden Wertung willen. Bodenloses tat sich auf. Sie suchte nach einem Halt. Wer war das neben ihr? Geduckt, benommen, stumm? Jan Himp? Wer war Jan Himp? Das kleine Oevelgönne? Der Strom? Die rufenden Dampfer? Das Segeln, Segeln auf und ab? Das kleine Oevelgönne lieblich hinterm Hafenqualm? Ja, Jan Himp, es war Jan Himp neben ihr. Kleiner guter Junge. Und das da? Ein Plakat, lebensgroß.

Ah, die blonde Teufelin, Marlene!, fauchte Kyri. Sie verhielt. Wie an sie gekettet, blieb auch Jan stehn, misstrauisch strichen seine Augen über die Filmreklame. Kyris Stimme schwebte in der Luft, drang dünn durch den Schwall der Straße und des Lebens, unnennbar hoch und zitternd süß, da sie fragte: Liebst du sie?

Was wusste er! Er war der gartengrüne Hügelwulst und der Strand und das grüne Wasser, darüber der Wind hintänzelt und die Segel bläht, der davonweht, vorüber, vorüber. Kyri zog ihn weiter mit sich fort. Sie war wieder auf ihren schmalen Füßen gelandet. Was war es denn groß? Eine Straße war hier, und jeder hatte seine Sorgen. Es war gut, gelassen zu sein, Unwichtiges zu sagen, an Gegebenes zu knüpfen. Und sie sagte: Ich sammle sie nicht. Aber Helge Witt sammelt alle; ich nur Jannings und Albers. Jannings, weil er meinem Vater ähnlich sieht. Albers, weil er aus Hamburg stammt und mein Vater mich mal mitgenommen hat, als er auf Stülckens Werft filmte.

O!, staunte Jan Himp: Wie war das?

Das? Langweilig! Und nun was weniger Langweiliges! bitte!, entschied Kyri: Und was sammelst du?, fragte sie.

Früher Soldatenbilder, jetzt Briefmarken, antwortete Jan zögernd.

Ach du Elend! Will ich mir merken, sagte sie.

Damen-Marine-Kapelle!, las Jan Himp laut. Seine Begleiterin hörte nicht. Wieder abwesend blickte sie einem Pärchen nach. Jan zupfte sie am Umhang. Sie zuckte unwillig zusammen. Jan sah den langen Trimmer quer über den breiten Fußweg torkeln. Es wurde ihm feurig vor Augen. Er fasste Kyris Arm, dass sie aufschrie. Aber sie folgte seinem Druck. Ihm war, als sei er noch ein kleiner Junge und sie spielten Räuber und Prinzessin an den Oevelgönner Hügelhängen: Hier rein in die Höhle!, sagte er heftig. Es war das Lokal „Old Cap Hoorn".

Das blitzende Blech auf dem Podium schmetterte grell. Rosa büschelten sich Papierblumen. Zwischen japanischen Lampions blühten die weißen Marineblusen der Musikantinnen. Es war ein festlicher Eindruck. Um eine Säule inmitten des Raumes saßen auffällig gekleidete Mädchen. Neugierig und gähnend musterten sie das allzu junge Paar, das da so schüchtern hereinwehte. An der Theke standen Gäste, Hüte und Mützen im Nacken. Gekreisch und Lachen stachen durch den Marsch der Trompeten. Der Wirt in aufgekrempelten Hemdsärmeln trug einen frischen Verband um den Kopf. Zwei Mädchen tanzten herausfordernd. Ihre

Augen stocherten im Kreise umher und verschonten auch Jan Himp nicht.

Ein Kellner hingegen, der mit einem verbrauchten Serviertuch einen Tisch bewedelte, blickte Kyri an und bog mit geschäftsmäßiger Miene die Hand einladend nach hinten. Die beiden setzten sich. Zwei Bier?, fragte der kümmerlich Befrackte.

Jan nickte verloren. Hier war kein Sprottenkeller mehr, wo sie wählerisch getan hatten und in gemeinsamer Front gegen eine weiße Schürze aufmarschiert waren. Hier musste man sich anpassen. Jan erklärte es leise seiner Begleiterin, und dass sie das Bier nicht trinken würden. Kyri schien nichts von ihrer Hoheit aufgeben zu wollen. Aber sie schien sich selbstständig zu machen. Jan fühlte es. Sein Mund schloss sich auf. Er tat prahlerisch, als sei er hier wie zu Hause, setzte sich breitspurig hin, musterte Mädchen und Gäste. Ja, das sei die feine Sitte hier. Man bestelle eben etwas, nur um zu sitzen. Er habe das von seinem Bruder gehört.

Sie sah an ihm vorbei auf die Kapelle. Ihr Möwenflügelmund zuckte, als wolle er auffliegen. Sie erhob sich und schnippte leichthin eine Bemerkung über den Tisch, sie wolle sich die Hände waschen. Ein wenig mit gebundenen Füßen ging sie auf eins der rekelnden Mädchen zu und flüsterte auf sie nieder. Die Antwort verlief umständlich und beschrieb einen Weg, der in den dunklen Hintergrund führte.

Jan saß wie ein bekümmerter Tiger. Würde sie je wiederkommen? Er war bereit, sie in jedem Dschungel, Irrgarten und unterirdischen Verlies zu suchen und zu befreien. Der lange Trimmer wankte herein, steuerte glatt auf Jan zu. Where is your baby?, fragte er heiser.

Jan zuckte die Schulter, wies finster auf die Straße. Wider Erwarten pfiff der Mann dreimal kurz durch die

Zähne, das Dampfersignal für Rückwärts, und taumelte hinaus.

Dann kam Kyri. Sie sah aufgeregt aus. Rasch hier weg!, hauchte sie.

Jan gehorchte sofort. Der Kellner lief hinter ihnen her. Sie hatten zu zahlen vergessen. Jan sah sich um. Der Trimmer war fort.

Ich hab da drin etwas Furchtbares gehört!, flüsterte Kyri an seinem Ohr vorbei.

Jan war nicht neugierig. Alles schien bedrückend ringsum: Jetzt nach Haus!, sagte er müde.

Die kleine Brise blieb stehen. Er hörte mitten im Lärm der Straße ihren kleinen Absatz auf den Kantstein stampfen; es war ein kleiner scharfer trockener Laut wie ein ferner Schuss. Auch ihre Stimme war scharf: Herr Himp, ist das Ihr ganzes Interesse? Wissen Sie zum Beispiel, dass die Ziege da drin furchtbar schlecht Klavier spielt? So etwas möchte ich mal, Nacht für Nacht mein ganzes Leben lang, aber niemals im Konzert, wo alles so trostlos ist.

Mehr war es nicht? Jan lachte auf. Er konnte es sich vorstellen, Fräulein Sandvoß in weißem Marinekleidchen unter den Papierrosetten. Würde das schön sein? Vielleicht war das schön. Wenn ich dann von See komme, kehr ich hier an, erwiderte er kühn.

Was bleibt mir übrig! Sie schrie es fast. Ihr Gesicht war entstellt. Sie standen noch immer am Kantstein. Ihre Arme hingen schlaff herab. Sie sahen einander nicht an. Das Gewühl der Wagen und Passanten und Lichter betäubte sie. Schluchzte Kyri nicht? Jan hörte es, als habe er Blei in den Ohren. Sie sagte in die staubige Luft: Hören Sie, hören Sie! – Ja, sie sagte wieder Sie zu ihm. – Sie rüttelte ihn plötzlich am Arm: Hören Sie denn nicht? Es handelt sich um unsere Linie, um die Reederei.

Reederei!, antwortete er mechanisch.

Meinen Sie Gerede?, schrie sie ihn an.

Einige Leute blieben stehen. Verwirrt blickte Kyri um sich. Sie zog Jan Himp mit sich fort. „Alkazar!", sagte sie mit plötzlich verändertem Ton wie zu einem Taxikutscher. Auf der anderen Seite der Straße schob sie ihren Arm unerwartet sanft unter seinen, schmiegte sich eng an ihn, neigte ihren Mund dicht zu ihm, ohne den Blick vom Film der Straße zu wenden, durch den sie sich und den kleinen Jan Himp bugsierte. Es war ihm unerträglich. Er versuchte angestrengt, sie zu verstehen. Redete sie in einer fremden Sprache? Sind es die Dampfer?, fragte er endlich.

Ja, antwortete sie traurig und nunmehr deutlich und langsam: Da sagte die eine zu einer andern: Und das ist doch sonnenklar, auf den ganzen Sandvoßdampfern wird Rauschgift geschmuggelt!

Nanu!, knurrte Jan.

Wörtlich! Kann ich je wieder nach Haus?

Bleich und aufgereckt stand Kyri still. Das war das Schicksal, sie spürte es, es streifte sie kalt. Zwar hatte sie keinen Maßstab, wie groß oder klein und was überhaupt das angedeutete Verbrechen sei. Sie hatte das Wort kaum je vorher gehört, hatte keine Vorstellung. Der rüde Ton der beiden Ladies, die da ahnungslos im Hintergrunde von „Old Cap Hoorn" miteinander getratscht hatten, hatte genügt, ihre Fantasie mit ungeheuer drohenden unbekannten Schrecknissen anzufüllen. Rauschgift! Welch abgründiges Wort! Es schien ihr der Schlüssel zu sein für alle flimmernden Unübersichtlichkeiten.

Jan Himp konnte nicht so viel dabei finden. Was sollte das Besonderes sein? Er musste an den Flunki denken. Der Flunki!, sagte er verächtlich.

Kyri tat es ab. Trost oder Aufklärung? Nein! Hier war die Tiefe des Daseins, die sie gnadenlos zu durchschreiten hatte. Sie steuerte auf eine Fernsprechzelle zu. Sie erklärte leidvoll, sie müsse anrufen, ob die Polizei schon alle verhaftet habe. Und zur Schule brauche sie dann auch nicht mehr.

Jan Himp blieb draußen als Schildwache. Ein armseliger Mann trat auf ihn zu, steckte ihm einen Zettel in die Hand. Darauf waren Pferde abgebildet, von Cowboys und halb nackten Damen geritten. Oho, das war was! Cowboys hatte er noch nie gesehen. Dagegen verblasste im Augenblick sogar Kyris Schmuggelsorge. Rauschgift? Auch er hatte keine Ahnung. Es ist Quatsch, dachte er.

Kyri konnte keine Verbindung erhalten. In ihrem Hause meldete sich niemand. Sie hatten vorgegeben, bei Helge Witt zu einem Abendkränzchen eingeladen zu sein. Die Eltern, der vertrauenswürdigen Selbstständigkeit ihrer Tochter sicher, waren den Abend im Theater. Die Mama hatte wie gewöhnlich gleich nach dem Mittagsschlaf sich in die Stadt fahren lassen. Das Mädchen und die Köksch hatten die Gelegenheit wahrgenommen. Das Haus war leer. Kyri konnte das alles ganz gut nachrechnen, war es doch schon manchmal so gewesen. Nun aber wollte sie es nicht nachrechnen, nun musste es unheimlich sein. Sie stellte sich Fürchterliches vor. Mitten auf der berüchtigten Reeperbahn stand sie verlassen da. Sie hängte den Hörer wieder an. Der Groschen, der hinter der Nichtigkeitsklappe aus Marienglas klimperte, klang ihr wie das Klopfen einer behördlichen Faust an angstvoll verschlossener Zimmertür. Sie angelte ihn heraus, als sei er glühend. Unglücklich drückte sie das neue appreturduftende Taschentuch gegen die Augen. So trat sie heraus.

Bestürzt hielt Jan Himp ihr den Lockzettel entgegen. Hippodrom! Echte Cowboys!, stieß er hervor.

Alles ausgehoben!, sagte sie bleich und tonlos über ihn hin. Und da er nichts Verständiges zu erwidern wusste, ergriff sie jäh seinen Ellenbogen und erklärte: Gehen wir! Ganz gleich, wohin! Fliehen wir!

Sie schlug ziellos eine Richtung ein, ging mit raschen, wegen des langen Kleides trippelnden Schritten. Er blieb willenlos an ihrer Seite. Es schien ans Ende der Welt, in eine wirre Ewigkeit zu gehen. An einer Ecke hob er vorsichtig, als sei es verboten, den Kopf zu dem Straßenschild. Starr schritt Kyri weiter. Lichtwolken, Kaskaden von Licht, sprühende Schilder, Namenbrücken, Zackenkränze aus Licht brachen aus der Querstraße. Große Freiheit!, dachte Jan. So hieß der Weg zu den Cowboys. Er hatte den Zettel verloren. Schon war der Fahrdamm überschritten. Hier längs!, sagte er in unsicherer Sehnsucht.

Sie drehte sofort bei in der scheuen Neigung seines Körpers, ging in spitzem Winkel ohne Pause weiter, fügte sich und ihn der Menschenschlange ein, die sich unter dem magischen Jazzorchester aus Licht die Straße hinunterschob. Dunst nahm sie gefangen, das mäßige Fett türoffener Bratwurst- und Kartoffelpufferküchen. Matrosen und Bürger, türkische Heizer, gelbe Wäscher, Neger, geschminkte Mädchen, Zerlumpte, Lungernde, Gestriegelte, goldlitzenstrotzende Türhüter, bettelnde, schmutzige Kinder, ein Doppelposten Polizei, Zettelverteiler, Bonbonverkäufer, ein Drehorgelspieler, es schwamm vorbei. Es deuchte ihnen der Strom des Lebens, darin sie wortlos untertauchten.

Hippodrom! Da stand es knallend, brutal in die Nacht gelettert.

An der Ecke der Schmuckstraße aus dem Schatten löste sich ein großmaßiger düsterer Mann. Er sah das sonderbare Paar im Hippodrom verschwinden und ging langsam hinterher.

Kyri wird gesucht

NACH DEM Theater fuhren Herr und Frau Sandvoß heim. Kyri war noch nicht da. Die Köchin schlief. Das Mädchen wusste von nichts. Nein, den Witt'schen Wagen hatte Kyri nicht genommen. Sie sei zu Fuß weggegangen; mit Helge Witt. Im Abendkleid.

Es ist gleich Mitternacht, seufzte Frau Sandvoß vorwurfsvoll: Man hätte sie längst nach Hause schicken sollen. Ruf sofort an!

Herr Sandvoß rief an. Lange meldete sich niemand. Auf einmal war Helge Witt am Apparat. Wo bleibt Kyri?, fragte der Reeder, munter seine Besorgnis dämpfend.

Unerhört!, sagte die Mama über seinem Rücken.

Helge Witt war im Nachthemd auf bloßen Füßen. O, sie war im Bilde. Sie hatte bei offener Tür geschlafen, um kein noch so spätes Telefonklingeln zu überhören. Wie es sie gruselte im Dunkeln! Sankt Pauli! Was sollte sie nur sagen? Sankt Pauli, das konnte man doch nicht sagen? Es war ja alles so geheimnisvoll eingefädelt worden. Ist hier! Bleibt hier! Schläft schon süß! Als werde ihr diktiert, so sprach Helge Witt in den Apparat. Ihr Herz klopfte jämmerlich. Sie legte den Hörer auf. Sie wusste wohl, dass die halbe Klasse und besonders Kyri sie für ein klein dummes Pussel hielt, das weiter nichts konnte, als einen filmlockigen Vetter anzuhimmeln. Aber eine Verräterin, nein, das war sie denn doch nicht.

Na, dann ist ja gut! Grüßen Sie das Kind schön! Die Mama hat sich geängstigt! Bestellen Sie das nur!, atmete Herr Sandvoß auf. Seine Frau war in einen Sessel gesunken. Ihr war merkwürdig. Das Kind schien ihr seit einiger Zeit mehr am Herzen zu liegen, als ihr bequem dünken wollte. Sie musste eine Regung niederkämpfen, jetzt etwa in stockfinsterer Nacht noch nach Blankenese zu fahren, um sich selbst zu überzeugen, wie wohlbehalten ihre Tochter untergebracht sei. Das ging zu weit. Sie lenkte den Gedanken ab auf das genossene Theater, brach über die Hauptrolle, die sie entgegen ihrer Meinung plötzlich lächerlich fand, einen nervösen Streit vom Zaun und zog sich bald ermüdet zurück.

Helge Witt aber stand noch lange im dunklen Vorzimmer, lauschte, ob nicht jemand außer ihr den Anruf gehört habe. Der Mond schien auf die große englische Standuhr. Es schlug zwölf. Sie erschauerte, duckte sich bis zum letzten Hall. Sprottenkeller! Mein Gott! Hieß das Lokal nicht Bohnsack? Kyri hatte ihr alles haarklein erzählt mit der Rettung, dem Abtrocknen, dem tätowierten Dampfer, der Einladung, dem Backobst, dem geplanten Krankenbesuch. Sie, Helge, hatte sich so darauf gefreut. Und dennoch war sie eigentlich gern wieder ausgestiegen. Abenteuer waren von Weitem ganz schön. Nahebei konnte es unbehaglich werden. Selbst mit Jan Himp zusammen wäre ihr bange gewesen, so nett er aussah. Aber ein Mann war das noch nicht. Genauso wenig wie Axel.

Nein, im Hause rührte sich nichts. Sie knipste Licht an, schlug im Fernsprechbuch nach. Bohnsack, Gastwirtschaft. Schaltete ein. Der Apparat schnurrte wie eine Nähmaschine so laut. Grässlich! Eine fette Stimme rührte sich in der Hörmuschel, sagte, als stieße sie auf: Bohnsack.

Beide Hände um Mund und Mikrofon fragte Helge ängstlich: Ist Kyri da? Kyri Sandvoß und Herr Himp?

Nö!, waren da.

Sie ist nicht nach Haus gekommen.

Hallo? Nich nach Haus? Kriegen wir schon!, antwortete die fette Stimme erschrocken. Und dann war nur ein Summen zu hören. Frau Bohnsack hatte abgehängt. Und auch Helge legte wieder hin. Die Zähne klingelten ihr aufeinander. War da etwas los? Beneidete sie Kyri? Würde was in der Zeitung stehen? Was würde man in der Schule sagen? Nach zwölf, und noch auf Sankt Pauli! Oder war Axel Gondefro etwa hinterhergefahren? Sie hatte ihm die Sache vorgeschlagen den Nachmittag. Aber er hatte keine Lust gehabt. Vielleicht hatte er allein mehr Lust gehabt. Automatisch drehte ihr Finger die Nummernscheibe, sie hatte den Hörer längst wieder am Ohr. Axel!, flüsterte sie: Axel, dummes Üz!

Axel Gondefro lag mit einem fesselnden Buch über seltsame Kriminalfälle, das er in seiner Vorbereitung auf das juristische Studium nicht als abwegig erachtete, noch wie gewöhnlich so spät wach. Neben sich hatte er den Kopenhagener Tanzfunk, ganz auf leise. Das war so sein Genuss. Er hörte das Telefon. Das Arbeitszimmer seines Vaters lag genau unter seinem. Was ging es ihn an? Mochten sich andere um Mitternacht stören lassen.

Sein Vater trat nach kurzer Zeit im Schlafrock ins Zimmer. Sein Vater, den Helge mit Onkel Max anredete, hatte Verständnis für die Neigungen seines Sohnes. War ihm Helge Witts Mutter versagt geblieben, vielleicht ließ sich in den Kindern eine verspätete Erfüllung miterleben.

Die kann wieder ihre Mathematik nicht!, lächelte Axels dürrer Papa. Und während er sich über den Unfug mädchenhafter Plagung mit diophantischen Gleichungen ausließ, nahm der Sohn das Stichwort stirnrunzelnd auf und schlüpfte hinunter an den Schreibtisch des alten Herrn.

Was ihm da die Kusine erzählte, passte ja ganz gut in seine Kriminalgeschichte, aber solch Unbequemlichkeiten lesen sich besser. Es bedurfte eines gewissen Rucks, um sich der reizvollen Kyri zu entsinnen. Vielleicht ließ sich ihr kühles Lächeln erwärmen.

Das scheinen mir sonderbare Aufgaben zu sein!, schmunzelte der Papa, der seinem Sohne gefolgt war und nur ein bissiges Antwortknurren erhorcht hatte.

Axel Gondefro warf den Hörer auf die Gabel und versetzte im Tone des Gleichberechtigten: Haste richtig erluchst, alter Herr. Aber ich kann sie von hier aus nicht lösen. Ich muss vorfragen bei Leuten, die es vielleicht besser wissen. Oder soll man junge Mädchen etwa im Stich lassen? Nein? Dann also leih mir deinen Wagen. Ich fahr sofort los.

Herr Gondefro senior tat nicht überrascht. Diese neue Jugend mit ihrer unverfrorenen Selbstständigkeit machte ihm im Grunde Vergnügen. Mochte sein, dass deren Ungebundenheit das Zeug haben würde, der matt gewordenen Welt einen neuen Auftrieb zu geben. Er selber war übermäßig brav gewesen als junger Mann. Erst in den Kolonien war er aufgewacht und war, trotz zarter Veranlagung, sogar ein tüchtiger Jäger gewesen, wovon die reiche Sammlung afrikanischer Geweihe – durch Ankäufe allerdings insgeheim ergänzt – Zeugnis ablegte. Nicht lange mehr voraussichtlich. Man war genötigt, sie zu verkaufen. Und so würde es vielleicht auch bald mit dem Wagen sein. Mochte der Junge ihn also noch ein bisschen ausnutzen. Export und Import, Flut und Ebbe des Hamburger Hafenumschlags, das war auch der Puls der Gondefro'schen Firma. Ausfuhr und Einfuhr, Grundlagen, die in der verstopften Weltlage zu handelsgeschichtlichen Begriffen zu entschwinden drohten. Es war sogar fraglich, ob der gute Axel, der so ahnungslos noch seinen Sommer genoss, das Studium werde durchhalten können. Aber da der Standpunkt des Vaters und der seines Handelshauses seit Generationen hieß: Lot di Tied, denn kummst du wiet!, so verschob er seine Aufklärung unter einem erfahrenen und gefestigten Lächeln und sagte wie gewöhnlich: Mach deine Sache anständig!

Axel erwiderte munter: Heil! Zog sich rasch an, und während seine Base Helge bebend im Treppenflur ihres Elternhauses eine Strafpredigt der aufgewachten Mutter für die Nachtwandlerei erdulden musste, rauschte ihr Vetter schon die Elbchaussee entlang, dem roten Schein entgegen, der über den Wipfeln glomm und der Abglanz war von Sankt Pauli.

Inzwischen hatte die Sprottenwirtin schon die Polizei angerufen, die beiden Vermissten beschrieben und um Verschwiegenheit gebeten. Die Kriminalabteilung nahm sich der Sache an. Die zur Verfügung stehenden Beamten wurden verständigt und nach kurzer Zeit eine sowieso fällige Streife losgeschickt.

Der Schrei im Hippodrom

KYRI UND Jan Himp saßen derweil im Hippodrom. Da ging es lustig zu. Zwar waren es nur zwei Cowboys und nur eine Zirkusreiterin, und die traten nur alle halbe Stunde auf. Aber in den Pausen ritt das Publikum. Gerade waren verschiedene Schiffsbesatzungen hereingeschneit, die den andern Mittag in See gehen sollten und nun noch einmal an Land wahrnahmen, voll und bei vergnügt zu sein. Sie gerieten in Wetteifer zu beweisen, dass sie nicht nur den schwanken Planken, sondern auch dem schwanken Pferderücken gewachsen seien. Es gelang nicht immer. Jan Himp bog sich vor Lachen. Und auch Kyris anfangs so tragische und furchtsame Blicke erheiterten sich. Hier war Musik und Leben. Niemand tat ihnen das Geringste. Jeder hatte mit sich selber oder der Manege oder den Pferden oder seiner männlichen oder weiblichen Begleitung genug zu tun.

Unversehens jedoch trat ein schmächtiger Chinese an ihren Tisch, grüßte höflich und setzte sich, als sei er eingeladen. Jan Himp, ungesellig und eifersüchtig wie jeder Norddeutsche, hatte nicht die Absicht, anders als allein mit der kleinen Brise zusammenzusitzen. Er wollte den ungebetenen Gast mit deutlicher Handbewegung abschieben. Aber Kyri sagte: Lass ihn doch!

Sagte sie wieder du? Jan Himp wunderte sich. Der Chinese breitete Ringe aus zwischen zwei Biergläsern, die der Kellner ziemlich ungefragt hingestellt hatte. Meinte Kyri nun etwa, er solle einen Ring kaufen? Für sie? Tat man dergleichen in der großen Welt?

How much?, fragte er: Wie viel kostet? Und machte eine Gebärde, die zeigen musste, welch schnöder, durchgesalzener Spezialist er sei im Geschäft jeglichen Edelschmucks.

Es waren Silberringe mit blassgrünen Steinen. Nephrit! O Nephrit!, zirpte der gelbe grinsende Mann mit seiner hohen belegten Stimme. For luck: Eingeschnitten Zeichen. Glück. Langes Leben. Für schöne Frau.

Die Steine funkelten im mageren Lichte der Glühlampen wie Schlangenaugen. Bei Hagenbeck hatte Jan Himp solche Schlangen gesehn. Nephrit?, versetzte er bitter, als wolle man ihm Heringslake für Heidehonig verkaufen.

Kyri sah ihn zurechtweisend an. Nahm dann einen der schmächtigen silbernen Reifen: Natürlich echt!, erklärte sie herablassend: Hier das Zeichen Fu. Bedeutet Glück. Einer unserer Kapitäne hat mir schon vor Jahren solch Ding aus Kwang-tschou mitgebracht.

Sie hob bedauernd die Schulter, legte sachte den Ring zurück. Der Gelbe schloss die schrägen schwarzen

Lidspalten. O, Kwang-tschou!, lispelte er: Mein Heimat Kwang-tschou!

Schleunigst aber öffnete er die Augen wieder, da eine derbe Hand ihn am Nacken hochzog, dann die Ringe von der Tischplatte zusammenfegte und sie ihm hinreichte, während eine blecherne Stimme von oben ertönte: Keine Belästigung dieserr Herrschaften, bietä!

Die Stimme kannten sie doch? Jawohl, es war der großdunkle Mann, der bei der Sprottenwirtin vordem so unvermittelt wie hier aufgetaucht war, Herr Missim Pampanos. Grrüß Gott!, sagte er gewinnend und ließ seine Masse herab auf den Stuhl, darauf eben der Chinamann gehockt: Säh isch rrecht? Herr Möllerr und Frrau? Seervus! Bietä! Behalten Sie Plaatz! Was säh isch? Bierr? Nix Bierr fürr meine Frreunde! Oberr! Drrei Gin-Fizz! Mit Strohhalm, bietä! – Bierr fürr Pferrdchen!

Er nahm ein Bierglas und hielt es über die Manegenrampe, wo gerade ein Trab zu Ende war und die Pferde umherlungerten. Richtig schnupperte eins bald an dem Glas und schleckte es auf, indem Herr Pampanos es auf die große Unterlippe träufte. Das andere Glas wanderte rasch hinterher. Und auch die feuchten Pappuntersätze ließ er vertilgen. Die Kinder staunten argwöhnisch. Wie kam der Mann dazu, sich gleich so breit zu machen und weit über dem Tisch zu liegen, sodass man fast keine Luft mehr bekam? Wie süßlich parfümiert dieses Mannes Weste roch!, stellte Jan fest. Aber Kyri lachte laut, als die weichen Mäuler Bierfilze wie Keks zu sich nahmen. Sie versuchte selber mit Erfolg eine Fütterung.

Hat sie denn ganz vergessen, worüber sie vordem so entgeistert war?, dachte Jan Himp verwirrt: Steht nicht ihres Vaters Betrieb in fürchterlichem Verdacht? Und sieht nicht dieser Mann so aus, als stehe er in engstem Zusammenhange damit?

Er nahm seinen Mut zusammen, räusperte sich. Kyri achtete nicht darauf. Grad kam schon der Gin. Wie gewandt, wie liebenswürdig sich der dicke Mann machte! Seine dicke Nase, sein katzengroßer Schnurrbart, die blauen Höhlen seiner Augen, die Melone im Nacken, die blaurasierten mächtigen Wangen, das kniegroße Kinn, die langlappigen Ohren mit den schwarzen Härchen darin, die bunt funkelnd beringten dicken Finger, die polierten Nägel, das Parfüm, die breit blitzenden Zähne, die Goldplomben, das stiere Lächeln, der rollende Tonfall. Wie widerlich war das alles für den einfachen Jan Himp, der dennoch erkannte, wie trefflich der Mann angezogen war, ja, der Geruch des Reichtums lag um diese massige Figur, und das war vielleicht danach angetan, eine Hand über den Mund zu legen und es nicht voreilig zu verderben. Kyri jedenfalls schien anzunehmen, es sei ein feiner Herr, sie benahm sich wie in guter Gesellschaft, hatte Haltung und Lächeln und trank sogar das graue, schäumige Getränk, schlürfte es lässig durch den Strohhalm.

Prrossit! Barronnin!, knarrte Herr Pampanos und hob das Glas ihr zu. Kyri sah Jan Himp an, zuckte verstohlen eine Wimper, tippte dann dankend mit dem Strohhalm in die Luft. Jan Himp dachte, es sei Zeit, den Spaß aus der Straßenbahn wieder aufzugreifen. Er nickte Herrn Pampanos gemessen zu, näselnd: Baronin von Puttkow, wenns beliebt!

Er hoffte auf Kyris stilles Lob. Aber die unberechenbare kleine Brise musterte ihn von der Seite wie einen Geisteskranken. Ich heiße Kyri Sandvoß!, betonte sie unnahbar. Dann glitt ihr Blick lauernd zu Herrn Pampanos.

Ohho!, entfuhr es dem dicken Griechen. Er drückte das Kinn zwischen die mächtigen Kragenecken, die graue Schlipsperle lag wie eine Pustel auf seiner porigen Haut.

Wie ein Mäuslein pfiff er unter der Schnurrbartkatze hervor. Gutt!, sagte er dann und zwinkerte ungläubig unter dem gewöhnlichen blechernen Lächeln: Von derre Reederei?

Jan betrachtete fassungslos die kleine aufrichtige Kyri. Was ging denn das diesen Elefantenbullen an? Kyri öffnete ihre Augen klar und unschuldig, sie waren blank gleich Emaille, darin die Iris wie dunkelgrüne Jade eingelegt war. Und anscheinend sehr mitleidig mit des dicken Mannes Unwissenheit flötete ihr Mund: Wie kommen Sie darauf, mein Herr? Ich bin von der vermögenslosen Seitenlinie. Mein Vater ist Briefträger und hat ein Holzbein. Kriegsinvalide.

Jan Himp musste wegsehen. Hallo, die Cowboys! Ja, es war doch eine krosse Sache mit der kleinen Brise. Dem hatte sie's gegeben!

Herr Pampanos erwiderte nichts dazu, nahm eine Zigarre und begann mit Jan Himp über die Barkasse zu sprechen. Nach drei Tagen Überfälligkeit müsse die Versicherung bluten. Für Möllers werde die Jahresmiete voll davon bezahlt. Das ließ sich hören. Jan antwortete zwar kärglich. Aber immerhin war es eine geschäftliche Sache. Da mussten die persönlichen Vorurteile zurücktreten.

Kyri begann sich zu langweilen und zu fürchten. In lauten, wirren, grellen Fetzen drehte sich die Umgebung um ihr Gehirn. Sie sah in ihren Puderspiegel, fand sich kindlich, lächerlich, mit den Spuren der Kriegsbemalung vom Nachmittag, beneidete die aufgedonnerten Mädchen, dachte an zu Haus, bildete sich Verlassenheit ein, gab sich einen kühlen Ruck. Es war eine flackernde Unruhe tief innerst in ihr, die ihr aber im Augenblick nicht mehr reizvoll deuchte. Darum war ihr jede Ablenkung recht. Selbst Herr Pampanos. O, es verkehrten oft levantinische Fremde in ihrem Elternhause, Türken,

Spanier, Mazedonier, Ägypter. Es war ihr nicht ungewohnt, obgleich sie nie den Schifffahrtskunden, Auftraggebern und Verbindungsleuten ihres Vaters hatte Geschmack abgewinnen können. Es pflegte alsdann bei Tisch Französisch die Unterhaltungssprache zu sein. Sie begann auf einmal, auch hier im lärmverwühlten Hippodrom französisch zu sprechen. Herr Pampanos war sehr erstaunt. Parbleu! Er wandte sich wieder ihr zu.

Jan Himp? Ja, wer war da noch Jan Himp? Niemand beachtete ihn. Er zog sich wie eine Schnecke in sich zurück. Wandte den Blick stramm in die Manege, darin es schläfrig geworden war.

Aber hallo, stieg da nicht der lange Trimmer in den Sattel? Sologalopp!, schrie der Stallmeister. Die Peitsche fuhr wie ein schwarzer Blitz durch den Manegenhimmel. Wie ein nasser Lappen und blau wie seine Hose hing da Otto am Hals des Gauls. Eine Runde – hepp, hepp, hepp! – die zweite Runde – Die Musik überpurzelte sich vor Tempo. Anfeuernd prasselten die Rufe aus der Menge.

Es ist Ottl!, hörte man Kyri sagen. Jan sah flüchtig zu ihr hin. Sie rauchte eine Zigarette. Das Etui des dicken Herrn lag offen auf dem Tisch. Hatte der Mann nicht vorhin etwas von ihm gewollt? Wegen der Barkasse? Versicherungssumme? Aber eine Zigarette hatte er wohl nicht übrig für den kleinen Jan Himp, der sie auch dankend abgelehnt hätte. Ja, der Trimmer Ottl war beachtenswerter. Kyri hatte „Ottl" gesagt, als sei es ein uralter Bekannter.

Die dritte Runde. Nein, der lange Ottl hielt sich. Er wurde nicht seekrank, er wurde anscheinend wieder nüchtern bei der wilden Schüttelei. Jetzt hob er sich in den Bügel. Die Musiker hatten Backen wie rote Luftballons. Jetzt versuchte Ottl nach den Lampen zu greifen, die rings um die Manege hingen. Schwupp! verlor er das Gleichgewicht. Krachend rutschte er in den Sand, umtobt vom Gejohle der schadenfrohen Zuschauer, daran auch Jan sich lauthals beteiligte. Ein Feind lag am Boden. Einer weniger. Nun konnte der andre drankommen.

Aber der Trimmer war nicht erledigt. Er war ein zäher Bursche. Unglaublich rasch stand er wieder auf den langen Gehwerkzeugen, schäumend vor Missvergnügen. Es war plötzlich totenstill. Die Musiker wischten den Schweiß von der Stirn und ließen den Speichel aus dem Messing tropfen.

Der Trimmer drehte sich im Kreis vor dem lautlos grinsenden Publikum. Er suchte wie nach Land im Horizont. Da erblickte er Jan Himp und bei ihm die kleine Brise. Er stürzte auf sie zu und griff nach beider Kehlen. Aber der Stallmeister war auf dem Kiwiew und riss ihn zurück. In Jan Himp aber kochte das Blut seiner Vorväter hoch, das ehrenhafte, tollkühne Seefahrerblut, von mehr als einer Kränkung aufgestaut. Zuck, sprang er über die Rampe. Es war keine Zeit, das Klappmesser zu ziehn, somit hieb er dem Kerl eins mit der Faust unter die Nase, sodass er zum zweiten Male in den von Rossäpfeln gesegneten Sand schoss. Das Publikum grölte Bravo. Der Trimmer kam halb wieder hoch. Jan wollte sich aufs Neue gegen ihn stürzen. Aber da die Manege nicht als Boxring gedacht war, beförderte der Stallmeister den Angreifer hinaus. Andere Hitzköpfe fanden das nicht richtig und griffen den Stallmeister an. Der Trimmer erreichte seine Senkrechte wieder und hieb aufs Geratewohl in den Knäuel. Die Pferde wurden unruhig. Die Musik begann zu blasen. Es wirkte besänftigend. Doch nicht auf alle. Nur die Manege wurde frei. Die Cowboys standen mit verschränkten Armen ungerührt bei den Pferden. In ihrem Schutze die ballettröckige Zirkusreiterin machte genießende Plüschaugen, und ihr Mund war rund und rot wie ein Hungerkreuzer zu vier. Die Schlägerei setzte sich zwischen den Tischen fort.

Jan Himp kam mit glühenden Wangen zurück. Er hatte seine Pflicht getan. Nun wollte er Herrn Pampanos auf den Kopf zusagen, er sei ein Schmuggler.

Aber Herr Pampanos war weg. Kyri stand neben den Stühlen und sah mit kalt entsetzten Augen in die schimpfende Rangelei, die vorerst auf der andern Seite des Lokals dunkel hin und her wogte und schon zu verebben schien.

Hier bin ich!, sagte Jan Himp. Er hoffte, wenigstens nun ein kleines Wort des Lobes zu vernehmen, so wie damals, als er die Sprottenwirtin gerettet hatte. Sie aber sagte nur: Herr Pampanos ist weg. Er kann kein Blut sehn! Ich hab seine Adresse. Ich soll ihn besuchen. Ich fragte ihn, was Rauschgift ist. Er hat mich ausgelacht. Er will es mir zeigen.

Ist bezahlt?, fragte Jan lässig, froh, sie wieder allein zu haben.

Klar!, antwortete Kyri: Gehn wir! Mir ist ganz schwindlig von dem Gin. Es ist gemein, dass Sie Ihrs nicht getrunken.

Dann wären wir beide schwindlig!, lächelte Jan überlegen. Er hakte sie unter: Herr Pampanos? Den werden Sie nicht besuchen! Das ist einer, der mir grad so aussieht. Und nun wirds hier zu mulmig für Damen!

Jetzt war Jan Himp der Überlegene. Er zog sie mit sich.

Sie ließ es geschehen. Aber bevor sie den Ausgang erreichten, rief jemand: Wohrschau! Und dann war dieser unvermeidliche Trimmer wieder da, keuchend, mit blutendem Gesicht, plötzlich zwischen anderen hervorfuchtelnd brüllend: Stopp hier! Hier you are! Karatscho! Blöddy Kid!

Jan Himp duckte sich, um ihm in den Magen zu rennen. Kyri wich entsetzensstumm zurück. Ringsum war Toben, Gekreisch, Getrappel, Geschmetter, jäh aufheulend in einen einzigen vielstimmigen wiehernden Ton. Denn es war plötzlich dunkel, das Licht ausgeschlagen wie mit ungeheurer Hand. Nacht war es, voll Geheul, Gepolter, Gelächter.

Die Krimsches kommen, da hat einer schnell auf den Schlauch getreten!, sagte jemand ganz ruhig neben Kyri: Keine Sorge!

Kyri hörte es gut durch den Radau. Sie stand ganz starr im Finstern. Schon begann sich die Dunkelheit zu lichten. Der Schein der roten Notlaternen sickerte im Dunst, und Taschenlampen blinzelten hier und da. Auch von der Straße kam Licht die Stufen herab. Kyri aber sah es nicht. Sie hatte die Augen geschlossen. Jetzt passiert etwas!, dachte es in ihr. Sie versank ins Nichts, fühlte sich gänzlich verloren; o, was war es alles, das auf sie zuschwang, dieser massige Mann, der die Figur ihres Vaters hatte und hinter dem etwas Grauenvolles zu lauern schien wie hinter dem Wort Rauschgift, und war es ihr Vater selber nicht, war es ihre Mutter nicht, was da alles vor ihr stand und auf sie loskam starr, riesig, und der Direktor der Schule und der Klassenlehrer und der in Mathematik und auch Axel Gondefro und alle in eins, unfasslich, unsäglich, ungeheuer auf sie zurasend, lokomotivengroß, und dabei lautlos, vollkommen lautlos, näher, näher –

Gellend schrie sie auf. Es war ein wilder, durchdringender Schrei, der jeden anderen Lärm spitz durchstieß und dem eine erschrockene lauschende Stille folgte. Schon nebelten Gestalten wie blutübergossen unter den

Notlampenbereichen. Die Hauerei war abgebrochen wie ein dürrer Stock von diesem Schrei. Beherzte Leute drangen in die Gegend vor, aus der jener grausige Schrei gekommen war. Es fragte bestürzt aus dem Kreise, was denn geschehen sei. Und in der nächsten Sekunde war alles schon wieder ein brodelnder Tumult. Vor den Ausgängen sammelten sich Wirt und Kellner und Portier, damit niemand mit der Zeche entwische. Und schon polterte es auf der Straße und auf der Treppe. Steifer Schein kleiner Handscheinwerfer pritschte herab, schälte Gesichter aus der Nacht, hob sie grellbleich wie Tote aus der Gruft. Der Stern der Polizei blitzte auf. Hände hoch! Brüllte nicht jemand: Hände hoch? Dann wars einen Atemzug lang wieder still.

Dann aber öffnete sich schurrend und murmelnd eine Gasse hin zu Kyri. Und mancher suchte sich zu drücken vor den scharfen Lichtern des Gesetzes.

Kyri stand blass und aufrecht da. Nein, nichts war ihr geschehen. Kein Mensch hatte ihr etwas getan. Das wusste sie wohl. Furchtsam lächelnd rührte sie sich nicht. Die Polizei? Was konnte es sein als das, was die Mädchen auf der Abseite im Old Cap Hoorn gemunkelt hatten? Rauschgiftschmuggel auf den Sandvoßdampfern.

Immer ruhig Blut!, flüsterte es hinter ihr. Jan Himp? Ja, es war Jan Himp. Sie stieß ihn rücklings mit der Faust vor den Bauch. Flieh!, zischte sie.

Jan Himp gehorchte, bückte sich, kroch zwischen Beinen davon. Man machte ihm Platz. Darin war man hier großzügig und mitfühlend. Es war, als tauche er in einen zähen schwarzen Schlamm, der sich hinter ihm schloss.

Wie aber Kyri den Halt, der Jan Himp hieß, schwinden fühlte, züngelte verwegen Katzenhaftes in ihr auf. Die Beamten hatten die Aufmerksamkeit noch gar nicht auf sie gerichtet. Sie waren noch bei dem Trimmer, der auf dem Boden lag und – schnarchte. Für ihn war die plötzliche Verdunkelung das strikte Signal zum Einschlafen gewesen. Er war ohne jede weitere Nachhilfe hingesunken wie ein Baum. Nehmen Sie doch die Hände runter! hörte Kyri jemanden sagen: Es ist hier doch kein Verbrecherkeller!

Ja, sie hatte ihre Hände über den Hut gelegt gehabt mitsamt der Handtasche. Gehörte das denn nicht dazu? Sie hatte doch deutlich den Befehl gehört. Jetzt wandte sich ein Beamter ihr zu. Ja, das musste ein Kriminalbeamter sein.

Nun duckte auch sie sich, nun öffnete auch ihr sich die Kautschukwand der Menge. Da aber hieb das Wort: Halt mal! hinter ihr her. Und gerade hatte man die von Unbekannt zum Durchbrennen gebrachten Sicherungen der elektrischen Leitung ersetzt. Plötzlich strahlten alle Lampen; ein Ah! schwoll durch den Raum. Es war zu spät und zu hell zur Flucht.

Der Retter

ES DAUERTE nicht lange, so ging Kyri mit den Beamten davon. Sie hatte auf alle Fragen geschwiegen. Die Beamten hatten gelächelt. Sie sollte denn mal mitkommen, hier sei doch kein Aufenthalt für anständige junge Mädchen bei nachtschlafender Zeit! Sie wunderte sich, dass man sie ungefesselt ließ. Ungebeugt, bleich, wie sie es von Heldinnen und Märtyrerinnen gelesen hatte, die zum Schafott geführt werden, ging sie zwischen den breiten Schultern der Geheimpolizisten den kurzen Weg zur Davidwache.

Auf dem Wege kam einem Beamten eine Erleuchtung. Er sah im Schein eines Schaufensters rasch in sein Notizbuch, wo unter „vermisst und zu suchen" die letzte Order stand. Sandvoß? Fräulein?, sagte er dann so überraschend als möglich.

Kyri schwieg blass. Es war ihr klar. Sie war der letzte Spross ihrer Familie, der hier zur Strecke gebracht wurde.

Und wo ist ein gewisser Himp?

Getürmt, gestiftet, verduftet!, antwortete statt Kyri ein eifriger Halbstarker aus dem Schweif Begleitung, der sich niemals abschütteln lässt, wenn Polizisten in Begleitung von Nichtpolizisten gesehen werden: Un dat Mäken hat pförchterlich geschrien.

Was hat der denn ausgefressen?, versuchte der Kriminalmann seinem Fang schon so im Spazierengehen einen lohnenden Bericht abzugewinnen.

Ausgefressen? Himp? – Ah, Kyri öffnete den Mund: Nichts!, sagte sie zornig.

Doch, der hat den Langen an die Nase gebufft! Und das war richtig! Der hat ihn belästigt!, meckerte nun der ungebetene Zeuge, eilfertig Schritt haltend mit den Beamten, irgendein spätes Paket unterm abgeschabten Ärmel.

Halten Sie die Schnauze!, grunzte der Polizist: Oder kommen Se schon mit rein, wenn Se was zu Protokoll zu geben haben!

Man war am Portal der Davidwache inmitten des Spielbudenplatzes, wie die Hafenseite der Reeperbahn eigentlich heißt. Uniformierte Schutzleute kamen heraus und zerstreuten die Ansammlung. Auch jener Sipo war dabei, den die beiden den späten Nachmittag nach dem Sprottenkeller gefragt hatten. Das ging ja rasch!, dachte der und dachte mit Sorge an seine halb erwachsenen Töchter zu Haus.

Und dann saß Kyri Sandvoß in einer kahlen Revierstube und bequemte sich, ihre Handtasche zu öffnen und ihre Visitenkarte zu zeigen, die natürlich nicht als behördlicher Ausweis gelten konnte. O weh, der gewichtige Herr Kriminalreviervorsteher begann drohenden Fingers mit väterlichen Vorwürfen und Ermahnungen, und Kyri war nahe daran, zu weinen, nicht vor Zerknirschung, aber vor Ungeduld und Angst, endlich zu vernehmen, dass allesamt wegen eines „ungeheuren Verbrechens verhaftet und ins Zuchthaus geworfen" seien. Sie gab später selber zu, so und nicht anders habe es vor ihrer armen Seele in deutlichen Buchstaben geschrieben gestanden. So deutlich wie ein paar Stunden vorher das Wort Hippodrom.

Längst hätte der junge Herr Gondefro auftauchen sollen, hätte der Armen die Wachtmeister ersparen, hätte schon den unerfreulichen Herrn Pampanos mit diskreter Handbewegung von der unverfrorenen Kreuzung ihres zarten Lebensweges zurückschieben sollen. Aber das Leben dreht die Filme nicht so rasch. Der junge Mann war ziemlich ratlos, als er die Reeperbahn erreicht hatte und sein Wagen still im Park der andern stand. In welches der hundert Lokale und Vergnügungsgelegenheiten sollte er da den rettenden Heldenschritt lenken? Er machte kurze Stichproben in den besseren Örtlichkeiten, aber bis zum Hippodrom gelangte er nicht. So, wie er die kleine Sandvoß in Erinnerung hatte, konnte er nicht ahnen, sie ausgerechnet in einer mulmigen Rummelbude zu finden. Nein, Axel Gondefro war kein großer Detektiv. In Büchern las sich das einfacher. Er sah das auch bald ein und tat, was der brave Bürger zu tun pflegt, wenn er jemand vermisst und in Gefahr glaubt, er wandte sich an die Polizei. Er ging auf die Davidwache.

Er kam dabei übrigens dicht an Jan Himp vorüber, der da draußen auf die Entschwundene harrte. Aber die beiden kannten einander noch nicht.

Gerade wollte der verhörende Beamte die telefonische Verbindung mit Kyris Elternhaus herstellen, einer Anerkennung von dort gewiss, als Herr Gondefro hereingelassen wurde.

Kyri war auf alles gefasst, auf Einsperren, Folterung, Fernbleiben von der Schule, Wasser und Brot. Aber auf einen Retter hatte sie nicht gehofft. Ihr war gleich klar, dass es ein Retter sei.

Herr Gondefro wies sich aus. Er nahm sozusagen nach kurzer Verhandlung, in der das hingeworfene Wort Belohnung eine Rolle spielte, den Hörer aus der Hand des Beamten. Denn angerufen sollte und musste werden. Darauf bestand die Polizei. Denn die Polizei habe die Pflicht, misstrauisch zu sein.

Was soll ich sagen?, fragte Axel dunkellockig, gerötet von ungewohnter Aufgabe, doch mit der unverblümten Sicherheit des angehenden Referendars. Er sah Kyri verschmitzt an.

Ich wollte bei Helge übernachten, aber –
Schon gut!

Die Verbindung wurde behördlich hergestellt. Schlaftrunken meldete sich Herr Sandvoß. Ein Apparat stand auf seinem Nachttisch. Hellwach aber war die Mama. Als ihr Gatte halb im Traum fragte: Welcher Dampfer? (denn außer gelegentlichen dringlichen Schiffsmeldungen war man nächtliche Anrufe nicht gewohnt), und eine erstaunte Pause folgte, nahm sie den Hörer heftig an sich. Kyri!, schrie sie in die kleine weiße Sprechmuschel.

Ja! richtig!, flötete Herr Gondefro schmelzend zurück: Kyri will doch nach Haus. Sie geht schon zum Wagen. Kann hier schlecht schlafen. Zu ungewohnte Umgebung. Wer da spricht? – O, gewiss, gnädige Frau! Verzeihung die späte Störung. Aber da es sich um die Tochter – Jawohl, der junge Herr Gondefro wird Fräulein Kyri eben hinfahren –

Nun wurde es Axel doch schwül. Die Mama schien höllisch ungläubig zu sein. Er winkte Kyri mit den Augen. Kyri verspürte wenig Lust, kam wie von einem Gummiband gehalten, rief unwillig hinein: Keine Aufregung! Ich komme gleich! Mummi!

Sie wurde rot. Sie schämte sich der kindlichen Bezeichnung für ihre Mama. Die Beamten blickten gleichgültig. Axel legte rasch auf.

Der Vorsteher meinte: Das sei kein reiner Wein!

Reiner Wein ist nicht allewege das gegebene Getränk!, wagte Axel Gondefro, der gut gebügelte Abiturient, angehender Student des Rechts, von seinem Schnupfen genesen, sich zu erkühnen. Was zur Folge hatte, dass man ihn nicht allein mit der jungen Dame davonließ, sondern einen Beamten mitschickte.

Fast hätte es einen weiteren Aufenthalt und erneute Fragen gegeben, als Kyri in der Tür erwachend fragte: Sind sie denn wirklich noch nicht alle –

Um ein Haar hätte sie vollendet: – verhaftet? Besann sich jedoch und erkannte rechtzeitig, dass die Angelegenheit für die Behörde abgeschlossen sei, und fuhr darum mit unschuldigem Gesicht, ein Gähnen hinterm Handschuh verbergend, fort: – im Bett?

Wahrscheinlich!, stutzte Herr Gondefro und lachte gezwungen: Nun aber dalli in dasselbe!

Draußen auf der Davidwachentreppe kam jemand Schweres pustend emporgestiegen. Als sollte hier eben manches zusammentreffen, wie es das Schicksal so will. Es war Guschi Bohnsack, die Sprottenwirtin. Voller Unruhe hatte sie sich zur persönlichen Nachfrage aufgemacht. Laut atmend blieb sie stehen, blickte Kyri an wie ein verendendes Pferd und fragte ohne Weiteres: Wo is de Tjung?

Kyri wandte sich ab, drängte sich fröstelnd an Herrn Gondefro, der ahnungslos war und etwas vor sich hinknurrte, was heißen mochte: Diese frechen Weiber auf Sankt Pauli!

Der Beamte, der Frau Bohnsack kannte, zuckte die Achsel und legte jenes abwehrende Bedenken in die Falten seines verwetterten Dienstgesichtes, das kundtat, wie sehr er die dunkle und der Jugend nach und ebenso wegen der fragwürdigen Verbindung mit nicht gerade goldig beleumdeten Kellerwirtschaften recht betrübliche Sachlage durchschaue und verurteile.

Die Sprottenwirtin mühte sich die schon geenterten Stufen wieder hinunter und starrte dem Mädchen wehleidig nach.

Teuw, mien Seuten!, ächzte sie.

Als sie sich hilfesuchend umblickte, erkannte sie Jan Himp, der sich gerade hinter einigen Passanten verdrückte und bald außer Sicht war.

Das Nachtgespenst

ES WAR nachts gegen halb zwei, als Jan Himp todmüde unten in den Oevelgönner Fliesenweg einbog. Er kam zu Fuß von Sankt Pauli. Niemand mehr war hier unterwegs. Nur er. Die Uferlichter von Harburg und das rote Blinkfeuer vom Athabaskahöft spiegelten sich langzittrig im düsteren Wasser. Schiffskörper glitten schwärzlich hinaus. Das grüne Steuerbordlicht warf ein paar welke Blätter in die Dünung. Hoch die beiden Topplichter schweben wie eilige Sterne gen Westen. Es war ablaufendes Wasser und die Nacht zum Sonnabend, da beginnen die Dampfer die Häfen der Erde zu verlassen, um nicht in den Feiertag zu geraten und untätig das teure Liegegeld und die Kaigebühren zu zahlen.

Vielleicht sind sie noch nicht weg, sagte sich Jan. Er hatte es den ganzen Weg vor sich hingemurmelt, und es war der Motor für seine müden Beine gewesen.

Zuletzt war er in Trab gelangt. Mit jagendem Atem kam er an den Steg, darüber sich schwungvoll das alte Blechschild wölbte. Es sieht mit seinen Stützen nur sehr entfernt wie eine Guillotine aus. Aber als Jan es jetzt so schwarz und unleserlich in den Himmel ragen sah und ein grüner Mond wie ein schief abgehackter Kopf eben darunter in sägespänigem Gewölk lag, da gruselte es ihn wie derzeit in der Geschichtsstunde bei der Französischen Revolution.

Hohl klangen die Bohlen. Das Wasser gluckserte murrig. Es war dick und duster wie Schwarzsauer. Aber hier und da platzte es dumpf auf, und es schnippten sich kurze krumme Lichtstreifen hervor wie gelbe knöchrige Finger.

Nanu! Ihm war sonst nicht grulig. Aber er war noch nie allein so spät auf dem Bootssteg gewesen. Und die alberne Aufregung im Hippodrom, wo die Cowboys eine Enttäuschung und das Übrige ein unklarer und womöglich gar nicht ehrenvoller Kakao gewesen war, sagte er sich, das stak ihm hinter den Nackenwirbeln. An Kyri dachte er nicht in diesem Augenblick. Aber daran, dass er dem Trimmer eine gelatscht hatte. Das stärkte ihn.

Er ging langsam auf den Ponton. Verflucht! Die Barkasse Guschi war schon heidi! Er kam zu spät! Und er hätte so gern die Abfahrt erlebt und seinen Bruder gefragt, ob er nicht mitkönne. Er schlug sich vor die Stirn, die heiß und feucht war. Er hatte Guschi Bohnsack gar nicht gefragt, ob sie eine Heuer für ihn habe. Aber nun war es ja sowieso nichts mit der Heuer. Er fühlte genau, Willy war abgereist.

Und so gern hätte er ihn noch einmal Bandonion spielen gehört.

Klang es nicht von weither über den Strom, schunkelte von der Westbreite her, wehte süß heran in der sachten Frühkühle? Das kubanische Tanzlied, danach Maantje getanzt hatte. Er täuschte sich. Es war die Musik Sankt Paulis, die in seinen Ohren nachhallte.

Hoffentlich hatte Willy die Bude abgeschlossen! Womöglich war der Alte sogar bei der Abfahrt zugegen gewesen. Und Elsbe und Mariechen. Und Maantje. Und er nicht. Jan ging mit schleppenden Schritten an die Budentür. Wie der alte Pontonprahm dümpelte! Das mochte ein Amerikaner sein, der da so turbinensausig rausklüste. Lichter, Lichter in der Ferne, fern wie Sterne, ach wie gerne! leierte es in ihm.

Ja, die Budentür war zu. Das Beiboot? Das Beiboot war da, angeschlossen wie es sich gehörte. Und draußen an den Bojen erkannten seine Augen die Mietsboote auf ihrem Nachtplatz, in zwei langen Sichelbögen von der saugenden Ebbe zur Strommitte hin gerichtet. Auch Kyris schnittige Jolle erkannte er und die Proppe'sche Barkasse. Und die fünf Möller'schen Mietskutter schwarz im Mondflimmer.

Vielleicht hat er den Schlüssel hinten auf den Budensims gelegt, sagte sich Jan. Sonderbar. Etwas in ihm hinderte ihn, sogleich um die Bude herum nach dem in der Familie Möller ein für allemal für gelegentliche Fälle verabredeten Platz für den Budenschlüssel zu fahnden.

Ihm war, als habe er ein seufzendes Geräusch vernommen. An Wassernixen und Pischplumser, Nöcks, Kullerbuller und dergleichen Unfug glaubte er nicht. Und vielleicht war es bloß das Wasser. Aber das Wasser seufzt nicht: Es schwatzt, gickst und lutscht, gurgelt auch wohl mal. Die alten Pontonbohlen hatten auch andere Töne, die waren teils quietschiger, teils poltriger. Der Wind? Der Wind war still. Dies war ein menschlicher Hauch gewesen.

Mors!, dachte Jan. Er war nicht feige. Das ließ er sich nicht ankommen. Er blickte sich frei um. Alles war ruhsam und friedlich in und vor Oevelgönne. Oder flüsterte am Strand noch ein Liebespaar? Oder hatte es aus dunkler Jasminlaube geseufzt? Jedenfalls, hier auf Möllers Steg war alles in bester Butter. Er hatte seiner Pflicht genügt. Er drehte sich auf den Hacken um und ging die Schwebestufen zum festen Landsteg hinauf. Den Schlüssel brauchte er ja nicht vor morgen früh. Und nun wollte er ein tüchtiges Auge voll Schlaf nehmen.

Aber im Nacken war ihm ein ziehendes, kaltes Gefühl. Er setzte seine Mütze nach hinten. Er beschleunigte den Schritt. Rumpumps dröhnten die Bohlen durch die Nacht. Krähte schon ein Hahn? Die Laternen bei der Himmelsleiter stiegen kühl und klar in den sternigen Himmel. Nein, bei Sandvoß war sicher kein Licht. Ob Kyri schon im Hause war? Man hatte sie verhaftet. Hatte er sie im Stich gelassen? Nein, er war hinterhergeschlichen. Aber mit Guschi Bohnsack wollte er sich nicht aufhalten. Er wollte unerkannt bleiben. Kyri war dann in einem Wagen davongefahren, der nicht nach Grüner August aussah, und mit einem offensichtlichen Schutzmann, aber zudem mit einem andern Manne, einem hübschen, gewandten, jungen Kavalier. Ja, das war so ihr Format. Der passte besser als so ein Bootsvermieterjunge. Oder war es ein Entführer? Oder nur ein Verwandter? Hatte sie nicht schrecklich unglücklich ausgesehen? War das etwa ihr Seufzen hinter der Bude?

Jetzt hatte er den Strand zu fassen. Er sah mit Anstrengung zurück auf den Ponton, der mit der Bude wie ein schwarzer närrischer Hut auf dem Wasser schwamm.

Ein Kribbeln stieg ihm unter die Kopfhaut. Auf dem Ponton bewegte sich etwas. Etwas Vermummtes. Wie angelötet blieb er stehen.

Es war eine Gestalt, die an heimliches Gericht erinnerte oder an verschleierte Nonne. Leise, leise stieg sie vom Ponton auf den langen Steg, ging durch die graue Nachtluft fast unhörbar darüber hin. Jan Himp verhielt den Atem, er war ganz erstarrt, nur sein Kopf drehte sich langsam, als sei er an einer harten Trosse mit der unheimlichen Gestalt verbunden. Nun knarrte die kurze Treppe, die vom Steg in den Sand führt. Ein Geist konnte es also nicht sein. Jan Himp kam ein wenig zu sich. In kaum fünf Schritt Abstand ging das Wesen an ihm vorbei. Es war in langem schwarzem Rock und hatte oberwärts ein riesiges, dunkles, schottisch gemustertes Tuch um Kopf und Schulter geschlagen, ein sogenanntes Plaid. Dies Tuch, da der Mond es nun seitlich beleuchtete, brachte Jan Himp gänzlich wieder zur Besinnung. Das Muster kam ihm bekannt vor. Nein, Kyri war es nicht. Und auch kein Geist. Erleichtert pfiff er durch die Zähne. Tine Puß!, murmelte er.

Die Gestalt schrak zusammen. Sie blieb stehn, lauschte. Jan rührte sich nicht. Wer ruft mich?, fragte sie da mit brüchig hoher Stimme in die Luft.

Jan Himp räusperte sich und setzte sich in Bewegung. Ich bloß, Tine Puß!, sagte er leise. Und fügte gleich hinzu, was ihn zu wissen drängte, obwohl er es wusste: Ist Willy schon weg?

Tine Puß drehte sich zu ihm um. Sie lüftete das Tuch. Ihr Gesicht war wie aus gelbem Wachs, Augen und Mund schwarze Löcher.

Weg! Weg! Weg!, antwortete sie in dem gleichen klagend geknickten Tonfall, der sich aber jählings änderte, als sie Jan Himp erkannte. Er wurde fast schmunzelnd: Jo, min Jung, he is weg!

Weiß ich!, erwiderte Jan. Ihm schien es keineswegs eine heitere Angelegenheit, aber da war nichts mehr zu machen: Willy war es hier zu langweilig!

Langweilig! De Snösel! Wo ick bün, ist dat nich langvielig, Jan Himmelsleiter. Ober de Ös wullt man nich weten. Nu is he weg!

Ihre Stimme war ins Kratzbürstige umgeschlagen. Ihre große knochige Gestalt krümmte sich. Sie sah aus wie die Hexe, die Hänsel in den Schweinekoben befördern will. Jan Himp wich einen Schritt zurück: Wie ist er denn weggekommen?, fragte er bänglich.

Djä, Herrdjeminee! Hihihi! Tine Puß lachte hoch und krähend: Keen Vadder un keen Mudder, keen Broder un keen Süster hett em henbrocht op sien letzte Reis, obers ick, ick, de tumpetampe Tine Puß, de hett em langsbrocht. O mein guude Djung, atüs, un schriew ok mol! Un hab ihn Brot gesmiert mit Lebewuß aus 'n Tupf un Käßbotter un hab ihn rübergesetzt zu die dicke Barkaß mitsamst dem Flunki, der ihn auf 'n Gewissen haben tut. Un hab dein olles Beiboot wieder rangewriggt un an Kette gelegt, ja tsüh mal an, was die Tine allens kann; un den Slötel, Jantje Himptje, den Slötel, den hew ick op de Kant legt oppe Bood, as ji dat jümmers moken doot, den lütten bi den groten, doa ligt se nu as Brügam un Brut.

Jan achtete nicht auf ihren tiefen Seufzer. Er hatte nur das eine verstanden. Hastig fragte er: Wieso letzte Reise?

Tine Puß schlug das Tuch vom Kopf zurück. Ihr blasses unbedecktes Haar sah grasgrün aus im Mond. Ihr großer Mund, ihre fahlen Augen waren in weite Ferne gerückt.

Jan betrachtete sie mit Unbehagen. Sie war ja fast wie der Pastor bei der Konfirmation. Dat is Lögenkrom!, schrie er: Mol nix anne Wand!

Es hallte hölzern zurück von den niedrigen Lotsenhäusern Oevelgönnes und schwang über die dicke grüne Gartenböschung zur Chaussee und klapperte hin über den nachtschweren Strom.

Tine Puß kehrte zu sich zurück. Sie sah Jan Himp noch vor sich stehn. Sein aufgerissenes Gesicht starrte sie wild an. Sie nickte kurz und kräftig. Es war zu tröstlich gewesen, einen verschollenen Bräutigam sich einzubilden.

Jo, sien letzte Reis!, sagte sie mit grausamer Bestimmtheit.

Jan Himp ballte die Fäuste. Wenngleich Tine Puß seine Patentante und des Möller'schen Hauses Nachbarin war, so hätte er sie jetzt erwürgen mögen für ihre scheußliche Unkerei. Sie aber zog ihr Tuch wieder über den Kopf, drehte sich um und entschlurfte auf ihren grauen Hausschuhen. Ein Gespenst! Ein Gespenst!, dachte Jan Himp. Er wollte es schreien. Ganz Oevelgönne, die ganze Welt sollte es hören. Aber die Kehle war ihm verkleistert.

Tine Puß war nun auf der Steintreppe, die zum Fliesenweg hinaufführte. Es fiel ihr noch etwas ein. Sie wollte dem Bengel noch einen Hieb versetzen. Seit er Hanna Meyer schöner als sie gefunden, mochte sie ihn nicht mehr. Sie wandte sich noch einmal um und zischte giftig: Un dat is doarum, weil du mir nachspijoniert hast! Un ich mir nich nachspijonieren lassen tu wie annere Deerns, wie dem Sandvoß seine von dir. Ne, von dir laß ich mir nich verföhrn, Jan Himpsteert is keen Penn wert!

Damit verschwand sie stolz zwischen den Vorgärten.

Wie die „Guschi" davonkam

DIE BARKASSE Guschi war an den dänischen Dampfer herangefahren. Alles kam wie verabredet. Nur, dass der Flensburger Kapitän sich weigerte, als er das schwere Boot sah, sie an Bord zu nehmen. Er fürchtete unliebsames Aufsehen hier unter den Augen der schnittigen deutschen Strompolizei, und auch der Lotse, der zudem ein Oevelgönner war und den Flunki erkannte, machte Schwierigkeiten.

Somit war die Barkasse Guschi gezwungen, allein in See zu stechen, und sie tuckerte wie ein spielender Hund bald vor, bald hinter dem Dampfer herum. Der Kapitän konnte nichts weiter tun, als den beiden Insassen Benzin, Tabak und Proviant hinunterzuhüsen.

Der Zollkreuzer am Athabaskahöft hatte übrigens gemerkt, dass „Guschi" etwas Großes vorhabe. Vielleicht hatte auch jemand anderes, vielleicht die Leute vom Bootssteg nebenan ein liebes Auge und einen weiterflüsternden Mund darüber gehabt. Jedenfalls war die Altonaer Strompolizei rechtzeitig aufmerksam gemacht. Und das Oevelgönner und auch das Blankeneser Polizeiboot waren auf dem Posten. Das Oevelgönner schnuckerte sich kurz vor eins an Möllers Steg heran. Der Flunki machte gerade das Beiboot klar, und Willy stand bei der Bude und nahm mit verlegenem Knurren ein Paket Wegzehrung von Tine Puß in Empfang. Der

Beamte erfuhr keinen Widerstand. Mit überhöflichen Worten zeigten ihm die beiden ihre ausgefertigten Seemannsbücher; Visum und Ausreisevermerk, alles war in bester Ordnung. Und da bis zur Stunde nichts Hinderndes zur Order gegeben war, geschweige denn ein Haftbefehl vorlag, zog sich die graue „Polypenkiste", wie der Flunki sie halblaut betitelte, wieder zurück. Argwöhnisch unterließ sie es aber, die Blankeneser von dem ergebnislosen Befund zu unterrichten. Und darum sahen denn die beiden unterhalb des Süllbergs das graue Abbild des Oevelgönner Wasserschutzes vorm Bug des dänischen Dampfers auftauchen und errieten mit Missfallen, dass es ihnen wiederum galt, die gerade auf Backbord vergebens mit dem sturen Käptn wegen Aufhievung der Barkasse verhandelt hatten.

Nun konnten sie allerdings nicht wissen, dass nur eine behördliche Nachlässigkeit vorlag. Willy Möller glaubte an Schikane, dem Flunki aber kam die Sorge, dass da etwas schiefgegangen sein könne, entweder mit seiner gewesenen Braut Guschi Bohnsack oder mit Herrn Pampanos, vielleicht gar durch Jan Himp, der gerade den Nachmittag zu einer unbekannten Verabredung, der sein Bruder elenderweise nicht weiter nachgeforscht hatte, in die Stadt verduftet war. Sich jetzt noch schnappen lassen? Nein, eher wollte er lebendige Aale schlucken. Somit knirschte er seinem Kollegen Willy zu: Kapp de Lien!

Willy begriff, hatte sein Messer im Nu zur Hand und zerschnitt die Leine, mit der eben ein Benzintank herabgehievt war. Im selben Augenblick nahm der Flunki die Fahrt aus der „Guschi". Sie fiel ab. Schon legte er das Ruder leicht steuerbord. Die hohe schwarze Bordwand des Dänen glitt haarscharf vorüber, und sowie die Gillung des Hecks ein jähes Tor über ihnen aufschnitt, warf der Flunki an.

Wie von einem ungeheuren Tritt, hart hinter der wirbelnden Schraube vorbei, schoss das Boot vorwärts, sodass Willy fast über Bord gekippt wäre. Und während die Polizeibarkasse notgedrungen auf der andern Seite des Dänen auszuweichen hatte und die „Guschi" auf kurze Zeit aus der Sicht verlor, gewann diese einen raschen Vorsprung. Bald natürlich merkten die Beamten, wo der Zephir kraulte, und machten sich an die Verfolgung. Da aber zeigte das Schnellboot, was es zu leisten vermochte. Es surrte los wie ein Flugzeug, doch wie eins mit verhaltenem Atem. Es war, als höbe es sich drei viertel aus dem Wasser, eine mondglitzernde Schleppe Schaum blieb zurück, eine höhnisch vorgezeichnete Rennbahn für die Jagdhunde.

Nun wäre es leicht gewesen, glatt zu entwetzen bis wer weiß wie weit. Das Wetter war ruhig, und der Dampfer würde ja langsam nachkommen. Nur war die Gefahr, dass die Polizisten zur Station zurückschlumpen würden, um telefonisch die Küstenwachen in Schulau, Glückstadt, am Kaiser-Wilhelm-Kanal, in Cuxhaven und wer weiß wo scharf zu machen.

Es ist nicht einfach, schon bei Tage nicht, ohne Lotsen, ohne Karte und Kompass die zwischen heimtückischen Sänden sich hinkrümmende Fahrrinne der Unterelbe hinter sich zu bringen. An hundert verschiedene Leucht- und Leitfeuer bezeichnen nachts dem Kundigen den Weg. Der Flunki hatte keine große Ahnung. Er verließ sich auf den geringen Tiefgang der „Guschi". Und auf das Glück der Halunken. Er tastete sich der mondbeschienenen Kiellinie der ausfahrenden Dampfer nach, deren sie rund zwanzig überholten. Nur weg!, das war ihre Losung. Er wusste gut, Funkeinrichtungen besaßen die Wachboote noch nicht. Er drosselte nach einer Weile, während Willy Benzin nachgoss, und tat, als sei am Boot nicht alles in Takt. Die behördlichen Nachtgläser merkten das auch und blieben dem Braten auf den Fersen, ab und an ihr Stoppsignal heulend. Zu schießen wäre bei der Entfernung und bei der bleichen Mondbeleuchtung Unfug gewesen. Der Flunki aber zog nach einer Weile wieder an, so, dass er noch eben, eben von ihrem Scheinwerfer gekitzelt blieb, und schwupp, dann verschluckte ihn die Nacht. Und grad wollten die Verfolger wutschnaubend beidrehen, da rutschte er wieder in ihren Strahl und schien mucksstill zu liegen. Bei Nacht, wo auf dem Wasser Entfernungen und Bewegungen schwer genau auszumachen sind, gelang ihm die Täuschung glatt drei Male. Und da war man Glückstadt schon vorbei. Noch ein letztes Mal in ohnmächtigem Zorn jaulte die Polizeisirene: Stopp, Biest! – Dann knickte ihre dünne Lichtpritsche wehleidig zur Seite, und ihr rotes Toppauge sackte achteraus, blitzte böse und war weg. Die Beamten sagten sich, das Ding würde schon mal wieder an den Laden kommen. Bekannt war es ja. Dass es gänzlich abhauen würde, ahnten sie nicht.

Jetzt hebbt se bidreiht! Full speed, Hein!, schrie Willy. Und der Flunki drehte auf, dass der Motor ganz hell wie eine Mücke sirrte. Das Wasser war noch hoch. Wo andere Boote zehnmal trotzdem aufgekratzt wären, die „Guschi" rutschte drüber hin wie ein Bohnerbesen. Hinter ihnen der Osthimmel begann sich zu lichten. Sie passierten Brunsbüttelkoog. Friedlich glommen dort die grünen und roten Lampen der größten Schleuse der Welt.

Weiter! Weiter! Hinter ihnen das Firmament brannte wie die Hölle. Um halb vier ging die Sonne auf. Da hatten sie Feuerschiff 5 über Backbord querab. Sie wagten nicht, dem letzten deutschen Küstenzipfel Cuxhaven auf Sichtweite näher zu kommen. Wie ein dünner wässriger Pilz wuchs der Wasserturm dort im flachen braunen Frühmulm der Kimm. Verschiedene Fischerfahrzeuge waren auf dem nassen weiten Feld, große und kleine Dampfer strebten seewärts, wie auf eine Schnur gefädelt, einige wölkten herauf, aber alles weit drüben über Backbord. Verdächtiges war nirgends zu erblicken.

Unser Bunker is glieks leer!, erklärte Willy. Der Flunki hielt das Tempo noch eine Weile, bis über Steuerbord einer zierlichen Blume gleich der Windmotor der Insel Trischen, über Backbord korkenklein der alte Störtebekerturm von Neuwerk durchs Glas auszumachen waren. Dann ging er auf halbe Kraft und leistete mit einer Hand Willy beim Frühstück Gesellschaft.

Sie hatten viel Zeit. Der Dampfer würde das Vierfache zu der Strecke gebrauchen. Aber der Flunki hatte keine Ruhe. Er wollte bis über die Reichshoheitsgrenze, die zwischen dem Feuerschiff Elbe 1 und der Insel Helgoland liegt. Das Wetter war handig, der Wind flau, der Schwell der See ging in langen, flachen Zügen und tat ihnen nichts. Sie hatten wirklich Glück. Da ihnen aber nicht ganz klar war, wie weit vor Helgoland der Dampferweg nach Norden gen Skagen und Norwegen führt, und als zudem die neue Flut ihnen mächtig entgegendrückte, fuhren sie eine Zeit lang ziellos hin und her, gerieten bei Groß-Vogelsand auf Grund, wurden durch das steigende Wasser bald wieder abgehoben und kreuzten schließlich ab acht Uhr in der Fahrrinne unterhalb Elbe 2, immer in Besorgnis, dass ihnen jemand etwas tun würde. Der Wind frischte auf. Das Wasser wurde kabbelig. Es wurde ungemütlich. Um neun erst sichteten sie den gemächlich einherrummelnden Dänen, der ihnen eine Schleppleine zuwarf, jedoch nicht vor der Reichsgrenze wagte, sie und die Barkasse an Bord zu hieven, was sodann mit einiger Mühe gelang.

Jan und Kyri am Morgen

ALS TINE Puß weg war, fiel alle Kraft aus Jan Himps Knien. Er sackte in den Sand. Der Sand war nachtkalt. Er merkte es nicht. Er dachte auch nicht mehr an Willy. Alle Gedanken rannen in einem zähen fiebrigen Wirbel ineinander, schneller, schneller; es war wie Wasser, tief sank er hinab. Tramp, tramp! gingen seine Seestiefel auf dem Meeresgrund. Er kippte vornüber, schlief ein, lag mit offenem Munde, die Wange auf den Strand der Heimat gepresst.

Ein Haifisch zerrte an seinem Bein. Der Fisch hatte einen Bart wie Herr Pampanos. Jan Himp stieß ihm mit dem Fuß unter die Nase.

Au! verdammter Bengel!, schimpfte eine quietschende Stimme. Es war ein Strandläufer, der angeschwemmtes Holz sammelte und sich vor Tagesanbruch aufgemacht hatte, um anderen zuvorzukommen. Und grad unter des Schlafenden Füßen lag so ein nettes Stück Treibkloben. Er zog es, die Heiligkeit des Schlummers missachtend, gierig heraus. Des Erwachenden Fuß traf ihn empfindlich am Schienbein. Jan Himp besann sich, torkelte hoch.

Der Holzsammler sagte geringschätzig: Wohl auch arbeitslos?

Jan Himp sah über das dürftige Individuum hinweg. Es war nicht gut, im freien Sand zu schlafen. Seine Knochen musizierten dumpf. Er stakte taumelig auf den Ponton, nahm wie schlafwandelnd den Schlüssel hinter der Bude vom Dachrand, schloss auf, ging hinein, riegelte zu, zog seine Wolldecke aus der Plünnenkiste und legte sich damit auf den Deckel, darauf er und die kleine Brise vor nicht allzu langer Zeit gesessen hatten, glücklicher als auf den Stühlen Sankt Paulis.

Am Morgen weckte ihn sein Vater. Jan Himp erwartete eine gesalzene Ohrfeige für das nächtliche Ausbleiben. Der Alte aber grummelte nur unverständlich in den Bart. Freundlich klang es nicht. Jedoch von Nacht, Bummelei und Rumtreiben kam nichts darin vor. Es handelte sich um den Riemen, der im Beiboot liegen geblieben war. Den hätte Tine Puß schließlich ja auch noch verstauen können. Das Gespenst! Jan durchschauerte die Erinnerung. Aber er hielt den Mund. Er wutschte hinaus und machte das Boot flott, holte die beiden Reihen Mietskähne an den Steg, die gerade in der aufkommenden Flut ihren Halbmondbogen dem Strand zuzuwölben begannen.

Wo is Willy!, fauchte der Alte, als er den Fuß wieder auf den Ponton setzte.

Jan sah weg: Wedder op See, glöv ick!, antwortete er leise. Hest du em noch sehn?

Nee!

Ick seeg to em, du bliwst op din Posten!

Dat ward he denn woll ok.

De Dalf! Un de Barkaß is weg.

De Flunki –

Weet ick.

Un Tine Puß secht –

Weet ick!

Dies Zwiegespräch führten die beiden sozusagen aneinander vorbei, halblaut, etwas heiser, ohne einander anzublicken und mit anscheinender Gleichgültigkeit. Plötzlich aber kriegte der Alte seinen Jüngsten beim Arm und sah ihn an wie ein Karnickel.

Verdammte Jung!, brüllte er los: Un dat sech ick di, wenn he nich wedderkummt, denn is dat ut mit di noh See! – Un denn hier in din Sünntagstüüg?

Seine grobe Faust schüttelte den Jungen wie einen dreckigen Schwabber und warf ihn gegen die Budenwand, dass es krachte. Und dann ging er weg, ohne sich weiter umzusehen.

Jan Himp sammelte seine Gliedmaßen zusammen, er zog sein Taschentuch, das mit der europäischen Landkarte. O, wie sah es aus! Puder, Lippenrot, Augenbrauenschwärze. Und es roch so süß, es war der Duft der kleinen Brise. Er benutzte es nicht; dumpf, mit fahriger Bewegung knüllte er es in die Hose zurück. Besann sich, holte es wieder hervor, wusch es im Eimer aus, hängte es auf die Ostseite über einen Riemenschaft zum Trocknen. Palma di Mallorca, da hatte sie ihren angemalten Mund abgewischt, und mit ihren Augenbrauen hatte sie die ganze Türkei ausgelöscht. Das war nun wieder klar. Aber ausgelöscht war ja nun sowieso Manches, wenn nicht alles. Kyri und die Seefahrt. Jan schluckte und würgte, biss die Zähne zusammen, kleidete sich um in seine Badehose und fuhr in seiner Arbeit fort.

Als die Mietsboote alle säuberlich ausgerichtet wie brave Tiere am Steg lagen, als auch die Mietssegeljollen versorgt und Ponton und Bude blank gescheuert und gespült waren, gönnte er sich selber ein Bad, sprang, schwamm, tauchte, spaddelte und prustete sich Benommenheit, Schreck und Trauer vom Gemüt. Das Wasser war nicht das eines Gebirgssees. Es war braun von Schlamm und Sand und gesegnet mit den Abfällen der Großstadt und des Hafens. Es schillerte von Öl. Es roch muddig. Aber dennoch hatte es in sich zur Flutzeit eine beglückende Ahnung von der Reinheit der See.

Jan kraulte in die Fahrrinne, spürte mit Erschauern saugende Strudel, ließ sich von der hereinpressenden Urgewalt der Tide dem braunen Dunst des Hamburger Hafens entgegentreiben, darüber grell die Sonnenscheibe stand. Ach, warum kam nun gerade kein großer

Dampfer heraus? War ihnen das Wasser noch nicht tief genug? Er hätte wahrhaftig Lust gehabt, an der übersteilen Bordwand wie eine Fliege hinaufzuklettern zehn Meter hoch und mehr, und er war der festen Überzeugung in dieser Stunde, dass er es gekonnt hätte, so sehr gluste, sog und lengte es in ihm. Weg! Weg! Weit weg! Wie Willy so weit!

Schließlich drehte er bei. Gegen die Flut zurückschwimmen, das war unmöglich, das kannte er, und er versuchte es auch gar nicht. Er kletterte bei der Oevelgönner Dampferlandungsbrücke an Land und lief Dauerlauf am Strand zurück bis Oevelgönne zu Ende. Da wird der Strand breit und dehnt sich zum behördlich beaufsichtigten Freibad mit Badewärtern und Strandkörben. Die ersten Gäste kamen dort und gemahnten Jan Himp an die Kundenbedienung auf Möllers Bootsvermietung. Wie ein Neufundländer stürzte er sich wieder ins Wasser und pitschte Hand über Hand zu seinem Steg zurück.

Ah! Da stand schon wer. Kyri, die kleine Brise. Mit der Schulmappe. Jan Himp klomm etwas bekleideter und etwas kleinlauter als Odysseus auf die Insel seiner Pflicht. Nausikaa öffnete den zieren Mund, doch nicht zu großen Hexametern. Sie sagte nur: Allns klor?

Jan Himp nickte. Auf einmal war ihm ganz fröhlich zumute. Mein Gott, die kleine Brise! Was war denn das alles gewesen, gestern, mit Reeperbahn und Hauerei und Krimsches und Flucht?

Er suchte nach Worten, um den richtigen Zipfel dieses gemeinsamen Abenteuers zu fassen zu kriegen. Sie aber sah ihn blass und scharf an und legte den Finger auf die Lippen. Und schon wandte sie sich zum Gehen.

Na schön. Ebenso richtig!, dachte Jan und langte bibbernd nach dem Budenhandtuch.

Heut Nachmittag büschen segeln!, rief sie zurück. Dann beeilte sie sich. Sie kam nicht gern zu spät in die Schule.

Sie war durchaus wieder munter. Axel Gondefro hatte sie an der Tür abgeliefert. Vater Sandvoß hatte persönlich im Bademantel geöffnet. (Der Kriminalbeamte hatte vom Wagen aus, selber unsichtbar, den ordnungsgemäßen Verlauf zur Kenntnis genommen.) Herr Sandvoß hatte sich leutselig, doch halb im Schlaf, bei dem jungen Manne bedankt und den Vater grüßen lassen. Ehe er dann Kyri hatte ausrichten können, ihre Mutter wünsche sie noch zu sprechen, und ehe sein männliches Auge die ungewohnte Aufmachung seiner Tochter erkannt hatte, war sie schon hinauf und in ihr Zimmer verschwunden gewesen. Kyri hatte den Rest der Nacht tief und im Grunde sehr zufrieden geschlafen. Am Morgen war ihr die Erinnerung an den vergangenen Abend, seine Unliebsamkeiten und Aufregungen, die jedem Erwachsenen eine Weile auf den Nerven gelegen hätten, fast schon verflogen wie ein Film, nicht ergreifender, aber auch nicht weniger ergreifend, und das beruhigende Bewusstsein, dass man mit der Sache persönlich nichts zu tun hat, wodurch der Aufenthalt im Kintopp so viel angenehmer wird als oft im Leben, das übertrug ihr allzu junges und von Natur elastisches Gemüt in dienlicher Wirtschaftlichkeit glatt auf das Tatsächliche, auf ihren ersten Zusammenstoß mit dem Grobtatsächlichen, der weniger verletzend zu sein schien als kleinere Anlässe zu Hause und in der Schule. Es war der Reiz des Abenteuerlichen, der die Peinlichkeiten wieder aufhob. Es war nichts, es wog leicht, es legte sich nicht um die Kehle oder keineswegs bedrängender als etwa ein Medaillon, darin sich nun eben eine Erinnerung verbarg.

Natürlich hatte wesentlich zu Kyris Aufheiterung beigetragen, dass zu Hause noch alles in Ordnung schien.

Das „Nest war noch nicht ausgehoben". Sie hütete sich, ihren Eltern zu verraten, was sie Grässliches gehört habe. Vielleicht war es gar nicht so grässlich. Vielleicht war alles erflunkert und erstunken. Das mit dem „Schmuggel" nämlich. So an einem sonnigen Morgen sah alles viel harmloser aus.

In der Schule fragte, wie vorauszusehen war, Helge Witt gleich, platzend vor Neugierde. Kyri in der lauernden Runde der Klassengenossinnen machte ein lässiges Gesicht. Erlebt? Ich habe nichts erlebt!

Wart ihr denn nicht auf Sankt Pauli?

Wer wir?

Na, nu wirds Tag! Helge war sehr enttäuscht: Hieß er nicht Jan Himp?

Die kleine Witt! Kyri sah spöttisch über sie hinweg: Das kleine Hell? Das fällt auch auf alles hinein! Der saß doch nur zufällig in der Bahn. Ich wollte doch nur meine Mutter treffen. Und wollte dich bloß los sein. Verstehst du das denn nicht?

Und Axel?

Dein Vetter interessiert mich nicht!

Hat der dich denn nicht gefunden?

Du denkst wohl, wenn du mich nicht mehr siehst, bin ich verloren. Kyri fühlte die lachende Klasse auf ihrer Seite.

Helge sagte kleinlaut: Und ich glaubte schon, der schwindelt. Der hat mich angeblafft heut Morgen am Telebim. Du seiest ja längst im Haus gewesen. Schade! Und ich dachte, wir könnten nur mal ordentlich was Fürchterliches hören.

Ja, o wie schade!, echote die ganze Klasse.

Kyri lächelte überlegen. Es kam ihr mit einem Male die Lust an, gewaltig loszufabeln. Aber da auch Axel Gondefro so anständig zu sein schien, zu schweigen – Donner-

wetter, das hätte sie kaum erwartet –, so hielt sie an sich
Nein, sie hatte nichts erlebt, nichts Erwähnenswertes
Und nun kam auch Professor Schliephacke, der Biologiegewaltige. Die Schule, das war eine Tatsache. Alles andere war Traum.

Jan Himps Herz aber war wieder schwer geworden. Segeln wollte sie? In der Klabauterjolle? Die lag noch immer da mit der Schramme im Achtersteven. Jan verholte sie den Vormittag an den Stag und begann, sie zu flicken. Holz hatte er sich längst besorgt. Werkzeuge waren in der Bude. Er ging mit krauser Stirn daran. Aber als er dabei war, wurde ihm immer leichter. Es ging ihm glatt von der Hand. Er sägte und hobelte, passte ein, schliff und leimte. Die Sonne trocknete gut. Nach Mittag gab er Lack darauf.

Die Vorsehung

DER LACK war nach einer Stunde hart. Nun kam noch etwas schwarze Farbe in Betracht. Es war nämlich auch ein Buchstabe in dem Wort Klabauter verletzt worden, der Stoß war grad ins l gegangen. Ohne l hat es keinen Sinn!, sagte sich Jan Himp und malte es wieder hinein. Es glückte ihm einigermaßen. Bei flüchtigem Hinsehen war keine Havarie mehr zu erkennen. Jan brachte die geflickte Jolle wieder an die zugehörige Boje. Lange noch betrachtete er vom Beiboot aus sein Werk. Er hatte es mit Liebe gemacht. Er begutachtete es aus verschiedenen Entfernungen und vom Ponton aus sogar durchs Glas. Es konnte so durchflutschen. Selbst sein Vater würde zufrieden sein.

Die Ausbesserung war immer so zwischen der laufenden Arbeit vor sich gegangen. Nun war der „Kundendienst" auf einmal wie eine Erholung. Mochte die kleine Brise kommen. Der Klabauter war wieder gesund.

Als er nach einer Weile wieder hinsah, gefiel ihm das l doch nicht recht. Warum musste auch gerade das l rausgerummst sein? Es sah am einfachsten aus, aber es musste so unverschämt lang und gerade sein. Ein e wäre besser gewesen. Oder war es Vorsehung? Tine Puß – dass er auch an das lächerliche Gespenst denken musste! – redete manchmal von der Vorsehung. Das hatte sie gestern ganz vergessen. Die Vorsehung ließ Tine Puß aus Versehen Gummischuhe anziehen, wenn eitel Sonne schien. Und jedermann lächelte, dem sie auf dem Wege zur Stadt begegnete. Aber sieh da, wenn sie zurückkam, goss es sicherlich in Strömen. Die Vorsehung ließ auch die Milch überkochen. Und jedermann würde das für ein Pech und nicht für die Vorsehung halten. Nicht so Tine Puß. Indem sie nun nämlich mit dem Feudel die übergelaufene Milch vom Herd wischte, merkte sie mit einem Aufschrei, dass in dem Feudel eine Nadel stak. Es war die Nähnadel, die ihr beim Wäscheflicken den Tag vordem auf den Fußboden gefallen und „abselut" nicht wiederzufinden gewesen war. Und nicht nur, dass die Nadel wieder da war und nicht einmal sehr rostig, es war auch ein Unglück vermieden, das beim gewöhnlichen Gebrauch und Auswringen des Feudels sich unweigerlich ereignet hätte. Das war Tine Puß ihre Vorsehung.

Und Jan Himp dachte darüber nach, was für eine Vorsehung es mit dem l auf sich haben könne. Vielleicht weiß es die kleine Brise!, sagte er sich. Kleine Brise, wiederholte er gedankenvoll und nochmals mechanisch: kleine Brise. Aber da entrutschte ihm das l. Er hatte nicht kleine, er hatte keine gesagt. Keine Brise.

Sie wird heut Nachmittag nicht kommen, das ist es!, erklärte er sich. Und er hatte so geschuftet. Vielleicht würde sie überhaupt nicht wiederkommen. Was war das mit dem Schmuggel? Gerede? Vielleicht würde man ihren Vater verhaften. Der Hausstand würde sich auflösen, die Villa versteigert werden, Not und Elend hereinbrechen, am Bettelstabe oder wie es sonst in lehrreich warnenden Geschichten heißt, Kyri und die stolze Mama, die Klabauterjolle verschleudert. Vielleicht würde sein Vater sie kaufen. Seine eigenen Ersparnisse reichten nicht.

In diesem Augenblicke – Jan trug gerade einen säulengroßen Packen Sitzkissen aus der Bude, was ihm von Weitem den Anstrich eines Buchhändlerlehrlings gab –, da kam Kyri Sandvoß. Aber sie war nicht in Bootsdress. Und sie knüpfte – und das wollte Jan nun wirklich als Vorsehung bedünken – stracks an seinen letzten Gedanken an, an seine Ersparnisse. Und zwar so: Rasch und dicht trat sie an seinen Packen und legte hoch oben ihre Hand darauf, indem sie gleichsam um die Ecke herum aufgeregt flüsterte. Mensch, Jan Himp, Moment mal! Ist nämlich eilig! Lösegeld, wissen Sie! Wie viel können Sie mir pumpen? Aber gleich, gleich!

Lösegeld? Jan schielte verdutzt hinter seiner Kissensäule hervor.

Sie stampfte ungeduldig mit dem Fuß: Nicht so laut, Mann! Komm! – Sie zog ihn in die Bude: Pass auf! Belohnung für die Detektive, die mich gestern befreit haben. Axel hat es ihnen versprochen.

Axel? Der hieß also Axel.

Wieso? Natürlich, Herr Gondefro. Haben Sie etwa gesehn? Waren noch da? Schicker Wagen, was? Gott, wie schwerfällig! Also: Ja oder nein? Er wird ihn wohl verhumpsen müssen. Krise! Ihr habt doch immer die dicke Kasse!

Jan Himp war erstaunt. Das waren doch reiche Leute da oben. Die kleine Brise pumpte ihn an? Er begriff noch immer nicht: Sind sie denn alle geschnappt? Wird schon alles versteigert?

Wie beliebt? Was fürn Schnack? Zehn Mark brauch ich! Der alberne Gondefro hat bloß fünf, und ich hab schon Lisbeth gemolken, eine Mark, selber hab ich vier flüssig, aber zwanzig Emm müssen wir den Wachtmeistern schon geben, sonst meckern sie, und Papa kriegt es doch zu wissen. Denn der hat ja Geld und wird sich nicht lumpen lassen wegen seiner Tochter, das ahnen die auf der Davidwache auch.

Jan dämmerte der Zusammenhang. Er warf den Stapel Kissen in die Ecke. Natürlich!, sagte er so schnell, als wolle er seine Stutzigkeit wieder einholen: Ich lauf zack hin, ich habs in der Kommode. Es sind genau neun Mark fünfundsechzig. Genau war es ein Pfennig mehr, aber den unterschlug er.

Ne, halt!, griff sie ihn am Arm: Nimm es aus der Kasse. Kannst es ja nachdem wieder reinlegen.

Er tat es zögernd. Es war das erste Mal. Er zählte es umständlich hin, neun Mark fünfundsechzig Pfennig.

Und wo krieg ich die fünfunddreißig Rest her?, fragte sie mit nachdenklich auf und zu zuckenden Lidern. Sie presste die Faust krampfhaft um das Geld.

Vielleicht bei Helge Witt!, sagte er leise mit gesenkten Augen. Er fühlte, wie sie hoffte, er werde auch das Fehlende noch aus der Kasse nehmen. Ein gutes Wort noch von ihr, und er hätte es wahrhaftig getan und wurde vor bösem Gewissen und Angst schon im Voraus rot.

Sie starrte eine Weile nervös an ihm vorbei ins Dämmern der Bude. Kunden sahen in die Tür: Hallo, Jan Himp!

Jan Himp knurrte: Gleich! Er rührte sich nicht von der Stelle.

Na schön!, stieß Kyri bitter hervor, tippte mit dem Zeigefinger grüßend an der Schläfe hoch und rannte davon. Oben an der Chaussee wartete Axel Gondefro in seinem oder vielmehr seines Vaters Wagen. Atemlos, fast wimmernd kam Kyri an den Schlag zurück. Es fehlen fünfunddreißig Pfennig.

Schweinerei! Dann kann ich mir heute keine Zigaretten kaufen!, krähte er: Ein Kavalier hält sein Versprechen. Her damit!

Er nahm das Geld, zählte nach, sah Kyri finster an. Dann grinste er: So, nun nimm deinen Mantel, Kleines, und hüpf mit rein. Heut wolln wir die Rettung feiern. Gestern saß ja der Wauwau dabei.

Aber Kyri schüttelte den Kopf. Schweinerei und Kleines? Und der Tonfall? Das passte ihr nicht. Sie schützte eine andere Verabredung vor und ließ ihn absausen. Ihr Herz füllte sich mit unklarer Trauer. Ihre Heiterkeit war verflogen. Jetzt kam die Abspannung. Stundenlang lag sie im Hause auf dem Bett und starrte gegen die Decke.

Der Brief

EIN PAAR Mal segelte die kleine Brise. Einmal brachte sie zwei Marken mit. Sie hatte nicht vergessen, dass Jan Himp Briefmarken sammle. Es waren neue mandschurische Marken. Beide wunderten sich, dass der Chinese darauf, der Herrscher von Japans Gnaden, in so schlechtem europäischen Zivil sei. Nicht in einer märchenhaften Tracht, in der Pracht einstiger Söhne des Himmels, wie sie noch in ihren Kinderbüchern zu sehen waren; das hätte ihnen nämlich weit mehr gefallen. Und darin waren sie sich wohl mit der ganzen Welt einig.

Die Marken hatte sie in ein kleines Buch gelegt. Als nun Jan einen neugierigen, eigentlich mehr aus Dankbarkeit höflichen Blick darauf warf, da ihn Bücher nicht allzu sehr reizten, schlug sie es freundlich nochmals auf.

Es ist Altspanisch. Das Gebetbuch meiner Großmama aus Kuba. Mein Großvater hatte dort die größten Tabakplantagen. Echt Havanna.

Sie begann mit singender Stimme zu lesen. Jan Himp hörte dem zu wie einer überaus fremden Musik. Es schmerzte über seinen Brauen vor beflissener Anstrengung. Er sah auf das Bild, das die Seite zierte, darauf eine Heilige in einem goldgemalten spitzbogigen Fenster stand. Es ist ein Fenster wie das Turmfenster, dachte er: Aber verstehen tu ich nicht die Bohne.

Sie merkte das, klappte das Buch zu, lächelte erhaben und nickte. Es ist schwer. Aber schön. Fast so schön wie Segeln.

Von dem geliehenen Geld war keine Rede. Und schließlich sprach Kyri überhaupt kaum noch ein Wort. Jan Himp bemerkte, wie sehr sie zumeist bedrückt war. Das bei einem Nebenmenschen, zumal einem Mädchen zu beachten, war neu für ihn. Und wie selten noch sagte sie: Nette kleine Brise heute. Es ärgerte ihn. Ein junges begütertes Fräulein wie Kyri Sandvoß hatte eigentlich Grund, tagein, tagaus zu lachen. So dachte er.

Schließlich riskierte er einmal beim Übersetzen ein Wort: Das Geld brauche ich erst im Herbst, wenn ich auf See geh! Wenn ich überhaupt loskomm! sagte er kühn; mit wegwerfender Gebärde, aber mit Kummer im Herzen. Er dachte an den Sprottenkeller, dass er noch einmal hinwolle zu fragen, ob der Flunki geschrieben habe; denn er wollte dann an Willy schreiben, er habe unbedingt zum Herbst nach Hause zu kommen.

Kyri sah wie aus einem dumpfen Traum auf. Sie tupfte mit ihren grünen Augen erschrocken in sein Gesicht. Er sah, es war nicht das Geld, was sie bedrückte. Dann waren es wohl die Schularbeiten. Mathematik, Latein, Französisch. Alles Dinge, die er nur vom Hörensagen kannte und nicht gehabt hatte. Da wollte er lieber schweigen. Oder etwa noch das dumme Schmuggelgerede?

Ich hab solche Angst!, sagte sie da plötzlich.

Vor dem Examen?, fragte er da.

Dummer Peter! Sie lächelte. Sie blickte um ihn herum. Jan Himp ist doch eine sonderbare Planke, fühlte sie: Man weiß nicht, was dahintersteckt. Es steckt wohl bloß ein bisschen Seefahrt dahinter. Ich will Ihnen was sagen!, fuhr sie fort. Sie beruhigte sich daran, jemandem zu sagen, was sie bewegte, und nach einem langen Seufzer verriet sie: Es ist die Sprottenwirtin.

Nanu? Die Bohnbüdel?

Ja, Guschi Bohnsack.

Die mit der tätowierten Auguste Viktoria auf dem Rücken?

Bitte! Es ist kein Scherz. Sie hat mir einen Brief geschrieben.

Einen Brief? – Jan Himp vergaß das Wriggen. Sie trieben an Kyris Jolle vorbei. Jan begann hastig zu wenden. Kyri schüttelte den Kopf: Treiben wir! Nein, halten Sie weiter in den Strom. Es ist zu nahe dem Ufer. Man könnte uns hören. Es ist nämlich ein Geheimnis.

Als sie hinter der Boje des Hauptfahrwassers waren, seufzte Kyri noch einmal tief. Es klang schon etwas leichter. Sie schreibt, sagte sie mit langsamer, bedeckter Stimme: Aber hier, lesen Sie es selber! Ich trag es Tag und Nacht bei mir aus Angst, dass es jemand entdeckt. Zufällig vorigen Mittwoch, das ist nun eine Woche her, treff ich den Briefträger. Ich treff ihn immer, wenn ich zur Schule geh. Aber nie hat er etwas für mich. Denn Helge Witt telefoniert bloß, die ist zu faul zum Schreiben, und mit Axel Gondefro hab ich es gleich verdorben. Aber den Morgen sagte er: Fräulein Sandvoß? Persönlich? Es steht nämlich extra „persönlich" auf dem Umschlag. Hier ist das Ding. Und sie hat nicht mal 'ne schlechte Schrift und kann besser deutsch schreiben als reden, das sieht man mal wieder.

Sie zog das Schreiben heraus und reichte es Jan Himp, der das Wriggruder untern Arm klemmte und im Stehen las. Er bewegte ein wenig die Lippen dabei wie Kinder und Leute, die nicht häufig lesen. Der Brief lautete folgendermaßen:

Verehrliches Fräulein Sandvoß!
Weil ich Ihren richtigen Vornamen nicht weiß, schreib ich nur Fräulein, was ich mir nicht übel zu nehmen bitte. Denn Kiri oder Curry wird ja nur ein Kosewort sein, da es so was im Englischen nicht als Namen gibt, wo sie sonst schon verrückt damit sind, wenigstens mir ist solcher nicht zu Gehör gekommen, solange ich drüben war, und darum nochmals, steht es mir nicht zu, Sie so zu nennen. Es liegt mir noch in den Knochen, wegen dem Anrufe Ihrer Vermissung und ich bin nachher selbst auf die Wache gegangen später, aber erst nur Telefon und musste es erst so gehn, und ging ja auch Gott sei gedankt, und habe ich dieses feststellen können. Was mein Beruf ist mit einem Lokal, da ist es besser, einen weiten Bogen und drei Kreuze um die Polizei zu machen, wenn es nicht nötig ist. Woran Sie sehen, dass es mir nötig war. Das sind zweierlei Menschen, die wo Geld verdienen müssen und die wo aufpassen. In Ihrem Falle waren sie nützlich. Gehn Sie lieber nicht wieder allein auf Sankt

Pauli, denn wenn Jan Möller auch kein Bangbüx ist (mein Lebensretter!), er ist noch büschen klein für die Raudies und Nutten, um die Unschuld aus dem Dreck zu ziehn. Aber das ist es alles nicht. Es ist der olle Grieche, sie sind ihm auf den Versen, und er hat mir geschworen, mich und Ihren Herrn Vater reinzureißen, Herr Kluback ist ja weg, weil es auf den Sandvoß'schen Schiffen war, manches, nicht alles bei Missim P. seinem Umfang geschäftlich natürlich. Wenn Sie nicht zu ihm kommen. Was ich Ihnen sagen soll. Der Bösecker. Darum ersuche ich Sie, verehrliches Fräulein, da Sie mir doch abgetrocknet haben, zu vertrauen und Ihren Vater bitten, mich aufzusuchen oder ich ihn, zu besprechen, was zu machen ist. Sie haben auch seine Flasche ff. Bast Rum vergessen und Jan Himp auch für sein Vater. Dies ist streng geheim!!!

Hochachtungsvoll
Guschi Bohnsack
Besitzerin zum Gemütlichen Sprottenkeller.

Jan Himp las das Ganze, ohne recht zu verstehen. Die kleine Brise beobachtete sein Gesicht mit angstvoll anschwellender Spannung. Sie unterbrach ihn nicht. Sie hielt an sich, bis er das Blatt sinken ließ. Dann stieß sie hervor: Die Schlange! Was sagen Sie bloß?

Jan wusste nicht recht was. Er schüttelte den Kopf. Es war ihm lehmig im Gehirn. Versen hätte sie auch mit F schreiben können!, sagte er unsicher.

Kyri erhob sich von ihrem Sitz, ging in den Knien zu ihm hin und riss ihm das Papier aus den Fingern. Dusseltier!, murmelte sie empört: Ist das alles?

Jan nahm alle Kühnheit in sich zusammen: Ich werde zu ihr hingehn!, antwortete er finster.

Pah!, rief sie fast weinend über seine unverzwickte Art: Was nützt denn das? Ich soll doch zu dem Dicken mit dem schwarzen Schnurrbart! Puh! Igittigitt! Und meinen Papa will sie in ihren Keller lotsen und ihm erzählen, dass wir beide uns rumgetrieben haben, und will ihn der Polizei ausliefern wegen Schmuggelei, damit sie selber nicht verschütt geht! Verstehn Sie denn das alles nicht? Mensch! Das ist doch ein – ein Komplott ist das! Das ist Hinterlistigkeit! Die bringen uns ins Unglück!

Dann würd ich ihm den Brief zeigen. Raus kommt es doch!, meinte nun Jan Himp.

Meinem Vater? Kyri fing an zu weinen. Sie steckte den Brief in ihre Handtasche und zog ihr Taschentuch heraus. Mein Gott, sie schluchzte. Jan war sehr betreten. Ein vorbeirauschender Ausflugdampfer hielt sämtliche Augen auf sie und ihn gerichtet. Ein Mann aus Sachsen rief durch die hohlen Hände: Echa, gugge mal diß Schdigge Malör!

Jan Himp schämte sich. Er wriggte an die Jolle Klabauter zurück. Die kleine Brise hatte noch immer das Tuch vor den Augen. Ein Mädchen in Marinehosen und Bootsweater, das heult? Er ermaß keine Tragweite in dem Sprottenwirtinnenbrief. Mochte Guschi schon hoppsgehn. Er hatte sie einmal gerettet. Das zweite Mal stand nicht in seiner Macht. Und Herr Sandvoß, der Reeder, der schien ihm so erhaben und mächtig, dass jeder Polizeiwachtmeister dagegen wie ein kleiner Krümel wegzupusten sein musste.

Lassen Sie man, kleine Brise!, sagte er darum voll Trost: Den Kanehl wollen wir schon stoßen! Morgen geh ich hin und spreche mit der Bohnbüdelweertsch! Ich hab da sowieso zu tun. Der werd ich mal auf die Kuse ballern. Und die beiden Buddels bring ich auch mit. Und zu

Herrn Pumpernickel geh ich auch, die Adresse lass ich mir meckern. Und dann rasier ich ihm die Wolle von der Nase, die kann dann Ihre Köksch als Handeule verputzen!

Jan Himp reckte sich. Oho, die Worte gingen ihm nicht fein, jedoch höllisch forsch von der Zunge in diesem nötigen Augenblick. Und Kyri nahm das batistene Tuch von den Augen und sah zu ihm auf. Er schien ihr groß und heldenhaft in den Himmel zu ragen. Vielleicht hatte er damals recht gehabt und war täglich einen halben Zentimeter gewachsen.

Und den Brief?, fragte sie noch schluckend.

Da machen wir 'n Segelboot aus!, schlug Jan vor: Jedenfalls weg damit! Der ist zu verdächtig!

Plötzlich fing sie wieder an zu jammern: Nein, nein, ich muss zu Herrn Pampanos, ihn kniefällig anflehen, meinen Vater zu verschonen. Heut Abend geh ich. O, ich hab solche Angst! Und er wollte mir auch zeigen, was Rauschgift ist.

Dann geh ich mit!, sagte Jan entschieden. Sie schüttelte verloren den Kopf: Dann wird es nichts nützen! glomm eine Ahnung in ihr.

Ich warte auf der Treppe!

Kyri schwieg düster. Dann erst mal den Brief! Jan Himp faltete ein spitzes Boot daraus und wollte es vom Stapel lassen.

Doch Kyri fürchtete, jemand könnte es auffischen. Jan zog Zündhölzer aus der Hose. Und zugleich damit ein dünnes Paket Zigaretten. Er hatte sie gekauft, um nicht wieder in Verlegenheit zu kommen, wenn gewisse junge Damen mal schmöken wollten. Und nachdem das Briefboot dank einer gewissen Fettigkeit rasch mit tagblasser Flamme verkohlt war, streute Kyri die Asche halb feierlich, halb sich ekelnd in die Wellen, seufzte noch einmal erleichtert und nahm dann zu Jans Genugtuung eine Zigarette und Feuer, und da er ablehnte, selber zu rauchen (im Hinblick auf die schon am Steg wartenden Kunden, und weil sein Vater doch bald zur Nachmittagsinspektion erscheinen würde), so ließ sie ihn gleichsam zum Lohn den ersten Zug tun.

Das war schon von ihrer Jolle aus, von Bord zu Bord. Jan stellte sich nicht sehr geschickt an bei dieser zarten Gnade; desto schneidiger warf er danach das Bojereep los und wriggte wie ein Wilder zum Steg zurück, ohne einen Blick hinter ihr her zu wagen, die in dem finstern Entschluss davonseilte, Herrn Pampanos ohne Jan Himp aufzusuchen.

Herr Sandvoß am Steg

DIESER NACHMITTAG ging hin. Kyri badete auf dem Schweinesand. Auch Helge Witt war wieder da, auch das Gondefro'sche Boot mit Axel, dem dunkellockigen Vetter und angehenden Studenten. Kyri war wieder munter. Auch der ungemütliche Brief wurde nadelkopfklein und verfügte sich in das Medaillon zu den sonstigen Sankt-Pauli-Erinnerungen. Nichts war damit. Und sie schwamm wie ein Schnepel, schrie vor Vergnügen schrill wie eine Möwe, ließ sich in der Sonne schmoren und genoss den schönen Sommertag.

Der junge Herr Gondefro ärgerte sich ein wenig über ihre Unbekümmertheit. Kein heimlicher Blick, kein noch so geringes Zucken der Mundwinkel verriet ihm, dass sie überhaupt noch an die klägliche Rolle denke, die sie, und an die befreiende, die auf der Davidwache er gespielt hatte. Die behandelte ihn nicht anders als ein

Stück Luft, obschon ihr die tatsächliche Luft dieses Tages lieber zu sein schien als er. Er konnte sich nicht enthalten entgegen seiner bislang geübten Gentlemansart des stillschweigenden Vergessenhabens ein paar Andeutungen zu machen, um sie ein wenig zu ducken. Da lief er aber schön an. Sie brüllte nicht etwa wie eine gekränkte Löwin, sie sagte mit kalt verächtlichem Gesicht, aber sonst ganz leichthin zu Helge: Dein Vetter möchte gern mal eine Rolle gespielt haben. Er hat sich etwas zusammenfantasiert von Sankt Pauli, womit er mich, ein Mädchen, das keine Lust hat, mit ihm zu puscheln (sie sagten unter sich puscheln für poussieren) und ihn dir abspenstig zu machen, ärgern will. Verstehst du das, Helgechen? Reicht dein Grips so weit? Fahr ihm übern Schnabel, wenn er Mist zu reden anfängt!

Danach machte sie ihre Jolle flott und segelte zurück.

Am Möller'schen Steg aber ging unruhig ein großschwerer Mann im hellen Ulster auf und ab. Jan Himp hatte ihn schon längere Zeit misstrauisch beobachtet. Er pflegte Kunden nicht aus sich nach den Wünschen zu fragen, Kunden redeten gewöhnlich selber. Er fühlte, wie der Mann ihn beobachtete. Polizei?, dachte Jan. Der Brief lag in seinem Gedächtnis. Gleichmütig, doch innerlich bebend tat er seine Arbeit weiter. Herr Pampanos ohne Bart könnte es auch sein!, dachte Jan weiter. Da sei nun keine Handeule mehr zu holen. Vielleicht wartete der auf den Flunki. Sein Herz schlug höher. Dann würde auch Willy zurückkommen. Oder nicht? „Sien letzte Reis!", hatte Tine Puß geunkt. Jan Himp begann innerlich zu beten, während er ein Mietsboot als zurück und bezahlt eintrug. Lot em trüchkomen, lieber Gott!, betete er.

Und er wünschte, dass Joachim Dölling des Weges käme. Endlich wollte er einmal alles seinem Freunde erzählen. Der sollte ihm raten.

Oder wartete der Dicke vielleicht gar auf die kleine Brise? Hatte da nicht so etwas im Brief gestanden?

Der dicke Mann kam näher: Segelt Fräulein Sandvoß noch?, fragte er, und sein Ulster füllte die Budenöffnung aus. Es war nicht Herrn Pampanossens rollendes Organ, aber schließlich würde solch Räuber wie der sich wohl verstellen können.

Die Barkasse ist flöten!, antwortete Jan Himp patzig.

Eine Barkasse? Ist sie nicht mit der Jolle fort? Und was heißt flöten, Herr Möller? Übrigens richtig, eine Barkasse. Was war es mit der Barkasse?

Guschi? Sie war auf Herrn Klubacks Namen bei uns eingetragen. Und der kann ja damit fahren, wann er Lust hat!, wagte Jan zu erklären. Es wurde ihm ungemütlich.

Und wer ist Herr Pampanos?

Sind Sie das nicht?

Gott sei Dank nein.

Also Polizei.

Meinswegen, junger Mann. Nun also sagen Sie mal, was war denn mit der Barkasse Guschi los? Hat Frau Guschi Bohnsack, die Wirtin eines Lokals namens Sprottenkeller, damit zu tun?

Das war seine Braut. Können Sie sich ausweisen?

Nein! Weiter!

Weiter weiß ich nichts.

Doch! Sie waren mit meiner – Sie waren mit einer gewissen jungen Dame neulich bei der vorgenannten Wirtin. Was wollten Sie da?

Das geht keinen was an!

Weiß denn eigentlich Ihr Herr Papa davon? Herrn Klas Möller mein ich.

Jan schüttelte den Kopf. Nun wurde es unbehaglich.

Wer war die Dame?, fragte der Mann. Vielleicht war hier Einschüchterung das Gegebene.

Aber Jan erwiderte patzig: Niemand!, und wandte sich ab.

Sie sind ja ein putziger Knopf! Hier nehmen Sie 'ne Zigarre und seien Sie gemütlich!

Danke, ich rauche nicht!

Trotzig blickte Jan zu Boden. Man hätte ihn durch eine Zeugmangel quetschen können, es wäre nicht mehr herausgekommen. Das fühlte auch Herr Sandvoß. Denn Kyris Vater war es, der da mit Sorgen bis unterm Kragen auf seine Tochter wartete. Dieser Jan Himp schien ja ein abgefeimter Schlingel zu sein. Aber Spaß machte ihm doch, dass er dichthalten konnte. Solche Leute schätzte er unter Umständen. Unter diesen Umständen wäre ihm allerdings mehr Offenheit lieber gewesen.

Eine Weile ging er wieder breit und wuchtig auf dem Steg hin und her. Jan bediente zwei Liebespaare, einen Kajakmann, drei Halbstarke, einen segelnden Kapitänleutnant a. D. Auch Proviantwändler Proppe und Sohn kamen. Und sie grüßten tief und erstaunt, als sie den Reeder Sandvoß selbsteigen auf Möllers Ponton sahen.

Jan setzte die beiden an ihre Barkasse über.

Wie kommt denn der bei euch auf Steg?, fragte Proppe Vater.

Kenn ich nicht!, entgegnete Jan hochnäsig.

Aber die Kleine kennt er!, lachte der Sohn schmierig.

Jan dämmerte es: Das ist doch nicht Herr Sandvoß?

Nee!, grinste Proppe: Das ist sein Bruder sein Tante sein Großvater ihr Onkel. Ja, der hat auch seine Sorgen.

Jan brauchte nicht erst wieder an Land. Er sah den Klabauter herankreuzen. Er wriggte an die Boje. O, wie aufmerksam!, dankte die kleine Brise.

Da steht ein Mann am Steg und wartet auf Sie! Ob er Herr Pampelmus ist oder Polizei, oder der verehrte Herr

Sandvoß, weiß ich nicht. Aus mir hat er jedenfalls nichts rausgekriegt.

Papa!, ersah Kyri die Gestalt und wurde bleich: Das bedeutete die andern beiden mit.

Ihre Hände zitterten, als sie auf den Steg kletterte. Die Füße versagten ihr den Dienst. Sie sank ihrem Vater ohnmächtig in die Arme.

Ah, das hatte der Papa gefürchtet. Und er dankte dem Himmel, dass er die Absicht, mit Kyri etwa im Segelboot über das zu sprechen, was notwendig geworden war, rechtzeitig verworfen habe.

Jan Himp sprang herzu, um zu helfen, Kyri auf die Bank vor der Budenwand zu führen. Der Vater aber, nunmehr in Erregung, wies ihn schnaubend zurück: Sehen Sie wohl, mein Freund, das haben Sie mit angerichtet, scheint mir! Das ist die Freiheit von heute. Das treibt – er wollte sagen: sich nachts auf Sankt Pauli herum! Wollte auch dem Verdacht Ausdruck geben, dass die ganze Schweinerei und Schmuggelaffäre, deren seine Reederei seit heute Morgen verdächtig war, einen düsteren Zusammenhang haben mochte mit diesen harmlosen Kindern. Aber es dämmte sich. Es waren Umstehende da. Fremde Leute, denen es augenscheinlich ein Vergnügen sein würde, trübe Verwicklungen anderer zum Abendbrot nach Hause zu tragen.

Kyri kam alsbald wieder zu sich. Jan Himp tat die Rumflasche, aus der zuletzt die Sprottenwirtin gelabt worden war – er wusste nicht, dass auch Willy sich einen tüchtigen Schluck daraus zum Abschied gegönnt hatte –, schüchtern wieder fort. Herr Sandvoß hatte es dennoch bemerkt und brummte bitter und ungerecht: Alkohol! Das scheinen ja schon Gewohnheiten zu sein!

Er fragte seine Tochter wenig behutsam, belästigt durch die Blicke Neugieriger, ob sie sich getraue, bis zur

Brücke zu gehen. Leider könne man ja noch immer nicht weiter ranfahren an dies verfluchte Nest Oevelgönne!

Kyri nickte. Sie entwand sich dem Arm ihres Vaters. Sie vermochte allein zu gehn. Und sie hielt sich überaus gerade, die Ellenbogen dicht am Körper, als sei sie in eine enge gläserne Hülse gesteckt.

Sie hatte keinen Blick für Jan Himp. Und ihm war es im Grunde recht. Es war eine höchst überflüssige und peinliche Angelegenheit. Und es stand zu befürchten, dass Möllers eine Kundin verlieren würden. Das war unerfreulich!

Der kleine Husten

HERR SANDVOSS sagte seinem Fahrer Prange: Fasanenhof! Und sie fuhren ganz durch Hamburg durch immer nach Osten über Wandsbek und Rahlstedt in eine kleine ländliche Gastwirtschaft, die wegen ihrer geschmackvollen Einrichtung, ihres herrlichen Essens, ihrer trefflichen Bedienung einen guten Ruf genoss und Herrn Sandvoß bekannt und lieb war. Während dieser Stunde Fahrt wartete der Papa vergebens auf eine umfassende Beichte Kyris. Sie saß mit verkniffenen Lippen da. Und erst als er nicht mehr fragte, sondern mit jäh aufklagender Stimme von dem polizeilichen Besuch in seinem Kontor berichtete, da erleichterte ein lang verhaltener Tränenstrom Kyris Gemüt.

Der Kriminalbeamte, der den Morgen so unerwartet eine Unterredung mit dem Herrn Generaldirektor Sandvoß gefordert und bewilligt bekommen hatte, war beauftragt gewesen, über einige Leute, die beim Schmuggeln ertappt waren und zu Besatzungen Sandvoß'scher

Schiffe gehörten, Auskunft einzuholen. Dabei waren auch die Namen Heinrich Kluback und Missim Pampanos erwähnt worden. Und der Name Guschi Bohnsack. Und bei letzterem Namen hatte der Beamte merkwürdig gelächelt, ja, sogar mit den Augen gezwinkert.

Herr Sandvoß war darauf aufmerksam geworden. Was das Zwinkern besagen solle? Die Sache sei unlieb genug. Geschmuggelt werde ja haufenweise. Darüber zu wachen sei ja nicht Ressort der Schifffahrtsgesellschaft. Die Leute flögen. Damit müsse er für sein Teil der Gerechtigkeit genug sein lassen. Aber Zwinkern sei doch wohl fehl am Platze. Oder ob man glaube, er kenne jemanden dieser Gauner privat? He?

Nicht Sie, Herr Generaldirektor, aber Fräulein Tochter vielleicht. Und ich wollte nichts Übles gesagt haben, vielmehr für die Belohnung danken, welche Herr Generaldirektor meinen Kollegen und mir so gütig waren vorzuschicken.

Trotzdem Herrn Sandvoß innerlich fast der Schlag gerührt hätte, war er äußerlich doch beherrscht geblieben. Er hatte sich zurückgelehnt, den Mann ins Auge gefasst und auch seinerseits mit einem kleinen Zwinkern und noch unverschämter lächelnd entgegnet: Sie war Ihnen wohl nicht hoch genug, Herr Inspektor?

Darauf hatte dann der erwidert, dass zwanzig Emm in dieser Zeit durch vier immerhin mitzunehmen seien bei dem steten Gehaltsabbau.

Und wer war der Bote?

Na, wieso, der junge Herr Gondefro hat sich doch selber bemüht. Ist wohl der zukünftige Schwiegersohn. Glückwunsch. Der heiratet in eine gute Firma.

Nun, da hatte der Generaldirektor Sandvoß mit der Faust auf den Tisch gehauen. Da war es vorbei gewesen mit der künstlichen Ruhe. Und da hatte er den Beamten bewogen, ihm klipp und klar alles zu erzählen, und da war es ihm denn aufgetischt worden, vom Anruf: Vermisst! der Sprottenwirtin bis zur Ablieferung Kyris vor der Haustür.

Da sollte ein ahnungsloser Vater nicht sprachlos gewesen sein? Fast war Herr Sandvoß es noch.

Die Tränen seiner Tochter jedoch liefen ihm glatt ins Herz. Es war keine bekömmliche Speisung für seine Adern. Ihm wurde selber wässerig. Er hatte kürzlich auf dem morgendlichen Kalenderzettel, der wie jeden Tag einen Sinnspruch unterhalb der Eintrittszeiten von Ebbe und Flut darbrachte, gelesen:

> Die Kinder entgleiten
> Von der Eltern Seiten.
> Wes Wege sie gehen,
> Wer kann es verstehen?

Diese mäßige Kalenderlyrik hatte er mit dem ablehnenden und frohen Gefühl gelesen, dass es mit seinem Kinde noch lange nicht so weit sei. Und nun?

> Wes Wege sie gehen,
> Wer kann es verstehen?

Kyri, die von ihren Tränen keimende Milde hinter dem Sommerüberzieher ihres Vaters erspürend, wurde allmählich zugänglich, auf Fragen zu antworten. Und als das Eis nun erst mal gebrochen war und als sie merkte, wie erschütternd manche Einzelheiten und namentlich das Beisammensitzen mit Herrn Pampanos auf ihren armen Pappi wirkten, da ging ihre Fantasie mit ihr durch, und sie sagte, Herr Pampanos habe ihr Ringe schenken wollen und habe sie eingeladen, Rauschgift zu probieren, sie habe aber abgelehnt.

Dieser Halunke!, stöhnte ihr Vater: Und geflohen ist der Schuft auch noch. Der gehört ins Zuchthaus, lebenslänglich. Rauschgifthändler ist der, ein Vampir der Menschheit.

Geflohen? Ach, dann brauch ich ja gar nicht mehr hin!

Weiß der Himmel, Kyri klatschte bei diesem Ausruf in die Hände.

Was, du wolltest den Verbrecher wahrhaftig besuchen? Kyri, Kind! Meine Tochter?

Für dich, lieber Pappi! Er wollte uns doch alle ins Verderben stürzen!

Und nun kam denn auch die Sache mit dem Brief Frau Bohnsacks heraus. Das Maß lief immer voller. Und Jan Himp hatte den Brief verbrannt. Und mit Jan Himps Bruder schien da auch was gewesen zu sein, der war ja so plötzlich von seinem Wachposten auf der Nipangu verschwunden, hatte sich auf einer Postkarte abgemeldet „in See gehend".

Kind, Kind! Und was hältst du von dem sauberen Jan Himp?

Der hat an allem Schuld!, sagte Kyri rasch, froh über die ihr sozusagen angebotene Entlastung.

An allem? Meinst du? Herr Sandvoß stutzte: Das scheint mir etwas weit gegangen, liebe Kyri!

Es durchschauerte ihn. Mit welcher Leichtigkeit dieses Kind einen bislang sicher brauchbaren Kameraden und dem Anschein nach braven Burschen ans Messer lieferte, um sich selber zu schonen! Betrübt fuhr er fort: Auf mich macht der Junge einen anständigen Eindruck. Verraten hat er jedenfalls keinen Piep. Vor wenigen Wochen schien er dir geeignet, mit Gondefros Boot auf Tour mitzugehn. Wie reimt sich das zusammen? Was weißt du? Sag es mir! War der Bengel etwa der unauffällige Verbindungsmann zwischen unsern Dampfern und Herrn

Pampanos? War er der vertraute Helfer und Mitwisser von dem Pärchen Kluback-Bohnsack? Sag es mir, Kind, ich flehe dich an, sag mir, was du weißt, damit die Sache aus der Welt kommt!

Kyri fühlte ihr Gewissen nagen mitten in ihrer duster glusternden Fantasie. Es wäre ihr leicht gefallen, jetzt einen Höllenspuk hinzuzaubern, darin Jan Himp eine Rolle spielte, gegen die Käptn Rackam, Pirat Kidd und der Seeräuber Störtebeker arme Waisenknaben gewesen wären. Aber sollte der Wirrwarr noch größer werden? Stand sie nicht reingewaschen da? Und vor allem: Konnte Vater nicht herrlich beruhigt sein über seine harmlose, in allem nur verführte und bloß mitgeschnackte Tochter?

Keine Ahnung!, sagte sie deshalb.

Und hat er dich etwa beleidigt? War er ungezogen? Sag es mir ruhig. Ich bin ein alter Mann, mir ist nichts fremd.

Ein alter Mann!, fühlte Kyri. Natürlich. Und da soll ihm nichts fremd sein. Es schob sich in ihrem Gehirn durcheinander wie eine Filmstelle, wo die Flucht des Verfolgten durch rascher und rascher einander überschneidende, von allen Richtungen heran- und davonbrausende Eisenbahnzüge sinnfällig gemacht wird. Starr sah sie es sich an.

Verschweig mir nichts, Kind! Ich bin dein Vater, bettelte der schwere Mann neben ihr. Seine Augen waren grünschimmernd wie die ihren. Es war ihr Vater, der da weiter sprach: Oder wie ist es mit dem jungen Gondefro? Poussage, nicht wahr? Harmloser Flirt! Du bist doch noch ein Kind! Überhaupt dieser filmschnäuzige Mensch!

Ja!, hauchte Kyri. Dann begann sie wieder zu weinen. Sie wusste nicht, warum. Vielleicht, weil sie noch ein

Kind war. Ach, wann würde diese elende Fahrt und Fragerei ihr Ende erreichen?

Herr Sandvoß gab es auf. Er war ganz verzagt. Wie schwer war es mit diesem einen Kind! Mit dieser Tochter! Ein Sohn würde sicher einfacher sein. Aber der war ihm versagt geblieben. Solange Kyri klein war, hatte er sie wie einen Jungen behandelt. Mein Gott, wie hatte er mit ihr umhergejachtert! Aber als sie begann, sich für Kleider und Parfüm zu erwärmen, und an manchen Tagen übermäßig blass war und schüchtern, aber unverkennbar begann, sich zu einer Dame zu entwickeln, da war es aus mit der Balgerei, da bekam er so eine gewisse Scheu. Da war es eben ein Mädchen.

Kaum wagte er nun in auffallender Zärtlichkeit seinen Arm um ihre schmalen Schultern zu legen. Er musste an diesen verfluchten griechischen Opiumhändler denken, an den Jüngling Gondefro und an den Bengel Jan Himp. Welch drohende Front unterschiedlicher Wölfe, die da einem armen Vater sein Einziges zu rauben aufgetaucht waren über Nacht! War das der Lauf der Welt? War es seiner Frau, seiner Mutter ähnlich ergangen? Er ahnte es nicht. Seiner kühlblonden hanseatisch stammbewussten Ehegefährtin traute er nichts zu. Seiner Mutter? Die hatte ein paar heiße Tropfen kubanischen Blutes in den Adern; sein Vater hatte sie aus Handelsverbindung geheiratet, damals, als die Sandvoß-Reederei mit der mittelamerikanischen Strecke liebäugelte. Ach, die dunkelhäutige Mama war früh in der nordischen Luft dahingewelkt. Ja, Kyri hatte große Ähnlichkeit mit ihr, die Augen, das Haar, alles nur ein wenig heller. Der Sohn sah sich vor ihrem Bett. Er war ein Junge. Er hörte ihren zarten, peinigenden, unglückseligen Husten. Sie war fern vom Hause in der Schweiz gestorben.

Mein Gott, was war das? Auch Kyri hustete?

Ja, Kyri musste auf einmal husten. Es war dasselbe quälende, sich gleichsam vor sich selber schämende angstvolle Signal aus der Tiefe der kleinen Brust. Dem Vater wollte das Herz stillstehen.

Was auch an tausend verzweifelten Selbstvorwürfen und Vermutungen und Anklagen gegen andere in ihm sich ballte, was sollte es in diesem Augenblick? Er legte behutsam seine große Hand auf ihren Nacken, drückte, so zart er es vermochte, ihren schmalen Kopf an seine Schulter, fühlte die hinter ihrem Taschentuch verhaltenen, zuckenden Explosionen ihrer Atmungshemmungen. Und war schon wieder dabei zu überlegen, was nun geschehen müsse. Schmuggel und Bummelei, junge Leute und Sankt Liederlich, alles rückte ab zu nebensächlichen Kulissen, Kyri allein stand auf der Szene, Kyri allein war jetzt der Punkt der Tagesordnung. Die Aufsichtsratssitzung hatte zu beschließen über Sanierung der gefährdeten Route nicht so sehr zwischen Kyri und Elternhaus oder Kyri und Wohlanständigkeit, sondern erst mal und schleunigst zwischen Kyri und Gesundheit, zwischen Kyri und Leben.

Kyri empfand sehr wohl in ihren feinen Nerven die veränderte Sachlage. Sie maß ihrem kleinen Husten keine große Bedeutung bei. Aber die offensichtliche Besorgnis ihres Papas machte ihr den kleinen Husten wertvoll. Und erst nach einer Weile und als Prange schon in die Auffahrt zum Fasanenhof einbog, die ihr aus zwei oder drei angenehmen Ausflügen bekannt war, nahm sie das verweinte Tuch vom Mund, atmete tief und hob ihre Augen groß und ernst zu den ängstlich forschenden, vergeblich nach Trost suchenden ihres Vaters, der geradeswegs in die Augen seiner armen Mama zu blicken meinte.

Es ist vorüber!, hauchte Kyri.

Ein wenig matt ließ sie sich aus dem Wagen führen. Der Vater wählte leicht bekömmliche Leckereien aus der Speisenfolge. Und dabei erholte sich Kyri zusehends. Ja, sie durfte sogar ein Glas Portwein trinken. (Der Arzt wird ihr so was sicher als Medizin verordnen, sagte sich der Vater. Er hatte die süßlich schwer duftende Flasche auf dem Nachttisch seiner Mutter überklar in Erinnerung!)

Kyris Wangen begannen zu glühen. Sie war wieder recht munter. In Herrn Sandvoß nahm das geschäftliche Leid die Gelegenheit wahr, aufs Neue nach den dunklen Zusammenhängen zu bohren, darin es sein Kind verstrickt glaubte.

Vorsichtig fragte er, übermäßig scherzhaft: Und du wusstest von der Schmuggelei, hahaha, welch ein Witz! Ist ja Unfug! Wer hat dir denn so was geflüstert?

Kyri fand sich auf einmal bereit zu antworten: Als ich mal verschwinden musste, da hörte ich, wie zwei Dirnen darüber sprachen.

Dirnen? Welch Wort in deinem Munde! Und welche Gesellschaft!

Helge Witt sagt, solche Mädchen heißen so, sie hat es selber gelesen.

Der Reeder fasste sich an den Kopf. Kyri führte die Serviette zum Munde. Er zwang sich zu wolkenlosem Lächeln: Lass gut sein, Kind. Ich sehe, das Ganze ist Gewäsch. Trink nur deine Schokolade. Und nimm auch das Stück Torte noch!

Ein Segen, dass er seine Frau nicht zu dieser Unterredung hinzugezogen hatte. Aber als dieser Gedanke ihn durchfloss, streckte er zugleich die Waffen davor. Es war Sache der Mutter, diese Tochter weiterzubehandeln. Er vermochte es nicht. Er wollte auch von dem ganzen Schwindel nichts berichten. Hier gab es nur eins: Kyri musste raus aus dieser Umgebung. Der kleine Husten war ein schmerzlicher, aber gelegener Ausweg.

Und so kam es auch. Nachdem der Arzt zugeraten und man die Schulleitung verständigt hatte, reiste Kyri mit ihrer Mutter ins Gebirge.

Herr Sandvoß deutete auf dem Bahnhof halb scherzhaft an, er wolle sehn, inzwischen die Klabauterjolle zu verkaufen. Das sei doch nichts Rechtes für sie. Sie solle Tennis spielen, Hockey, Golf.

Da wäre Kyri fast wieder ausgestiegen. Und musste wieder husten. Und der unglückliche Vater musste einen Verweis seiner Frau einstecken und versprechen, das Boot liegen zu lassen, wo es lag.

Die Sprottenwirtin macht Kasse

JAN HIMP aber, wie er versprochen hatte, begab sich andern Tags zum Sprottenkeller. Elsbe, seine Schwester, hatte sich herbeigelassen, ihn zu vertreten. Es war eine weniger lustige Straßenbahnfahrt als damals mit der kleinen Brise. Es war langweilig. Als er ausstieg, kreuzte eine schwarze Katze seinen Weg. Jemand bettelte ihn an. Aber er hatte nichts. Er wollte zu Fuß nach Haus laufen.

Im Sprottenkeller war es merkwürdig still. Nur wenige Gäste hockten an den Tischen. Die Musik war abgestellt.

Dat is Jan Himp ut Oevelgönne!, knurrte es dumpf aus einer düstern Ecke: Wat wull du denn hier: Bootsvize? Hier is nix mehr to retten. Die hat Kasse gemacht.

Es war ein Oevelgönner Lotse. Das war dumm. Nun würde sein Alter es zu hören kriegen, wo er gewesen war. Aber warum auch nicht? War er noch immer ein Hemdsteert? Trotzig sah sich Jan nach dem Sprecher um: Mutt ick jo weeten!

Peng, der Kellner, stand geduckt und furchtsam hinter der Theke. Gott sei Dank, der alte Drache von damals war nicht da. Mit hoher, heiserer Stimme bat Peng, Platz zu nehmen. Jan schüttelte den Kopf.

Er kannte den Weg. Stracks ging er durchs Lokal auf die Hintertür zu. Klopfte, zog sie auf. Ging durch die dunkle, krumme, knarrende Treppe nach oben. Klopfte wieder. Niemand antwortete. Er suchte nach der Klinke, fand sie, drückte sie nieder.

Frau Guschi Bohnsack lag auf dem grünen Plüschsofa, auf dem Kyri und er so schüchtern nebeneinander gesessen hatten. Frau Bohnsack schien zu schlafen. Der Tisch war vom Sofa fortgerückt. Sie lag wie im Bett, ein weißes Kissen unterm Kopf. Ein Laken war über sie gebreitet. Das große Gesicht war frei, die Hände lagen gefaltet auf dem weißen Linnen. Seltsamerweise brannte die Gaskrone. Und das gestreifte Fensterrollo war herabgelassen.

Jan Himp stand ganz still und sah sich alles an. Am Fußende des Sofas saß der alte giftige Drache von der Theke und rührte sich ebenfalls nicht. Das war Guschi Bohnsacks Mutter, die ihrer Tochter ins Gesicht starrte, unbewegt, grausam lächelnd.

Jan Himp trat leise von einem Fuß auf den andern und drehte seine Mütze in der Hand. Die Diele knackte. Eine Fliege summte. Vom Lokal drang Gläsergeräusch. Auf der Straße rummelte ein Wagen. Vom Hafen brummte ein großer Dampfer, und viele kleine Schlepper keiften.

Jan Himp dachte, dann warte ich unten, wenn sie schläft. Vielleicht ist sie wieder krank. Sein Blick ging über die großblumigen Tapeten. Da hingen Bilder mit alten Raddampfern, die hatten zwei Schornsteine nebeneinander.

Amerika! dachte Jan Himp. Und dachte auch, dass er die Sprottenwirtin nach einer Heuer fragen wolle, so wie sein Vater und sein Bruder sie einst gefragt hatten.

Sein Blick ging weiter und geriet auf den ovalen Tisch mit der roten Plüschdecke und dem gehäkelten Läufer quer darüber. Ein Löffel glitzte da, Gläser standen umher, kleine Flaschen. Auch die blaue Glasschale auf ihrem pilzhohen Untersatz, in der Ansichtspostkarten aufbewahrt wurden. Er hatte damals schon nach den fremden Briefmarken geluchst. Heute würde er danach fragen. Neben der Schale lag ein größerer Zettel. Er lag so, dass Jan Himp lesen konnte, was darauf stand.

Totenschein! stand darauf.

Totenschein? Jan Himps Gurgel wurde eng. Sein Mund zog sich sauer zusammen. Es roch hier plötzlich so nach Seife und Medizin. Totenschein für – dann kam etwas Geschriebenes: Augustine Ethel Caroline Worodith Ww. (oder so ähnlich), geb. Bohnsack, Gastwirtschaftsbesitzerin ...

Jan las es mit aufgerissenen Augen, vorgebeugt, atemlos. Dann schielte er, ohne seine Haltung zu verändern, auf das Gesicht der Ruhenden. Es war so sonderbar blauweiß. Eine Fliege kroch über die starre hängende Wange.

Plötzlich trommelte es leise an die verhangene Fensterscheibe. Er schrak zusammen. Dann wusste er, es regnete. Er ging wieder hinaus. Auf Zehenspitzen. Die Treppe knackte. Es krachte ihm wie Donnerschläge in die Ohren.

Unten der Lotse stand mitten im Raum: Na, wat secht se?, knurrte er mit unterdrücktem Lachen.

Jan wollte scheu an ihm vorbei. Ein anderer Gast trat herein, flüsternd, benommen fragend.

Se hett sick vergift!, sagte der Lotse: Kanns ehr dat verdenken? In düsse Tiden? Wer doot is, kloogt nich mehr.

Der Kellner war nun auch da. Er fistelte: Man hat sie in den Tod getrieben. Die Polizei war hier. Diese Frau zu verdächtigen! Wegen Schmuggels? Diese Frau? Sie sollte zum Gericht. Das war ihr unangenehm.

Un Liebeskummer harr se ok. De Flunki is utneiht. Dat harr nich komen müsst.

Jan Himp hörte das alles. Er war wie gelähmt stehen geblieben.

Hau aff, Jung!, sagte dann der Lotse: Di lacht de Welt noch, wat geit di de Schiet an, den uns Herrgott twüschen de gooden Buddels seit hett?

Jan Himp taumelte an die Treppe, die auf die Straße nach oben führte. Aber so rasch konnte er nicht entwetzen. Zwei Männer kamen da heruntergepoltert mit einem platten Blechsarg auf Stangen. Alle Gäste standen auf. Die Empfindlichen gingen. Neugierige stiegen von der Straße herab, vor und hinter einer laut schluchzenden Nachbarin, die mit einem mageren Blumenstrauß wedelte. Jan Himp kletterte mit schwachen Beinen ins Freie, wo der Totenwagen, der Selbstmörderwagen stand.

Es goss heftig. Jan wartete. Die Männer kamen schnaufend wieder herauf. Ein kleiner Messinghahn blitzte vorn unten an dem grauen Sarg. Dor löppt dat Bloot aff!, flüsterte erschauernd die Krämersfrau von nebenan. Ihre Nachbarin wies sie zurecht. Es sei keins geflossen. Aspirin. Pures Aspirin. Ein Pfund. Ein dritter Mann öffnete die Rückseite des Wagens. Die Last wurde hineingeschoben. Die Wagenfedern knurksten. Die Tür bumste zu und wurde mit einem zierlichen Schlüssel abgeschlossen.

Dann klommen die drei Männer, alle drei gleich untersetzt und alle drei gleich bieder in schwarze Joppen und schwarze Schirmmützen gekleidet, auf den

Kutschbock. Eng mussten sie zusammenrücken, sie ragten über das Wagendach wie ein ungeheuer breiter Rücken mit drei Köpfen. Hü! zogen die beiden niedrigen schwarzen Pferde an. Im Trab polterten sie davon. Und die Männer machten einträchtig die Schwankungen mit, die durch das schlechte Pflaster der Hinterstraße bedingt waren.

Das also war das Ende der Sprottenwirtin.

Und Jan Himp musste unverrichteter Sache umkehren. Er kam durchgeregnet nach Oevelgönne zurück, löste Elsbe ohne ein Wort ab. Der Klabauter? Der Klabauter lag unberührt. Die kleine Brise war noch nicht da gewesen. Es regnete. Es war nichts zu tun. Aber Jan Himp wartete, wartete. Spät schloss er die Bude und schlich nach Haus.

Als er verstört seinem Vater von dem Erlebnis berichtete, wollte der zuck zu einer Ohrfeige auslangen, hielt aber inne und ging still hinaus in seine dunkle Werkstatt, stellte sich in die Ecke, nahm die Mütze ab, die er auch im Hause selten ablegte, und betete ein stummes Vaterunser hinein, wie man es auf Schiffen tut, wenn ein Toter ins Meer gesenkt wird. Er hatte die Dame Bohnsack gekannt, als sie jung war, und hatte ihr dies und das zu danken. Und da er keine Neigung spürte, der Beerdigung beizuwohnen, machte er die schuldige Feierlichkeit gleich in der ersten traurigen Bestürzung ab.

Jan aber schlich sich auf den regenfeuchten Hof und holte den Bären Maantje aus dem Hock, das ihm Vater Möller gezimmert hatte, nahm ihn auf den Arm und heulte lautlos in das dicke Fell. Sein Vater hatte keinen Ton des Beistandes verlauten lassen. Seine Mutter, seine Schwester waren benaut und misstrauisch und – wenigstens Mariechen – versteckt froh, dass vom Sprottenkeller her eine Anmusterung auf einen Dampfer nicht mehr in

Frage kam. Ach, und sie ahnten noch weniger vom Zusammenhang als der Alte.

Jan Himp war ganz hilflos. Er hatte für Kyri nichts tun können. Sollte er nun Herrn Pampanos aufsuchen? Man würde die Anschrift im Fernsprechbuch finden. Aber Elsbe würde ihn nicht zwei Tage hintereinander vertreten. Das kannte er schon. Es war unmöglich, sich noch weiter für das feine Mädchen abzuhetzen. Es war überhaupt alles ekelhaft. Wie kaltnäsig sie mit ihrem Pappi abgeschwommen war! War ein gewisser Jan Möller, genannt Jan Himp, nicht ein Dussel, sich Sorgen wegen einer gewissen kleinen Brise und ihrer großartigen Familie zu machen? Die würde sich schon heraussäuseln. So vornehme Leute würden schon allein Mittel und Wege finden.

Der Bär Maantje liebte es gar nicht, in der Feuchtigkeit der Nacht auf einem zugigen Hofplatz umhergetragen zu werden. Er grunzte und versuchte zu beißen und zu kratzen. Er war überhaupt mächtig groß und knurrig geworden, der kleine Meister Petz. Und Jan setzte ihn schließlich vorwurfsvoll in den heuwarmen Käfig zurück. Nun hatte er ja wohl wahrhaftig niemanden mehr, dem er sein Leid klagen konnte. Denn ob Joachim, sein Freund, es verstehen würde? Er bezweifelte es. Und er genierte sich auch. Unter Freunden war es besser, immer auf dem Draht zu sein nach der Losung ihrer einstigen Knabenspiele: Indianer kennen keine Schmerzen.

Aber vielleicht würde den andern Tag die kleine Brise am Steg sein.

Haussuchung

AUCH ANDERNTAGS kam die kleine Brise nicht. Gewiss, es regnete. Aber Jan Himp hatte die Flagge C mit der Flut aufgezogen. Trotz der dichten Bäume musste sie von ihrem Fenster sichtbar sein. Es war wechselnder Mond. Die Flut war hoch um diese Zeit.

Es regnete vier Tage lang. Es war kein Geschäft bei der Bootsvermietung. Der Strand war leer. Der Alte war schlechter Laune über die hohle Kasse. Und dann eines Tages kam ein halbes Dutzend Kriminalbeamte und hielt Haussuchung bei Möllers. Es war in der Sache der Schmugglerbande Pampanos und Konsorten. Die Zeitungen hatten nunmehr darüber berichtet. Herr Pampanos war unbekannt ins Ausland abgereist. Die ebenfalls beteiligte Sprottenwirtin hatte sich dem Lärm auf andere Weise entzogen. Aber ihr gewesener Bräutigam, durch aufgefundene Rechnungen schwer belastet, hatte wahrscheinlich ein Motorboot zum Schmuggeln benutzt, das bei Möllers Bootsvermietung stationiert war. Auch war Willy Möller in dieser Barkasse mit dem auffällig rechtzeitig verdufteten Steward Kluback gesehen worden und war wahrscheinlich mit diesem gemeinsam entwichen. Grund genug für die Zollfahndungsstelle, die ganze gute Möllerfamilie einmal durchgreifend aufs Korn zu nehmen. Die Beamten machten ihre Sache gründlich. Sie klopften jede Diele ab, ließen kein Kleidungsstück am Haken, kein Möbel an der Wand. Sogar Maantje kraulten sie aus seiner Kiste; dafür biss er dem einen in den Finger. In der Werkstatt schien ihnen jedes Instrument verdächtig. Jede Spante, jeden Bretterstapel hoben sie auf, um zu entdecken, ob nirgends eine Höhle, ein geheimes Lager zollpflichtiger oder einfuhrverbotener durchgeschwärzter Waren sei. Und nun erst der Steg. Jedes Mietsboot wurde auf Doppelboden hin untersucht, die Bude fast auseinandergerissen und vom Ponton eine Bohle gelöst, um einen behördlichen Blick unter seine Oberfläche zu gewinnen.

Dass auch jedes einzelne Familienmitglied, besonders Jan Himp auf Herz und Nieren ausgewrungen wurde, ist selbstverständlich. Viel kam nicht dabei heraus. Als wichtig wurde nun endlich am Abend eines aufregenden Tages zu Protokoll genommen, dass Jan Himp tatsächlich Frau Augustine Ethel Caroline Worodith, Witwe, geborene Bohnsack, genannt Guschi Bohnsack, verblichene Besitzerin des Lokals Zum gemütlichen Sprottenkeller, vom Tode des Ertrinkens gerettet habe. Dem wurden einige erreichbare und unterschriftliche Oevelgönner Zeugenaussagen angefügt. Der aufnehmende Beamte schmunzelte dabei. Aber es sollte noch lange dauern, ehe Möllers wussten warum.

Fast nur hätte Mariechen in dem zersetzenden Wirrwarr gestanden, dass derzeit Willy etwas Zucker, Kaffee und Mehl eingeschmuggelt habe auf dem Grunde seines Seesacks. Nun, der Kelch ging vorüber. Aber ganz zuletzt, als jedermann aufatmete und die „Krimsches" abziehen wollten, da überkam Vater Möller ein heimtückischer Wutanfall, angeheizt aus verletzter Ehrenhaftigkeit, geschürt von dem allzu offensichtlichen Mitempfinden der Oevelgönner Nachbarn.

Meine Herren!, stellte er sich den schon auf Feierabend gerichteten Beamten in den Weg: Ich will Ihnen jetzt verraten, was hier, seit ich die Bootsvermietung am Orte habe, geschmuggelt worden ist, und zwar durch meine Familie. Ganz genau will ich Ihnen das sagen. Das war durch meinen verdächtigen Sohn Willy bei seiner letzten Heimkehr, und zwar: Ein Pfund gebrannten Kaffee, ein Pfund Weizenmehl und ein Pfund Klundjezucker, alles holländisch. Und das ist das Resultat von diesem ganzen Aufstand und die Aufregung! Nu verhaften Sie mich, wenn Sie wollen; denn ich hab es geduldet, dass mir diese Schwarzwaren ins Haus kamen, sogar mit Vergnügen, weil wir hier nämlich alles und alles zu teuer bezahlen und jedermann, der von See kommt, zu Schmuggel verleitet wird durch einen lächerlichen Zollkram und man es keinem verdenken kann bei dem Wahnsinn mit dem sogenannten Schutz von Leuten, die uns mit ungesunden Preisen übers Ohr hauen, während wir alle, Sie und ich und wir, meine Herren, sehr viel billiger leben könnten, wenn man die Zollwächter allesamt rasiert und meinswegen bei die Sipos unterbringt. So, da haben Sie meine Meinung, und ich will nur noch meine Manschetten anziehn, dann können Sie mich gleich mitnehmen.

Zitternd stand die Familie um diese große Rede herum, die längste und aufrührerischste, die das Oberhaupt je vor Fremden gehalten hatte. Die Beamten aber waren in sichtlicher Verlegenheit und suchten ihn zu beruhigen. Das seien ja Lappalien, das würde, wenn man es überhaupt noch melden wolle, höchstens ein paar Mark Strafe kosten. Darauf seien sie gar nicht scharf. Es handle sich um Rauschgift, namentlich um Opium. Der Grieche Missim Pampanos sei einer der größten internationalen Rauschgiftschieber. Ja, um so kleine schwarze längliche Blöcke rohes Opium handle es sich hauptsächlich. Das wollten sie nun auch ihrerseits verraten. Und wenn da nichts gewesen sei, und gefunden hätten sie ja auch nichts, dann sei das andere auch nicht weiter schlimm.

Jan Himp fühlte sein Herz zu Eis erstarren. Hatte er nicht etwas, wie da eben beschrieben wurde, bei Willy gesehen den Morgen, als er nach Hause und die Himmelsleiter heruntergekommen war? Und waren da nicht Redensarten gewesen wie: Das dürfe der Alte nicht sehen?

Die Beamten ließen ihren Blick noch einmal flüchtig schweifen mit jener abflauenden behördlichen Strenge, die schon das privat Umgängliche durchschimmern lässt, und gingen, ehe Jan Himp eine Entscheidung fällen konnte, ob er Verrat üben solle oder nicht. Und als danach die Familie kopfschüttelnd und jeder auf seine Art scheltend und jammernd die Vorgänge noch einmal beleuchtete und alles wieder an seinen Platz gerückt wurde, da löste sich Jans Zunge aus bleierner Zaghheit, und indem er meinte, der Darlegung seines Vaters nacheifern zu müssen, stotterte er: Vadder, ick glöw, he harr doch so wat. –

Der Alte drehte sich im Nu zu ihm hin und schlug ihm mit roher Hand auf den Mund: Wull du swiegen, du Oos!, schrie er: Nix is! Nüms geiht dat wat an! verdammte Swienkrom!

Denn das bei Klas Möller vordem allzu weit in die staatliche Ethik vorgeschwungene Pendel schwang wieder zurück in die Selbstgerechtigkeit und Verschlossenheit der Wasserkante.

Und wenn ihm auch alle Zähne weh taten, so war Jan Himp doch froh, nichts verraten zu haben und, von väterlichem Befehl gestützt, nichts mehr verraten zu brauchen.

Der trübe Sommer. Und als es wieder schön war

TRÜBE LIESS sich dieser Sommer an. Das triefende graue, niedrige Dach der Nordsee wurde vom Westwind über das Stromtal geschoben und schien für immer bleiben zu wollen. Alle Morgen hatte Jan Himp zu tun, um das Regenwasser aus den Booten zu ösen. Gewiss, es war nicht der unaufhörliche Regen der Tropen, es goss auch zumeist nicht mit Eimern, es nieselte vielmehr tagaus, tagein, mit halbstündigen Pausen, in denen plötzliche Luken im rauchigen Skylight der Wolken aufgestoßen wurden und die Sonne wie ein Eidotter durch milchige Suppen rann und es von billigem Gold in allen Pfützen blitzte und wie ein glitzernder Pfauenschwanz sich übers Wasser breitete und den langen Fliesenweg zu Oevelgönne in ein funkelndes Maskeradenband verwandelte, obschon es nicht Februar, sondern längst Juli war. Und im Nu war der Strand trocken und belebt.

Aber eben hatte man den Gummimantel erleichtert im Hause gelassen, schon wurde der Himmel wieder dick und undicht. Eisen rostete, Holz faulte. Es war zum Verzweifeln. Gewitter kamen und gingen. Es stürmte. Es war kühl und herbstlich. Die Leute blieben zu Haus. Nur der Marineverein ließ sich nicht abschrecken, und die Kommandos aus seinen dicken Schaluppen hallten heiser durch manchen nassen Nachmittag.

Eines Sonntags in den grauen Wochen ließ sich der beste Oevelgönner Segelklub nicht von seiner großen Regatta abhalten. Jan Himp, der kein Mitglied war – wie hätte er die jährlichen zwanzig Mark Beitrag aufbringen sollen? –, machte den größten von Möllers Mietskuttern klar und seilte als Außenseiter mit. Es ging bis zur Krautsandtonne. Der Wind war schralig und böig, das Wasser unruhig, die Regenschauer übel. Jan Himp hielt sich tapfer. Joachim Dölling war mit ihm im Boot. Das war der rechte Maat. Sie gingen dicht hinter dem Sieger durchs Ziel.

Ganz Oevelgönne sprach davon. Und die Mädchen sahen Jan Himp mit blanken Augen an. Er machte sich aber noch nichts daraus. Kyri hätte er es gern erzählt. Aber Kyri war verschwunden.

In den flauen grauen Tagen segelte Jan, sooft er mit gutem Gewissen wegkonnte. Die Mietsboote, die sie hatten, waren nicht gerade Rennyachten. Drei hatte Vater selber und nicht schlecht gebaut. Zwei waren günstig von Privathand übernommen. Der Schwerpunkt lag bei allen tief, um die Kunden möglichst vorm Kentern zu bewahren. Jan setzte für seinen Bedarf die Gaffel höher. Er wollte Balance segeln, wollte lernen, mit jedem Boot bei jedem Wind zu segeln, und sei es noch so topplastig. Sein Ehrgeiz schwoll. Es blieb nicht aus, dass er einmal kenterte. Er hatte zu forsch in jäher Bö gehalst. Da zog er das Boot schwimmend an den Strand, takelte es im Wasser ab und kriegte es mit steigender Flut wieder hoch, öste das Wasser mit einer Konservenbüchse aus, die er sich am Strand gesucht hatte, takelte es wieder auf und segelte nach dieser Hundearbeit, bei der es zudem in Strömen goss, seelenruhig wieder nach Hause.

Er untersuchte auch alles, was an Motoren auf Möllers Reede lag. Es reizte ihn plötzlich, zu lernen und zu wissen. Er lieh sich Bücher von Elsbes Freund Steuermann Hojahn, die der zum Examen gebraucht hatte. Der Kopf rauchte dem kleinen Jan von Koppelkurs und Azimut, wenn er bei Regen in der Bude saß und lernte, was der Schiffer auf kleiner und großer Fahrt an Weisheit braucht.

Manchmal spät abends klarte das Wetter auf. Dann saß er noch lange im Beiboot oder auf der Bank und blickte hinauf in die Sterne; ja, sogar manchmal auf dem Heimwege blieb er stehen und hob die Augen suchend gen Himmel, wobei er die Lippen bewegte. Tine Puß, die solches einmal von ihrem Fenster aus beobachtete, glaubte, er bete, und hatte ihn wieder lieber. Er aber suchte am Firmament die handlichen Sternzeichen nach, die der uralte Kompass der Schifffahrt sind. Da war der Polarstern, um den der Himmel kreist, und war das Auge des Kleinen Bären. Und der Kleine Bär hieß

Maantje. Den Großen Bären aber nannte er lieber Himmelswagen. Oder war es nicht vielmehr eine große Hand, die den Zeigefinger auf das Sternbild des Bootes richtet, darin der Arcturus als rotes Backbordlicht leuchtet? Darüber sah er die Krone schweben, die Krone des Lebens über der Schifffahrt. Darin den Karfunkelstein Gemma nannte er für sein Teil Kyri.

Manchmal dachte er an die Fahrt, die er mit Kyri und ihren Freunden machen sollte. Waren diese Pläne auch wahrscheinlich alle zu Wasser geworden, so wollte er trotzdem gewappnet sein. Blamieren wollte er sich nicht.

Dann kam die Nachricht von den vier Oevelgönner Jungen, die im Kattegat auf einer Tourenfahrt gen Schweden einem Orkan zum Opfer fielen. Die Flaggen in Oevelgönne, die schwarz-gelben Stander an den Booten gingen auf halbmast. Jan Himp hatte sie alle gekannt, Hans-Jürgen Wienbeck, Hermann Lisch und Hans-Wilhelm Waesch. Und, o Jammer, auch sein Freund war dabei, Joachim Dölling. Nun waren sie dahin mit dem guten Boot „Windspiel", das ein Jollenkreuzer war wie die „Brigantine", mit der zu fahren irgendwann einmal ein nettes Mädchen ihn aufgefordert hatte. Jan Himp sah betrübt in die aufbrandenden Westwolken, dahinter der Sonnenuntergang verborgen glühte. Selbst wenn diese Einladung noch Wahrheit werden sollte, es war nun aus mit der Vertretung. Joachim Dölling schlief in der tiefen See. Trotzig drückte Jan Himp den Nacken zusammen. Er würde keine Angst vor der See haben. Auf See wollte und musste er. Und wenn Willy nicht zurückkäme, dann würde er eben weglaufen. Und er sagte den Vers vor sich hin, der in der Zeitung über die vier Oevelgönner gestanden hatte.

Leben und Tod und die tolle See
Und das gute Segeln am Wind,
Das ist so ewig wie Herzensweh,
Das weiß jedes Oevelgönner Kind.

Ja, trübe ließ dieser Sommer sich an. Aber Mitte August wurde die Witterung auf einmal besser. Da war wieder Betrieb auf Möllers Bootssteg. Und der Strand wimmelte von Großstadt, die sich lüftete und sott und ihre kleine Riviera mit der Straßenbahn erreichte. In den Tanzlokalen an der Landungsbrücke wurden neue Kapellen eingestellt. Die Tangos, Foxtrotts, Walzer und Märsche zingelten dort wieder bis spät in die Nacht. Und die Promenade war voll von jungen Leuten, die nach ersten Abenteuern des Herzens auslugten. Der Strom füllte sich mit Segeln und Ruderbooten, und die Ausflugsdampfer waren gestopft voll, und ihre Musik schmetterte unermüdlich Dankeshymnen an die Sonne.

Jan Himp wurde braun wie eine Haselnuss. Nun war manches wieder gut. Nun hatte man nicht mehr so viel Zeit zum Grübeln. Vielleicht würde nun auch dies und jenes Privatboot wieder häufiger bewegt werden. Vielleicht sogar die Klabauterjolle.

Nette kleine Brise heute, was?

Wie lange hatte er das nicht gehört. Einmal, es war mindestens schon sechs Wochen her, hatte er vor Kyris Parkpforte gelauert. Aber nur das Mädchen Lisbeth war herausgekommen. Er hatte geschäftig getan, so, als sei er von jemandem geschickt und hier fremd. Er solle von Möllers Bootsvermietung etwas an Fräulein Sandvoß wegen ihrer Jolle bestellen.

Jolle? was ist denn das? Sie meinen wohl Scholle!, hatte Lisbeth geantwortet. Sie war von der Geest, wo es kein Wasser gibt, und kannte nur das Wort Scholle aus der Küche. Aber was hatte Kyri mit Bratfischen zu tun? Kyri war ein Backfisch.

Lisbeth machte sich witzig. Sie wollte wohl ein bisschen schmusen mit dem blonden Bengel. Aber Kyri? Nein, Fräulein Kyri sei verreist, kicherte sie. Aber wie lange, das wusste sie nicht. Und Jan kehrte wieder um. Er sah gar nicht, dass Lisbeth ganz hübsch und nicht älter sei als er.

Kyri, wo war Kyri? Die kleine Brise? Sie hätte ihm wenigstens doch mal schreiben können. Vielleicht war sie gar nicht verreist, vielleicht war das nur eine Ausrede, und sie saß im Gefängnis. Er fragte den Oevelgönner Wachtmeister, wo das Gefängnis sei. Der fragte zurück, ob es das preußische oder das hamburgische oder etwa das Untersuchungsgefängnis sein solle. Unerwartete Schwierigkeiten türmten sich den Gedanken an tollkühne Befreiungsversuche entgegen.

Schließlich suchte er Kyri aus seinem Herzen zu verdrängen.

Er redete sich in eine grimmige Feindschaft gegen die Familie Sandvoß hinein. Der Reederei Sandvoß hatte sein Vater die schmachvolle Haussuchung zu verdanken, das war klar. Und vielleicht hatte Kyri sich deswegen von ihm abgekehrt. Wieder lauerte er dem Dienstmädchen auf. Das gurrte wie ein Perlhuhn, als es ihn sah. Er blickte finster an ihr vorbei. Ist bei euch Haussuchung gewesen oder nicht?, fragte er. – Was für 'n dumm' Schnack!, entgegnete sie: Wir sind doch keine Verbrecher! – Habt ihr denn euern Wagen noch? Der ist doch mächtig teuer. – Klar! Uns gehts gut, oder was solln Sie wissen? Ich hab ab Ersten fünf Mark Zulagelohn. Können gern mal ausgehn. Bei Groth oder so is sonntags immer Tanz, oder in Kaffee Kronprinz in Altona oder Kaiserhof, alles feine Musik.

Jan Himp dankte abwesend, drehte sich um, ließ das nette Geestmädchen stehn. Als es dunkel war, ging er mit zwei guten Strandsteinen bewaffnet wieder die Himmelsleiter hinauf, wartete einen menschenleeren Augenblick ab, warf zweimal und traf zweimal. Klirr! gingen die hübschen Laternen am Sandvoß'schen Parktor in Scherben. Die werden keinen Schatten mehr schmeißen!, sagte er triumphierend. Und es bewegte ihn eine quälende Wut, er solle hingehn und das ganze schöne Haus mitsamt Kyris Schwanenturm anzünden.

Eines schönen Nachmittags danach sah er Kyris Vater über den Steg kommen. Oho! Jan Himp war plötzlich vollauf beschäftigt, ein in den Wind gedrehtes, mit herabhängender Piek labberndes Mietssegel zu untersuchen, bei dem sich das Klaufall durch ungeschickte Behandlung vertütert hatte. Wie mit einer Nadel gepiekt, klomm er zur Gaffel empor.

Hallo, Herr Möller!, rief ihn der große Mann freundlich an. Herr Sandvoß trug eine blaue Jacke, helle Hose und Segelschuhe; er sah ganz nach ein bisschen Sport aus.

Jan Himp rutschte leicht und ohne Hast am Mast herunter. Ohne Mütze in seinen sandblonden windgekraulten Haaren stand er stur und ernst auf der Ducht des Bootes, das am Ponton vertäut lag, und blickte freimütig auf zu des großen Reeders rötlichem Gesicht. Soweit Jan peilen konnte, spiegelten sich keine zerschmissenen Parklaternen darin wider. Tag, Herr Möller! – Herrn Sandvoß' Stimme klang unverdächtig.

Tag! Womit kann ich dienen?, antwortete Jan Himp mit bootsvermietender Höflichkeit.

Erstens soll ich grüßen von meiner Tochter, und zweitens möchte ich die Klabauterjolle mal wieder probieren.

Ollreit! Setz Sie sofort über!

Und wenn Sie Zeit und Lust haben, würde es mich freuen, wenn Sie ein bissel mitsegeln könnten, Herr Möller.

Jan verzog keine Miene. Nein, das sah nach Falle aus. Er hatte gar keine Zeit. Da war alles drunter und drüber am Steg. Zum Beispiel diese Mietsgondel. Da hatte einer es wirklich fertiggebracht, das Fall so in die Rolle zu klemmen, dass man überhaupt den ganzen Kram kappen könne. Und dann die Kundschaft. Der Marineverein komme auch noch.

Ich sehe schon, Sie wollen nicht!

Wollen nicht? Wat heet hier wollen nicht!, erdröhnte da die Stimme von Vater Möller, der gerade, gedeckt von einigen Kunden, zur nachmittäglichen Einsichtnahme die Pontontreppe herabstieg und nun, den Reeder erkennend – er hatte damals persönlich wegen der Klabauterjolle mit ihm verhandelt –, fortfuhr: Ah, Herr Generaldirektor, angenehm! Was will der Bengel nicht? Das wär ja noch schöner!

Lassen Sie man, Tag, Herr Möller, ich lud ihn nur ein, ein bisschen mitzusegeln.

So, so! Na ja, nu kann er das ja denn, nu bin ich ja da. Oder ist dir die Vertretung etwa nicht wertig genug, Jan Himp? Nö, Herr Generaldirektor, der fährt mit Ihnen! Was solln Sie sich selber mit de olle Seilerei afmarachen! Los, Jung! Moses klor! – Aberst er kann ja wohl nich in dem dreckigen Buscherump los!

Doch, doch! Schön so!, wehrte Herr Sandvoß jeden weiteren Umstand ab.

Der Alte setzte sie selber über, um das Beiboot wieder am Steg zu haben. Nun, da musste Jan Himp ja mit und segelte in Kyris Jolle mit Kyris Vater.

Und Kyri, die kleine Brise, war nicht dabei.

Auf Herz und Nieren

ZUERST WAR Jan Himp durchaus schweigsam. Er nickte nur oder schüttelte den Kopf, was sich mit einer brummligen Abwandlung der Worte Ja und Nein verband, je nach den überaus freundlichen Bemerkungen des Herrn Generaldirektor Sandvoß. Diesen langen Titel hasste er. Er würde ihn nie über die Lippen bringen.

Vorerst erging sich die Unterhaltung über technische Dinge, über das Segeln auf der Unterelbe im Allgemeinen und über die Klabauterjolle im Besonderen. Herr Sandvoß sah mit Vergnügen, wie sicher und schnittig der junge Mann mit der Jolle umsprang, wie er aus dem kleinen Luggersegel das Mögliche herausholte und dabei umsichtig jedwede Dampferdünung genau einzuschätzen verstand, wie weit sie pariert werden musste oder unbeachtet gelassen werden konnte. Das Wasser war ablaufend, der Wind kam halb achterlich Südost. Eine seglerische Aufgabe, elbab zu seilen, war es kaum zu nennen. Jan Himp segelte darum ehrgeizig mitten in der Fahrrinne, obwohl es verboten war, mitten zwischen großen Dampfern, deren Geschwindigkeit, Sog, Schraubenwasser und Bekalmung er mit kühlem Instinkt in Rechnung setzte. Gewiss, Herr Sandvoß störte ihn in seiner Behaglichkeit, aber das Segelnkönnen lag tiefer in ihm als das bare Bewusstsein, das funkte auch in der Ablenkung. Und der Reeder vermochte das einzuschätzen. Der Bengel machte ihm Spaß. Und er wurde sehr abwägend in allem, was er sagte. Es schien ihm lohnend zu sein, das Vertrauen dieses Jungen zu gewinnen.

Nicht, dass er selber auf den Gedanken gekommen war, mit dem kleinen Möller zu segeln. Natürlich war es mal wieder Kyris wegen, dass er sich diese Anstrengung und Zeitvergeudung auflud. Seine Frau hatte ihm ausführlich über eine umfassende Beichte der lieben Tochter geschrieben. Diese Beichte entlastete Jan Himp in allen Stücken. Und wenn man die Sache jetzt logisch aneinanderhielt und jede Arabeske wegließ, so war denn ja Gott sei Dank alles viel harmloser verlaufen, als ein besorgtes Vaterherz schon befürchtet hatte.

Die Schmuggelaffäre war auch inzwischen ziemlich beigelegt worden. Er mochte nicht mehr an die üblen Scherereien denken. Man hatte ihn selber sogar verdächtigt. Die Apfelkiste, die er damals gutmütig dem vermaledeiten Steward Kluback überlassen hatte, sollte dick mit Opium gefüllt gewesen sein. Es schien eine zu liebe Legende. Die Hafenkneipen waren voll davon. Aber selbst der Untersuchungsrichter musste schließlich über den allzu abenteuerlichen Fall lächeln. Man musste mindestens warten, bis die Hauptschuldigen, jener dunkle Grieche Pampanos und eben der Flunki, irgendwann und -wo mal beim Schlafittchen gekriegt und vorm Kadi verhört worden waren, um Klarheit in den verworrenen Kakao zu gießen. Vorläufig musste man sich mit Steckbriefen begnügen. Ein paar Mann aus den Besatzungen der Sandvoß-Reederei waren geflogen. Ob sie sitzen mussten, war noch lange nicht raus. Nachzuweisen war nichts Genaues. Belastendes war nirgends mehr gefunden. Da war entweder mächtig schlau und vorahnend gearbeitet worden oder aber, das schien das angezeigte glättende Moment, es war mal wieder geprahlt, geschwafelt, verleumdet und bezichtigt worden.

Hafengewäsch! Das war es. Und überhaupt der Zoll! Und überhaupt: Opium! Wann würde die betreffende Völkerbundkommission endlich das durchgreifende internationale Herstellungsverbot erlassen? Es war eine Schande höheren Ortes, deren trüber Abglanz höchst lästig bis in den Hamburger Hafen gefallen war.

Herr Sandvoß nahm eine Zigarre. Das Leben war wirr. Aber hier konnte man wenigstens ungestört rauchen. Der Maat am Ruder war gut. Man konnte die Gnädige beruhigen. Wenn dieser Junge mitging, durfte Kyri die Tagesfahrt mit dem großen, stabilen und seetüchtigen Gondefro'schen Jollenkreuzer voraussichtlich mitmachen.

Sicher ist sicher!, hatte Herr Sandvoß kalkuliert. Als sie nun vor Blankenese die Estetonne querab hatten, bat er seinen Segler, um die Tonne rum zurück Kurs auf die Reede des Blankeneser Segelklubs zu nehmen.

Jan musste über den Umweg lächeln. Er merkte wohl, wie er geprüft wurde. Es schmeichelte ihm. Wer wusste, was dabei herausbriet? Vielleicht gehörte das zum Sandvoß'schen Schiffsjungen-Examen. Nun, ihm konnte man kommen. Er wendete, kreuzte hoch in den Wind, rutschte gegen die Strömung wie auf einem Teller um die Tonne herum und landete nach einem kurzen und einem langen Schlag, und indem er schneidig halsend das Boot in den Wind legte, sanft stoppend längsseit einer hübschen weißen Yacht, die ihm Herr Sandvoß als vorläufiges Ziel gewiesen hatte.

Jan Himp las den Namen: Brigantine. Aha! Das hatte er doch schon anderweitig gehört? Das war ja das Boot der Gondefros, das bewusste, das Kyri gemeint hatte. Mein Gott, war es das, von dem in nebelgrauer Vergangenheit die Rede gegangen war, eine Tourenfahrt zu machen bis gegebenenfalls glatt in die See und nach Helgoland? Schrumm! Es dämmerten Zusammenhänge in Jan Himp. Aber er sagte nichts.

Ja, meinte nun Herr Sandvoß und suchte jede Verlegenheit unter beschwingtem und seemännischem Tonfall zu verbergen: Ich dachte mir gleich, so eine Bananenschale wie der Klabauter, das wird nach 'ner halben

Stunde langweilig. Ich hab mir diesen vernünftigen Kahn für heut Nachmittag von einem guten Freund ausgeborgt. Haben Sie Lust? Übernehmen Sie die Fock?

Jan Himp nickte, brummelte: Klar! und legte den Klabauter an die Boje. Man merkte ihm jedoch an, wie sein elbstromgewiegtes Herz aufblühte, als er nun an Deck des großen, eleganten Bootes war. Der Reeder ließ ihm Zeit, sich alles gebührend anzusehen, das Patenttreff und die selbsttätige Lenzeinrichtung des Cockpits, die tadellose Hochtakelung und das ausgezeichnete Ankergeschirr. Herr Sandvoß hörte aus den knappen Bemerkungen des Jungen, wie sicher er alles zu beurteilen wusste. Er nannte die Werft, auf der es gebaut war, und fügte mit Stolz hinzu: Aber das Beiboot ist von uns.

Der Reeder lächelte. Er wusste Bescheid und wollte nun selber zeigen, dass er ein alter Segelbruder sei und wohl imstande, ein Großsegel zu setzen und den Klüver mit Tuch zu versorgen. Ja, da war nicht lange zu zweifeln, er konnte es noch, und während Jan Himp loswarf, übernahm Herr Sandvoß selber Pinne und Großschot, schrapte auch gut zwischen dem dümpelnden Hümpel liegender Boote heraus, ließ sich aber nicht auf langes Lavieren ein, sondern ging raumschots mit dem stetigen Südost weiter elbabwärts.

Jan Himp blieb an der Fock. Viel zu tun war da nicht. Nachdem Herr Sandvoß sich jedoch ein wenig wieder gewöhnt hatte und das Windgefühl ihm in den Fingern erwachte und er nicht so ängstlich mehr ein Auge oben an den Stander genagelt zu halten brauchte, da kitzelte es ihn, der sachten Luvgierigkeit des Kahns nachzugeben, das Segel dichter zu holen und ein wenig von einer Seite des Stroms auf die andre zu pendeln. Jan sah kritisch zu. Ihm gefiel die Segelstellung nicht. Herr Sandvoß hatte den Ehrgeiz, möglichst eng zu fahren, das Boot krengte, ohne an Fahrt zu gewinnen. Nun hieß es wenden. Und Jan passte das Reel ab, wie es gesagt wurde, warf die Fockschot in Lee los, ging auf den andern Bord und belegte die dort. Das Kommando Ree! hätte seiner Meinung nach früher kommen müssen. Sie waren ein wenig aus der Fahrt gedrückt worden, sonst aber war alles in Ordnung und ein prächtiger Kahn. Zumal das Großsegel ein himmlischer Lappen, wundervoll geschnitten, als Hochsegel ohne Gaffel getakelt, sahnefarben wie frisch vom Segelmacherboden.

Nun klüsten sie wieder brav dahin. Und Herr Sandvoß fragte nach navigatorischen Dingen, nach Lichtersetzung, nach Fahrzeugkennung bei Nacht, nach Ausweichen, Signalen und dergleichen, was alles Jan Himp von klein auf täglich Brot war. Er fragte auch nach Tonnen, Baken, Leuchtfeuern und Landmarken. Jan Himp kannte sich darin ziemlich aus bis in die Elbmündung hinein. Zweimal schon war er mit seinem Vater bis Brunsbüttelkoog gewesen. Weiter war er noch nicht gekommen, aber er wusste gut, was von da bis Cuxhaven und darüber hinaus die Feuerschiffe entlang bis Helgoland zu erwarten sei. Wo sich auch Gelegenheit geboten hatte, mit Seglern darüber zu reden oder Karten und Segelberichte zu studieren, das hatte Jan Himp immer gierig wahrgenommen. Und für diese Dinge war sein Gedächtnis besser als für manches, was er in der Schule hatte lernen müssen.

Herr Sandvoß war zufrieden. Er fühlte sich in der neuen pädagogischen Rolle nicht gerade bequem, aber schließlich machte es mit solch tüchtigem Kandidaten nicht allzu viel Kopfschmerzen. Ja, in der Seemannschaft war Jan Himp beschlagen. Was er nicht selber bei kleinen Booten erfahren konnte, hatte er sich erzählen lassen und es aus Steuermann Hojahns Büchern gelernt. Er hatte eine tüchtige Ahnung von Takelung und Manöver auch größerer Segelschiffe, hatte überdies aber auch schon in die Nautik hineingerochen und wusste zu des Reeders Erstaunen über die Anwendung von Logarithmen- und Azimuttafeln Bescheid, wie man es zur Berechnung des Schiffsortes nach Breite und Länge bedarf. Herr Sandvoß besaß selber keine große Kenntnis der mathematischen Seite des Seeverkehrs. Er überließ das seinen Kapitänen. Darum lenkte er auch bald ein, seine Besorgnisse richteten sich auf praktische Möglichkeiten, er sprach von Nebel und Gewitterböen und war auf einmal still und unlustig. Und als er dann den Mund wieder auftat, gedachte er kleinlaut an das Unglück des Oevelgönner Bootes Windspiel.

Jan Himp verklarte ihm den Unfall, so gut er es verstand. So viel Pech auf einmal komme selten zusammen.

Richtig! Wahrscheinlich ganz richtig im Allgemeinen. Herr Sandvoß stimmte nachdenklich zu. Dann gab er seiner Stimme wieder den heiter väterlichen Klang: Na, es wird ja nicht gleich zum Äußersten kommen. Ja, da sagte ich es fast schon, Herr Möller. Kyri quält mich in jedem Brief, ob sie nun endlich nach Haus dürfe. Sie hätte sich zu einer Tagesfahrt in die Elbmündung verabredet mit ihrer Freundin Helge Witt, deren Vetter und mit Ihnen. Und das mit diesem Boot. Stimmt das?

Doch, gesprochen haben wir mal darüber. Aber es war doch wohl kein Ernst.

Und ob! Wenigstens ihr scheint es mächtig ernst zu sein. Die erschütternde Windspielangelegenheit hat ihr Vorhaben nicht um eine Spur zu erschüttern vermocht. Denken Sie an, Herr Möller, Kyri war krank. Ihre Lunge war gefährdet. Sie ist im Gebirge gewesen, und es hat ihr gutgetan. Was sonst gewesen ist, sie hat alles erzählt, und Sie scheinen sich alles in allem vernünftig benommen zu haben. Schwamm drüber. Nun ist sie außer

Gefahr. Aber sie jammert nach dem Wasser. Nach dem geliebten Strom. Und der Arzt hält es für ratsam, sie wieder herzuschicken. Gerade der milde Herbstanfang, der Septembermai Klopstocks sei für die Nachkur das Geeignete. Im Winter sodann muss sie wieder ins Gebirge. Dann ist hier ja sowieso nichts los.

Dann bin ich auch auf – Jan stockte. Es war leider noch sehr ungewiss, ob er auf See kommen würde.

Auf See, meinen Sie? Sie wollen fahren?, fragte Herr Sandvoß, im Grunde beruhigt, dass die Erwähnung von Kyri und von Kyris bedrohter gewesener Gesundheit keinen bedeutenderen Eindruck auf den jungen Mann gemacht hatte.

Fahren? Wie gern! Aber ich kann nur, wenn mein Bruder wieder da ist.

Na, der wird schon wiederkommen. Der ist uns freilich ein bisschen untreu geworden. Ist ein andrer Schlag als der kleine Bruder.

In Jans Auge glomm ein merkwürdiges Leuchten auf. Wie eine Feuerkugel schoss es durch ihn hindurch. Sein Gesicht wurde purpurn. Er sah Herrn Sandvoß eine kurze, jähe Weile mit verhaltenem Atem an. Dann senkte er den Kopf. Herr Sandvoß schwieg. Die in der Brust liegende Verheißung sprach er nicht aus. Jan war, als müsse er sich ducken, damit niemand sähe, wie groß er sich eben schon gefühlt habe. Und er dachte auch an die Parklaternen.

Wollen Sie nun mal?, fragte der Reeder.

Gern!, versetzte Jan. Im Nu war er wieder bei sich, nahm den Heckplatz ein, übernahm Pinne und Schot aus des mächtigen Mannes Hand, prüfte die Segelstellung mit ungekünstelter Ritterlichkeit, sie nach und nach verbessernd, im Augenblick ganz dem Wind, dem Boote, dem Schwell, dem Segeln hingegeben.

Es war dem Reeder und Generaldirektor, als müsse er dem Bengel übers Haar streichen, so angetan war er von ihm. Er segelt weiß der Teufel besser als ich; das wäre ein Sportsmann, wenn er Zeit hätte und das nötige Kleingeld. Na, vielleicht später. Solche Bengels bringen es zu was, ganz gleich, wo sie anfangen. Und wenn der an Bord ist, sollte man Kyri mitreisen lassen. Sie bringt sich ja sonst wohl noch um. Und wenn der kleine Gondefro auch ein Schnösel ist, segeln kann der auch, wenn vielleicht auch nicht ganz so durchgebügelt. Und schließlich versteht ja auch Kyri etwas davon. Junge, ja, wie der anluvt!

Sie kreuzten in langen Haken gegen die sachter werdende Ebbe auf. Hart und knapp klang Jan Himps Kommando zum Werfen der Fockschot, wenn er über Stag ging. Herr Sandvoß bemühte sich, seine Sache so gut zu machen wie er. Das war, für dieses Fahrwasser wenigstens, ein trefflicher Schiffer, dieser Jan Himp. Der Reeder hatte vorübergehend eine sentimentale Empfindung. Das Schicksal hätte ihm einen Sohn gönnen sollen. Aber vielleicht könnte man auch für diesen fremden Knaben etwas tun. Gefährliches Geschäft. Man hatte zu oft gehört, wie die Kanaille dann kiebig wurde. Hatte er Neigung, Seemann zu werden, gut, so sollte er vom Kartoffelschälmesser auf die Wanten der Laufbahn entern, als Moses, als Schiffsjung anfangen. Wenn die heikle Wirtschaftslage und der alte Stern der Reederei es wollte, würden ja auch noch ferner Sandvoßdampfer in die Levante und gen Ostasien reisen.

Als sie nun wieder auf der Blankeneser Reede vor der Boje lagen, fragte der Reeder: Was halten Sie von der Brigantine?

In Lot!, antwortete Jan Himp: Aber das Vorstag muss angezogen werden, das Achterliek beim Großseil beutelt etwas, und der Bug liegt eine Idee zu hoch. Wenn man den Mast ein bisschen vortrimmt, ist es in Ordnung.

Schön! wird gemacht!, nickte Sandvoß. Der Junge war richtig.

Da die Ebbe nun stark eingesetzt hatte, wäre es Unsinn gewesen, gegen Wind und Strom mit der leichten Klabauterjolle anzuwürgen. Das hatte der Reeder auch halbwegs vorausgesehen. Axel Gondefro werde Kyris Boot anderntags nach Oevelgönne zurückbringen. Der habe doch nichts weiter zu tun, erklärte er. Sie setzten mit dem Beiboot über an den Steg des Segelklubs, ließen sich im Schifferhaus eine gute Tasse Kaffee geben, und Herr Sandvoß rief seinen in Bereitschaft wartenden Fahrer Prange durch den Kellner an.

Sie klönten die Weile, bis der Wagen kam. Jan Himp verlor allmählich sein Misstrauen. Er erzählte von dem kleinen Bären Maantje. Er erzählte auch von der toten Sprottenwirtin. Den Titel seines Zuhörers umging er. Und als er einmal hinter „Herr –" eine lange, anscheinend verlegene Pause machte, merkte der Generaldirektor die Sachlage und lächelte, und obgleich er daraus, in unklarer Notwehr gegen jene sentimentale Sohnesneigung von vordem, ein Haar in der allzu kameradschaftlichen Suppe zu finden sich nicht ganz verkneifen konnte, indem ihm so etwas wie Klassenunterschied und proletarisch demokratische Gesinnung unterer Schichten gefühlsmäßig aufstieß, legte er seine große gepflegte Hand auf die arbeitsraue junge Pranke Jan Himps und sagte: Nennen Sie mich ruhig Herr Sandvoß. Titel sind heute mehr denn je wie, ja, ungefähr – und hier freute er sich des gefundenen kindlich verständlichen Vergleichs – wie Weihnachtskringel, sie werden einem angehängt, zuerst sind sie hübsch, aber dann verlieren sie an Ansehen, und niemand weiß, wer sie zerknabbert hat.

Doch als fürchte er, in den ungewohnten Gefilden der Symbole zu weit gegangen zu sein, erhob er sich und lachte mit verhaltenem Dröhnen, und es klang wie die Sirene seines größten Dampfers: Aber so weit ist es ja noch Gott sei Dank nicht mit uns.

Da stand nun auch schon Prange, der Fahrer, in der Wirtschaftstür. Herr Sandvoß zahlte, und dann fuhr der kleine Oevelgönner Bootsvermieterjunge in seiner täglichen Pontonkleidung neben dem angesehenen Hamburger Reeder in federnden Wagensesseln zur Flottbeker Chaussee zurück. Und Herr Sandvoß versprach, wegen der Tourenfahrt Jan Himps Vater zu verständigen.

Wo wollen Sie aussteigen?, fragte der großmütige Mann.

Bei der Himmelsleiter!, antwortete Jan. Und Prange musste bei der Himmelsleiter halten.

Dass allerdings Herr Sandvoß zum Schluss noch sagte, er werde ihnen, wenn es so weit sei, noch einen tüchtigen Bootsmann mit Schifferpatent mitgeben, das wurmte Jan Himp. Er dachte, er habe seine Sache so anständig gemacht, dass etwas mehr Vertrauen fällig gewesen wäre.

Kyri zurück

EINES TAGES war Kyri wieder da. Es war Anfang September, da die Sonne schon in der Westbreite des Stromes untergeht und die Dämmerungen vielfarben sind, wie denn auch die Bäume sich zu ihrem herbstlichen Karneval umzukleiden beginnen.

Kyri war sehr braun und heiter. Das Stromtal erschien ihr eng im Vergleich zu den Gebirgstälern, darüberhin sie so lange Zeit ihren Blick geweidet hatte. Und geringfügig war der Oevelgönner Hügelwulst, der die Himmelsleiter hinanführte. Da waren andere Himmelsleitern gewesen, die reichten bis in die Wolken und über die Wolken hinaus. Und alles sei dort vortrefflich, die Almwiesen und die duftenden Kräuter, das Kuhglockengeläut und die fette Milch, die komische Sprache und die Möbel aus Zirbelholz, die Berggipfel mit dem ewigen Schnee und die heiße, heiße Sonne. Im Winter wolle sie wieder hin und Ski laufen. Und alles wäre gut gewesen, sogar ein See sei vorhanden, sie habe geschwommen und sogar gesegelt. Aber, aber! Die großen Dampfer! Die nachts über den Strom rufen und über die Gärten und über die große graue Stadt, und die in die weite Welt fahren und die aus der weiten Welt kommen, das grüne Licht steuerbord, mit dem sie hinausgehen, das rote Licht backbord, mit dem sie wiederkommen.

Mit Hoffnung hinaus, mit Liebe zurück!, sagte Jan Himp. Er reckte sich auf. Er war jetzt etwas größer als sie.

Sie aber tat, als merke sie es nicht. Sie lachte ihn an. Ihre grünen Augen blitzten. Ihr Mund wellte sich ein wenig spöttisch: Mit Liebe zurück? Natürlich! Flut und Ebbe und die Klabauterjolle! Wie hab ich danach gelechzt! Nun aber los. Wirklich! Nette kleine Brise heute! Sett mi öwer, Jan Himp! Heut noch mal mit der Klabauterjolle, damit ich wieder ein bisschen in Übung komme und mich ans Wasser gewöhne. Morgen aber um neun beim Blankeneser Segelklub. Dann gehts auf die Brigantine! Sie könnten in unserm Wagen mitfahren, aber meine gute alte Dame will auch mit, mein alter Herr natürlich auch, da wirds ein bissel eng nachher, schauen Sie.

Ich fahr mit 'n Dampfer Viertel nach acht, das ist ebenso bequem, und ich brauch keine Treppen zu steigen, versetzte Jan Himp. Wagen? Er kannte den Wagen. Sehr hübsch. Aber reichlich schnell. Und zu niedrig das Dach überm Kopf. Er fand Wagen nicht so besonders. Und Kyri sprach so merkwürdig: Doa würds aan bießel eng nacha, schaugns! Das kam wohl vom Gebirge. Alte Dame und alter Herr, das war auch neu bei ihr.

Er setzte sie über. Sie flitzte davon. Segeln hatte sie wenigstens noch nicht verlernt.

Sonst war alles klar. Herr Sandvoß hatte an Herrn Möller geschrieben. Ob Jan drei Tage zu entbehren sei. Es handle sich um die fachkundige Begleitung einer kleinen Tourenfahrt mit ... und so weiter. Würde selbstverständlich honoriert. Proviant reichlich vorhanden. Übernachtung an Land vorgesorgt. Ein erfahrener Bootsmann mit dem Patent für kleine Fahrt komme in Cuxhaven an Bord, um, falls das Wetter es zulasse, Kyris heißem Wunsch gemäß das Boot bis Helgoland und nach Cuxhaven zurückzusteuern.

Herr Möller schrieb zurück, es sei eine Ehre für den Jungen, mitgenommen zu werden. Honorar komme nicht in Frage. Nur Dank!

Herr Möller wusste wohl, was die Freundschaft eines Reedereidirektors für die Familie bedeuten konnte. Und er fügte ein Wort wegen seines andern Sohnes, Willy, an, das er damals am Steg nicht so rasch hatte durch den Bart kriegen können. Herr Generaldirektor möge es dem Matrosen Willy Möller, gewesen auf der Nipangu und auch Wachmann dortselbst, nicht nachtragen. Denn obwohl man nicht wisse, ob jemand von See zurückkommt, so gebe es doch heute bei dem paritätischen Arbeitsnachweis nur bitter wenig Lücken, um eine neue Heuer zu kriegen.

Dem Alten war das unheimliche Wort, das Tine Puß in die Nacht geschleudert hatte, nicht verborgen geblieben; denn sie hatte es beim Brötchenkaufen in der Gemischtwarenhandlung Sewekow wiederholt, wodurch es ganz Oevelgönne unverborgen blieb. Sien letzte Reis? Villicht hätt he denn de Näs vull!, sagte er, als Mariechen darüber weinte: Un wie dat ok komen deiht, kannst nix bi moken. Ober 'n beeten vornotieren loten bi günstige Gelegenheit is ümmer good. Un is dat nich för den een, is dat för den annern. So utverschamt, gliks för twe antotippen, dat bün ick nich. Un doamit basta!

Schon seit fünf Uhr den Sonntagmorgen war Jan Himp am Steg. Um sieben brachte ihm Elsbe, die große Schwester, warmen Kaffee, ein paar Schnitten liebevoll gestrichenes Schwarzbrot und sein Sonntagszeug. Sie fand, Jan hatte es trefflich gedeichselt mit der kleinen Kyri. Sie war nicht mehr eifersüchtig. Sie dachte daran, sich auch ihrerseits mit dem hübschen und wohlhabenden Mädchen zu befreunden. Sie sah, dass ihrem Bruder kleine Annehmlichkeiten in den Schoß fielen. Man musste anfangen, mit ihm zu rechnen.

Nächstes Mal würde ich auch mitfahren, wenn ich nicht wüsste, dass solche tagelangen Segelpartien gewöhnlich in Quarkerei auslaufen und jeder dem andern im Wege ist.

Meine Sorge!, lächelte Jan.

Aber wenn Kyri Sandvoß einmal allein damit segelt und der Bootsmann dabei ist, dann sag ihr man, da hätte ich schließlich schon mal Lust.

Du?, wunderte sich Jan. Er merkte auf einmal seine Familie. Er war nicht allein auf der Welt. Finster entgegnete er: Du bist bloß Ballast.

Grootsnut! Und dich werden sie zum Aufwaschen und als Putzlappen benutzen. Feine Leute! Kennen wir.

Macht mir nichts aus. Jedenfalls komm ich auf die Art mal elbab. Anfangen muss jeder mal. Ich bau mir später selbst ein dickes Boot, dagegen ist die Brigantine ein Nachttopf. Und dann lad ich mal Herrn Sandvoß ein, sogar zum Frühstück. Und dann kannst du meinswegen auch mal mitfahren. Und dann wirst du ja sehn, wie ich mit den feinen Leuten umspringe. Generaldirektor? Ich sag Herr Sandvoß. Und damit muss er sich begnügen.

Du bist ja ein ganz Frecher! Und du willst auf einem Sandvoßdampfer anheuern?

Mach mich nicht melanklüterig an' frühen Morgen, Deern!, sagte da fünsch der kleine Bruder: Willy muss ja erst wieder hier sein.

Er schluckte heftig an seinem Bissen. Tränen pressten sich in seine Augen. Er musste hochschnupfen. Elsbe sah es ohne Rührung. Ihr Herz hatte die leidgewohnte Küstenhärte geerbt, die da weiß, dass Leben und Tod auf dem Wasser nahe beieinander hausen. Lass das Plinsen! Mensch!, schalt sie: Wenn Papa das sieht, glaubt er schließlich selber, was Tine Puß quatscht. Und dann gibts 'n düstern Sonntag, und ich will doch zum Tanzen.

Aber auf einmal, so wie die Sonne unversehens über dieser Landschaft aus grauem Gewölk bricht, so leuchtete auch Elsbes Gemüt plötzlich auf. Sie legte ihren Arm über Jans Schultern, sah ihn finster an, böse über ihre Rührung, wandte ihr Gesicht dann ab, und indem sie an ihren Freund Steuermann Hojahn dachte, der vielleicht Sonntag mit dem Dampfer kam, drückte sie sich jäh an ihn, sodass es ihm weh tat, und sagte dumpf, trostlos und überströmend: Jan, Jan, komm wieder, mein süßen Jan!

Jan war die unerwartete Zärtlichkeit peinlich. Er wehrte ab: Was fehlt dir denn? Mein ganzer Sonntagsanzug wird kraus.

Hab ich dir selbst für diesen Schlemmerzweck gebügelt!, war Elsbe rasch wieder die alte: Nun lauf! Hier, deine Tasche! Willst wohl ohne Nachtbüx schlafen!

Es war eine braune lederne Handtasche in der Form eines deftigen Landbrotes, wie sie die Lotsen haben. Man hatte sie von Nachbarn geborgt. Jan aber hatte noch eine Stunde Zeit. Er legte Elsbe, als sie abtrabte, dringend ans Gewissen, ja für Maantje zu sorgen. Er würde dafür Steuermann Hojahn grüßen, wenn er ihn träfe.

Zehn Minuten vor acht übergab Jan Himp seinem Vater die Bootsvermietung. Es war alles blitzblank in Lot. Sein Vater sagte nur: Tjüs! Lot di man nich verblüffen!

Tjüs!, sagte da auch Jan, nahm seinen Koffer und seinen Ölmantel und enteilte. Händedrücke und womöglich Abschiedsküsse, das war nicht Sitte in der Möller'schen Sorte. Aber irgend etwas Herzlicheres hatte Jan Himp sich vielleicht doch vorgestellt. Erst später wird er entdecken, dass es ein gutes Abschiedswort war.

Aber wo war denn seine Mutter? „Mariechen" war zur Dampferbrücke gegangen. Dort strich sie ihrem Sohn verschämt über die Wangen und brachte ihm einen wollenen Schal wegen der „ungewohnten kneifigen Nordseeluft", die er ja nun zum ersten Mal erleben würde. Auch hatte sie ein paar frühe lila Astern aus dem Vorgarten gepflückt: Gib die dem Fräulein!, zwusterte sie ihm ins Ohr: Blumen sind immer gut!

Ach, ihr kleiner Jung deuchte ihr plötzlich so groß. Und dann begann sie zu weinen wegen Willy, weil er gar nicht geschrieben hatte.

Jan war froh, als der Dampfer kam.

Als der kleine brave grüne Vorortsdampfer nach einer halben Stunde Fahrt stoppte, um bei der Blankeneser Brücke anzulegen, sah Jan Himp die ganze Familie Sandvoß auf dem Steg des Segelklubs stehn. Da genierte er sich wegen der Blumen und ließ sie über die Reling fallen. Er fühlte sich plötzlich aufgeschmissen und dachte an Umkehr. Dann musste er an seinen toten Freund

Joachim denken, der im Kattegat ertrunken war. Der war auch nicht umgekehrt. Dann sind die Blumen für dich!, flüsterte er. Und damit kehrte sein Mut zurück.

Es war eine Unmenge feiner Familie, die am Blankeneser Klubsteg der Ausreise der Brigantine ein Abschiedstuch nachwinken wollte, auch die Witts und die Gondefros waren versammelt. Und aller Augen maßen Jan Himp die Breite und die Länge.

Ganz schneidiger Bootsmann, nur ein büschen jung!, hörte er eine Onkelstimme sagen. Und man drückte Hände und wünschte in blumigen Redensarten alles Gute, was es zwischen Glück und Hals- und Beinbruch gibt. Ja, auch Küsse wurden gewechselt, und Helge Witts kleine Schwester kam ganz durchhin, sodass auch Jan Himp einen zarten Kuss auf die Wange gehaucht bekam. Ja, es war ein anderer Abschied als von der Möller'schen Sorte. Jan Himp entsprang ins Beiboot, und Helge folgte ihm und Axel Gondefro und als Letzte Kyri. Alle waren mächtig aufgekratzt und sangen: Die Vöglein im Walde ...

Als nun die Brigantine – wie ein stolzer Schwan, sagte Frau Witt – hinter den Aufbauten der Landungsbrücke verschwunden war, seufzte Herr Sandvoß: Wir hätten doch noch einen etwas größeren Hilfsmotor einbauen sollen! Aber Herr Gondefro redete es ihm aus, wegen der Explosionsgefahr bei solchen Kindern. Und dann, während die „Kinder" schon auf der Höhe von Schulauhafen einander in die Haare gerieten über die Frage, ob die Mädchen nachts mit Wache gehen sollten oder nicht, strebten die Eltern, die verboten hatten, überhaupt nachts zu fahren, zum gemeinsamen Frühschoppen. Sie philosophierten in den Horizonten ihres nüchtern gebildeten Alltags über den Wandel, den die Selbstständigkeit der Jugend von Generation zu Generation erfährt, und stellten teils mit Stolz, teils mit Sorge fest, dass ihre Sprösslinge erwachsener und unternehmungslustiger seien, als sie es im gleichen Alter gewesen waren und gedurft hatten.

Brigantine auf Tour

NEU AN der Brigantine war ein Außenbordmotor. Jan sah verächtlich darüber hin. Axel Gondefro saß an der Pinne, Jan passte auf die Richtigkeit vorm Mast. Der Wind war zumeist westlich, doch mit einer Neigung nach Nord, sodass sie weite Strecken ohne Kreuzen vorwärtskamen. Der angehende Student wollte seine Forschheit beweisen und zog die Schot kräftig an, hoch an den Wind haltend, sodass sie mächtig kratzten und fast das Wasser über den Waschbord in Lee kitzelte. Kyri hatte ihr Vergnügen an der dreisten Krengerei. Aber Helge Witt wurde blass. Sie unterhielt sich mit Kyri krampfhaft über die so lange versäumten Angelegenheiten der Schule. Sie begann stolz eine Fabel Lafontaines herzusagen. Als sie stecken blieb, fuhr Kyri fließend fort. Sie hatte eine Privatlehrerin gehabt, und auch ihre Mama hatte sich für ihre Bildung eingesetzt und sich über die Fortschritte in Kyris Schule auf dem Laufenden gehalten.

Jan Himp sagte so weit keinen Ton. Er wartete seine Zeit ab. Das ewige Gegenhalten des Ruders würde den schwarzgelockten Filmjüngling schon mürbe machen. Aber wenn es auch das nicht war, bei der Lühetonne begann Helge Witt zu frühstücken. Ihr Magen musste mit irgendetwas beruhigt werden. Und da bekam Axel ebenfalls Hunger und überließ Jan Himp den Platz des Steuermanns.

Nun ging es etwas sachter. Man ersah nun auch, wie die Rollen sich verteilen würden. Axel Gondefro machte nach dem forschen Beweis seiner Segelfähigkeit fürs Erste keine Miene, sich wieder ans Heck zu setzen. Er hatte mit dem Oevelgönner kaum drei Worte gewechselt. Er betrachtete ihn als bezahlte Hilfskraft. Jan war es im Grunde angenehm. Die Unterhaltung wurde nun mit grotesken Übertreibungen in jener Mischung aus Platt und Hochdeutsch geführt, die man Hamburger Kökschensprache oder Missingsch nennt und die zur Belustigung der gebildeten hansischen Kreise dient und noch dienen wird, selbst wenn sie eines Tages längst ausgestorben ist. Es war die Art, wie etwa die selige Sprottenwirtin gesprochen hatte.

Kyri redete anfangs ein Kauderwelsch aus Oberbayrisch und Schwyzer Dütsch dagegen an, fiel aber schließlich ebenfalls in den lieben Ton der andern, der, sie wusste es wohl, von Helge Witt deshalb so lebhaft angeschnitten worden war, weil sie damit Jan Himps natürliche breite Küstensprache verhohnepipeln wollte. Nich tso ßtark abpfallen mit die Roar, die Tsegel ischa man' püschen ßu mör dapfür, näch? – Un ich kann das garnich ab. – Kib mich mal 'n deftigen Sztück Swatbrot mit ohne die fette Mettwuß, aberst 'n Tscheibe Sweizer Käs kannscha man ta aufbacken, näch? – Kuck mal, krischan Klaps, näch, ümmers mit die Fingers mang die Botter! – Tsünd wia tenn noch nich pald inne Tsee? – Nö, büscha woll mall, hascha woll kein Kuck inne Augen, ischa man ers Puxtehude, wo die Hunn mit 'n Swanz belln tun! – Huxtepude, nöch, meinscha woll? – Ischa karnich wohr! Ischa ploß man Tütelfleth! Nöch?

Sie sangen auch gemeinsam das Lied:

Es pfollt ein Djeeger pfrüh aufßtehn,
Treipviertel Sztund pvor Tach …

Und so ging es nun vorläufig weiter. Jan Himp musste oft laut über den Unsinn lachen. Und das gewann ihm die Zuneigung Helge Witts, die ihn ja eigentlich hatte verletzen wollen.

Wie segelt er denn?, fragte sie hinter der Hand ihren Vetter.

Prima!, sagte der und streckte sich auf dem Vordeck aus, um in der mehr und mehr durch lichte Wolkenflöre funkelnden Sonne seine Sonnenbräune zu vertiefen; denn er gedachte, in Freiburg oder Münster oder Heidelberg oder München oder Göttingen, er wusste noch nicht genau, wo er aussteigen würde, nicht nur als krasser, sondern auch als krosser und männlich durchgerösteter seewindsonnengeschmorter Fuchs aufzumarschieren. Er sagte auch solche Sachen ganz offen und erklärte, er werde nun bis Helgoland keinen Finger mehr rühren. Karte, Taschenkompass und das „Nordseehandbuch" legte er jedoch in Greifnähe neben sich. Immerhin fühlte er sich als Kapitän der Brigantine.

Sie waren mit Hochwasser abgesegelt und ritten am Wind auf der Ebbe gut vorwärts, sodass sie, als die von See hereinschwellende Flut ihr Tempo zu hemmen begann, die beiden weißen Pagensandleuchttürme voraus über Steuerbord hatten.

Wir haben rund fünfzehn Seemeilen hinter uns gebracht, wie die Bestecknahme ergibt!, stellte Axel Gondefro fest. Sein Ton war nun klassisch wie beim Aufsagen einer Schulballade: Es ist weit nach Mittagszeit, die Sonne steht zu höchst, Kurs hart Nordnordwest drei Achtel Nord, Wind Nordwest zu West, flau, Stärke zwo, gute Sicht, knurrender Magen, weshalb die Ortsbestimmung allhier Hungriger Wolf heißt; beginnende Meuterei der Besatzung zwecks Desertation in die Badeanzüge. Daheromaßen befiehlt der Kapitän und murmelt in seinen grützegrauen Rauschebart: Lasst uns beidrehen, Kameraden, um die Süd und den Anker werfen auf vier Faden und dem Lande zustreben zu mahlzeitender Rast.

Jan Himp befahl kurz, das Schwert hochzuziehen, was auch, nachdem er es ohne Randbemerkung energisch wiederholt hatte, geschah. Dann legte er das Boot bei Tonne 8 vor den Wind, ließ sich von der Flut bis zur Südseite der Insel zurückdrücken, befahl: Klar zum Wenden – ree!, und drehte um das Stack in das seichte Nebenfahrwasser der Ostseite. Klar bei Seils und Anker!, schrie er. Axel Gondefro wartete beim Anker, Kyri beim Klaufall, Helge Witt an der Fock.

Smiet weg dat Isen!, rief Jan Himp. Klatsch sauste der schwere Drachen ins Wasser. Er biss sich rasch fest in dem sandigen Grund.

Inzwischen rauschten auch die Segel nieder. Jan Himp sprang von der Pinne auf und half Kyri, das dreißig Quadratmeter große Tuch zu bergen und zusammenzulegen.

Dann wurde der Spritkocher in der Kajüte angemacht und Helge Witt erwies sich als annehmbarer Smutje und Kochsmaat. Es gab Rührei und aufgewärmte kleine Kalbsteaks. Kartoffeln zu schälen hatte man vergessen. Man ersetzte sie durch Brot. Zum Nachtisch wurde eine Dose kalifornischer Pfirsiche geöffnet und vertilgt. Wer Durst hatte, trank Apfelsaft mit Selters.

Morgen gibt es grüne und weiße Bohnen, mit Kartoffeln zusammengekocht, entschied Helge Witt, nachdem sie die Vorräte durchgesehen hatte. Dazu vier eingemachte Zahnstocher.

Das sind doch Hühnerkeulen, direkt aus Hamburg vom Neuen Wall bezogen, hat meine Mutter doch gestiftet!, stellte Kyri fest.

Danach setzten die „Männer" mit ihrem Badezeug an Land über, wo sich, durch Baggeraufschüttungen entstanden, ein herrliches Dünengelände aus gutem weißgrauen Elbsand erstreckte. Nach einer Weile holten sie mit indianischem Geheul, in das der angehende Student von nun an des Öfteren auszubrechen beliebte – er ist um zehn Jahre jünger geworden, sagte seine Kusine –, die Mädchen ab, die sich inzwischen auch umgezogen hatten. Sie zogen das Beiboot hoch auf den Strand, damit die nachrückende Flut es nicht wegschnappe.

Diesen gesegneten Nachmittag vertrugen sie sich gut miteinander. Von dem kahlen Rücken des Hungrigen Wolfes sah man weit über Strom und Marsch. Die Sonne war brav, das Wasser von milder Temperatur. Sie bildeten sich ein, schon einen salzigen Geschmack darin zu finden.

Wenn wir nur erst direkt in der Nordsee baden!, seufzte Kyri: auf Neuwerk, Trischen, Groß-Vogelsand, Scharhörn oder Helgoland!

Mokt wi, dot wi!, lachte Jan Himp. Er fühlte sich jetzt, nachdem man seine Kommandos anerkannt hatte und das missingsche Getue eingeschlafen war, sicherer in diesem Viererpakt.

Ich schlage vor, äußerte Axel Gondefro: dass wir auch nachts segeln.

Die Alten haben das aber verboten!, krähte Helge Witt.

Was meckert das kleine Hell?, tat ihr Vetter sie ab: Die Alten, das ist immer das Alte. Die denken, was sie nicht können, das können wir auch nicht.

Für uns sind heute Abend in Kollmar Betten bestellt!, warf Kyri ein.

Deine Art, anderswo zu übernachten, kennen wir. Du rufst einfach von Kollmar heut Abend an, und dann rutschen wir getütsche weiter. Kollmar ist ein Dorf, da ist doch nichts los. Zwei richtige Kojen haben wir, dahinein kommen die Damen. Die Männer halten abwechselnd Wache. Und er pfiff „Auf der Reeperbahn nachts um halb ein ..." zwischen Zungenspitze und Schneidezähnen.

Zwei sind besser!, bemerkte Jan Himp.

„Amüsierst du dich, denn es findet sich ..." Bangbüx! Wir seilen ohne Fock. Da wird auch einer allein mit dem Ding fertig. Mädchen mit auf Wache, das lenkt bloß ab und macht nervös.

Meinswegen schon, entgegnete Jan Himp: Bang bin ich nicht.

Ich schlage sogar vor, den uns aufgemutzten Bootsmann in Cuxhaven sitzen zu lassen und ohne ihn nach Helgoland zu segeln. Wir sind doch keine Säuglinge mehr, und ich war schon zweimal auf derselben Strecke.

Jan Himp war die Sache nicht geheuer. Aber nun war sein Ehrgeiz angekratzt, und er wollte es den lauernden blassen Augen der schwefelblonden Helge Witt nicht gönnen, lächelnd verächtlich verkniffen über ihn hinwegzugleiten: Gut!, sagte er ruhig: Wenn das Wetter vernünftig ist, schmeiß ich es auch ohne Bootsmann.

Ich? Das ist wohl reichlich übertrieben!, wandte Axel ein: Schließlich bin ich Kapitän.

Lass ihn man!, schnitt Kyri dazwischen: Der ist auch Käptn. Je nach der Gelegenheit. Jan Himp kann auch segeln. Haben wir ja gemerkt. Aber warum wollt ihr euch so abrackern? Lass das doch den Bootsmann machen. Das ist so einer mit Seerobbenbart. Das ist doch ulkig. Und mein Vater muss es ja doch berappen, so oder so.

So oder so. Das abgekürzt soll wohl SOS heißen?

Schade!, piepte nun auch Helge Witt hinein. Und jedermann dachte, Wunder was sie zu dem Thema der Selbstständigkeit beisteuern würde. Sie bedauerte, dass man keine Funkanlage an Bord habe, aber nicht wegen etwaiger Seenot, sondern weil man dann Radio habe und tanzen könne.

Fahr du nächstens mit der Europa nach Helgoland!, lachte Kyri. Wenn wir tanzen wollen, ich hab ein Grammofon mit.

Nun wurde auch das geholt. Tango!, befahl Axel. Es zeigte sich aber bald, dass Jan Himp keine Ahnung von Tango hatte. Helge lachte laut. Kyri jedoch klappte den Nudelkasten zu und erklärte, im Sand könne kein Mensch tanzen.

Man sah aber, wie es enttäuscht in ihrem Körper zuckte. Sie suchte eine andere Platte, klappte den Apparat wieder auf, stellte neu an, sprang ein paar Schritte zurück und blieb dann mit geschlossenen Augen auf einem Fleck stehen, bewegte aber Arme, Kopf und Körper im Gleichmaß, und zwar so merkwürdig folgerichtig wild, anmutig, süß und verquer durcheinander, dass alle zu ihr hinsahen und begannen, den Takt mit den Händen zu klatschen; sie aber befahl, ohne die Augen zu öffnen: Kastagnetten! Worauf sich jeder willig bemühte, teils mit den Fingern, teils mit der Zunge Kastagnetten nachzuahmen, sie selber jedoch konnte es am besten, sodass bald alle es einzig ihr überließen und sich darauf beschränkten, den Kehrreim mitzusingen:

In Hamburg an der Elbe
Gleich hinterm Ozean
Ein Mädchen von Sankt Pauli
Und von der Reeperbahn ...

Wobei ihnen ab und an die Worte am Gaumen hängen blieben vor Verwunderung, wie Kyri so hingerissen tanzen konnte, ohne einen Fuß zu rühren. Man hörte nur, wie der Sand knirschte, doch sah man nicht, dass ihre

Leinenschuhe sich die Spur hineinbohrten. Sie schien so leicht zu sein wie die schleiernd blaue Luft. Der weiße Badeanzug, die braunen Arme und Beine, die rote Badekappe, das braune, schmale Gesicht, der weißgelbe Sand, das graugrüne Wasser, der muschelblaue Himmel – es war schön, und sie tanzte, tanzte viel herber und merkwürdiger als die schwelgende Melodie.

Als nun der Schlager zu Ende war und die Nadel zu schnurren begann, klatschten die drei Zuschauer Beifall. Sie aber fiel jäh zusammen wie ein fallendes Segel und lag eine Weile wie tot. Helge Witt kroch schließlich auf dem Bauche zu ihr hin, legte ihre milchige Wange an Kyris dünnen braunen Hals. Wie es klopft!, flüsterte sie: Süße, süße Kyri!

Kyri krallte ihr unversehens die Finger in das blonde Gefieder. Das kleine Hell schäumte wehleidig über. Kyri sprang auf und legte sich lächelnd lässig wieder auf ihre Decke zwischen die andern.

Indianische Madonna? Antillen? Bali? Sankt Pauli – Alkazar? Sie könnte womöglich zum Film!, deklamierte Axel Gondefro in die Ferne, und man merkte seiner belegten Stimme an, dass er, seinem Aussehen nach, für sich selber daran gedacht hatte und neidisch war auf den Beweis der Begabung, den er zu erbringen bislang sich immer gedrückt hatte. Bei Schüleraufführungen war er stets erkrankt.

Seine Base witterte die kleinmütige Anwandlung. Immer war er sonst der Überlegene, der sie zu ducken versuchte. Jetzt war Gelegenheit zur Rache. Außerdem hatte er sich nun wieder mal lange genug mit Kyri beschäftigt. Darum piepte sie unvermutet und spitzfindig: Der hat viel bessere Muskeln und ist doch zwei Jahre jünger.

Axel Gondefro wusste gleich, auf wen das zielte. Er strich seine schwarze Locke aus der Stirn, nahm eine

Zigarette, bot auch Kyri eine an und entgegnete kühl: Dafür hat die einen dickeren Pöks als diese. Wir geistigen Arbeiter sind nun mal schlanker gebaut.

Weiteres wurde von niemandem zu diesem Thema bemerkt. Jan Himp fühlte sich geehrt, aber ihm war nicht behaglich.

Sodann puddelten sie wieder in der lauen, reinlichen Flut umher. Es war jetzt um fünf Uhr Nachmittag. Kyri kletterte an Bord, trocknete sich ab, hüllte sich in ihren Bademantel und blieb dort, während Jan, der ihr gern gefolgt wäre, die Insel entlanglief immer auf die schräge Sonne zu, bis er halb blind an das Gasthaus gelangte und weiter bis an die Leuchttürme und die Bake. Der Wirt sah ihm nach. Aber es war nichts zu verdienen.

Als Jan zurückkam, waren auch Helge und Axel an Bord. Sie hatten Kaffee gekocht. Kyri lag in der Koje und schlief.

Einsame Nacht

DIE SONNE sank hinter die Dünenkuppen. Möwen hockten da in Reih und Glied. Es kam etwas mehr Wind auf. Er blies aus der weiten Krempermarsch herüber und roch nach gemähten Sommerwiesen. Kyri war aufgewacht. Sind wir noch nicht in Kollmar?, fragte sie ungeduldig. Es war Stillwasser. Die Flut kenterte sachte um die Ebbe. Da gingen sie Anker auf. Noch bei gutem Licht, mitten in der feurigen Dämmerung, die in dieser Breite zur Herbstzeit die Mitte zu halten scheint zwischen Tropensonnenuntergang und Nordlicht, ankerten sie nahe der steinernen Mole des Deichdorfes Kollmar. Dort lagen schon zwei andere Boote. Hamburger waren darauf. Und sie sagten, in der Gastwirtschaft sei Tanz.

Man aß an Bord zu Abend, tauschte zwei der mageren Hühnerbeine gegen einen deftigen Schlag Tomatensuppe vom Nachbarboot ein, schlug sich voll Brot, Honig, Mettwurst, Rettichscheiben, Käse, Tee und Obst, schüttete einen Grog hinterher, zu dem die Einladung hinwieder von dem dritten Boot erging, und zeigte sich dort mit einer Tafel Schokolade erkenntlich. Es waren Segler wie andere auch. Und jemand hatte eine Mandoline, und man sang: Teure Heimat ... Und: Auf der Insel Helgoland ... Danach legte man die Boote genügend weit ab vom Ufer, um bei sinkendem Wasser nicht plötzlich auf dem Schlick zu sitzen, sicherte auch noch mit dem Heckanker, um bei aufkommender Dünung nicht auf das zementfelsige Stack gesetzt zu werden.

Dann hüpften alle an Land. Nur Jan, der das Boot rüberwriggte, nahm Kyri, die es hielt, die Fangleine aus der Hand und sagte: Ich bin müde. Und tanzen kann ich ja doch nicht! Gute Nacht! Kyri antwortete nichts. Aber sie kam auch nicht mit zurück, wie er wohl gehofft hatte. Sie stand eine Weile auf der Mole. Er sah ihre Gestalt schmal, langbeinig in der Marinehose, den Mantel überm Arm, vor der Dusterkeit des Deiches, während die andern schon, in der nächtigen Dämmerung trotz der weißen Segelkleidung schwarz wie die Schornsteinfeger, als Schattenrisse über die Deichkrone schwankten und versanken. Er wartete eine Weile hinter dem Jollenkreuzer, dass sie: Hol öwer! rufen sollte. Schließlich kletterte er an Bord, nahm sich eine Decke und streckte sich auf dem Boden des Cockpits aus. Eine Weile glupte er in die Sterne. Er wollte sich etwas Schönes denken. So etwa: Wir liegen zu Anker vor Tahiti. Wollen Kopra laden und echte Perlen. Es sind braune Mädchen am

Strand. Männer klettern auf Palmen, als ob sie hinaufgingen. Er suchte den Stern Gemma, den er Kyri getauft hatte. Aber dünnes Gewölk segelte vor der Krone und ließ ihn nicht hervorfunkeln.

Die Wellen gluckerten gegen die Bordwand. Ein Dampfer rief fern: Duuu dudu duuu! Es klang anders als in Oevelgönne, ferner, wässeriger, größer, eiliger. Ein anderer, der überholt werden sollte, antwortete gnatzig: Kumm kum kumm! Mok ick!, sagte der große. Mops!, versetzte der kleinere, obwohl das eine bedeuten sollte: Ich geh auf Backbord vorbei. Und das andere: Ich halt mich steuerbord.

Jan Himp wollte sich hoch auf die Kommandobrücke des Schnelleren träumen. Aber da musste er an Maantje denken, ob der wohl auch sein Recht gekriegt habe; den Tag und auch die Nacht war er noch nie von zu Hause weg gewesen. Und dann dachte er an seinen Freund Joachim Dölling, und ob die beiden einander wohl in den Gründen der See irgendwann begegnen würden.

Fern war Gelächter, Tanzmusik und das hölzerne Polterkrachen einer Kegelbahn.

Tramp, tramp, ging er in großen Stiefeln, die er von seinem Trinkgeld gekauft hatte, tief in der See dahin. Seine Hand hatte er um das Klappmesser gelegt. Es ging jemand vor ihm her, schwarz, schwarz. Er kannte die Gestalt nicht. Da drehte sie sich um. Tine Puß.

Jan Himp fuhr hoch und stieß sich den Kopf an der Duchtbank. Bums.

Verdammt! Kühl flimmerten die Sterne in sein Gesicht, das feucht war von Nachttau. Ihm fiel ein, Kyri habe ihm noch nicht das Geld zurückgegeben, und er brauchte es doch zu seinen Seestiefeln. Er lächelte bitter. Dann gähnte er. Wenn sein Bruder nicht zurückkam, würde er ewig an Land bleiben müssen. Denn das

Groschengeschäft war die melkende Kuh der Familie, mehr als bei der schlechten Zeit die ganze vornehme Bootsbauerei.

Wird sich alles finden!, sagte er laut. Drehte sich auf die Seite, horchte in den flusenden Wind und in die verlorenen Klänge ländlicher Tanzmusik und schlief wieder ein.

Es war nach Mitternacht, als Kyri ihn weckte. Sie hatte schon eine Zeit lang auf dem Schanddeck gesessen und auf Jan Himps tiefe Atemzüge gelauscht und sich schrecklich einsam gefühlt. Beim Tanzen hatte es ihr nicht gefallen.

Jan Himp war gleich hellwach. Ich komme schon!, sagte er und wollte ans Beiboot.

Ich bin schon hier!, antwortete Kyri lächelnd.

Jan Himp rieb sich ein Auge. Wie war sie bloß an Bord gekommen?

Na ja!, sagte sie: Ich habe eins von den anderen Moses genommen. Oder heißt die Mehrzahl Mosi oder Mosen oder Mosesse?

Jan Himp wusste es nicht: Und die andern?, fragte er.

Sind im Stall!, antwortete sie: Die schwofen. Und wie! Die sind furchtbar innig, die beiden. Und mich von dem dicken Hamburger mit dem Pickel im Nacken und der ewigen Piep im Muul knutschen zu lassen, dazu bin ich nicht hergekommen. Und tanzen kann der auch nicht, und der andere, der auf seinen Klingelkistentenor so stolz ist – teuiiire Heuiiiimat –, den mag ich auch nicht. Und Axel, den ließ das kleine Hell ja nicht vom Finger. Sie müssen noch scherbeln lernen, Jan Himp!

Klar!, erwiderte Jan Himp, schon wieder etwas schlaftrunken.

Wissen, was das Beste ist, wir hauen jetzt ab, nach Cuxhaven. In See!

Good! Aber.

Aber? Sagt man einer Dame gegenüber aber? Hören Sie mal. Sind wir nicht Manns genug? Die können ja mit den Hamburgern nachkommen. Und ich hörte wohl, wie Axel sagte, er wolle auch im Gasthof pennen. Das Zimmer hätte ja drei Betten. Dazu soll ich nun Lust haben. Ich hab schon nachmittags geschlafen. Ich geh an die Fock.

Wenn Sie meinen!, antwortete Jan Himp gehorsam. Ihm sollte es recht sein.

Sie nahmen die Ankerlaterne herunter und entzündeten die Positionslaternen, zogen den Heckanker auf, tuchten die Persenning vom Großbaum ab und rollten sie auf, bendselten das Segel los. Alles in Eintracht und Gemeinsamkeit. Aber eher als er stand Kyri schon am Fall und begann ungeduldig zu hissen. Es war ein schweres Hochsegel ohne Piekfall, das war ähnlich wie bei ihrem Luggersegel, nur das Gewicht war hier größer und ging über ihre Kraft. Jan wartete schmunzelnd einen Augenblick. Dann sprang er ihr bei. Ja, sie sollte schon merken, dass es nicht allein ging.

Wir müssen zurück, bis wir die Ebbe zu fassen kriegen. Der Wind ist zu flau!, bemerkte er bedächtig zwischen den Rucken. Er wollte ihr alles zu bedenken geben, ehe sie ausrissen.

Dumm! Hochwasser ist erst –?

Anderthalb Stunde früher als in Blankenese, das ist, da es sowieso 'ne Stunde jeden Tag später kommt, halb neun etwa.

Ganz gleich! Hieven Sie den Buganker! Die Fock setzen wir später! Ich bleib achtern. Wir haben ja den Hilfsmotor.

Ollreit! Jan gehorchte. Das Boot kam langsam in Drift, drückte sich übern Steert rückwärts. Jan kam nach achtern, setzte sich neben Kyri. Sie hatte die Ruderpinne weit nach Steuerbord gedreht, um von Land abzukommen.

Backbord!, sagte er sanft: Wir treiben achterraus.

Er sah nach dem Stander, der in den Sternen küselte. Er pfiff sachte durch die Zähne: Wir haben östlichen Wind!, brummelte er. Es ist der Deich, da kommt er nicht rüber.

Er fierte den Großbaum weit weg, um etwas von dem Hauch zu fangen. Allmählich schöpfte sich das schlaffe Laken voll. Sie kriegten Fahrt übern Bug. Mein Gott!, knurrte Jan: Wir kommen gegen die Flut auf. Wie spät ist es denn?

Ein Uhr war es noch nicht ganz, als ich da wegging. Nehmen Sie auch das Ruder!

Danke! Ein Uhr? Dann haben wir erst Stauwasser. Aber immerhin, raus kommen wir erst mal.

Scheun!, sagte sie. Sie zierte sich nicht, auch mal einen plattdeutschen Ausdruck zu gebrauchen. Sie saß geduckt in ihrem Mantel neben dem Steuermann und lugte scharf in die Nacht, darin die zwinkernden Feuer der Leuchttürme und Leuchtbojen und die gleitenden Topp- und Positionslichter von Dampfern und Fischerfahrzeugen und auch die Ankerlaternen eines Baggers und auch die Lichter eines Schleppzuges die einzigen, aber auch höchst verwirrenden Anhaltspunkte und Wegweiser waren.

Kennen Sie die Leuchtfeller? Wissen Sie die Kurse?, fragte Kyri ein wenig ängstlich.

Klar!, entgegnete Jan: Und wenn der Wind nicht reicht, stellen wir den Motor an!

Zwar war es ihm selber ein wenig unheimlich. Er war bei Nacht noch nicht hier gewesen. Aber sein Ehrgeiz war erwacht. Kühn kramte er aus, was er in seinem Gedächtnis seit Langem eingehämmert hatte: Wir gehn jetzt auf das Feuer von Steindeich los! Tief genug ist es hier selbst bei Niedrigwasser. Am besten ist es, wir ziehen das Schwert wieder hoch. Es ist überhaupt noch hoch. Das da drüben sind alles Dampfer. Und ein Bagger. Da gehn wir an Grün vorbei. Da hinten das Blitzfeuer muss Krautsand sein. So, jetzt haben wir bei Steindeich rot, jetzt müssen wir Krautsand Oberfeuer genau weiß kriegen, damit wir nicht auf 'n Sand setzen, und da liegt auch das Wrack der Vandalia, das kann auch unangenehm werden. Wenn es blitzt, sind wir nicht in Kurs; bei zwei Blitz zu weit an der Nord, bei drei Blitz zu weit an der Süd. Krautsand. Wir sind richtig. Und dann gehn wir auf Hollweddern-Brockdorf los. Auch immer weiß. Wird es rot, sind wir zu weit steuerbord, grün, zu weit backbord. Wir werden es gleich sehn. Und das halten wir ein, bis wir grün sehn und dicht unter Land sind, dann gehn wir 'n bisschen backbord weiß auf Scheelenkuhlen los, das geht, wenn man außer Kurs kommt, immer eins hell, zwei drei dunkel, Blitzfeuer, wie die andern. Ist ganz einfach. Und dann kommt Brunsbüttel, Kaiser-Wilhelm-Kanal, lassen wir steuerbord liegen.

Ich glaub, ich hab meine Handtasche vergessen. Ich hab gar kein Taschentuch, und mein Geld und die Puderdose – Kyri sagte es rasch und aufgeregt. Ihr war nicht geheuer bei Jan Himps unerschrockener Aufzählung.

Wie schade! Grad pustet der Wind auf. Nette kleine Brise heute!, lachte Jan Himp. Er fühlte sich so sicher und aufgekratzt. Er hätte glatt in einem Zug nach England seilen mögen. Und dennoch atmete er etwas auf. War es wieder einmal die kleine rote Puderdose, die eine Rolle spielte?

Viel von der Stelle waren sie sowieso noch nicht gekommen. Als sie gewendet hatten, blitzte und plierte ihnen eine verwirrende Anzahl fester und unterbrochener weißer und roter Feuer entgegen, die vor den Untiefen bei Pagensand warnen. Jan hielt sich dicht unter der Nord, wie das holsteinische Ufer bei den Schiffern heißt. Alles sah unwirklich, ungeheuer nah und drohend aus in der Nacht und der fremden Gegend. Fast hätten sie eine Bakentonne gerammt. Die Flut schob sie rascher zurück, als sie wollten.

Da ist die Mole!, flüsterte Kyri. Sie kletterte rasch nach vorn und warf den Anker weg. Die ganze Anstrengung war nun vergebens gewesen.

Oder soll ich gleich unter Segel bleiben?, fragte Jan Himp freundlich. Ihm fiel seine Freundlichkeit selber auf. Das hätte mir mit dem Schnösel Gondefro passieren sollen, dachte er.

Kyri warf jetzt auch den Heckanker weg und ging dann an den Belegnagel und wickelte den Tampen vom Falltau los. Mir fällt ein, sagte sie ein wenig verlegen: Ich fühl es eben grade, ich hab die Handtasche in die Hosentasche gesteckt. Ich hatte Angst, ich würde sie da drinnen bei der wilden Gesellschaft verlieren.

Ach so!, nickte Jan. Und sie ließen das Segel wieder herunter. Es kam etwas schnell herunter, und die großen Falten legten sich über ihre Köpfe, sodass sie darunter zusammen gefangen waren. Eine Weile hielten sie sich mucksstill und spürten im Dunkel ihren Atem nebeneinander. Dann befreite Jan mit einem knurrenden „Hallo die Katz!" sie von der gemeinsamen Last und Gefangenschaft.

Die kleine Brise stand regungslos am Mast und sah zu, wie Jan Himp das Segel um den Großbaum festbendselte. Plötzlich fragte sie mit leiser harter Stimme: Waren Sie schon einmal in einem Bordell?

Was? Wie meinen?, fragte Jan Himp. Er wusste nicht recht, was sie wollte.

Na, solche Mädchen wie in Sankt Pauli!, erklärte sie, als sie seine Unkenntnis spürte, und fügte leise und merklich weniger fest jenen Begriff hinzu, über den sich ihr Vater gewundert hatte.

Ach so! Hafenladies meinen Sie!, entgegnete Jan Himp betreten. Ja, so etwas hatte er schon gehört. Das war ein Seemannsbegriff: Die Brautens von den Matrosen, wenn sie keine andere haben.

Haben Sie das auch schon erlebt?, fragte Kyri, über seine Erklärung mehr zufrieden als erstaunt: Es sah aus, als ginge der Mast mitten durch ihre Gestalt hindurch. Und im Grunde fühlte sie sich elend aufgespießt.

Jan schüttelte den Kopf, schwieg aber, da er nicht wusste, ob es am Platze sei, den Unerfahrenen zu spielen. Sie aber merkte es trotz der Dusternis. Gott sei Dank!, ging ein Seufzer von ihr in die Sterne. Und dann schloss sie mit demselben harten Klang, wie sie das Gespräch begonnen: Helge Witts Vetter, der sagt glatt, er sei da gewesen, und er weiß, sagte er, was das mit der Liebe auf sich hat, es ist widerlich, sagt er. (Dass er hinzugefügt hatte: und dennoch komisch, verschwieg sie.)

Jan knurrte zustimmend! O, er hatte schon immer gefürchtet, dass dem so sei. Trotzdem drängte es ihn, das Sankt-Pauli-Thema fortzusetzen: Die Sprottenwirtin ist tot!, sagte er.

Pfui Deibel!, zischte Kyri und spie wahrhaftig über Bord.

Sie stand noch eine Weile schweigend da. Wenn Jan Himp mich jetzt küsst, was er unter dem Segel nicht getan hat, hau ich ihm eine runter!, fühlte sie, und ein Schauer fuhr ihr unter die Rippen. Jan Himp aber dachte gar nicht daran. Er saß geduckt am Heck und starrte auf die Mole, und seine Gedanken beschäftigten sich angestrengt mit dem jungen Herrn Gondefro und mit der pummeligen semmelhellen Helge Witt; er spürte ein ziehendes Gefühl von Eifersucht, er wusste nicht, warum. Vor Kyri aber schämte er sich über das, was sie miteinander geredet hatten.

Als er wieder zum Mast hinzusehen wagte, stand Kyri nicht mehr da. Sie war in die Kajüte geschlichen. Er hörte, wie sie sich leise auszog und in die Koje kroch.

Da wickelte er sich in die Wolldecke und legte sich wieder auf den harten Boden des Cockpits mit einem Bankkissen unterm Kopf. Und dachte an die Nachthose, die er vergebens mitgenommen hatte, und ob er lieber in die Kajüte kriechen solle. Aber da Kyri nichts verlauten ließ, blieb er, wo er war, und schlief auch bald wieder ein. Denn er war elend früh aufgestanden den Morgen.

Am Rande des Meeres

JAN WACHTE auf wie jeden gewöhnlichen Tag, Punkt sechs Uhr. Auf den andern Booten schlief noch alles. Er reckte seine steifen Knochen und plierte über den Dollbord nach Mole, Deich und Strom. Drüben standen kleine spitze Wellen auf dem Wasser. Die Flut strähnte und schmatzte noch an den Bootsflanken. Hähne krähten.

Auf den Sänden lag eine dünne Nebelschicht. Möwen zankten dort und flogen golden auf. Die Luft roch kühl. Das Boot lag noch im Deichschatten, aber strommitten glitzerte die Sonne und strich einen ausreisenden Dampfer rosenrot, und rosenrot säumte sie die Kanten seiner langen tabakbraunen Qualmfahne.

Jan schälte sich aus der Decke und linste durch die halb offene Kajütstür. Was musste er hören? Kyri schnarchte. Es war nur ein sachtes, sanftes Geräusch, nicht zu vergleichen mit dem handfesten Sägen seines Bruders Willy, und wenn man schon von Sägen sprechen wollte, durfte man höchstens an ganz zarte Laubsägearbeit denken.

Jan Himp erhob sich auf Zehenspitzen. Es fiel gerade Licht genug durch das Skylight, um zu beleuchten, dass die kleine Kyri fest wie ein Engel schlief, die dicken Ohrlocken wirr über das schmale Kojenkissen garniert. Sie lächelte im Schlaf.

Jan schloss sachte die Kajütstür. Badehose und Handtuch waren noch draußen von gestern. Er zog sich aus und nahm ein rasches Bad. Und danach scheuerte er sachte, sachte die Spuren weg, die Kyris landbelastete Schuhe die Nacht hinterlassen hatten, machte klar Deck überall, schoss die umherliegenden Tampen in runden Buchten auf. Die Sonne spazierte über die Deichkrone und kitzelte ihn an der Nase. Er musste niesen.

Nun wollte Jan Himp sich in Dress schmeißen. Er war erst wieder in Hemd und Hose und noch barfuß. Da stand plötzlich Kyri an der Kajütstür, kletterte fröhlich hervor und pries das schöne Wetter. Sie war in einem Schlafanzug aus Rohseide und trug kleine rote Pantoffeln. Welch schönes Wunder! Wie ein pures Modenblatt!, dachte Jan Himp. Sie ließ ihm aber nicht lange Zeit zu Betrachtungen, sondern schickte ihn mit der Korbflasche an Land zum Frischwasserholen, nachdem sie ihr Zahnputzglas mit dem Rest vollgegossen hatte; kaum dass sie ihm Zeit gewährte, Schuhe anzuziehen.

Hinterm Deich liegen zwei Gasthöfe. Jan wollte nun am liebsten in den gehen, in dem er Helge Witt und ihren Vetter möglichst nicht träfe. Er zählte an den drei Knöpfen ab, und als er in die Gaststube trat, saß da das kleine Hell beim Frühstück.

Gehts schon los, Bootsmann?, fragte sie mit übermäßiger Munterkeit: Axel rasiert sich noch. Aber ich hatte Kohldampf.

In einer Stunde, wir wollen erst Kaffee kochen!, antwortete Jan Himp. Rasieren! Das gab es auch. Gut, dass er es noch nicht brauchte.

Nicht so glutäugig und kaltschnäuzig, Herr Himp!, kicherte das kleine Hell: Das Örtchen ist rechts um die Ecke auf 'n Hof! Das ist nämlich die Hauptsache beim Segeln, hat Axel gesagt.

Jan wurde geradeswegs rot. Welch Ton war dies, wenngleich es menschlich war!

Und habt ihr euch auch stubenrein betragen an Bord?, fuhr, Brötchen kauend, das blonde Fräulein fort: Die zippe Kyri ist hier glatt ausgerückt. Die Hamburger haben furchtbar lange Hälse gemacht und wollten es nicht glauben, dass sie wegen eines gewissen jungen Mannes aus Oevelgönne aus dem Tanzlokal abgeschwommen ist. Hihi! Huhu!

Jan Himp verschwand, holte Wasser und ging über den Hof zurück. Die junge Dame in der Gaststube war ihm ungemütlich.

Kyri stand schon frisch und glatt im Segelanzug. Sie hatte auch schon Kaffee gemahlen und zwei Eier gekocht. Macht das was, Jan Himp, fragte sie: Sie sind in meinem Waschwasser gekocht. Und da er, die schwere Korbflasche in beiden Händen, verlegen lächelnd vor ihr stand, größer als sie, braun, blond, ein guter deftiger Junge von de Woterkant, und das auf dem Hintergrund des breiten übersonnten Stromes, überkam sie ein aufsausendes Gefühl, das ihr die Arme hochhob und ihre Hände um seine Ohren presste und ihren Kopf gegen seinen drückte, sodass ihre Lippen seine flüchtig berührten, so starr und steif er dastand. Worauf es alles erschauernd eilends in ihr sich dämpfte, wie eine rasche, vorüberwirbelnde Bö, und sie einen Schritt zurücksank und die Augen niederschlug, die eben noch wie feuerdurchzuckte grüne Steine vor ihm getanzt hatten.

Jan Himp stand stur und wortlos und innerst beklommen selig an die Kajütstür geklammert. Und ehe er sich auch noch besinnen konnte, dass es Worte gab, hatte die kleine Brise sich schon wieder gefasst und erklärte in einem energischen Tonfall, der jede weitere Vertraulichkeit ausschloss: Ich freu mich so, das ist es.

Und nun, schaffen, schaffen!

Dieser Ruf: Schaffen, schaffen! ist eigentlich die seemännische Ankündigung der tischfertigen Mahlzeit. Und bis auf den Kaffee stand auch schon alles da, Brot, sowohl schwarz als fein, Zwieback, Butter, Zucker, Honig und Orangemus nebst Tassen und Tellern, Teelöffeln und Messern und die Eier sogar in blauen Eierbechern mit kleinen bunten Wollkappen bedeckt – Helge Witts eigene Anfertigung –, um sie warm zu halten.

Und während Jan das Kaffeewasser aufsetzte und daran dachte, dass dasselbe Mädchen ihm vor einem Vierteljahr die Faust unter die Nase gehalten hatte und er auch auf Sankt Pauli eigentlich ziemlich Luft für sie gewesen war, nahm die kleine Brise jene rote Puderdose, die Jan ihr mal nachgetragen hatte, und fuhr sich mit der duftenden Quaste leicht um Mund und Nase.

Jan Himp tat einen verstohlenen Blick. Ja, das Ding kannte er. Das war auch solch fatale Sache gewesen. O, auch Kyri wusste sich gut daran zu erinnern. Sie lächelte schnippisch: Mich wundert, dass Sie das Knipsknaps nicht behalten haben damals.

Och, sagte Jan Himp treuherzig: Was soll ich da wohl mit sollen!

Na ja, dass Sie sich nicht pudern wie 'n Affe, das weiß meine Großmutter. Aber manche behalten so was als Andenken oder als Talisman. Wissen Sie, was das ist?

Jan nickte lang gezogen. Doch, alle Matrosen hatten einen Talisman. Sein Bruder hatte zum Beispiel einen polierten Haifischzahn an der Uhrkette baumeln. Peter Tük trug stets einen abgerissenen, schon ganz rostigen Hosenknopf im Mützenfutter, und Matten Zwiebelmann legte ein Elefantenhaar, das er zum Armband erkoren hatte, niemals ab. Von Lotse Hojahn ging die Sage, er habe eine Lockennadel von einer Dame, die auf einem ausländischen Passagierdampfer mal nett zu ihm war, an die Rückseite seines Leibriemens genäht. Aber dass jemand eine Puderdose als Talisman habe, davon war noch nirgends die Rede gewesen.

Kyri Sandvoß setzte ihn jedoch nicht weiter in Verlegenheit. Ich kann sie leider noch nicht entbehren!, sagte sie und ließ sie wieder in ihrer zierlichen braunen Handtasche verschwinden.

Dann ging sie an Deck und pfiff auf zwei Fingern. Das hatte sie noch nicht verlernt. Sie konnten jedoch in Ruhe frühstücken, ehe die beiden Ausreißer ihr Hol ower erschallen ließen. Aber dann, eine Viertelstunde später und noch vor den Hamburger Yachten, segelte die Brigantine in den schönen Sonntagmorgen davon.

Der Wind kam fast achterlich. Raumschots flutschten sie auf dem Schwung der Ebbe dahin. Gleich ihnen war manches Segel unterwegs. Und weiße und grüne Ausflugsdampfer voll Musik und winkender Fahrgäste kamen hinter ihnen auf, überholten sie und verschwanden unter dem Wipfel ihrer Schlote gen Südwest. Sie ihrerseits überholten ein paar Sonntagsboote, die es sich gemütlich machten oder nicht so flott zu segeln verstanden. Glückstadt, Freiburg, Brokdorf, Sankt Margarethen, Brunsbüttelkoog, Belumer Schanze, Altenbruch blieben an der Kimm zurück. Breiter wurde der Strom. Die Ufer verfädelten sich als dünne lila Biese auf der Kante des runden Wassers. Der Wind wurde herber. Die Luft roch nach Tang. Das Geschrei der Möwen klang heiserer und erregter.

Cuxhaven kam in Sicht. Leuchtturm und Windanzeiger, Zeitballmast und Telegrafenstation hoben sich puppenklein, doch deutlich ab von einem dünnblauen Himmel, darüber obenhin ein Zug Schäfchenwölkchen weidete.

Ohne den Motor werden wir die Hafeneinfahrt schlecht zu fassen kriegen, da steht ein kabbeliger Strom bei der Alten Liebe, erklärte Axel Gondefro. Er probierte die Maschine. Sie lief gut an. Er stellte sie wieder ab. Er schien sich auf einmal wieder für sein Boot zu erwärmen. Acht Glas!, sagte er dann zu dem Steuermaat: Purr de Wach ut!

Ay, ay!, antwortete Jan Himp und übergab das Ruder. Er hatte dicke vier Stunden, eine volle Wache also an der Pinne gehockt, und wenn er auch selber gern mit Schneid an der berühmten Landungsbrücke, an der Alten Liebe vorbeigekratzt wäre, eine Erholung war nicht abzuschlagen. Der Eigner war schließlich ja nicht er, und warum sollte für den nicht etwas übrig bleiben? Bis Helgoland war ja noch viel Zeit. Und Hand aufs Herz, so ganz traute Jan Himp dem Cuxhavener Fahrwasser nicht, er hatte genug Unliebsames von Seglern und Fischern darüber gehört.

Und richtig, bei dem östlichen Wind lief eine mächtige Strömung an den Bollwerken vorbei. Jan Himp stand kühl gespannt am Mast. Die Öffnung des alten Hafens klaffte jäh in den Uferwall.

Hart Backbord!, schrie Jan. Denn Axel Gondefro versuchte vergeblich, den Motor anzuwerfen. Er funkte nicht, wie es oft ist in kritischen Augenblicken. Hätte er sich allein auf das Segel verlassen, wäre die Einfahrt womöglich noch geglückt. So aber drückte der Strom sie vorbei, und sie bewahrten das Boot mit Mühe vor dem großen Nordweststack. Nun wartete Jan Himp darauf, dass sie auf dem langen Bogen der Reede zur Kugelbake hin Anker werfen würden. Aber als Axel Gondefro seinen Ärger verschluckt hatte, rief er auf einmal lauthals: Unfug!

Was fehlt dir?, fragte Helge Witt.

Kyri lag vorn am Bug und sah geradeaus auf den offenen Zirkelschlag des Horizonts, auf die graugrün aufgetane Weite der See. Sie schien von dem ganzen verfehlten Hergang nicht berührt worden zu sein.

Sie atmete. Ihr war ganz schwindlig vor Glück. Ach, es war ja nicht das erste Mal, dass sie den Beginn des Meeres erlebte. Aber sie war damals, da sie mit ihrem Vater nach London gefahren war, direkt in Cuxhaven an Bord eines großmächtigen Hapagdampfers gegangen. Und wenn es derzeit auch nicht zu unterschätzen war, zu viel Ablenkendes war gewesen, und ehe sie sich versehen hatte, war man schon mitten auf See. Diesmal erlebte sie den „Beginn" der See. Immer mehr Wasser war es geworden von Blankenese an. Immer reiner die Farbe, immer herber und köstlicher die Luft. Ihr Herz schwang wie eine Glocke. Sie leckte die Tropfen Gischt von den Lippen, die von der Bugwelle heraufsprühten. Ah, es schmeckte salzig! Was kümmerte sie die Rangelei der übrigen Besatzung!

Jan Himp stand klar beim Falltau, klar zum Segelwegnehmen. Aber Herr Gondefro warf die Locke aus der Stirn: Bleiben Sie an der Fock!, schrie er: Wir seilen überhaupt gleich nach Helgoland. Brauchen Sie einen Bootsmann? Ich nicht!

So kam es, dass sie ohne Bootsmann in See stachen. Das Wetter war handig. Die Seekarte mit einem Zipfel zwischen die Knie geklemmt, den Kompass vor der Nase, gedachte Axel, mit Ebbe und raum Wind noch ein gutes Stück hinauszukommen. Es war eine lange mäßige Dünung vorhanden, die, zumal sie achterlich lief, der Brigantine nichts ausmachte. Sogar die pieplige Helge Witt genoss die langen Schaukelschwünge. Wenn sie in einem der breiten flachen Wellentäler lagen, sahen sie nichts als Himmel und Wasser.

Bei Helgoland weht Südost Stärke vier, sagte Jan Himp nach langem Überlegen, ob er richtig abgelesen habe: Es schien ihm eigentümlich, dass dort ein anderer Wind blasen solle als hier: Und bei Borkum ist es Süd Stärke sechs.

Axel Gondefro war misstrauisch und ließ sich die Zeigerstellung, die er selber in der Aufregung nicht beachtet hatte, umständlich beschreiben. Es schien zu stimmen. Jan Himp hatte es sich früher öfters verklaren lassen.

Dann kriegen wir ja guten Rückwind von Helgoland, entschied der schwarzlockige Käptn.

Sind wir noch nicht da?, fragte Helge Witt: Wann baden wir wieder? Ich glaub, mir wird bald schlecht.

Die Flut hatte nun eingesetzt, das Wasser wurde unruhig, der Jollenkreuzer begann zu bocken. Sie erreichten mühselig Feuerschiff Elbe 3, das noch beim Schwoien war. Ein paar Matrosen standen gelangweilt an der Reling.

Ist es noch weit bis Helgoland?, rief Helge Witt winkend die rote Nordwand hinauf.

Der eine der Männer nahm den Brösel aus dem Bart und rief durch die Hand: Kamt ji hüt nich mehr hen!

Mit dem Wind?, lachte Axel spöttisch.

Die Matrosen grienten. Wo kommt ihr denn her? Hamburg?, fragte ein anderer und ließ seinen Priem ins Wasser fallen.

Jawohl, Oevelgönne, Blankenese.

Oevelgönner?, grölte da der erste: Is grad einer weg! Und er wies mit der Pfeifenspitze in der Richtung des freien Horizontes, dahinter Cuxhaven liegen musste.

Eine große mahagonifarbene Yawlyacht kam von Südwesten. Sie kreuzte dicht an der Brigantine vorbei, die auf einmal klein aussah. Wolln Sie in See? Nicht ratsam! Helgoland hat Sturmball auf. Gibt noch Saures!, rief ihnen der Steuermann zu. Die Feuerschiffmatrosen grienten. Jan Blank ist kein Weihnachtsmann!, rief der mit dem Priem: Der frisst Kinder!

Man sah, wie Axel Gondefro wütend wurde. Er überließ Jan Himp das Ruder und studierte eifrig Karte und Kompass. Jan Himp hielt unentwegt die Richtung auf Feuerschiff Elbe 2, dessen Masten über die Kimm wippten. Was machte ihm das muntere Kahngetänzel? Endlich lag die große Weite vorm Bug. Ein Zittern ging durch das Boot, wenn es in eine grüne Welle stieß, anstieg und sanft sich dem Tal zuneigte. Noch stand das Segel voll, sie machten noch Fahrt, da war nichts zu reffen und zu besorgen, noch war der Himmel klar. Wie gut das Boot lief, pflügte mit scharfem Laut, riss kleine silberne Spritzer übers Vordeck. Kyri zog sich bis an den Mast zurück. Sie sah sich lachend nach Jan um. Ihr Gesicht war nass von den silbrigen Seespritzern. Ja, unverhüllt lag der Horizont der See vor ihnen, wie ein Reifen gerundet, starr und hart, wie aus grünem Blech geschnitten oder aus grüner Jade von der Farbe jener Steine, die ihnen ein Chinese einst in einem Hippodrom auf Sankt Pauli angeboten hatte. Das Zeichen für Glück und langes Leben war da hineingeschnitten.

So klar, das bedeutet Regen, und es wird wohl schon stimmen mit dem Sturm. Aber es wird Nacht werden, ehe es so weit ist, dachte Jan, und es waren seine Oevelgönner Stromerfahrungen, die er da zugrunde legte. Er ahnte wohl, dass die Nordsee kein Mühlenberger Loch sei und Helgoland nicht Blankenese. Es reizte ihn, Gefahr zu wittern. Seinetwegen konnte es weitergehen. Er sah Kyri sich zum zweiten Male umwenden. Ihre Augen waren nunmehr groß und saugend und von unnennbarer angstvoller Lust besessen.

Axel Gondefro hatte sich die Sache überlegt. Baden wir lieber erst!, sagte er ruhig. Er war nicht gerade feige, aber er wusste, ein Jollenkreuzer ist kein Segelschoner. Die Begegnung mit der Yawl hatte ihn kleinlaut gestimmt. Wenn sogar die kniffen, dann brauchte er sich nicht zu zieren. Helge Witt spürte seine Sorgen. Ja, baden wir, aber rasch!, drängte sie. Sie hatte ihre Lider geschlossen und lächelte.

Axel kommandierte: Süd ein Viertel West Richtung Neuwerker Leuchtturm. Jan wiederholte. Er verbiss seine Enttäuschung. Befehl war Befehl. Er rief Kyri zu: Wohrschau die Fock! Wendete und segelte eine schwarze Tonne an und gelangte in einen Priel, dessen Fahrwasser mit Reisigbesen auf Stangen, mit sogenannten Priggen bezeichnet war. Der Sand war bei dem niedrigen, vom Ostwind zurückgedrängten Wasser hoch heraus und blendend weiß und trocken.

Sie gingen an einer geschützten Stelle vor Anker, bereiteten ein einfaches rasches Mittagsmahl, bei dem die Vorräte ziemlich draufgingen, verputzten auch den in einer großen Sonderblechdose gehegten Sonntagsrosinenpuffer gleich im Anschluss, setzten dann, obgleich die Flut im Steigen war, unbekümmert in Badezeug und Kissen und Decken auf die Sandbank über;

schmorten in der Sonne, aalten sich, ließen den körnigen quarzkristallglitzernden Sand durch die Finger rinnen, ließen blaue Miesmuscheln, regenbogenfarbige Klapp- und Herzmuscheln in der Sonne leuchten; schwammen in dem tragenden, grünlichblauen, mildkühlen, dicklichen Seewasser; liefen weit auf den Sandbänken umher; fingen Taschenkrebse und kleine Flundern und ließen sie wieder laufen. Schlummerten, eingelullt vom aufrispelnden Wasser, das leise war in dieser geschützten Bucht, gewiegt in dem unendlich blauen, von Windfächern wie mit Spruchbändern überwimpelten Himmel, darin zu lesen sie zu müde waren von der strengen, gläsernen Luft. Draußen das kabbelige Wasser, die Sturmwarnung, sie hatten es schon vergessen, zu schön und friedlich war es hier.

Jan Himp jedoch hatte eisern ein Auge auf den steigenden Wasserraum. Aber sonderbar. Bei Ostwind schien die Flut diese Sandbank zu verschonen. Schließlich legte auch er sich dösend zurück. Wie eine ferne Musik verrückter Saxophone wipperte das Geschrill der an der Flutkante fischenden Möwen. Die kleine Brise hörte manchmal ihren Namen verzerrt, Kü-rriä, Kü-rriä! rau und dennoch wie silbernen Staub in der Weite flirrend. Es waren die rosaflügeligen Seeschwalben. Mein Nachname ist nicht Eleison, lächelte sie in den türkisenen Zenit: Muss ich etwa „Herr, erbarme dich" heißen? Sie dachte an die Bergdohlen auf dem Hafelekar bei Innsbruck. Die hatten auch ähnlich gerufen. Und vom Gebirge gingen die Gedanken zu ihrer Mutter. Es wurde ihr heiß: Ich hab mich mit meiner Mutter befreundet!, fühlte sie auf einmal. Ihr war, als tröstete es sie für ein unbekanntes Leid.

Die Bö

GESPROCHEN WURDE nicht viel diesen Nachmittag. Die vier waren auf der zünftigen Seglerebene angelangt, wo alle Bewegungen bedächtig werden und die Worte rar.

Jan Himp sah ab und an ins Wetter. Der Himmel war ganz reinlich. Aber die Sonne stach. Und es war eben nach Neumond. Er machte das Beiboot flott, fuhr an Bord und holte das Ölzeug herunter. Herr Gondefro verzog ein spöttisches Gesicht. Aber er war im Grunde zufrieden, dass der Junge mit war. Er rief ein Scherzwort zu Kyri hinüber. Kyri überhörte es.

Kyri schien jetzt ernster zu sein als je zuvor. O ja, sie hatte sich gewandelt. Sie fühlte sich gereift. Sie hatte sich vorgenommen, ungeheuer aufrichtig zu sein. Sie war auch etwas frommer geworden. Es war der natürliche Ausweg für ihre zur irdischen Tapferkeit sich neigende Fantasie. Auf einmal sprach sie darüber an diesem Nachmittag angesichts der See. Es war stockend und nicht ohne Dünkel des Besserwissens. Axel Gondefro wagte zu witzeln. Da geriet sie in einen fliegenden Eifer. Jan Himp hörte mit unbehaglicher Beklemmung vor neuen Unbekanntheiten offenen Mundes zu. Helge Witt war neidisch. Denn es kam heraus, dass Kyri eine Dichterin kennengelernt hatte, dort, wo sie in Bayern geweilt; Kyri war eine kleine heilige Flamme, als sie davon erzählte. Und dann sagte sie viele Verse auf, die sie auswendig gelernt hatte.

Des Mondes Scheibe
Rollt klein und emsig
Nach dem Wald,
Du aber bleibe;

Denn, horch, sie musizieren bald.
Gleich scheuen Rehen
Die Bogen auf den Geigen stehn.
...

Es war Schweigen um sie herum. Und danach eine lange schwebende Pause. Wer sollte da den Mut gehabt haben, Prosaisches dagegenzusetzen?

Kyri selber war es, die plötzlich mit den Kissen um sich warf, worauf man zur Erde zurückkehrte. Axel Gondefros spöttische Mundwinkel hatten einen Zug ins Schwermütige bekommen, der auch in der Kissenbalgerei nicht wegzuwischen war. Als man schließlich Atem schöpfte, sagte er, die Arme verschränkt unterm Kopf auf dem Rücken liegend, in den Himmel, der sich blass zu beziehen begann: Und wenn es nun mit meinem Studium Essig wäre, dann geh ich in ein Arbeitsdienstlager. Da sind Moore trocken zu legen, Land an der Küste zu gewinnen, Kanäle und Straßen zu bauen. Vielleicht ist das wichtiger, als später mal anrüchige Prozesse zu verhackstücken. Schofför oder Taxikutscher könnt ich auch noch werden.

Kyri blinzelte Jan Himp zu. Hatte sie es nicht schon vor Monaten geahnt? Der Gondefro'sche Wagen war inzwischen verkauft worden. Und der schicke Jollenkreuzer Brigantine? Sein Schicksal konnte nicht zweifelhaft sein, wenn Axel erst weg sein würde. Mitleid hatte sie nicht. Sie fand es fast erhebend, plötzlich arm sein zu müssen. Essen und Trinken war ihr zumeist nebensächlich gewesen. Den Begriff schöne Kleider hatte sie noch zu kurze Zeit erst erlebt. Und dann fühlte sie ziemliches Vertrauen zu sich selber. Sie würde schon durchkommen. Ich? Ich würde – sagte sie träumerisch. Aber sie verriet nicht, was sie tun würde. Herr Pampanos hatte ihr gesagt, sie müsse zum Film. Aber Herr Pampanos war ein Schwindler und Schieber. Dem war nicht zu glauben. Kinderfräulein würde es vielleicht anfangs auch tun!

Sie hatte sich darüber in der letzten Zeit Gedanken gemacht. Ihre Mummi hatte reichlich oft geseufzt, und sie hatten zuletzt in einer ganz kleinen Pension bei Arosa gewohnt und auch die Hauslehrerin aufgeben müssen. Der Reeder Sandvoß war ein vorsichtiger Mann. Er begann rechtzeitig mit den Einschränkungen, und da der ärztliche Bericht zufriedenstellend war und die Absicht, Kyri studieren zu lassen, nicht vorlag, wurde vor der Familie nicht haltgemacht mit den allgemeinen Sparmaßnahmen. Kyri schien ihm schlau genug. Sie würde nachholen, was nötig war.

Ich werde Schreibmaschine lernen und bei meinem Vater ins Kontor gehn!, sagte sie leichthin.

Und einer armen Tipptöse das Brot wegnehmen!, missbilligte Axel den Plan: Du solltest Theater spielen, freundliche Maus!

Kyri wurde rot und schwieg. Helge Witt verwies ihrem Vetter jede Kosewortentgleisung Kyri gegenüber. Kyri sei nun mal was Besonderes. Das habe die ganze Klasse längst gewittert. Ihr Platz werde bekränzt sein. Und die Sandvoß hätten es sicher noch gut auf lange Zeit. Ihre eigene arme Witt-Gesellschaft aber sei bei den schlechten Weltmarktpreisen für Walfischtran reif für eine trübe Zukunft. Sie persönlich werde als Marketenderin Axel in das Arbeitslager folgen. Und Jan Himp?

Oho, Jan Himp. Ihm war, als sei das bescheidene Geschäft seines Vaters, ein bisschen Bootsbau und ein bisschen Bootsvermietung, auf festerem Boden gegründet als die großen Häuser, deren Sprösslinge halb scherzend, halb besorgt, aber doch ganz tapfer das große

Beben der Zeit erspürten. Jan Himp öffnete seine seegrauen Augen und sagte das Einzige, was er zu sagen wusste, sagte es leise, zäh und ein wenig hoffnungslos: Ich geh auf See.

Hätte er es zu Hause gesagt, jedermann, Elsbe, Mariechen und auch Vater Möller hätten bitter aufgelacht. Hier aber war niemand, der es bezweifelte. Und alle sahen still in die silbergraue Kimm der See und beneideten Jan Himp im Geheimen.

Sie hatten sich alle getrennt voneinander gelagert. Die Einsamkeit des schon festlandfernen, seebespülten Sandzipfels, die Einsamkeit des Meeres bekam Gewalt über sie. Alle vier waren an der Wasserkante aufgewachsen. In ihnen wohnte die Kargheit, die Verschlossenheit, das Graue, Wandernde, Weitschweifende des nördlich niederen Küstenstriches. Diese Landschaft und Luft war ihnen zutiefst verwandt und machte sie zutiefst still, löste sie gleichsam in sich auf.

Wenigstens bei der kleinen Witt und bei Jan Himp war es so. Die Gondefros waren vor mehr als hundert Jahren aus Frankreich eingewandert. Es pochte noch etwas von leichterem Blut unter Axel Gondefros dunklen Locken. Kyris Großmutter war von jenseits des Atlantik: Antilia. Da war es tropisch. Kyri richtete sich zuerst wieder auf.

Sie sah über den flachen Sandkamm die Scharhörnbake wie einen Gorilla stehen. Aber auf der anderen Seite des Horizontes stand der dicke Seeräuberturm von Neuwerk wie ein großmächtiger ducknackiger heidnischer Fürst, den die Hamburger als Nachtwächter angestellt haben. Der passte auf, dass der Gorilla ihnen nicht näherkam. Der Gorilla trägt ein Junges im Bauch!, dachte sie erschauernd. Sie wusste wohl, dass es die Hütte war, in die sich Schiffbrüchige retten konnten.

Helge Witt war mit dem Kopf auf Axel Gondefros mageren Beinen eingeschlafen. Sie hob sich kaum vom Sand ab. Sie war wie aus dieser Gegend ausgeschnitten. Und Jan Himp lag da wie ein Seehund. Was war das? Platsch plitsch, phuuh! Da tauchte wirklich ein Seehund auf, hob die silbergraue Schnauze, sah, dass sein Schlafplatz schon belegt war, und hupp, hupp, plumps trollte er sich wieder. Ja, es stimmte. Jan Himp sah so treuherzig aus wie ein Seehund. Sauber und wasserfest. Kyri bereute nicht, ihm einen Kuss gegeben zu haben. Schon weil er so anständig war, sie nicht an die neun Mark fünfundsechzig zu mahnen, die sie ihm noch schuldete. Was sollte eigentlich mal aus ihr werden, dass sie so früh fremde junge Leute küsste? Weit, weit weg wollte sie, wie Axel Gondefros große Schwester, die sich nach Sarabajoe in Holländisch-Indien verheiratet hatte. Aber manchmal zu Besuch kommen und mit ihrer Klabauterjolle segeln und mit Jan Himp klönen. Sie entrückte sich jäh über das flache, kalte, nordische Gelände. Ihr Traum war ähnlich wie der Jan Himps: Palmen, Wärme, braune Menschen. Aber was bei Jan Himp Abenteuerlust war, aus Jahrhunderten Seefahrt seiner Ahnen gespeist, das war bei Kyri Sandvoß Sehnsucht nach einer unbekannten Heimat. Sie fühlte sich auf einmal fremd. Es fröstelte sie. Sie zog den Bademantel fester, wickelte die Wolldecke höher. Ah, so, die Sonne war ja auf einmal weg. Es wehte frischer. Sie schnupperte. Nun erst roch es eigentlich nach See. Ja, das war der rechte Atem der Ferne.

Nun schlief auch Axel, einen Strandhaferhalm zwischen den halb offenen Lippen. Kyri lächelte. Es wird Sturm geben, und dies süße Paar schlummert. Wenn sie jetzt sterben würden? Wäre es nicht gut? Im Westen wurde es dunkel. Nein, sie würde niemand wecken.

Als sie sich wieder zurücklegen wollte, richtete Jan Himp sich auf. Prüfend sah er sich um. Bedenklich schüttelte er den Kopf. Der Himmel gefiel ihm schon lange nicht. Hinter der Scharhörnbake schob sich ein bleigraues Gebirge hoch. Sieht so Gebirge aus?, fragte er Kyri.

Sie lachte verächtlich. Aber Jan Himp wusste Bescheid. Die Feuerschiffleute und die von der Yawl hatten nicht geäppelt. Da braute etwas wie ein dickes Unwetter.

Er sah nach dem Boot. Kyri lief jählings hinter ihm her. Das Wasser hatte die Rückseite der Sandbank fast verschlungen. Ein dumpfes Rollen kam näher. Es war die vom Ostwind zurückgestaute Flut, die mit mallender Brise jetzt doppelt rasch die Tide nachholte. Auf dem Scharhörnriff fern standen niedrige Brecher. Sie schienen erstarrt, zackig, grell in den dunkelnden Horizont gesplittert zu sein.

Jan Himp rief laut durch die hohlen Hände: Reise, reisee!

Die beiden Schläfer erwachten erstaunt. Axel brummte etwas von ewiger Bangbüxigkeit. Als er sich aber umgesehen hatte, hielt er es für ratsam, schleunigst loszufahren.

Noch zehn Minuten, dann hätten sie im Nassen gelegen. Mit unheimlicher Schnelligkeit wuchs nun die Flut. In langen Bögen schwangen die Wellen herauf, eingefasst von Gischt wie von dicken weißen Wollkanten. Das Beiboot schwamm plötzlich, trieb im Strom davon. Mit Anstrengung holten die beiden Jungen es zurück. Anziehn! Ölzeug! An Bord! Los! Los!

Endlich waren sie alle in der Brigantine. Hoch die Fock!, rief Jan. Es war klar, dass man mit der Fock allein versuchen musste herauszukommen. Das leuchtete Axel nicht ein, er war dafür, den leisesten Lufthauch so rasch es ging auszunutzen, um gegen die Strömung aus dem Loch zu entwischen. Jan Himp gehorchte. Das Großsegel kletterte in die Höhe; es war aber noch nicht halb oben, als eine kurze Bö knatternd ins Laken setzte und das Boot fast zum Kentern brachte. Die Mädchen schrien auf, das Segel puffte wie ein Ballon über Backbord, Wasser lief ins Cockpit. Jedermann klomm auf den Waschbord in Luv und sah sich schon auf dem Kiel reiten. Da schnappte die Bö ab, so plötzlich, wie sie gekommen war, und wie ein Wilder war Jan über das Großsegel her, und alle halfen ihm, es eilends und notdürftig zusammenzuwürgen. Dann setzten sie die Fock, die ungebärdig hin und her knallte.

Man sah draußen vorm Priel die Tonnen in krausem Schaum tanzen. Dort war die einzige Ausfahrt, überall zur Seite lauerte die Untiefe. Jan Himp gedachte der grausigen Geschichten, die er über die Triebsände dieser Gegend vernommen hatte. Hier unterm Schlick am Scharhörnriff hinauf lag Wrack über Wrack, ein stummer, unbezeichneter, grausiger, jahrtausendealter Schiffsfriedhof. Nein, hier musste jede Beschämung abfallen, hier half das bloße Segeln nicht. Axel war schon am Motor. Wenn der versagte, dann mussten sie vor Anker bleiben, hoffend, dass er halte.

Jan Himp sah die Strömung gischtig und strudelnd den Priel füllen, rauschend stieß und gurgelte die Flut vorm Bug. Die Sandbank war verschluckt, freies Wasser schien überall, aber jetzt begannen lange Brecher über die tückischen Untiefen zu wühlen, grauseifiges Gerippe, das aufbrach und in weiße Fetzen zerbarst. Jan Himp sah Axel Gondefro bleich mit zitternden Fingern an Hebeln und Schrauben reißen. Hart sprang er ans Heck, schrie ihn an: Hiev Anker! Und während Axel nach vorn torkelte und auch Kyri schon dort zur Stelle war, gehorchte nun auch der Motor nach wenigen Griffen. Mit giftigem Fauchen sprang er an, prustete ein paarmal, feuerte einige Fehlzündungen wie Notschüsse in den flötenden Luftzug und das Ballern der Fock. Axel und Kyri rissen den Anker herauf, und brrr, rut, rut, rut gluckerten sie los und gewannen den Ausgang aus der vor Kurzem noch so lieblichen Bucht. Es war ein Rutsch wie bei einer Berg-und-Tal-Bahn. Und verflucht, sie kriegten einen dicken Schubs Wasser um die Beine, als sie die Einfahrtstonne rundeten und Jan das Ruder steuerbord drückte; aber dann ließ die Fock ihr Geflatter, füllte sich stramm und begann zu ziehen.

Jan Himp biss die Zähne zusammen. Seine Nerven strafften sich. Das war eine Sache. Grau stiegen die Wellenberge auf, bemützten sich grell, zerstoben in Häkelspitzen. Der Schwell jachterte hinter ihnen her. Sieh dich nicht um!, schrie Kyri der armen Helge Witt zu, der es übel wurde. Wie lange schneebedeckte Schieferdächer wurde es ihnen nachgeschoben, als sollten sie daruntergekippt werden mit Topp und Takel. Aber eben hinterm Heck schienen sie sich zu verneigen, um eine verborgene Achse zur Tiefe zu drehen, hoben den Kiel der Brigantine auf, rauschten zerteilt an den Flanken voraus, ritten vorm Steven neu errichtet von dannen.

Das Beiboot schleuderte hinter ihnen bald hoch über ihren Köpfen, bald in der Tiefe. Oft kam es dem Heck gefährlich nahe, oft drohte die Fangleine zu brechen. Sie hätten es an Bord nehmen sollen. Aber dazu war keine Zeit gewesen. Der Motorpropeller ratterte zumeist außerhalb des Wassers. Jan ließ abstellen. Axel gehorchte. Das Focksegel genügte jetzt.

Der Wind zwitscherte steif südwest. Der Himmel war dick. Aber die Sicht voraus war noch gut. Feuerschiff 3 tanzte auf und ab in der groben See. Es grummelte achteraus in dickem Gewölk. Gewitter, das fehlte noch. Jan schrie es den andern zu. Er fühlte sich stark und gewappnet. Wenn kein Hagel, Schnee, Wolkenbruch und Nebel kam, so wollte er sie alle schon gut nach Cuxhaven zurücklotsen. Wo die Feuerschiffe lagen, da konnte man jederzeit vorbei. Er hatte Pinne und Boot in Gewalt. Und Feuerschiff 3 lag schon hinter ihnen.

Axel hatte sein Vertrauen auch zurückgewonnen. Er öste Wasser aus. Kyri bemühte sich um Helge Witt und begann auf einmal hoch und fremd zu singen. Ihr war ganz verrückt zu Sinn in dieser tobenden See. Gott sei Dank hörte niemand, dass sie sang. Rasmus, der Wind, sang lauter als sie und hieb wie mit trommelgroßen Pranken über jedermanns Ohren.

Aber Jan Himp merkte es. Es tat ihm eigentlich leid, dass er ihr nicht eine heftigere Brise bieten konnte. Für sie, die bei Kap Hoorn schon als kleines Kind einen Arm gebrochen hatte, musste dies ja nicht schlimmer als ein bisschen Geschirraufwaschen sein.

Helge Witt kroch sterbenselend in die Kajüte. Ihr Mittagessen und der viele schöne Kuchen waren alles über Bord gegangen. Als sie fort war, wurde Kyri still und schlich ihr bald nach. Es wurde auf die Dauer doch zu karussellartig und zu feucht draußen.

Wir gehn unter, wir gehn unter!, wimmerte Helge Witt.

Bist ja irrsinnig!, tröstete Kyri sie. Aber ihr war auch nicht so ganz senkrecht. Sie kroch neben ihre Freundin. Eng aneinandergepresst und verklammert lagen sie da in der engen Koje, Kyri stützte sich mit Knien und Ellbogen ab gegen die wilde Schleuderei.

Vergib mir!, jammerte Helge. Sie wiederholte es oftmals.

Kyri fragte nicht, was sie meine. Sie hatte genug mit sich selber zu tun. Allmählich deuchte ihr, sie gewöhne sich an die Schaukelei. Sie bedauerte, nicht doch an Deck geblieben zu sein. Erhabenes Schauspiel! stand ein deklamatorischer Begriff vor ihrem schwindligen Gemüt. Helge Witt war nun auch ruhig. Wahrscheinlich schlief das pummlige Küken schon wieder. Sie rüttelte sie leicht: Was meinst du eigentlich mit deinem Gewinsel, vergib mir, vergib mir?

Sie fühlte, wie Helge Witt unwirsch die Achseln zuckte: Sabbel nicht!, entgegnete die Holde, die eben noch zu sterben geglaubt hatte. Und fügte dann nach dumpfer Pause hinzu: Außerdem meinte ich nicht dich, sondern den lieben Gott.

Ich weiß schon, Fräuleinchen, knirschte Kyri da erbost, indem sie aufstand und sich an Kojenrand und Skylightleiste verankerte: Es ist was mit Axel! Aber mir ist das wurscht! Mich interessiert der Feigling nicht. Da ist der andere doch ein anderer Kerl.

Als sie nun aus der Kajütstür sah, klarte es schon wieder auf. Schwarzblau zuckte die See, von durchbrechenden Sonnenhämmern kupfern beschlagen. Axel Gondefro saß neben Jan Himp auf der Heckducht. Er hatte eine Zigarette im Munde, die allerdings nicht brannte, und eine Hand um Jans Schulter, während er abgerissene Worte hervorstieß:

Weiber? – Blödsinn! – Liebe – mag sein – wir Männer Hauptsache – Mut – Tatkraft –

Durch das Unwetter schienen heldische Vorstellungen aufgescheucht worden zu sein. Axel Gondefro war mächtig stolz, dass er und die Brigantine sich so gut gehalten hatten. Sie waren schon hinter der Kugelbake. Hier lief die See gebändigter, und diesmal ging es ganz ohne Motor bei der Alten Liebe vorbei, und sie taten, als seien sie glatt nur vor der Fock lenzend so etwa von Helgoland in einem Zuck hergeseilt. Mit Wind und Strom gelangten sie ohne Schwierigkeiten in den Alten Hafen, wo schon eine Menge Fahrzeuge lagen, und machten, ihr hohes Aufatmen voreinander verbergend, an einem der Mittelpfähle fest.

Sie suchten in der engen Kajüte mit übertriebenem Geknurr nach trockenen Sachen, zogen sich um, ohne sich nun lange voreinander zu zieren.

Von der Landungsbrücke her aber stakte auf rheumatischen Beinen mit verzweifelt und wundernd auf und ab wippenden Armen der von Papa Sandvoß bestellte und nicht abgeholte robbenbärtige Bootsmann den Hafenkai entlang. Er hatte die Brigantine einkommen sehn. Und sie kam von See. Und er empfing die kleine Besatzung mit stummem vorwurfsvollem Kopfschütteln.

Willy

DER BOOTSMANN lotste die feuchte, aber höchst vergnügte Gesellschaft zu Dölle, wo sie, es war kaum sieben Uhr, alsbald Abendbrot bestellten. Mit großen Worten berichteten sie dem biederen Robbenbart von ihren Erlebnissen. Der brummelte nur kopfschüttelnd und trank Grog.

Es war halb neun. Helge wollte noch ein bisschen auf die Alte Liebe und auf die Promenade. Aber Kyri war müde. Sie wollte am liebsten zu Bett. Zimmer waren bestellt.

Wann wolln wir eigentlich wieder nach Haus?, fragte da Axel Gondefro auf einmal: Wenn wir doch nicht nach Helgoland können, ist es am besten, wir sparen hier das Geld und rutschen mit der Nachtflut heimwärts. Ich hab morgen sowieso eine Kollegbesprechung. Ich wollte nämlich mit einem Klassenkameraden besprechen, welche Kollegs wir belegen wollen.

Und ich brauche keinen Tag in der Schule zu fehlen, meinte Helge Witt: Und Kyri auch nicht.

Habt ihr schon die Nase voll?, versetzte Kyri.

Sie summte eine Melodie vor sich hin. Was ist das für ein Lied, wenn man fragen darf?, sagte Jan Himp in plötzlicher Unruhe. Er wusste wohl, es war der fremde Tanz, den Willy auf dem Bandonion gespielt hatte. Es war schon lange her.

Ich hörte es vorhin am Hafen, oder vielleicht früher mal, antwortete sie trübe: Das Wetter ist übrigens gut.

Das Wetter ist gut!, sagte da Jan Himp.

Jo!, grinste der Robbenbart: Wir können auch noch die Nacht nach Helgoland segeln, wenn wir gleich losackern, und mit Hochwasser morgen zurück.

Aber niemand schien mehr recht Lust zu haben. Hatten sie es nicht allein fertiggebracht, wollte es ihnen jetzt mit Beihilfe nicht reizvoll dünken.

Wann haben wir Niedrigwasser? Schätze eben nach Mitternacht!, äußerte Jan Himp, nachdem er eine Weile überlegt hatte.

Jawohl, söben Minuten no! Aber wenn Sie nach Helgoland wollen –

Wollen wir ja gar nicht!, erklärte nun auch Kyri: Wir sind Mitternacht an Bord, und Sie segeln uns, während wir schön schlafen, nach Haus, Bootsmann.

Wenn Fräulein wünschen, ich kann das allens!, nickte der Robbenbärtige. Eine bedeutende Aufgabe sei das ja nicht, aber Herr Generaldirektor habe ihm sowieso verboten, nach Helgoland zu segeln. Das Wetter habe auf jeden Fall ungeeignet zu sein. O, Herr Sandvoß wusste gut, dass der Rat eines Fachmannes gefährlichen Wünschen überzeugender entgegenzutreten vermag als die Besorgnis noch so großer Liebe.

Rumms, da kam es also heraus, wie man sie noch als Kinder zu behandeln unternahm. Sie waren ein bisschen verlegen und gekränkt, prahlten danach aber desto diebischer mit dem Zipfel Nordsee, den sie auf eigne Faust ergattert hatten.

Nur Kyri wurde still. Ihr Gewissen war empfindlich. Sie fühlte zu gut, dass sie um Haaresbreite an dem Schicksal des „Windspiels" vorbeigeglitten waren. Sie zog sich bald zurück, um, wie sie sagte, das bezahlte Zimmer noch ein wenig auszunutzen. Helge folgte ihr. Axel und Jan saßen bei dem Bootsmann und ließen sich ein Garn vorspinnen von Biskaya und Beringsmeer, von Südsee-Atollen und indischen Häfen. Gut, dass die Mädchen es nicht mit anhörten. Es ging saftig zu in den Breiten der seemännischen Abenteuer.

Um zehn Uhr stand Jan Himp auf. Er wollte nach dem Boot sehen. Sie ließen ihn auch ruhig ziehen. Axel Gondefro hatte noch einige Sonderfragen über einige vordem von dem trefflichen Robbenbart leicht angedeutete Erlebnisse mit „Brautens" verschiedenster Rassen und Farben.

Jan Himp ging den Deich und Hafen entlang bis an die Eisenleiter, darunter das Beiboot der Brigantine im Schatten eines Fischewers lag. Auf diesem Fischewer nun stand ein Mann, der sich das Dingi näher besah und nach rückwärts zu dem Schiffer sagte: Schnittiges Brett, was? Is bi uns mokt, sah ich gleich. Werftarbeit. Qualität. Mensch!

Die Stimme kannte Jan doch? Er unterdrückte einen Schrei, kletterte mit taubem Gefühl in den Knien die Leiter hinunter, trat mit großem Schritt auf das Ewerdeck über und blieb da stehen. Es schwindelte ihn.

Der Mann, der da über das Boot gesprochen hatte, sah sich um. Hallo!, sagte er: Das trifft sich ja. Direkt Familie. Wenn man vom Dübel snackt, dann kümmt he.

Willy?, schluckte Jan.

Dje, wer sünst? Mit was für 'n Boot büst denn hier?

Brigantine, von Blankenese, Gondefro, wo wir vorigen Sommer das Beiboot geliefert haben.

Sühste?, wandte sich Willy an den Ewerschipper: Das is Jan Himp, mein Bruder.

Damit war die Begrüßung vorläufig zu Ende. Der Schiffer sagte nur: So!, ging in die Luke und ließ die beiden allein stehen.

Jan rührte sich noch immer nicht vom Fleck. Sein Bruder kam auf ihn zu. Jan sah, dass er sich auf einen Stock stützte und ein Bein nachzog. Und du?, fragte Jan Himp da.

Später!, antwortete sein Bruder. Er kam ganz dicht an ihn heran und flüsterte heiser: Wie is dat denn to Huus? Mit Polizei und so?

War da, aber is nu allens wieder inne Reih. Is nix nach gekommen.

Meinst du? Hier war auch nix. Kucken sich das Seefahrtsbuch an. Willy Möller, Quartermeister? Schön! Drücken ihren Stempel drauf. Nix weiter.

Ist der Flunki auch da?

Der? Gotts bewahr! Dee Swin? Nee, da bün ick afhaut! Dee Oos, dee!

Großartig! Denn kann ich ja auf See.

Du! Auf See! Veel Vergneugen!

Ollreit.

Ollreit? Grönsnut! Und was wird mit der Bootsvermietung? – Willys Stimme war fast drohend.

Kannst du machen.

Willy lachte böse auf: Und der Alte? Was sagt der dazu?

Nichts.

Okee! Willys Argwohn schien sich in einen Hoffnungsschimmer zu verwandeln: Ich hab nämlich 'n lahmen Achterflunk. Is nix mehr mit die heilige Seefohrt. Erst hatten wir mächtig Sott in Norwegen und in Finnland und so weiter. Aber schließlich haben mir die Grashüpfer einen in den Backbordpropeller geflötet. Peng. Ich konnt kaum noch in die Barkasse, Mensch.

Ist die Barkasse auch hier?

Die? Sabbel di doot! Die ist in – ober wat geiht di dat an! Kumm, wie wüllt een zwitschern! Wiedersehn inne Heimat. Oder dröffst du noch immer keen?

Ich? Als du damals wiederkamst, hab ich mit dem Alten Rotspon getrunken, und erst gestern abend einen Grog.

Manometer, krieg man kein Diliribum! Hoffentlich hast du noch Kleingeld. Er schnupperte in die Luft. Es roch aus der Ewerluke nach warmem Essen: Aber lass man auch. Ich bin froh, dass ich die Dreckleiter runter bin. Schiet mit 'n Foot! Büschen Labskaus acheln?

Danke, hab schon! Er leckte sich die Zähne: Bei Dölle! Vielleicht kannst du mit der Brigantine mitfahren. Da ist Fräulein Sandvoß auch dabei, der hab ich – Jan stockte. Nein, das ging auch niemanden etwas an, wo sein Kleingeld geblieben war.

Die Kleine vom Steg? Die von meinem alten Reeder? Die den Krintenklöben nicht mochte? Pühüt! Nanu! Du bist wohl inzwischen auch auf Geschmack gekommen? Gut! Wenn du meinst –

Und noch zwei andere und ein Bootsmann auch.

Nee, doch nicht. Ich fohr mit düssem Muttpüster. Muss mich erst langsam wieder an feine Leute gewöhnen.

Das Gespräch war nun auf einem toten Punkt angelangt. Jan Himp hätte gern Näheres über Willys Erlebnisse gehört, aber Willy kroch ohne weitere Bemerkung dem Schiffer in die Luke nach, um nicht zu spät an die Pfanne zu kommen.

Jan Himp sah mit Bestürzung, welche Mühe sein Bruder mit dem linken Bein hatte.

Er fuhr zur Brigantine hinüber, machte alles klar zur Abfahrt, wartete ruhlos, dass Willy an Deck des Kutters, den er in der düster windigen Nacht noch eben am Bollwerk ausmachen konnte, wieder erscheinen solle. Er wollte Kyri fragen. Die hatte doch das Bandonion im Gedächtnis. Nach etwa einer Stunde warf der Schiffer drüben los, und ein Bootsmann war dort auch an Bord. Sie hielten sich aber nicht mit Segelsetzen auf, sondern schülpten mit ihrem pochenden Petroleummotor davon. (Willy lag unter Deck und schlief. Er zahlte Frachttarif und fürs Essen. Es war immerhin billiger als mit dem Jan Molsen oder sonst einem Vergnügungsdampfer.)

Jan preite angstvoll hinterher: Willy!

Aber niemand achtete auf den bänglichen Ruf, den der Wind verwehte. Und Jan Himp sank in finstere Zweifel, ob der Kutter elbauf gehen würde oder wieder in See. Willy, sein Bruder, war wie ein Geist erschienen und wieder verschwunden. Und Jan dachte angestrengt darüber nach, ob wohl das der Oevelgönner gewesen sei, den die Matrosen auf Feuerschiff Elbe 3 so nebenbei erwähnt hatten.

Erst später nach und nach klärte ihn sein Bruder über den Zusammenhang auf. Der dänische Dampfer hatte eine runde Ladung Konterbande für Hamburg und wollte dort auch den verwundeten und wenig mehr nutzbaren Quartermeister Möller absetzen. Den Sonntagmorgen aber, eben hatte man die Elbmündung zu fassen und hatte schon den Lotsen an Bord genommen, da kriegte man einen Funkspruch, der das Schiff anwies, einen anderen Hafen, und zwar um Skagen herum Gdingen anzulaufen. Man fuhr bis Elbe 3 rauf und ließ ihn durch das Feuerschiffboot wieder von Bord holen. Willy Möller, den der Flensburger Käptn betreffs seiner Löhnung auf Konto vertröstete, wurde gleichfalls mit ausgebootet. An Bord des Feuerschiffes befanden sich zufällig keine Oevelgönner Lotsen. Die vom Sonnabendverkehr waren schon alle wieder zurück. Sozusagen unbekannt landete Willy mit dem Verkehrsboot, das mittags von Neuwerk vorbeikam, in Cuxhaven, wo er sich mit Erfolg eine Gelegenheit zur Weiterfahrt suchte.

Der Flunki war nicht an Bord des Dänen gewesen. Der hatte längst Wind von dem Steckbrief, der hinter ihm herlief. Er war in Antwerpen geblieben. Verschwand aber auch dort bald. Kuddl Bartuch, der vorgestern mit der Lima von der Hamburg-Süd von drüben kam, behauptet, er habe ihn zuletzt in Porto Sao Salvador da Bahia gesehn. Er sei in einer eleganten, fast neuen Fordkarre an ihm vorbeigesaust und habe gegrinst.

Albin Klamp jedoch, der gestern von Brisbane kam, behauptet, Hein Kluback habe dort vor einer Bar gestanden, gelb im Gesicht, und habe weder Schlips noch Kragen umgehabt. Er habe ihn an der vorgestreckten Schulter erkannt. Hallo! habe er, Albin Klamp, ihn angerufen. Der Flunki habe aber getan, als kenne er ihn nicht.

Tine Puß aber versichert steif und fest, er sei wieder in Hamburg. Letzte Nacht habe sie ihn auf der Oevelgönner Landungsbrücke hin und her tigern sehn, so, als kreuze er gegen einen schiefen Wind an. Und er habe ausgesehen wie eine Wasserleiche am vierten Tag.

Wenn das auch Gespensterseherei sein mag, so hat doch Tine Puß mit jenem Ausspruch damals von wegen Willys letzter Reise recht behalten. Denn auf See will und kann Willy Möller wegen seines lahmen Fußes nicht wieder.

Der Flunki aber wird wohl noch lange im Andenken der Oevelgönner spuken. Und jedermann will eigentlich damit nur Willy Möller zu nahe kommen, teils um ihn zu beruhigen, teils um ihn in Aufregung zu versetzen. Denn obwohl niemand persönlichen Grund hat, Willy Möller zu ärgern, so ist es doch menschlich, so zu tun, als wisse man mehr, als man anstandshalber sagen dürfe. Die Haussuchung derzeit bei Möllers steckt manchem noch in den Knochen. Und es ist auch wegen der tausend Mark, die Jan Himp geerbt hat, worüber noch berichtet wird.

Die Erbschaft, und Jan Himp geht doch auf See

ES WAR eine sachte, schläfrige Heimfahrt. Niemand, der sie derzeit mit dem Bootsmann auf der Brigantine mitgemacht hat, weiß recht, ob und was dabei geredet wurde. Jedermann will tief geschlafen haben, teils in der Koje, teils neben dem Schwertkasten auf dem Kokosläufer, teils im Cockpit, teils am Klüver. Der am Klüver sei Jan Himp gewesen. Und er habe am Morgen, da sie auf der Cuxhavener Flutwelle Blankenese erreichten, munter neben dem robbenbärtigen Steuermann gesessen, frisch gewaschen und gestriegelt.

Der Süllberg im Dunst der Frühe, die hohen Ufer, die Parkwipfel, die langen Bögen des Strandes. Sie waren wieder zu Hause. Angemeldet hatten sie sich nicht. Sie wurden erst mit der nächsten Flut erwartet. Darum musste Kyri genau wie Jan Himp mit dem kleinen weißen Stromdampfer nach Oevelgönne fahren. Da saßen sie ein wenig fröstelnd stumm auf der Uferseite nebeneinander, den warmen Schornstein im Rücken. Beide waren sie mit ihren Gedanken beschäftigt. Erst als die Himmelsleiter in Sicht kam und nicht weit davon der Turm des Sandvoß'schen Hauses, darüber der ständige Wimpel wehte, da seufzte die kleine Brise auf. Haben wir wieder nebeneinander gesessen, Jan Himp? Vielleicht ist es das letzte Mal gewesen, sagte sie mit einer Stimme, die leicht und nachlässig klingen sollte.

Da ist mein Bruder!, rief Jan statt einer Antwort aus. Sie fuhren an Möllers Bootssteg vorbei.

Wirklich, Willy Möller war schon angelangt. Der Finkenwärder Fischkutter hatte den Motor nicht geschont. Und Vater Möller, als er seinen Ältesten so miesepetrig daherhumpeln sah, hatte ihn sich eine elende Zeit lang schweigend betrachtet. Und schließlich fast weinerlich hervorgestoßen: Du Dalf! Denn bliew du man op 'n Steg! – Und war weggegangen. Das war denn so die Begrüßung gewesen. Aber Willy kannte das schon. Sein Fell war dick. Was sollte er auch viel machen? Die Bootsvermietung war nicht das Schlechteste auf der Welt. Und im Winter würde er in der Werkstatt helfen. Bootsbauen war schließlich besser als fremder Leute Brot kauen oder aus Not klauen. So reimte sich das Leben zusammen. Und er zog die blaue Jacke aus, krempte die Hemdärmel hoch, nahm Pütze und Schwabber und begann, die Pontonbohlen und die Bude zu scheuern, dass es dampfte.

Ihr Bruder? Der mit dem Bandonion?, fragte Kyri. Aber es lag keine Neigung in ihrem Ton, Näheres über die Ankunft des Verschollenen zu vernehmen. Sie wandte sich den angeschnittenen Erinnerungen, ihren Nachbarn betreffend, wieder zu: Einmal haben wir da in der Bootsbude gesessen, es regnete; einmal in der

Straßenbahn, einmal auf dem Sofa von der Sprottenwirtin, die tot ist, einmal im Hippodrom auf Sankt Pauli mit Herrn Pampanos. Mein Vater las vorgestern – war es erst vorgestern? Mir kommt vor, als wären wir mindestens zwei Wochen weg – in der Zeitung, er hat mir die Stelle sogar gezeigt, sie haben Herrn Pampanos in Paris verhaftet. Ein ganz großer Fang. Internationaler Rauschgifthändler en gros. Missim hieß er mit Vornamen.

Gott sei Dank!, antwortete Jan. Aber was die kleine Brise da wisperte, lag ihm alles so meilenfern. Sie haben ihn in den Fuß geschossen!, sagte er aufgeregt.

So? In unserer Zeitung stand davon nichts.

Ach, die Rübe mein ich nicht. Meinen Bruder.

Na, und? Besser als ins Herz. Hat er übrigens wieder einen Bären mitgebracht?

Glaube nicht.

Und was macht Maantje überhaupt?

Der ist schon zu groß. Der kommt nächstens zu Hagenbeck. Jan sagte es finster. Obschon er nicht ahnte, dass sein Vater es inzwischen bewerkstelligt hatte. Er hätte lieber über Willy erzählt.

Ja!, sagte Kyri mit leichtem Spott, obwohl ihr innerlich mehr nach Trauer zumute war: So ist der Ablauf. Das ist das Leben. Man wird bissig. Und dann wird man getrennt.

Der Dampfer legte an. Sie stiegen aus. Jan Himp hatte es eilig. Aber er wagte nicht, so glatt davonzurennen.

Laufen Sie nur zu!, sagte sie da. Sie stand plötzlich still, aufgerichtet in ihrem weißen Troier, den schmalen braunen Kopf gerade und frei im Wind. Die Bummellocken wippten vor ihren kleinen Ohren. Sie spürte es wie ein verlorenes Streicheln, das ihr von sich selber geschah. Sie fühlte sich sehr allein in diesem Augenblick, da sie hinaufblickte nach den Baumkronen, dahinter das

Haus und ihre Turmstube lag und da ihre Eltern wohnten und wahrscheinlich noch schliefen.

Wenn sie aufwachen, bin ich da!, sagte sie leise. Es kam ihr zum Bewusstsein, dass aufwachen und da sein von einer einsamen Sandbank am Saume des Atlantik gesehen mehr bedeuten könne als das Gewöhnliche.

Jan Himp, obwohl er wie auf Kohlen stand, fühlte entfernt den Hauch von Besonderheit. Wie ein Schreck befiel ihn Ungeahntes. Was war denn gewesen? Musste er mit ihr hinaufgehn und berichten, dass alles glimpflich und angenehm verlaufen sei? Sich bedanken?

Vielen Dank!, sagte er und streckte ihr die Hand hin.

O bitte, erwiderte sie und berührte seine Hand leicht mit ihren dünnen braunen Fingern: Ich wollte nur noch eins sagen, Jan Himp, und nur deswegen hab ich mir die Mühe gemacht, vorhin alles aufzuzählen, ich hab nämlich viel gefaselt. Ich bin gar nicht um Kap Hoorn gesegelt und hab auch gar keinen Arm gebrochen. Und hab überhaupt noch nichts erlebt. Und darum war diese Fahrt sehr schön!

Sie machte eine Pause. Griff dann in die Hosentasche und gab ihm das geliehene Geld zurück. Sie hatte es die ganze Zeit abgezählt bei sich gehabt und es als Reserve aufbewahrt: Stimmts?

Jawohl, danke!, lächelte Jan und steckte es unbesehen weg.

Na also!, lachte sie. Damit tippte sie in ihrer alten hochfahrenden Weise mit zwei Fingern an ihrer kleinen schwarzen Mütze hoch und ließ Jan Himp stehn, und ihr Schritt war leicht und wiegend, sodass sie von hinten aussah in ihrer blauen langen und weiten Marinehose wie ein schlanker Kadett, der zum ersten Mal auf Urlaub geht.

Zu Hause wartete eine besondere Freude auf Jan Himp. Es handelte sich um ein Testament. Jan hatte eine

Erbschaft gemacht. Und das im Testament der weiland Sprottenwirtin Guschi Bohnsack, die ihn, mangels leiblicher Nachkommen, wegen, wie es lautete, „vorübergehender Rettung meines armen Lebens" zum Erben ihres hinterlassenen Vermögens eingesetzt hatte. Es handelte sich dem ersten Anzeichen nach um eine ganz erkleckliche Summe. Aber nachdem die Behörden an Steuern und Strafen und Gerichtskosten eine Menge abgezogen hatten, blieb noch etwas über tausend Mark.

So!, sagte da Vater Möller in den strahlenden Kreis der Familie hinein: Nun soll er denn auch richtig Seemann werden und auf ein Seilschiff. Und weil die heute Schiffsjungen nur gegen Geld nehmen und es alles gleich Schulschiff heißt, so in Gottes Namen dieses Vermögen dafür. Damit basta!

Ehe man aber die richtige Gelegenheit bei der „Passat" oder „Peking" oder „Deutschland" abpassen konnte, kam es plötzlich anders. Denn die Behörden hatten die Angelegenheit Willy Möller noch längst nicht gänzlich zu den Akten gelegt. Ein Schnelltermin wurde angesetzt. Es gab ein kleines Nachspiel für Willy, wobei jedoch nicht mehr herauskam, als dass er freimütig zugab, bei Fahrten geholfen zu haben, von denen er nur geahnt habe, dass es sich um Schmuggelei handele. Er habe immer geglaubt, der Flunki schneide auf. Und da er sah, wie man milde mit ihm redete, und tat, als gehöre dazu denn doch etwas mehr Witz und Forsche, da wurde er kühn und sagte aus, er habe wirklich sozusagen nichts begangen, er habe nie einen Pfennig mehr als die übliche Heuer bezogen und auch um die sei er zuletzt noch beschubst und beschissen worden. Aber einmal, da habe er doch so ein Stück, so einen Block schwarzes Zeugs durch den Zoll gemogelt und an den Flunki gut verkauft. Er habe geglaubt, es handle sich um Schokolade oder

Tabak. Woher er es habe? Von einem türkischen Händler in Beirut. Der habe es ihm an Bord zugesteckt, als die Zollrevision kam.

Mehr war allerdings beim besten Willen nicht aus ihm herauszuholen. Aber es genügte. Da war nichts zu machen. Es war glatter Opiumschmuggel. Der Staatsanwalt wollte Willy Möller einsperren lassen. Aber der lahme Fuß und die bisherige Unbestraftheit des Angeklagten ließen das Urteil sanfter ausfallen. Es wurde Geldstrafe verlangt. Bei Unvermögen hieß es natürlich: absitzen.

Genau tausend Mark!, weinte Mariechen. Und selbst Elsbe sagte: Der arme Jan! Und ganz Oevelgönne sowohl westlich als östlich der Himmelsleiter sagte: Der arme Jan Himp.

Jan gab alles ohne Wimperzucken für seinen Bruder her. War es nicht Geld von Guschi Bohnsack, und hatte Willy sie nicht besser gekannt als er? War er etwa nicht in ihr Wort eingeschlossen gewesen: Und wenn ihr sie braucht, ganz gleich, wo und was, sie wird da sein? – Das hatte sie über ihren Tod hinaus wahr gemacht.

Was sollte nun werden? Vater Möller versuchte bei Bekannten von früher. Aber niemand hatte die nötigen Verbindungen mehr. Alle Stellen in der deutschen Schifffahrt schienen für Jahre im Voraus belegt zu sein. Es bleibt nur die Sandvoßlinie übrig!, sagte der Alte, nachdem die übrigen Familienmitglieder außer Jan es schon hundertmal geäußert hatten. Jan schien Hemmungen zu haben, das hatte sein Vater klar gemerkt. Aber was half es? Denn geh man mal rauf, mein Jung!, meinte Klas Möller ungewöhnlich sanft zu seinem Sohn.

Jan Himp stieg die Himmelsleiter hinauf. Er stand unschlüssig vor der Parkpforte. Die Laternen waren längst erneuert worden. Aber es waren diese Laternen und das, was ihn einmal getrieben hatte, sie zu zerstören. Es war unbequem. Er konnte es nicht über sich gewinnen, Herrn Sandvoß zu bitten. Herr Sandvoß hatte damals geschwiegen. Nicht, dass anzunehmen sei, er wisse, wer ihm die Laternen eingeworfen habe. Aber Jan Himp war nicht der Mann, geschehene Dinge einfach auszulöschen. Er fand es unanständig, wenn er den Reeder jetzt um einen Gefallen bitten würde.

Er wusste, nach Hause würde er nicht wieder gehen. Es war früher Nachmittag. Aber hinter dem blassen Herbsthimmel im Osten sah er in Gedanken den roten Nachtschein der Reeperbahn aufglühen. Er zuckte die Schultern, gab sich einen Ruck, wandte sich ab von dem Parkgitter mit den goldenen Speerspitzen. Nun wollte er in die Welt, ganz gleich wie.

Da rief ihn eine Stimme an. Sie rief aus dem Garten. Kyri war im Garten und hatte auf dem runden Rasen Golf geübt. Als sie Jan Himp kommen sah, hatte sie hinter einem Stamm gewartet. Nun trat sie hervor.

Jan Himp zögerte. Sie schlug zornig mit ihrem Golfschläger über den Rasen, dass das Herbstlaub sprühte. Langsam kam sie an die Pforte. Sie blickte durch das Gitter. Jetzt lächelte sie.

Ach, Jan Himp, sagte sie, und es klang, als rede sie einen schon zu den Verwandten gelegten Bekannten an: Wollen Sie zu uns?

Jan Himp schüttelte den Kopf.

Sie blickte prüfend über seinen neuen blauen seemännischen Anzug. Ist auch gar nicht nötig, nickte sie: Ist alles in Ordnung. Gleich damals hab ich Sie vornotieren lassen in unser Kontor. Ich hab ein gutes Gedächtnis für die Neigungen meiner Freunde.

Es war Wochen her, dass Jan Himp ihre Stimme vernommen hatte. Sie schien ihm fremd und kühl und von oben herab. Er fühlte eine unabsehbare Kluft. Jedoch auf einmal klammerte er sich an das, was aus ihren Worten wie ein eingelöstes Versprechen geschimmert hatte.

Es muss jetzt sein. Nach Haus geh ich nicht wieder!, sagte er dumpf.

So? Ist es Ihnen nicht bald genug? Ist es nicht schon morgen?

Jan Himp sah sie so erstaunt an, dass sie hell auflachte. So erstaunt sah damals der junge Seehund aus auf der Sandbank zwischen Neuwerk und Scharhörn. Sie sagte es nicht. Sie sagte nur: Hat denn der dicke Mann vergessen, es Ihnen mitzuteilen? Gestern redete er doch davon, ich muss schon verraten, schmunzelnd, so, wie Jannings schmunzelt, wenn er ein Baby trockenzulegen hat. Können Sie Golf? Meine Mutter spielt Golf. Wir sind jetzt oft zusammen auf dem Golfplatz. Sie hat es lieber als Segeln. Autofahren lern ich auch. Ich vernachlässige mein Boot. Aber dafür waren wir ja fast in Helgoland. Golf ist nämlich auch sehr schön. Und vielleicht krieg ich einen kleinen Wagen. Ich bin jetzt alt genug.

Jan Himp nickte verloren. Was kratzte ihn Autofahren und Golf? Er musste Klarheit haben: Ist es wohl besser, im Kontor den Herrn General – direktor –

Mein Gott, nun war er doch bis zu dem Titel gelangt. Was nicht der Wunsch, ein Ziel zu erreichen, alles bewirken kann!

Kyri betrachtete ihn nachdenklich. Er wird rot, dachte sie. Er ist noch ein Junge. Obwohl er gewachsen ist. Er hat mich kleine Brise genannt. Das ist wunderbar. Und er hat immer geduldig ertragen, was ich ihm vorfaselte. Das ist noch wunderbarer. Sie schüttelte mit einem Ruck die Bummellocken hin und her: Ach, was wollen Sie in der Stadt? Da verlaufen Sie sich bloß wieder auf der Reeperbahn. Es ist die Ketra, ich weiß es bestimmt. Wo damals das mit dem Flunki und der Apfelsinenkiste passierte. Käptn Pohl. Ich sollte es Ihnen selber sagen. Mein Vater glaubt, es macht mir Spaß. Und dabei hätte ich es fast vergessen. Mein Vater weiß, dass Sie sich freuen, das ist Dank genug! Sie müssen morgen Abend elf Uhr an Bord sein. Wissen Sie, wo die Levanteschiffe liegen? Schuppen – Kommen Sie eben mit. Ich hab den Zettel auf meinem Zimmer.

Jan Himp zögerte. Es war so merkwürdig. Nun sollte er morgen doch in See? Das erste Mal auf richtige große Fahrt? Das ging fast zu schnell.

Zum dritten Mal in seinem Leben trat er durch das Parktor, folgte ihrem wippenden Sportrock an der kahlen Magnolie vorbei zur Haustür.

Ist denn niemand zu Haus?, fragte er verlegen.

Sie schlug ihre olivgrünen Augen rund auf; ihr möwenflügliger Mund jedoch duckte sich gleichsam. Nun war es an ihr, rot zu werden: Oho!, sagte sie mit ganz leiser Stimme: Sind Sie so einer?

Ein Schauer durchrieselte sie. Sie suchte es zu verbergen, wandte sich seitwärts. Ging mit pendelndem Golfstock tiefer in den Garten hinein.

Kommen Sie mit!, rief sie nach zehn Schritten, ohne sich umzusehen.

Jan Himp folgte langsam. Was hatte er nur verbrochen? Da waren die langen schrägen Wege, die den Abhang hinunterschwangen. Es war ein Feld gelber Rosen da, auch riesige Beete voller großer lohenfarbiger Georginen. Unten verborgen musste Oevelgönne liegen. Man sah das andere Stromufer, das Athabaskahöft, den kleinen Zollkreuzer, die schlafenden Schiffe, die blauen Kuppen der Lüneburger Heide.

Kyri schritt bis zu einem Pavillon. Jan Himp überlegte, dass es nun vielleicht seine ritterliche Pflicht sei, ihr seinerseits einen Kuss zu geben. Aber ehe er an das ziere Gartenhaus gelangte, trat sie schon wieder hervor, ihre kleine Ledertasche in der Hand. Sie nahm einen Zettel heraus: Hier ist er!, sagte sie mit unbetonter Freundlichkeit: Ich dachte, er sei oben.

Hansahafen. O'Swaldskai, Schuppen 46. 8. 10. 22 Uhr. D. Ketra. Kapitän Pohl.

Jan Himp las es laut: Ay, ay!, sagte er und nahm eine stramme Haltung ein.

Soll ich Ihnen ein Andenken mit auf die Reise geben?, fragte Kyri leichthin.

Jan Himp lächelte bescheiden. Was sollte sie ihm schon mitgeben! Sein Blick senkte sich, blieb an der halb geöffneten Handtasche an einem roten Glanze haften.

Ich weiß!, lächelte da die kleine Brise: Und meine Mummi hat mir eine neue versprochen. Damit zog sie die Puderdose hervor; ließ sie in seine große harte Hand gleiten. Und indem ihre Finger zurückfallend seine Finger streichelnd berührten, wollte sie fröhlich: Auf Wiedersehen! und: Glückliche Fahrt! sagen. Aber es wollte ihr nicht mehr durch die Kehle.

Auch Jan Himp vermochte kein Wort herauszubringen. Die beiden jungen Menschen standen eine Weile in dem herbstlichen Garten. Buntes Laub wehte von den Bäumen. Es legte sich ein braunes Ahornblatt auf Kyris Haar, hielt sich dort nicht, obwohl sie sich nicht bewegte, rutschte auf ihre Schulter, tupfte auf ihre Hand und fiel zur Erde.

Sie senkte den Kopf mit einer verhaltenen Betonung. Jan Himp merkte nun, dass er gehen müsse. Er wagte nicht, etwas zu sagen. Ein unwidersetzliches Gebot schien von ihrer Stummheit auszugehen, nicht zu sprechen in diesem Augenblick, da es Ade hieß und das Ade im Wind von allen Bäumen niederfiel zu ihren Füßen.

In Kyri war dabei das Gefühl einer unendlichen, himmelsweiten silberwiegenden Flaute. Es war still trotz des kleinen Herbstwindes. Es war nirgends eine kleine Brise mehr. Aber es war nicht schmerzlich. Nein, das Boot konnte nicht fahren. Das Segel hing still herab. Man musste warten, warten. Aber eines Tages – so lächelte es aus den durchsichtigen Gründen des Wassers und des Himmels –, eines Tages würde der Wind wieder wehen. Nette kleine Brise heute ... Aber niemand konnte sagen, wann. Unten im Strom gingen die Seeschiffe hin und her, und die Flut kam und ging und der Wind kam und ging. So würde auch Jan Himp wieder da sein eines Tages.

Jan Himp drehte sich behutsam und täppisch um und setzte die Schritte sachte weg wie von einer Schlafenden. Und immer weitausholender und breiter wiegend wurde sein Gang. Und als er auf den Stufen der Himmelsleiter war, las er im gemessenen Abwärtssteigen den kleinen bekritzelten Zettel noch einmal, und je mehr Stufen er zurücklegte, desto klarer wurde ihm, was das nun für ihn bedeutete. Und der große schwarze Dampfer schob sich allmächtig vor die ziere Erscheinung der kleinen Brise.

Nachdem die Abmeldung und das Seefahrtsbuch in Ordnung gebracht waren, blieb noch eines zu tun für Jan Himp: Abschied zu nehmen von dem Bären Maantje, den sein Vater an Hagenbeck geschenkt hatte. Als Entgelt war eine Jahreskarte für die ganze Familie ausgefertigt worden. Elsbe und Steuermann Hojahn, wohl bald Jans Schwager, gingen mit, als Jan den Tierpark besuchte. Aber er trennte sich von dem einzig miteinander beschäftigten Paar, streifte erhobenen Hauptes zwischen den künstlichen Gebirgen und Polarlandschaften hin und betrachtete die fremden Tiere mit anderen

Augen als sonst, mehr wie gute Bekannte, die, wenn sie es auch noch nicht waren, es doch nächstens auf seinen bevorstehenden Fahrten und Abenteuern, so hoffte er, sein würden. Den Bären Maantje entdeckte er erst nach langem Suchen und Fragen in der Raubtierkinderstube. Und es war rührend, wie das Viech noch auf seinen Namen hörte und heranzottelte und sich aufrichtete und die mitgebrachten Zuckerstücke aus der Hand nahm und die dicken Pfoten an den Pummelkopf legte und sich komisch wiegte wie einst zu Willys Bandonion. Da wurde Jan Himps Herz von Abschied schwer. Denn alles andere blieb ja voraussichtlich vorhanden, aber dieses späte Spielzeug würde wachsen und fremd werden und eine Handelsware sein und verschwinden wer weiß wohin, eine Sache, mit der Geld verdient werden musste. Und wenn man es recht bedachte, konnte Jan Himp wohl traurig sein, obschon er sich nicht so darüber klar wurde wie wir, dass sein Maantjebär gewissermaßen wie seine Kindheit war, die er nun verließ.

Mit Willys altem Seesack ging er an Bord. (Ganz zuunterst hinein hatte er die rote Puderdose versteckt.) Niemand begleitete ihn. Das wäre gegen jeden Brauch gewesen. Nun war kein Platz mehr für Weichlichkeiten. Der Abend war nässlich und kalt. Da fuhr er mit Linie 7 nach den Sankt-Pauli-Landungsbrücken. Dann mit der Fähre durch den lichtspiegelnden, von Nachtschicht rumorenden Hafen. Die Ladewinschen des Dampfers Ketra ratterten noch. Er geriet gleich an den Ersten Offizier. Der wusste schon Bescheid und sagte: Melden Sie sich bei mir hinter Oevelgönne.

Als gegen Mitternacht der lange düstere Frachtdampfer mit seinen paar mageren Lichtern Oevelgönne passierte, da war die ganze Familie Möller nebst Tine Puß im

Untergarten versammelt und winkte mit Handtüchern und Bettlaken, damit man es auch bemerke auf die Entfernung und im Finstern. Sogar Willy ließ sich herbei und blinkte mit einer Taschenlampe.

Plötzlich humpelte er ins Haus, kam eilends mit seinem Bandonion wieder und spielte einen zum Abschied auf. Für seinen kleinen Bruder, dessen Abschied ein Anbeginn war, und für sich selber, dessen Abschied von der Seefahrt auf ewig feststand. Wehmütig schwang die muntere Weise über das Wasser zu dem dunklen Dampfer hin.

Vater Möller jedoch nahm den Kieker und murmelte Unverständliches in den Bart. Ganz vorn am Bug, da stand der Junge. Sein Junge. Jan Himp. Ja, er erkannte ihn.

Jan Himp ließ sein Taschentuch auf und nieder flattern. Deutlich unterschied er mit seinen guten Augen das Gewedel in der fahlen Dunkelheit vor den Scheiben seines Elternhauses. Sie haben alle Lampen an in allen Stuben!, dachte er. Sein Gesicht brannte. Oho! Musik? Das Lied von damals, als Willy die Himmelsleiter herab von See gekommen war. Und Maantje hatte getanzt. Und Kyri war auch dabei gewesen. Er verschluckte die Tränen. Es war eine ungewohnte Sache, so gefeiert zu werden.

Antwerpen, Lissabon, Gibraltar, Tunis, das Mittelmeer, die Küsten der Levante, das Morgenland, das lag vor ihm. Dies hier war Oevelgönne, das er hinter sich ließ.

Verstohlen, als dürfe es niemand merken, drehte er den Kopf, ein wenig höher, ließ den Blick hinaufwandern an der Glühlampenschnur der Himmelsleiter. Oben, über den Parkwipfeln, so hoch, als sei es im Himmel, war noch ein einsames spitzbogiges Turmfenster hell. Dort stand eine schmale Gestalt dunkel in das Licht gezeichnet, doch so, als sei es nicht wirklich, sondern nur ein Bild wie jenes, das er einmal flüchtig in einem fremden, alten, schwer verständlichen Buche gesehen hatte.

Worterklärungen

abtuchen	die Persenning von den Segeln abnehmen
Achterliek	Hinterkante des Segels
achtern	hinten
afmarachen	abmühen
auflegen	ein Schiff außer Dienst stellen
aufmutzen	aufhalsen
Augspliss	Knotenschlaufe
ausmachen	abschätzen
Back	Wohnraum für die Mannschaft, Essnapf
Backbord	links, rotes Licht
Backstag	den Mast von hinten haltendes Seil
backstags	schräg von hinten
Bahntje	Anstellung (job)
Bark	Segelschiff mit mindestens drei Masten, das an den vorderen Masten Rahsegel trägt, am letzten Gaffelsegel
bekalmen	den Wind wegnehmen
belegen	befestigen
benaut	kleinlaut
bendseln	binden
benusselt	beschwipst
Besan	Hintermast
Bilschwasser	Wasser im Boot
Boje	Schwimmkörper zum Festmachen oder Fahrwasserzeichen
Brigg	Segelschiff mit Fock- und Großmast, die mit Rahen getakelt sind

Brise	leichter Wind
Brit	Flegel
Brösel	kurze Pfeife, Zigarrenstummel
Bullen	Schwimmsteg
Buscherump	Troier, Sweater
Celebes	indones. Sulawesi, eine der Sundainseln
Cockpit	offener Platz im Segelboot
Dalf	Tölpel
Davits	drehbarer Kran zum Herablassen der Rettungsboote
diesig	leicht neblig
dippen	kurzes Nieder- und Aufholen einer Flagge zum Gruß eines vorbeifahrenden Schiffes
Dollbord	Bootsrand
Drachen	Anker
Drift	Abweichung vom Kurs, Treibung
Ducht	Ruderbank
Duckdalben	Pfahlgruppen im Wasser
dümpeln	schaukeln
entern	klettern, betreten
Fall	Tau zum Segelhochziehen
Fallreep	Außenbordstreppe
Fangleine	Bootsleine
Fender	kleines Schutzkissen
Feudel	Scheuerlappen
fieren	dem Winddruck nachgeben
Fischerklott	runde Mütze (calotte)
Fischerkuff	stumpfgebautes Segelfahrzeug
Flunki	Steward
flusend	säuselnd
Fock	Vorsegel
Fockschot	Vorsegelleine

Gaffel	schräge, um den Mast drehbare Segelstange
getütje	gemütlich
Gillung	Höhlung am Heck
Glasen	Abschlag der halben Stunden, bis 8 Glas
glusen	glimmen
glustern	schimmern
Großbaum	die untere Segelstange
grulig	unheimlich
Hackmack	Quatsch
halsen	vor dem Wind wenden
handig	dienlich
Heck	Schiffshinterteil
Heuer	Lohn
Heuerbaas	Stellenvermittler
hieven	winden
hild	eifrig
Hochsegel	Segel ohne Gaffel
humpsen	gaunern
janken	quietschen
Jantje	Matrose
Jolle	kleines segelbares Boot
kabbelig	wirbelig
Kanehl	Zimt, „Kram"
keen	wer, welcher (plattdt.)
Kimm	Horizont
Klaufall	Tau zum Bewegen der Gaffel
klüsen	fahren
Klüver	dreieckiges Segel am Bugspriet
Kopra	zerkleinerte getrocknete Kokosnusskerne
krall	frisch
krengen	neigen, überliegen

kreuzen	gegen den Wind im Zickzack segeln
Kreuzer	Münze im Wert von vier Pfennig mit zwei aufgedruckten Kreuzen
labberig	flau
labbern	flattern
lauthals	aus voller Kehle
Lee	dem Winde abgewandt
Leifbelt	Rettungsring
lengen	sich sehnen, verlangen
Lenzeinrichtung	selbsttätiger Ablauf eingedrungenen Wassers
lenzen	1. ausschöpfen 2. vor dem Winde treiben
Leuwagen	Schrubber
linsen	äugen
loggen	Fahrtgeschwindigkeit messen
Luggersegel	die obere Segelstange hat im Gegensatz zur Gaffel zwei freie Enden
Luv	dem Winde zugekehrt
luven	in den Wind drehen
luvgierig	Neigung, in den Wind zu drehen
mallen	schlechter werden (vom Wind)
Mann vorm Mast	Schiffer
Messboy	Küchenjunge an Bord
Moses	Beiboot, Schiffsjunge
Muggepicke	Motorboot
Mutt	Schlamm
mulsch	verrottet
Ökelname	Spitzname
Ös, Oss	Ochse, Dummkopf
ösen	1. unterhaken 2. schöpfen

Paalsteek	Knoten
peilen	visieren, loten
Piek	Spitze
Pischplumser	Wassermann
Plicht	Cockpit
Plörose	Straußenfedern als Frauenhutschmuck (von frz. pleureuse, Trauerbesatz)
puddeln	spaddeln
pullen	rudern
Pütze	Eimer
Quartermeister	Decksleute, die steuern, loten und loggen
Rah	Querstange am Mast großer Segler
raum, raumschots	schräg von hinten kommend
rausklüsen	rausfahren
rausrumsen	rausschrammen
riemen	rudern
Ruder	Steuer
Ruderblatt	im Wasser liegende Fläche des Steuers
Rudergaffel	Rudergabel
Ruderpinne	Steuerpinne
sacken	sinken
Schanddeck	abgedeckter Bootsrand
scheren	Tau befestigen
Schlag	Fahrstrecke beim Kreuzen
schlumpen	trotteln
Schot	Segelleine
schralen	mallen
schrapen	kratzen
Schwabber	Schrubber
Schwell	Schwall

Schwert	hochziehbare Platte unterm Kiel (gegen Drift und Kentern)
schwoien	drehen, schwingen
Seil, Seils	Segel
seilen	segeln
Skylight	Oberlicht der Kajüte
Smutje	Schiffskoch
Sog	saugendes Wasser
Sott	Ruß (in übertragener Bedeutung: Glück)
sottig	rußig
Sottje	Schornsteinfeger
Spiek-Isy	Speakeasy, Kneipe mit illegalem Alkoholausschank während der Prohibitionszeit in den USA
Spiegel	Heck
Stack	Uferschutz aus Weidengeflecht (Buhne)
Stag	Tau
Stander	Mastwimpel
Stegreling	Geländer am Steg
Steuerbord	rechts, grünes Licht
Steven	Bug- oder Heckspitze
stur	standfest
Tampen	Tauende (man schießt Tampen in runde Buchten = man legt Tau spiralig hin)
Tide	Gezeiten (Ebbe und Flut)
ablaufendes Wasser	Ebbe
der Strom kentert	die Flut beginnt
Hohlebbe	der tiefste Punkt der Ebbe
Stillwasser	der Zeitpunkt zwischen Ebbe und Flut

Tonbank	Laden- oder Schanktisch
Topp	Mastspitze
über Topp und Takel	drunter und drüber
topplastig	oberlastig
Trimmer	Arbeiter, der auf einem Dampfschiff Kohlen aus dem Bunker zur Feuerung schafft
Troier	Sweater
Tuch	Segel
verholen	an eine andere Stelle schaffen (verscheuern)
verhumpsen	verkaufen
verklaren	erklären
vortrimmen	ins Gleichgewicht bringen
Wanten	Taue, die die Maste nach der Seite halten
Waschbalje	Waschwanne
Waschbord	gedeckte Bordkante
Winsch	Winde
Wohrschau!	Achtung!
Wötteln	Wurzeln, Mohrrüben, Karotten
wriggen	einhändig rudern
Wriggruder	Ruder am Hintersteven des Bootes, das gleichzeitig zur Fortbewegung und zum Steuern dient
Yawl	Segler mit Besan
Zepter	Rudergabel
zingeln	musizieren
zipp	schnippisch
zwustern	flüstern

Der Autor

Hans Leip, am 22. September 1893 in Hamburg als Sohn eines Hafenarbeiters geboren, arbeitete als Journalist, Grafiker und Zeichner für den „Simplicissimus". Seit 1923 freier Schriftsteller, später Lektor. Mit dem Lied „Lili Marleen" wurde er weltberühmt. Er starb am 6. Juni 1983 in Fruthwilen/Schweiz. Sein Roman „Jan Himp und die kleine Brise" erschien erstmals 1934.

Impressum

Bibliografische Information der Deutschen Nationalbibliothek
Die Deutsche Nationalbibliothek verzeichnet diese Publikation in der Deutschen Nationalbibliografie; detaillierte bibliografische Daten sind im Internet über http://dnb.d-nb.de abrufbar.

ISBN 978-3-8319-0568-3

© Ellert & Richter Verlag GmbH, Hamburg 2014
3. Auflage 2024

Der Verlag dankt den Leip-Erben c.o. Clemens Keller dafür, dass sie uns freundlicherweise die Publikationsrechte zur Verfügung stellen.

Titel: Hans Leip
Redaktion: Claudia Schneider, Hamburg
Covergestaltung: BrücknerAping Büro für Gestaltung, Bremen
Gesamtherstellung: CPI books GmbH, Leck

Dieses Werk einschließlich aller seiner Teile ist urheberrechtlich geschützt. Jede Verwendung außerhalb der engen Grenzen des Urheberrechtsgesetzes ist ohne Zustimmung des Verlages unzulässig und strafbar. Dies gilt insbesondere für Vervielfältigungen, Übersetzungen, Mikroverfilmungen und die Einspeicherung und Verarbeitung in elektronischen Systemen.

www.ellert-richter.de